如果你是店员，你想在销售上取得事半功倍的效果吗？
如果你是管理人员，在制定配额、耳提面命、不断激励
等种种措施不显成效之后，已经感到厌倦了么？
如果这样，这本书可能是你找到的最重要的一本书。

优秀店员闯9关

谭地洲　王砚　张海生◎编著

企业员工
最佳
工具书

图书在版编目（CIP）数据

优秀店员闯 9 关/谭地洲等编著.
—北京：中国轻工业出版社，2005.4
ISBN 7-5019-4817-8

Ⅰ.优… Ⅱ.谭… Ⅲ.商业–工作人员–基本知识 Ⅳ.F718

中国版本图书馆 CIP 数据核字 （2005） 第 018257 号

优秀店员闯 9 关

策划编辑：林 嫒
责任编辑：林 嫒 古 倩
责任终审：孟寿萱
出版发行：中国轻工业出版社 （北京东长安街 6 号，邮编：100740）
印　　刷：北京高岭印刷有限公司
经　　销：全国新华书店
版　　次：2005 年 4 月第 1 版 2005 年 4 月第 1 次印刷
开　　本：787×1092 1/16 印 张：19
字　　数：200 千字
书　　号：ISBN 7-5019-4817-8/F·322
定　　价：38.00 元

读者服务邮购热线电话：010-65241695 85111729 传真：85111730
发行电话：010-85119845 85119925
网址：http://www.chlip.com.cn
Email:club@chlip.com.cn
如发现图书残缺请直接与我社读者服务部联系调换
41381K5X101HBW

前言

你是一名店员吗？你打算做一名优秀的店员吗？

这是一本专门为你量身定制的书，它介绍的正是作为一名店员需要掌握的最普遍、最广阔的职场智慧，它回答的是店员一系列长期以来最为关心且普遍存在的问题：怎样在自己的工作岗位上既能保持一个美丽的自己又不引起非议？为什么自己拼尽全力销售额却迟迟不上？为什么把公司的培训教程熟读了很多遍还是频频受到顾客的责难？为什么每次促销活动结束自己都无明显收获？为什么一起进来的同事在不知不觉中当了店长一夜之间就成了自己的上司？……

当一名店员真难啊！也许你会在无奈中发出这样的感叹。

真的那么难吗？世上本无难事，只是你没有找到突破困难的方法而已。

打开这本书吧！你会惊喜地发现这本书就是在演绎你的一日工作，你会发现，它不是一本泛泛而谈的教条式的规范大全，也不是一本粗线条的框架式结构的培训教材，更不是一本过于深奥、晦涩难懂的理论书籍，它介绍的内容，都是在你身边实实在在发生的，是你日常工作中遇到的各种问题的再现与解析。它旨在通过大量的实例，告诉你该如何在店员这个岗位上做得更为完善，如何在千辛万苦的销售工作中提升你的业绩，如何从一名店员成长为一名优秀的店员，再到一名优秀的店长。

为了让你在压力重重的工作之余能在轻松阅读中得到收获，我们为你设置了九道关卡。从基础到专业,从浅显到深入,每读完一章,你就有了一个新的进步,每闯一道关口,你就积累了更多的岗位经验和知识。

第一关是基础关,它告诉你在走向店员这个岗位时必须打造哪些个人素质,为自己增加岗位竞争的砝码;第二关是礼仪关,它教你如何保持你爱美的天性又不会引起领导的猜疑,并用你优质的服务态度为同事和顾客留下一个完美的印象;第三章是商品关,它让你系统地掌握到大量不同商品的知识,使你真正地做到"胸有成竹";第四章是设计关,它让你发现自己还有设计才能,你布置出来的店面总是那么整洁温馨,总能留住顾客匆匆的脚步;第五章是顾客关,它让你终于从"顾客白眼"这个最让你沮丧的问题中解脱出来,从此做一名顾客的心理专家;第六章是促销关,它教你在拿到公司新的促销政策时如何进行有效的促销,从而增加你的产品销量;第七章是成交技能关,它教你学会分析顾客的心理活动,激发顾客的购买欲望,创造并把握成交的机会,在关键时刻一锤定音;第八章是售后服务关,它教你如何进行有效而完善的售后服务,让顾客对你的销售无可挑剔。如果读到第九章,那么恭喜你,你可以胜任一个卖场店长的职位了!

现在,你还在犹豫吗?

作为一名店员,你是企业与顾客的媒介,是企业形象的代表。你的每一次进步,关系着公司产品的销售,关系着企业的发展,关系着自己在职场上的收获与提升。因此,不要小看你的职位,拿起书来,反复推敲,你会找到一个自信、优秀、快乐的自己!

第一章　优秀店员第1关

——基本素养

第二章　　优秀店员第2关
——服务礼仪

第三章　　优秀店员第3关
——商品陈列

第四章　优秀店员第 4 关

——卖场布置

第五章　优秀店员第 5 关

——顾客公关

第六章　　优秀店员第6关

——商品促销

第九章　优秀店员第 9 关
——从店员到店长

第一章

优秀店员第 1 关

——基本素养

　　任何一家企业挑选员工，都希望他在进企业之前就是一个标准的合格型人材。这个基本标准，就是指你的个人素质，包括你的素质修养、职业道德、个人应变能力、交际能力等。身处零售业，你还必须用一些基本的商业知识和营销知识来充实你的行业经验。

　　店员是一个与人交往的职业，而与人打交道就是世界上最富挑战性的工作。每天面对形形色色的顾客，你自己其实就是最好的品牌。因此，这一关教你如何在正式上岗之前打造自己过硬的基本职业素质，这是你营业工作的一个砝码，也是你在职场生存的必备技能。

（一）基础个人素质

深厚的文化底蕴

什么是店员？简言之即营业员，也就是人们通常所说的"在商场，或卖场卖东西的人"。正因为这样的职业定位，许多企业对店员的要求总是停留在"外在形象好、口才极佳"上，仿佛只要"模样儿俊俏、口齿伶俐"，就可以顺风顺水地招揽顾客、推销商品了，店员的文化素养却一直不被列为职业素质的参评条件之一。

很长一段时间，人们都把零售业看作是一个典型劳动密集、低文化行业。正因为如此，如今中国零售业的5000多万在职员工中，70%以上只有初中文化程度，面对激烈的市场竞争，这已对企业和员工形成了严峻的考验。

随着中国加入WTO，市场经济改革的进一步深入，许多国外知名零售巨头，如沃尔玛、家乐福等纷纷来到中国抢滩据点。他们给中国同行带来的不仅仅是市场竞争的压力，也有许多优秀的经验。"把雇员素质放在第一位"便是其中之一。国内的零售业主们，已经开始提高店员招聘的门槛，开始注重店员的内在修养，特别是文化素质的考核。

2003年12月，国内某家电行业的龙头企业在南京举行了一场店员专场招聘会，应聘者上千人，场面空前火爆。但绝大多数人铩羽而归，甚至连投放简历的勇气都没有。原因就是：该公司提出：应聘店员需大专以上学历。

店员也需大专文化？是不是有些"大材小用"了？很多人提出这样的疑问。

该公司人力资源部负责人对此解释道："招聘高学历店员，是期望他们能迅速成为中层骨干。而且，电器与其他商品不同，随着高科技的发展，电器的更新换代越来越快，新产品层出不穷，对销售服务人员的文化素质要求也越来越高。比如说，液晶和等离子电视机有什么区别？店员必须向顾客解释清楚，才有可能更好地完成销售工作。当然，高中文化水平的店员也可以用，但产品每更换一次就要对店员重新培训一次，比起大学生来，高中生的培训周期更长一些，公司为此要花费巨额的培训费用……"

更有甚者，某著名酒业集团公司在招聘促销店员时，要求应聘者具有本科以上文化程度。该公司认为，白酒是一种文化的象征，店员如果没有一定的文化素养，文化底蕴就无从谈起，自然就无法传递产品深厚的文化理念。

以上案例表明:如今许多企业对店员的要求越来越高了,也可以说是市场对店员的要求越来越高。英语购物、电子购物等新型服务方式,都要求店员自身具有良好的文化素质和职业能力。

当然,这里必须说明的是,上面两家公司的做法并非完全符合本书的观点,因为他们强调的是"学历",即文凭,而本书要强调的是"文化底蕴",即对传统文化的掌握与了解、对科学知识的普及和运用,以及在营销学、心理学、美学等诸多方面的深厚修为。当然,一个普通的店员不可能是这些学科的"全才",但他们应该力所能及地去掌握相关知识,才能够在卖场的"唇枪舌战"中劝服顾客、达成交易,特别是面对一些"刁钻、难缠"的顾客时。对此,我们不妨先看一个"卖场情景模拟"——

【情景卖场】

李先生请几倍朋友到某酒楼吃饭。刚一坐下,李先生就问这里有没有点菜师,店员陈小姐答道:"对不起,我们这里还没有专业点菜师。"

李先生一听,有些不悦了:"这么大的店不请一个专业点菜师,叫我们怎样用餐呀? 那还是到别处去。"

陈小姐不慌不忙地说:"这样,如果几位不介意,我可以给各位推荐几道菜,看合不合大家口味。如果不好吃,您下次肯定也不会再来了。"随后,陈小姐先点了几道店内特色菜,然后又为他们分析:"你们一共6位,一位广东朋友,两位女士,还有一位小朋友。既要考虑到吃好又要不浪费,建议再来道'粤式烧味拼'。"

"嗯,不错。如果再来几样家常川菜更好。"李先生的朋友说。

"各位看来都是有文化的人,何不来道'东坡肘子',汤汁鲜嫩,滋补强身,是最地道的川菜,不仅符合各位的气质,女士吃了还美容养颜呢。另外,还可以来道'麻婆豆腐',既麻辣十足,又鲜香可口,保证让这位外地朋友吃了还想吃。"

一行人听着高兴,那位广东朋友却说:"小姐真会说,但是我们广东人是不吃麻辣的哦。"

陈小姐不慌不忙答道:"先生如果以前没试过这道菜,那正好可以尝尝鲜啊。这道菜不仅是四川一大特色,而且还有个著名的典故呢。"

大家听得更来兴趣了,一定要让陈小姐说说这个典故。

陈小姐说道:"相传清代同治年间,四川成都北门外万福桥边有一家小饭店,店主是个妇人,善于烹制菜肴,她用豆腐、牛肉末、辣椒、花椒、豆瓣酱等烧制的豆腐,麻辣鲜香,味美可口,十分受人欢迎。当时此菜没有正式名称,因为这个店主脸上有麻子,人们便称为'麻婆豆腐',后来这道菜渐渐名扬全国,这'麻婆豆腐'的名称也保留下来了。"

一席话说得大家喜笑颜开。这顿饭不仅搭配合理,而且价格适中,让李先生一行吃得尽兴又开心。这位知书达礼的店员给他们留下了深刻的印象,自然,他们也成了这里的常客。

如今,上档次的餐馆的店员在为客人服务时,不仅要能根据客人不同的籍贯、年龄和性别为其选择不同的菜品,还要能对一些名菜做一些相应的介绍,一方面是能显示出店员的素养,另一方面也能创造一些气氛,给客人宾至如归的感觉。这就要求店员不仅要有丰富的应对经验,还必须具有良好的文化素质。

不仅是餐馆店员,在百货商场、食品超市、医药连锁店、专卖小店等各种零售行业的店员都是如此。在知识经济时代,店员早已不是过去那种简单的买卖算、搞搞促销、接待一下顾客的角色了。像上述那群带着要求用餐的客人,可能在任何一个时刻出现在你身边,如果你不具备一定的文化知识,自然只能对客人摇头说"不"了。在日常生活中,经常看到一些店员对于顾客的提问不能给出合理解释时,就以"我是新来的"搪塞,这无疑是店员销售工作的一处失败。

顾客的需求是店员永恒的使命。作为一名优秀的店员,你面对的顾客有可能来自国外,有可能来自哪个专业领域,如果没有一定的文化素养,不丰富自己的先天和后天知识,你就无法应对自如,可能在工作岗位上遭遇各种尴尬。比如:有个英国人到商场去买裤子,大多数店员听不懂英语而无法与客人交谈。有个店员稍稍懂两句口语,却把对方要的"裤子"当成了"茄克",令客人哭笑不得。

有一句格言说得很好:"十年读出个秀才,十年学不成买卖。"这就说明店员需要具备各方面的能力素质。如果你是一位入行不久的店员,或者想在自己的职位上有所提高,那么,你不妨多多学习。一个优秀的店员不一定要具有很高的文凭学历,但是应该有自我学习的能力,通过不断充电来弥补自己的各方面不足。可以从以下几方面来充实你的文化知识:

◆多读书。完善自我,提升自我,从读书开始。多找些行业相关书籍来阅读,包括各种店员必备的技能性、经营性书籍,这类书在市场上很多。还有一些实用性强的营销书籍也不能不看,掌握一些专业的推销技能对你的工作有很大的帮助。相关的杂志、报纸也要经常浏览。

◆多参加公司内部业务培训，全面了解公司的营销政策和经营方式，以向不同的顾客作出适宜的解释，避免出现"做不了主"的情况。

◆适当参加一些专业机构的外语口语培训、普通话培训等。既然想在这个行业有所作为，就要有合适的投资，文化投资绝对是你的一笔财富。

◆亲身实践。经验是无价宝，这句话对于你来说绝不是一句空话。除了运用以上的方法之外，你只有在工作中不断地摸索、总结，将这些成败得失总结成文字，才能形成战胜困难的方法。

机会总是垂青于有准备的人，每个企业都希望在企业内部培养后备人材，文化素质高的你，随着工作经验的增长，能力不断的提升，再加上专业的培训，店长、顾客经理的机会很可能就会降临在你的身上。

天然的亲和力

你有亲和力吗？亲和力是指人与人之间信息沟通、情感交流的一种能力。在生活中，有时遇到一个初次相见的陌生人，他的风趣幽默、亲切谈吐让你想与他亲近，做朋友，这就是他的亲和力在起作用。做一名优秀的店员，你必须具备这一亲和力，让顾客自然想与你交往，继而打开下一步销售的大门。

拥有这份亲和力，你会每天保持一种自信、乐观向上的心情笑迎顾客。你对每一位顾客都不觉得陌生，你会视他们为熟人、朋友、老乡、亲人。当他们走进卖场经过你的柜台时，你的眼睛会突然发亮，你会用眼神说话；你知道什么时候说什么话；你会主动与他们打招呼；不失时机地帮他们选购商品。特别是一名上岗不久的新手，这份亲和力对于你来说尤为重要。顾客会在不知晓的情况下，把你当成一个值得信任的参谋。

前面提到过的专业点菜师，除了要求秀丽的容貌，对菜品深入了解的专业知识外，还有重要的一点就是店员必须有足够的亲和力。没有亲和力，客人不会随便拿自己的胃口和健康来赌博，他会思量，你会不会给他净点些价格昂贵的菜品？你的菜品配制是否真正能达到营养健康？

因此，如果你拥有一份天然的亲和力，无疑这将让顾客加深对你的信任，有助于你销售工作的开展。试想：在享用美食时，如果面对一个态度生硬的陌生店员，他怎么会有十足的胃口？

当然，亲和力从本质上来说是一种先天性的东西，是一种自身的综合气质，但实际上亲和力也是一种能力，能力是可以后天获得的。如：通过学习，提高我们的智力;通过劳动,提高我们的劳动能力。

怎样才能具备这种亲和力呢?

从心理学上看,高血脂的人多是外向型性格,而外向型性格多是亲和力很强的人。因此,如果你恰恰是这种气质,你一定要好好利用这笔先天的财富资源。

如果你的性格偏内向,就要努力培养自己开朗的一面,让顾客喜欢与你交流。在日常工作中,你要有意识地培养自己的亲和力:

◆在穿着打扮上不要穿金戴银,浓妆艳抹,要尽量简洁大方,让自己显得更有气质,这会让顾客看了更舒适,更愿意与你进行交谈。

◆敬业爱岗,掌握专业知识,对服务对象要有感情上的亲和力。在顾客拿不定主意的时候,能够像好朋友一样提出中肯的建议。

◆多向老店员学习。你要学会仔细观察那些有经验的老店员,看他们如何迎接顾客,如何待人接物,如何成交买卖,并用心去领会。

◆多培养自己的兴趣爱好,要不断培养自己的信心,不断地与人沟通,业余多听一些舒缓的音乐。看一些励志类的杂志书籍,能让你的心情保持一种自然、平和的状态。

其实服务也是一门艺术,不仅体现了服务者的个人修养,也反映了这个品牌是否具有亲和力。试想,如果一个顾客前脚在翻看一些商品,后脚就有店员跟在后面整理,并且有意无意地弄出很大的响声,即使是再好的商品,谁还会有心情去买?服务并非只是一些表面功夫,只有真心诚意地替顾客着想,才能获得顾客长久的喜爱。

要记住,只有让人觉得可亲,顾客才有可能接受你的意见,接受你的服务。你是可亲的,你的话才是可信的,你才有可能成交买卖。

良好的职业道德

职业道德是从事一定职业的人在特定的工作环境中所应遵循的行为规范。具备良好的职业道德,是一个职场工作人员的基本要求。以下这样的情景可能经常会出现在我们的生活中:

【情景卖场】

情景一

一位衣着普通的顾客走进一家商场服装专柜打算为儿子买件衣服,选了半天,始终没有找到称心如意的款式,于是想听听店员的意见。见一名店员正背对着自己,就轻声招呼:"同志,麻烦你过来一下。"

店员一动不动,顾客只好上前轻轻地拍了拍她的肩膀说:"同志,占用你两分钟,过来看一下好吗?"店员回过头来就嚷嚷:"喂!你拍什么拍!"

顾客说明了意图,店员生硬地说:"没有。"顾客忍不住又看了几款,觉得不完全合意就离开了。刚离开柜台没多远,就听见了几个店员的议论:"瞧她穿那样,看着就没钱,还瞎挑什么……"

情景二

小静买了一件名牌内衣,穿了五天之后肩带扣就坏了,小静知道内衣通常是不能换的,但是花上百元买了件质量有问题的内衣,心理怎么也不平衡,于是她与店员协商,能否帮忙配一副肩带,实在不能配再考虑换一件。

但是,店员听完小静的要求后,立刻满脸冰霜,极其刻薄地说:"内衣哪有退的道理?如果退了,你有病怎么办?"

小静气极,立刻要求见经理进行投诉。

在第一个情景中,就因为顾客穿着随便,店员不仅背对顾客,还对顾客的礼貌提示恶意指责,甚至在顾客走后大肆议论,这是一种旧时代商人看不起人的陋习。其实,穿衣戴帽,各有所好,每个人都有自己钟爱或习惯的风格,在某些情况下,衣着并不代表什么,即使它是某个人身份的象征,也不能作为设定服务档次标准的依据。一视同仁地对待顾客,是一个店员的基本职业道德修养,否则,贬低顾客的同时,也贬低了店员的尊严和企业的形象。

第二个情景中的店员的表现更是极端。顾客抱着信任的态度来店里,其要求也不太过分,希望与店员共同商量,找到解决的办法。此时的店员应该以积极的态度来解决问题,比如向对方耐心解释,如果处理不了,可以征求店长和公司领导的意见。或许店员是为了维护公司利益,知道内衣售出后即使收回来也不能再卖了,但是,这种出口伤人的办法,明显是一种不道德的行为,不仅违反了店员的基本职业道德,甚至失去了一个社会常人的道德水准,企业对这种行为也肯定不会认可的。

除去此类，还有一些情景在店员的工作中肯定也不陌生：

◆在商场或者自助超市中，因为有些价格标识不清，或者品种繁多价格对不上号，顾客欲询问商品价格，旁边走来走去的店员要么不理，要么会丢下一句："牌上写着，自己去看。"就匆忙而去；

◆有顾客询问某种商品有没有，店员正与人谈得火热，半天才抬起头，极不情愿地回答一句："不清楚"；

◆有顾客发现结账错误，收银人员在漫不经心的核查过程中，请来店长，店长再进行繁琐的核查，让顾客左等右等，最后发现是自己的价格打错了；

◆还有一些店员在安静舒适的商场内大声谈论家庭琐事、化妆技巧、中午吃什么菜、昨晚的电视剧……兴致勃勃的顾客走进这场面，购物的心情一下子烟消云散。

诸如此类的情景，都是店员缺乏职业道德修养的一种表现。如此服务态度，企业和商场被频频投诉，也是在所难免的了。

商场，是顾客购物的地方。为顾客提供优质服务是企业的职责，也是永恒的主题。对于联系企业和顾客的媒介——店员来说，让顾客满意消费就是其职责所在，这就关乎到每个店员的职业道德。具备良好的职业道德对于维护商场和企业的形象非常重要。店员应将顾客的需要放在首位，为顾客提供全面、周到的服务，尽其所能满足顾客的要求。即使不能面面俱到，也要让顾客有一个良好的心情，这样才可能让他下次再光顾你的柜台。

店员的工作是直接与产品和顾客接触，因此店员有义务向顾客保证产品的质量，不将变质、过期等不合格产品推荐给顾客。如今许多商品生产厂家为了提高自己的销售额，都给店员一定的提成，希望他们力推自己的产品。在利益的驱使下有些店员就不顾职业道德，无论对方有无此需要，都是天花乱坠地向其介绍，不达目的不罢休。像如今超市里一些奶粉，店员明明知道快要过期，因为要急于销脱，就向顾客千方百计游说，这就是一种严重违背职业道德的表现。这样做的结果是让顾客对你及你的企业印象恶劣，甚至造成行业性的蒙黑。

或许你一直具有良好的职业态度，但是因为专业知识不够，或者对商品知识一知半解，对顾客的利益同样会造成很大的损害。例如，一天张女士胃痛，到一家药品超市购买治胃药物，并非学医出身的店员热情地给她推荐"某某健胃灵"，张女士听从其建议买了几盒，回去服用后不但没有效果，反而渐渐加重。后来到医院一查，才得知店员给她推荐的不是药品，而是盒子上面印着"食准字"的保健食品。

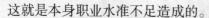

这就是本身职业水准不足造成的。

店员在工作中违反职业道德主要有这几种情况：

◆冷若冰霜，爱理不理。对进店顾客视而不见，或缺乏热情，对顾客的询问爱理不理，或都直接以"不知道"敷衍了事，一副"你爱买不买"的态度。

◆对顾客"热情过度"，顾客一来就一哄而上，缠住顾客无法动身，顾客不买东西就冷嘲热讽，甚至恶语伤人。

◆专业知识不过关，对商品知识不甚了解，顾客一问无法回答，或者回答得牛头不对马嘴。

◆收银时不仔细，与顾客常常发生结账纠纷。

◆没有转变从业观念，认为工作只是拿份薪水，与服务质量无关。

这些情况，有的是企业对员工的培训力度不够，有的则是店员本身没有形成一个良性的职业观和道德观。一个店员的常规职业道德体现在以下三个方面：

1.工作立场和心态

认同自己的服务职业性质，不带不良情绪上岗，不情绪化工作，愿意用专业知识为顾客服务，体现自我价值，从中得到自我满足。

2.行为举止和仪表

着装整洁，发型美观得体，仪表大方，举止文明，能使顾客产生信任感。

3.专业服务和态度

热情招呼，微笑待客，礼貌谢别。咨询回答专业耐心、细致周到，使顾客满意。

综合的业务素质

有人曾提出最完美的店员服务是：像特工一样观察；像法官一样倾听；像空姐一样微笑；像演说家那样善言；像实干家那样会做。世界上有这样完美的服务人员吗？当然没有。

但是，作为一名店员，每天在卖场接触到的除了商品之外，还有形形色色的各种类型的顾客，每一位顾客在选购商品时，其言行和态度各有特性，店员如何在交际的过程中洞察顾客的反应与需求，并做出准确的判断，进而采取有效的应对措施呢？除了以上我们详细分析的店员必备的三大素养以外，一个优秀的店员还应该全面掌握以下14种业务素质：

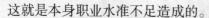

店员的14种业务素质

☆ 充沛的体力	☆ 敏捷性
☆ 做事的干劲	☆ 忍耐性
☆ 参与的热情	☆ 上进心
☆ 有责任感	☆ 有爱心
☆ 诚实	☆ 洞察力
☆ 勤勉	☆ 不服输
☆ 谦虚	☆ 创造性

以上是一名优秀店员所应具备的素质。事实上,在现实生活中没有一个人是十全十美的,金无足赤,人无完人,要严格具备全能型的业务素质实在不容易。但是,一名出色的店员应该尽可能地在实际工作中培养这些综合能力,而这些业务素质并非单纯的理论,它会实实在在地存在于你的工作当中,店员应该有意识地对它们进行综合吸纳,并进行综合运用。

这里,店员对前三项素质能力必须掌握:

1.要有充沛的体力。

俗话说,身体是工作的本钱,没有一个健康良好的身体,一切都无从谈起。店员的工作量是比较大的,而且从精神上来看,也是行业中压力不小的一项工作,拥有一个强健的身体,在工作时才能充满活力,才不会轻易被困难打倒。

2.要有做事的干劲。

对于本职工作能用心地去投入,换句话说就是要有主观能动性和工作积极性,才能长久保持工作心态的稳定性。

3.要有参与的热情。

这样才能在工作中寻找乐趣,自觉地培养自己对本职工作的极大热情,为自我成长打下良好的基础。

（二）相关营销知识

顾客至上的理念

店员是企业与顾客交流的关键人物，一方面要对商品的生产者负责，尽量把产品销售出去，另一方面又要对消费者负责，即为消费者提供满意的产品和服务。这就要求店员必须掌握市场营销知识，这样才能促进生产商和顾客之间的良好沟通，完成生产、销售、服务几方面责任的使命。

作为营销活动的中心，顾客是其最重要的一个话题。顾客是商店生存和发展的基础，也是市场竞争的关键所在。进入买方市场，顾客已成为商店营销活动的中心。在商品极为丰富的市场环境下，顾客进入商店购物，往往出于这家商店留给自己良好的印象，只有真正尊重顾客的商店才能获得顾客的青睐。现代商店的每一个店员都应对顾客具有如下认识：

1、顾客是最重要的。

顾客是商店的生存之本，是商店繁荣和发展的基础，因此，店员对每一个进入商店的顾客都应给予充分的尊重，并根据顾客的不同特点和具体情况向顾客提供个性化的服务，通过动作、语言、表情等体现对顾客的重视。

2、顾客永远是对的。

对于提意见和进行投诉的顾客，必须认真倾听，不要立刻进行辩解，应客观地研究顾客提出的意见，针对顾客提出的意见或投诉内容表示歉意和致谢，尽可能地给予顾客帮助，向顾客解释该怎么办，以真诚且恰当的语言化解顾客的怨气。

3、不与顾客发生任何争执。

在与顾客的争执中，店员永远没有胜利可言，即使顾客没有理，也应适当地表示歉意，而不应当阻止顾客提意见，应把顾客提出的意见看成是留住顾客、改善服务的一个机会。

4、顾客通常容易将局部视为整体。

任何一名店员的错误、失礼、怠慢或不负责任，会被认为商店所有的员工都是如此，从而让顾客对商店产生不良印象。因此，店员在不断提高自己服务水平的同时，还应互相帮助，互相督促，共同提高，使整体服务水平得到有效提高。

学会进行市场细分

对于店员来说,市场细分这个营销概念可能有些含糊和陌生。市场细分的概念是由美国市场学家温德尔·史密斯于20世纪50年代中期提出来的。当时美国的市场趋势已经是买方占据了统治地位,满足消费者多样化的需求,已经成为企业生产经营的出发点。为了满足不同消费者的需求,在激烈的市场竞争中获胜,就必须进行市场细分。这个概念的提出很快受到学术界的重视并被企业界广泛运用,目前已成为现代营销学的重要概念之一。

宝洁公司在进入中国市场之前,通过市场研究了解到中国洗涤用品的市场状况,包括品牌种类、售价、市场占有率以及销售额,同时分析了中国消费者的特点、为确定营销战略提供了详实的市场背景。之后又通过大量的问卷调查仔细研究了中国人的头发特点,洗发习惯,购买习惯等情况,发现洗发市场上高档、高质、高价的洗发用品是个空白,于是研制出适合中国人发质的配方,推出新品"海飞丝",迅速地占领了这一块市场空白,并成功地成为中国洗发水市场上的领导品牌。这就是市场细分。

通过市场调查研究进行市场细分,可以了解到各个不同的消费群体的需求情况和目前被满足的情况,在已满足的水平较低的市场部分,就可能存在着最好的高端市场机会。

1999年,摩托罗拉公司在中国推出V998双频中文手机之前,对手机市场按价格及性能做了充分的调查和分类,发现手机市场大致可以分为高中低三档:低档手机多在3000元以下,性能一般,只能满足用户的一般通话需求;中档手机在3000~5000元之间,除了通话质量较好之外,还可满足用户向往的商务功能;高端手机价格在5000元以上,功能更强大,外形更小巧,而且可以在两个不同频道之间自由切换,满足用户永不占线的需求。市场上多是中、低档手机,高档手机严重缺乏。所以,在经过充分地论证之后,1999年初,摩托罗拉推出V998中文双频高档手机,迅速占领了市场,引起强烈的反响,给公司带来了巨大的效益。

在全球经济一体化的今天,每个市场上都有成千上万家企业在激烈地竞争,如何在竞争中存活,如何提高市场占有率使企业不断壮大,是每个企业都在时刻关注的问题。市场细分是企业发现市场投资空间,发展市场营销战略的有力手段,通过市场细分,找到市场空白点,迅速开发新品满足需求,是企业迅速壮大,不断扩展的最佳途径。

海尔"小小神童"的成功上市也是市场细分的结果。海尔的研究人员发现夏天的衣服量少、洗得勤，传统的洗衣机利用率太低，于是推出小容量的"小小神童"，大受市场欢迎。他们还发现有些地区的农民用洗衣机来洗地瓜，排水道容易堵塞，于是又开发出既能洗衣服，又能洗地瓜的"大地瓜"洗衣机，满足了这一市场需求，迅速占领了当地的农村市场，受到农民的好评。海尔还对家用空调市场进行调研，发现随着住宅面积的不断增加，壁挂空调和柜机都已不能满足所有居室的降温，于是提出"家用中央空调"的概念，开发出新品，获得了良好的回报。

通过正确的市场细分，不仅满足了不同消费者的需求，也增加了企业的经济效益。市场细分作为一个过程，有以下几个步骤：

◆选择与企业任务、企业目标相联系的产品或市场范围以供研究；

◆选择正确细分形式，一般来讲大体有四种形式：地理细分、人口细分、心理细分和行为细分，也可以按照诸如教育程度、种族、收入、年龄、购买方式等更加详细的标准来划分；

◆组织人员调查目标群体，特别是对潜在消费群的调查；

◆研究调查结果，确定细分市场的规模和性质；

◆选择目标市场，设计市场策略。

要在茫茫的商海中真正找到市场机会，就必须进行广泛、认真的市场调研，世界知名的企业宝洁、摩托罗拉、IBM等无不是以详细的市场调研做为产品开发的先导。很长一段时间，国内的企业对此认识不足，从VCD的没落到彩电市场的硝烟弥漫，普遍地反映了决策上的主观臆断，没有进行认真的市场调研。目前，在越来越激烈的市场竞争中，国内企业已经深刻认识到市场调研的重要作用，纷纷开始运用市场调研的手段。

脑白金能在激烈的保健品市场笑傲江湖，就因为他提倡的送礼概念满足了广大消费者礼尚往来的需求；同样的还有电动自行车的发明，满足了城市禁摩之后省时省力无污染的代步需求。关注并满足消费者的需求可以让企业找到合适的市场机会，比如对宾馆、酒楼来说，他们希望电视机和空调不要像普遍家用电器一样，在面板上操纵，而是可以通过遥控器来设置功能，这样就避免了因消费者过频操作而引起的设备损坏，他们对于电视机的需求就是消费者只能是进行频道切换和音量大小控制，而不能改变其功能。企业要是能开发出新品迅速占领这一块尚未有人进入的市场，一定会取得很好的收益。

市场细分与调研是企业管理的一项重要工作。作为一名基层工作人员，店员可能不能正确地认识到自己在企业市场细分中的作用。事实上，店员身处一线，整天与顾客和同行打交道,正是进行市场调查的绝好机会,从某种意义上来说,店员是一个企业的"第一市场调研员"。那么,店员在企业的市场细分和调研中该怎样做呢?

1.首先要有意识地在工作中多了解目前市场状况,把握如消费者状况、行业环境、品牌数量、销售额等方方面面的情况,以便从中洞察先机、探测市场机会。

在同质化竞争激烈的今天,店员如果能细心观察,洞察市场先机,抢占市场份额,一定能取得优厚的回报。比如在日常工作中,经常遇到顾客来挑选少年儿童袜而又找不到合适的情况。原来,在市场上能见到的只有婴儿袜和成人袜,广大少儿的袜子少之又少,店员如果有意识地发现这一问题,并向企业及时汇报,开发出3~15岁的适用产品,用年龄来标识,就叫三岁袜、五岁袜等,家长们肯定会对号入座,不必再为袜子太大或太小而发愁,从而增加企业的销售额。再比如PDA商务功能强大,但并不适合广大学生和普通工薪阶层,如果能去掉PDA的商务功能,保留其文本阅读能力,开发一种可以下载、摘录、带夜光的简单的文本阅读器,就可以避开PDA激烈的竞争,树立自己的品牌。

2.根据行业性质,研究行业环境,为企业及时回馈信息。

比如一个药店店员,在如今越来越专业和理性的消费环境下,店员可以观察到那种"一网打尽、包治百病"的产品已经越来越没有市场了。行业竞争如此激烈,找到市场空白点,满足这种消费趋势和潮流,准确定位产品,才是赢取市场的关键。例如我们常常忽略的残疾人医疗市场。我国有残疾人6000万,年医疗消费额300亿元以上。但他们的辅助医疗器具和特殊药品,目前只有20%的需求量得以满足。美国维格尔保健营养套餐则专门针对中国人的营养摄取需求而设计标准,并区别各个"特征人群"量身定做,针对性极强。另外,根据自己的销售经验,还可针对不同目标市场进行剂量、规格等的细分,武汉散装药的火爆,便是证明。

3.根据企业营销政策,尽量满足消费者需求,有的放矢。

广泛、大量的调查可以让企业更清楚地了解消费者的需求,然后根据消费者需求寻找新的市场机会。特别是花样繁多的卖场促销活动,就是需要店员对顾客的消费习惯和方式有深入的了解,从而为企业制定相应的促销策略提供最直接的意见。

国际知名企业的那些大手笔的促销、广告活动,每一点核心内容都是市场调研的结果。尤其是再三被强调的产品特点,都是经过多次问卷得出的消费者关注的焦点。一旦企业制定的促销策略开始实施后,店员都是直接执行者,从而可以看出促销策略在销售活动中的可行性和成功性。由此形成了一条市场调查循环链条,对企业的销售策略的改进起着非常重要的作用。

学点消费心理学

店员从组织形象到产品形象,每一环节都要为顾客服务,以顾客为中心,使其对产品认可并乐于购买。在激烈的市场竞争中,店员要想真正战胜对手,就必须尽量多地拥有顾客,特别是忠诚顾客消费群体。要做到这一点,就必须对顾客的消费心理有深刻的认识和把握,投其所好,避其所恶。

顾客的消费心理多种多样,而且随着自身环境、周围环境、社会风气、流行时尚以及自身认识、观念的不断改变而改变,顾客的心理就像无形的"控制器",时时刻刻操纵着消费行为。如果不仔细分析研究,摸索出消费心理的规律,还真会有"高深莫测"的感觉呢。

消费动机的形成主要是由于顾客在各种消费需要的刺激下引起心理上的冲动,促使消费行为的实践。因此,消费需要决定着消费动机,不同的消费需要可以产生不同的消费动机。

消费动机可分为两种:

1.生理本能动机

对饥饿、寒冷、干渴等的反应是人的生理本能,所引起的动机就是生理本能动机。这种动机可以包括:

(1)维持生命动机:顾客正常的新陈代谢随时都需要得到相应的补充。饥饿时渴望食品;寒冷时渴望衣物、房屋;口渴时渴望饮水;困倦时渴望睡眠等等,这些都是保证人能正常生存的必需物品和行为,那么这些欲望就驱使顾客产生购买物品,通过购买物品满足欲望的动机。这个时候的消费行为,只能反映顾客的基础生存需要,如果此时去向他推销财产安全保险,那肯定会以失败而告终。

(2)保护生命动机:人在生存过程中总会受到病痛、危险的迫害,为了保证自身的健康和安全,有购买相应所需品的动机。

(3)延续生命动机:繁衍是人的本能也是责任。建立家庭、生儿育女,抚养子女而购买与此相关物品的动机。

(4)发展生命的动机:美好舒适的生活条件,现代化的生活方式以及掌握、提高知识水平和劳动技能都是顾客所追求的,从而引发的多种购买动机。生理本能动机驱使顾客购买的对象多是日常生活用品,其具有重复性、稳定性、经济性和习惯性等特点。

2.心理动机

顾客的心理过程包括认识情感、意志等，由此产生的动机也可分为以下几种：

（1）情感动机，即由顾客喜、怒、哀、乐、恐惧、好奇、嫉妒等情绪及道德感、群体感、荣誉感、美感等情感所引发的动机。前者动机受外界条件影响较大，往往有印象性、冲动性和不稳定性。而后者就比较具有稳定性和深刻性，能从此过程中反映出消费者的精神面貌。

（2）理智动机，即商品基本上已为消费者认识，通过分析、对比、考虑之后萌发的动机。在此动机支配下消费者在购物时比较注意质量、实用性、价格的高低、使用是否方便等因素。具有客观、周密、控制性较强的特点。

（3）惠顾动机，即消费者凭着经验，对特定商品从情感和理智上产生信任和偏爱的动机。便利的环境、优质的服务、可靠的质量、合理的价格及良好的秩序等都是产生此动机的原因。此类消费者对产品及企业来说都是非常可贵的，能起到积极支持并宣传产品、企业的作用。

（4）社会动机，即消费者受到所处的社会环境中的地位、文化、风俗习惯、经济状况、社会团体和宗教信仰的影响，以及后天形成的为满足社会性活动需要而引发的动机。可分为由于社交、自主等心理引发的基本社会动机和由地位、威望、成就等心理引发的高级社会动机。

总之，消费动机有主导性、转移性、矛盾性等特点，主导性指购买动机可能是由一种动机或是几种动机中起主要作用而驱使购买行为的特点。转移性是指一种或两种动机在进行过程中因受阻碍而发生转变的特点。矛盾性是指由多种动机同时驱使购买行为时，相互间的作用方向有可能是不一致的特点。通过对以上两种消费动机的学习，店员可以了解顾客购物时的特点，从而采取适当的应对措施。本书在后面的顾客专章中还有详细阐述。

（三）基本工作程序

要接受岗前培训

店员自身素质的高低、服务的技能和态度的好坏，是影响卖场服务水准的重要因素之一。

除个人素养以外，很多职业技能都需要在进入公司后进行全面培训而获得。

过去，在进行培训与否的问题上，许多人还存在一个错误的认识："培训不培训一个样"。如果你是一位持这种观点的卖场经理，那么你的商店将面临倒闭；如果你是一位店员，当别人通过培训提高了一大截，而你还是老样子；别人日销售额上千元，你却还在几十元的业绩中怨天尤人；你同别人一起赶往一个目的地，半路上，别人补充食物，吃饱了，喝足了，而你却饿着肚皮；原来你与别人之间没有什么差距，现在你却被远远地甩在了后边。

培训就是给你补充营养，就是给你加油。所以，要想成为一名优秀的店员，经常参加并重视公司内外的培训是必不可少的一项工作。

新任店员在上岗前，至少需要接受8项基本知识的培训。

1.充分了解公司和卖场

应充分地了解所在公司的历史状况、曾获得过的荣誉、企业文化、产品研发与质量管理、售后服务承诺以及公司未来的发展方向等事项，此外，还应了解商品在市场上的行情、流通路径等相关方面的知识。对于那些设置于超市、商场中的"店中店"来说，该卖场的历史和服务风格也应在事先有详细了解，因为顾客一旦走进卖场，就会把你当成商场一员，各种各样的问题都可能出现在你面前。

2.掌握行业术语

进入一个行业，不仅要对行业过去和现在的状况有所了解，还应对行业的未来演变进程、流行趋势都有所认知，要熟悉与行业相关的一些常用术语，例如商品毛利率和回转率、POP、DM，甚至一些管理上的术语，如5S、4P等。

对公司与行业知识的充分了解不仅能有效地增加店员对公司的归属感，还可以增强店员在销售服务时的信心，所以这两项都是非常重要的辅助销售要点。

3.掌握商品知识

商品知识是进行销售服务介绍时的基本要点，店员要将商品的名称、种类、价格、特征、产地、品牌、制造流程、材质、设计、颜色、规格、功能、性能、流行性、先进性、推广要点、使用方法和维护保养方法等各种基础知识牢记在心。

4.商品陈列与展示的常识

店员要懂得如何巧妙地运用色彩、构图、灯光来配合商品的体积、造型、外观，做出令人惊奇的、最吸引人的陈列展示。根据商品的色彩与特征，可以采用条列式或对比式的陈列方式来加强商品的美感和质感，从而达到刺激顾客购买欲望的目的。关于商品的认识、分类、陈列等内容，本书将在第三章中详细介绍。

5.竞争产品

在工作过程中，店员应把握住时间和机会，注意同行业竞争对手（类似品、替代品）的举动。例如销售额、销售方式、市场活动、价格变动、新品上市、人员变动等情况，并将这些情况及时地向店长汇报。

6.工作的职责与规范

只有透彻地理解自己的工作职责与规范，随时注意自身的仪容打扮、服饰穿着，才能更好地为顾客服务。此外，店员还应按时完成各项行政报表，包括日、周、月销售报表以及市场信息周报等项的填写工作。

7.了解顾客的购买特性与心理

由于顾客个性化、差别化的消费需求，店员要站在顾客的立场上去体会顾客的需求和想法。只有充分地了解不同顾客的购买特性与心理，才能更好地提供令顾客满意的建议，促进顾客购买所促销的商品。

8.销售服务技巧

要成为一名优秀的现代店员，必须对销售工作及时更新，不能总停留在狭隘的传统观念里，总以为顾客上门后，才是打招呼、销售商品的时刻。要努力学习、灵活地运用接待顾客时的基本用语、应对技巧以及处理顾客各种抱怨的技能。

除了上述8项店员必须掌握的知识以外，在卖场举办促销活动时，店员还要通过活动前的培训，详细了解活动的目的、时间、方法、商品知识（用于新产品促销）等细节，认真领取各种促销宣传品和活动用具，实施好促销活动。

营业前后的准备

"一日之计在于晨"，营业前的各项准备工作做得如何，关系到一天的工作质量。准备工作做得充分，能确保营业期间忙而不乱，精力集中，提高工作效率，同时又能减少顾客等待的时间，避免发生差错和事故。因此，店员在上班前除了听从店长安排的工作计划与重点以外，还要做好各项准备工作。

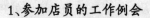

1、参加店员的工作例会

店员实行例会制,这在不同的企业有不同的规定。有些是强调日日开例会,有些是实行周会制,但总的说来,店员例会反映了一日或者一月的工作情况,发现问题并解决问题,是较为实际和具体的一项工作,是不可省略的一个程序。店员要对其引起重视,不要把它当成一种形式。

店员工作例会的基本类型和内容有:

(1)早例会

◆向店长汇报前一天的销售业绩以及重要信息反馈;

◆听从店长分派当日所辖展区、工作计划和工作的重点;

◆清点、申领当日的宣传促销用品;

◆朗读常用礼貌用语(根据各卖场的不同规定)。

(2)晚例会

◆向店长提交当日的各项工作报表与临时的促销活动报告,反馈消费需求信息,并对非易耗促销品的损耗作出解释;

◆销售表现的相互评估及分析,提出改进建议;

◆接受店长或公司其他上级主管的业务知识技能培训;

◆朗读常用礼貌用语。

(3)周、月例会

◆向店长提交各项工作报表与临时的促销活动报告,反馈消费需求信息,并对非易耗促销品的损耗作出解释;

◆清点、申领下周(月)宣传用品;

◆销售表现的相互评估及分析,提出改进建议;

◆接受店长或公司其他上级主管的业务知识技能培训;

需要注意的是,在卖场当日值班的店员必须参加每日的例会;所有地区的店员必须参加每周、每月例会。上述每日早、晚和每周、月例会的内容均属独立执行。

2、检查准备商品

(1)复点过夜的商品

参加完工作例会后,店员要做的第一件事,就是根据商品平时的摆放规律,对照商品的账目,将过夜商品进行过目清点和检查。不论实行的是正常的出勤还是两班倒,店员对隔夜后的商品都要进行复点,以明确各自所负的责任;对实行"货款合一"、有店员借用货款的,要复点隔夜账及备用金,做到心中有数。

在复点商品和货款时,如果发现疑问或问题,应及时向店长汇报,请示处理。

(2)补充商品

在复点商品的过程中,根据销售规律和市场变化,对款式品种缺少的或是货架出样数量不足的商品,要尽快地补充,做到库有柜有;续补的数量要在考虑货架商品容量的基础上,尽量保证当天的销量。

对于百货商场和超市店员来说,还要尽可能地将同一品种、不同价格、不同产地的商品同时上柜,以利于顾客随其所愿地选购。

(3)检查商品标签

在复点的同时,店员还要对商品价格进行逐个检查。对于附带价格标签的商品,应检查价签有无脱落、模糊不清、移放错位的情况。有脱落现象的要重新制作,模糊不清的要及时更换,错位的要及时纠正。

重点检查对象是刚刚陈列于货架上的商品,确保标签与商品的货号、品名、产地、规格、单价完全相符。对于无附带价格标签的商品,要及时制作标签。

商品价签应采用国家许可的正规价签,价签上应标明商品的名称、价格、质地、规格、功能、颜色和产地等项。

对于需要做样品的商品,都要做到有货有价、货签到位、标签齐全、货价相符。

3、做好卖场与商品的清洁整理工作

在营业前,店员要做好卖场与商品的清洁与整理工作。

◆营业场地做到通道、货架、橱窗无杂物和灰尘。

◆商品陈列要做到"清洁整齐、陈列有序、美观大方、便于选购",新产品和热销商品要摆放在醒目的位置。

◆发现残损的商品要及时更换,按照规定处理。

4、收银记账机的准备

◆收银记账机找给顾客的零钱的确认、收据或发票的记账应做好准备。

◆橡皮筋、印章、各种面值的纸币、硬币等都要一应俱全。

一切工作准备就绪,就要正式营业了。在最后一分钟,可以扫视四周,确认无误后,打开店门,以亲切的笑容迎接顾客,并问候早安。

一天的营业工作结束后,以下这些工作也不容忽视:

1、清点商品与促销用品

根据商品数量的记录账卡,清点当日的商品数量与余数是否符合;检查商品状况是否良好、促销用品(如宣传卡 POP)是否齐全,若有破损或缺少应及时向店长汇报、领取。

2、结账

"货款分责"的卖场,店员要结算票据,并向收银员核对票额。"货款合一"的卖场,店员要按照当日票据或销售卡进行结算,清点货款及备用金,及时做好有关账务,填好缴款单,签章后交给店长或卖场的经管人员。

3、及时地补充商品

对缺档或数量不足以及需要在次日销售的特价商品和新商品要及时地补充。

零售店的店员应先查看卖场的库存,及时加货,如果库存无货,应及时向店长汇报,以督促公司销售人员次日进货。

商场、超市等店中店的店员也应协助商家做好货源的供应工作(向其询问或查看库存),及时向柜组长或店长汇报,并向公司订货,争取做到货不断发。

4、整理商品与展区

对所辖展区、商品、促销用品及销售辅助工具进行卫生整理和整齐地陈列。小件物品要放在固定的地方,高级及贵重的物品应盖上防尘布,加强商品养护。

5、报表的完成与提交

当日销售状况应进行书面整理、登记,包括销售数、库存数、退换货数、畅销与滞销品数等等,及时填写各项工作报表,在每周例会上提交,重要信息应及时向店长反馈。每日销售活动结束后要填写工作报告,在日、周、月工作例会上提交。

6、留言

实行两班或一班制隔日轮休的店员,遇到调价、削价、新品上柜以及当天未处理完的事宜,均要留言告知次日当班的同事,提醒其注意或协助处理。

7、确保卖场与商品的安全

销售贵重商品的卖场应检查展柜和小库是否上锁,同时将票据、凭证、印章以及卖场自行保管的备用金、账款等重要之物都入柜上锁。

要做好营业现场的安全检查,不能有丝毫的疏忽大意,特别要注意切断应切断的电源,熄灭火种,关好门窗,以避免发生火灾和失窃。

店员在离店之前,还要认真地再检查一遍,杜绝隐患,确保安全。

必做的辅助工作

在一日正式营业工作中,还有许多辅助工作要做,营业中的辅助工作如下:

☆ 缺货时及时进货、调货

☆ 到货时收货、拆包、验收

☆ 加货时记账

☆ 整理、陈列商品

☆ 调价时更改商品的价签

☆ 卖出商品后及时销账

☆ 交班时进行货账清点

☆ 清点货款和办理结款

这些辅助工作都是由店员来承担的,如果能及时地做好这些辅助工作,能有效地加快销售速度、提高服务质量、防止出现差错事故、加强卖场的经营管理。

1、积极主动地掌握忙闲规律

在每日的营业时间中,各卖场和展区、各柜台都有各自的营业忙闲规律,也就是说都有间隔的空闲时间。店员要把握住短暂的空闲时间,高效率地做好上述营业中的各种辅助工作。

反之,如果店员缺乏这一观念,即使有很长的空闲时间,却宁可谈天说地,而不是尽其职责,就会严重影响卖场的服务质量。

2、认真负责、及时准确

营业中的辅助工作繁杂,难免有乱中作战的感觉,这就要求店员做到及时而准确。

◆要货、调货要及时;

◆对直接上货架而不入店内库房的商品,要及时地验收,保证单货彼此相符、数量准确、质量完好,绝不能马虎从事;

◆验收后的商品要快速地摆上货架,细心入账;

◆在销售过程中如果发现商品质量有问题,应暂停出售;若仅仅是数量或串号的问题,应及时向店长汇报。

店员的辅助工作如果做到及时,可以避免人为造成的脱销;做到准确,则可以避免差错,便于卖场的经营管理。

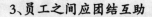

3、员工之间应团结互助

卖场不论大小都是一个集体,大家应齐心协力、团结互助,做好卖场营业时的辅助工作,不能出现 A 区忙得不可开交而 B 区却闲得无事可做的状况。

店员既要做顾客的"贴心人",又要做同事的"贴心人"。一家卖场能做到互相爱护、融洽无间、和谐相处,整个集体就会更有朝气,更加温暖,每一位员工都会愿意融入到这个集体中去,为这个集体努力地工作。

4、坚持先对外后对内

为顾客服务是店员的最高宗旨,接待好每一位顾客是店员应尽的职责,不论在任何情况下,店员都要把接待好顾客放在工作的首位。

当顾客来到卖场时,不管店员是在做辅助工作还是正在互相商量事情,甚至有公司领导在卖场布置工作,都应该停下来,先招呼顾客,不让顾客在一旁受到冷落而久候。

一天的工作程序

一般来说,店员一天的工作程序是这样的:

当然,店员工作时间,以不同的营业性质分为不同情况。

超市的工作日一般每周 7 天全营业,每天总的营业时间一般超过 10 小时,起止时间一般为 8:00-18:00,为了方便工薪族顾客购物,超市一般都会延长营业时间,起止时间为 8:00-22:00。

经营生鲜食品为主的超市,为了与菜市场、早市竞争,营业时间一般提前到 6:00 开始营业。这样超市可安排两个班:早班 6:00-14:00,中班 14:00-22:00。但根据《劳动法》规定:每周实行双休日,至少要有一个休息日,每日工作时间不超过 8 小时。考虑到轮休,还要设一个班来接替。另外,一周内每逢星期六和星期日一般为购物高峰,每日的购物高峰时间不同,有些卖场会在高峰时段增加人手,补充一些钟点工或实行弹性跨班制,即在购物高峰时间内,有两个班的员工同时上班服务。

相比大型商店的规律化上班制,小型门店要灵活得多,但是小型店也并非很悠闲,一般来说要比大型店早半个小时营业,晚 1~2 个小时结束营业。一些便利店在上午7点开店,晚上11时休息,大多是长时间营业,现在24小时都营业的门店也愈来愈多,如一些饮食店、百货店等,独立的小店也应该参考这种营业体制。

无论公司和卖场如何规定,店员都必须清楚地了解并熟练地掌握自己每天的工作流程,以便有条不紊地开展每一步工作。

1、准备上班

店员应提前20分钟到卖场,用5分钟的时间来更换工作服,进行个人形象的整理,再用5分钟的时间到会上接受店长指派的当日的工作计划与要点,然后用10分钟的时间整理所辖展区的商品,进行规范和清洁。

2、上午销售

开始第一阶段的销售工作,为顾客服务,紧急问题要及时地反馈,检查商品,畅销的货要及时地补充,切记不可出现缺货断档之事。

3、午餐休息

中午休息时间除了吃午餐、补充体力之外,还可以处理个人事务,整理一下思路,对应急的商品要及时地进行补充。女店员要化妆、男店员要抽烟的话一定要到休息室或非公众场所,如果要外出购物,一定要征得领导的同意。

4、下午销售

接下来又是紧张的销售过程,不仅要接待顾客,销售商品,还要进行信息分析,查看竞争对手的销售状况以及查看库存、预测销售数量、及时订货。

5、下班前的准备

到了5点半左右,店员应对自己这一天的工作做个总结,包括确认畅销品和滞销品,做到心中有数,畅销品应尽量进货,滞销品则要少进货;其次,要协助结账,进行商品整理;重要的信息及时向店长或主管汇报;最后,填写各种行政报表,确认当天的工作情况。

6、下班

一天的工作结束了,就可以高高兴兴地下班休息了。

第二章

优秀店员第 2 关

——服务礼仪

　　提供优质服务,获得最佳业绩是店员的使命,而完美的个人印象无疑是最好的宣传和广告。作为联系公司与顾客的纽带,如果你有一副端庄的仪表、得体的打扮、大方的举止,再加上你从心底散发出来的天然亲和力和发自内心的快乐,谁还拒绝得了你的笑容?

　　这一关教你如何从细节上着手打造一个最美丽的自己,如何从服务上规范自己的各项操作,从内而外给你全面细致的形象教育,让你做一位"顾客眼里的上帝"。

（一）完美的第一印象

清爽的仪容仪表

谁都知道店员的个人印象很重要，为什么说要讲求第一印象呢？因为顾客是随意性的，大众性的，他会以自己的第一感观去衡量你的美丑度、舒适度，从而选择是否在你的店里呆下去，你不可能再有第二次机会。美的仪表，能反映出一个人的气质、情操和美好的心灵，更能赢得别人的尊重，有经验的店员都很注意自己的仪表。

这里所讲的仪表主要指店员在工作时的发型、妆容、服装、表情等等一些外部展示，这种展示是给同事、领导和顾客的第一印象。由于职业性质，店员的仪表装扮不可像常人那样追求个性，浓妆艳抹、奇装异服、颜色花哨、发型怪异都会招致顾客的反感而影响服务质量，也不可随意着装、休闲自由。总的说来，一名店员的标准外在个性就是：职业性、服务性、专业性。

下面就店员的外在仪表、着装佩戴、表情言谈方面作分别交代，让你从细节上完美自己。

1、外在仪表

首先要保持良好的精神风貌。在社会上，店员的辛苦是人们有目共睹的。这只能够促使社会理解与支持店员，却万万不可以成为店员放松对自己的严格要求、得过且过的借口。在上岗之前，应尽可能休息好，并进行必要的仪表修饰。要使顾客看到自己之后，觉得耳目一新、精神为之一振。不要不修边幅，看上去萎靡不振、邋邋遢遢。

干净整洁是外在仪表的基本总则。整洁是最美的修饰，因此在外表仪容上首先要搞好个人卫生。要勤洗澡、勤理发、勤刮胡子、勤剪手指甲、勤换袜，去除过多体毛和身体异味，使自己看起来干净、利索。在工作场所应努力杜绝各种不洁不雅动作，如用指甲作清洁工具、裸手接触食品、唾沫当水用来点钞、无所事事地掏耳朵挖鼻孔等等。

此外，良好的生活习惯也是店员工作的配套程序。例如，口腔要保持每日清洁，上班时间切不可吃葱、蒜等刺激气味食物，不喝含酒精的饮料，更不要在上班时间嚼口香糖,指甲要修剪整齐,保持干净,甲缝不要留污垢,不要留长指甲,女孩子不要涂指甲油等等。

头发要日日打理,梳理一新。如果你是一位美容小姐,发丝垂在脸上无疑会给顾客一种心理上的压迫感。店员一定要让自己的发型设计合理,力求大众化,不要过于追求新潮。越是正式场合,越以保守为佳。女店员可以选择短发、马尾辫或烫发较为保守型的发式,若留长发应用啫喱水将头发理顺固定,不要四处飞舞,用发卡夹住最好。另外,一些年轻女孩喜欢在工作时间梳理头发,这会给人一种轻浮的感觉,一定要去掉这个不良习惯。

男店员要以短发示人,不要蓄长发,更不要剃光头。短发也要讲求发型:前发不覆额,侧发不掩耳,后发不触领。不要无端染出艳丽、奇异的颜色,除非是早生白发,需将其染黑,否则就不要为追求时尚而让自己的头发五颜六色。

化妆也是一个优秀店员的必备工作。化妆的第一原则是洁净,男店员要每天刮一次胡须,才会显得干净清爽,在修饰上要以自然为主,不要过分修饰,否则就有油头粉面之嫌。女店员要化适当的淡妆,不要浓妆艳抹。化一个适合自己的妆容是一项艺术性的课程,后面将作专项阐述。化妆的最佳效果是显得年轻朝气,活力动人,显示你充足的信心。

在着装上要稍稍讲究一些,后面也将专项介绍。总的而言着装应整洁大方,颜色力求稳重,不得有皱褶和破洞,内衣下摆不要露出,否则会给人一种不严谨的印象。不要挽起衣袖,要扣好纽扣,不应有掉纽扣。鞋子要随时保持干净,并擦上鞋油。不要穿高跟鞋,免得碰撞地面,制造噪音。给自己准备一双备用袜子,随时可以派上用场。

上班时间必须佩戴工作牌,工作牌要端正佩戴在左胸适当位置,非工作原因不要在办公场所以外佩戴。

2、着装佩饰

服装覆盖了一个人体面积的8/9,是一种社会的符号,是社会意识在个体中的反映。店员不论是穿着统一制式的店服,还是自由选择着装上班,都必须使自己的着装整洁、大方、得体,因为它对于顾客的购物心理起着重要的影响。举例而言,要是一名男店员敞胸露怀、攘拳捋袖、歪戴帽子斜穿衣地站在柜台后面,单身而来的女顾客即使不把这里当成"黑店",恐怕也会"敬而远之"。

据一项研究表明,顾客更青睐那些穿着得体的店员,而身着整齐统一的商务制服的店员所创造的业绩要比身着便装的店员高大约60%。这样看来,适当添置一些新衣服或者为公司的团体制服买单也是一种高明的投资,良好的个人印象会给你带来丰厚的回报。

(1)统一着装

一般来说,知名餐厅、宾馆、商场超市等服务行业的店员都配以正式的制服。这样做的好处在于,能营造协调、气派的氛围,让店员自信地工作,增强店员的集体自豪感,同时也便于顾客识别店员,易于交流。

统一着装的制服样式不宜过于保守,以免产生呆板、落后之感,但也不能赶时髦。企业店员的服装不是作业服,其服装有很大的礼仪作用。因此,服装的面料应讲究些,档次过低、过高都不妥,应选择那些颜色单一、质地纯正、挺括较为上等的面料。服装的款式也不能只有一种,应随着季节而有所变化。

穿制服时不宜佩戴任何饰物,特别是那些制作精美的工艺品,比如刀剑、异形、人体形状等之类工艺饰品。一是在正装之中,制服不仅表示你正在工作,而且代表着正统、保守。二是从制服本身性质而言是不需要被刻意装饰的。一名身穿制服的店员,如果一身挂坠,叮当作响,这无疑会冲淡制服的风采,让制服的正规性和礼仪性荡然无存。制服的唯一"饰物"就是服务证,小巧精致的服务证端挂在左胸前,不仅让顾客记住你的名字,而且大气、庄重,两全齐美。

制服代表一种礼仪,因此别把它当作劳动服,随便套在身上,须注意检查,要随时干净笔挺。穿着考究的店服上岗,是为了使之与商品和购物的氛围相适应。要是把漂亮的店服穿得不像样,例如,领带拉开一半,衬衫下摆不掖起来,外衣袖口高挽,上衣领口大敞,穿西装配布鞋等等,都会影响顾客对卖场的整体印象。

拿美容店来说,清新可人的店员小姐是橱窗里一道靓丽的风景线。令人印象更深的是,美容店的店员制服一般是粉红、浅蓝或者白色,能带给顾客一种非常温馨、舒适的感觉,这就要求店员制服要时刻洁净无瑕。要随时准备几件干净烫好的衣服,在前胸左上方印上自己的名字,制服背面上印上店名,还要注意一些细节问题,不要出现掉一颗纽扣、松了线头等现象。

(2)自由着装

作为一名店员,也是一名从事商务工作的人员,如果公司没有统一制服,其自由着装佩饰要统一遵循的就是"TPO"原则，即时间、环境、目的。

笛卡儿曾经说过："一种恰到好处的协调和适中的服装就是美。"店员的自由服饰美要求整洁大方、端庄朴素、轻便协调、色彩和谐。在衣着、穿戴方面有两种做法不足取：一是片面追求华美，顾客是来买东西的，不是来看服装表演的，过分的打扮会分散顾客注意力，甚至令顾客反感。二是过于随便，长衣大袖，不修边幅，这说明店员自身缺乏涵养，因而其推销的商品也就没有吸引力了。

女店员服装一般以西式套裙、连衣裙或职业装为主，颜色要求以亮丽、单色调为主旋律，穿着时注意内衣不能外露，要系好扣子，要穿皮鞋。女店员的短裙最好在膝盖以下，切不可在上班时间穿无袖、吊带、露背装，也不要穿背心、短裤和拖鞋。

男店员服装一般以西装或职业装为主，并遵循"三色原则"，即身上所有颜色不超过三种，以深色或纯色为宜，不佩戴任何饰品，要按照统一规定着装。

在佩戴帽子方面，店员必须注意的问题是，在工作岗位上，只有戴工作帽才是允许的。人所共知，在人际交往的环境里，"脱帽为礼"是基本的讲究，擅自在工作场所戴上自己的时装帽去接待顾客，肯定是不合适的。工作帽一是为了美观，二是为了防晒，三是卫生安全，佩戴工作帽时最好把头发束入帽内，外露会给人一种拖沓的感觉。

女性店员一般喜欢给自己加上一些精美的佩饰，这在自由着装时是允许的，但需要分不同的场合和情况。有些要求不太严格的场合下，比如商场服装专柜、医药保健品店员都可以辅以一定的装饰物来装扮自己，但是一定要搭配得体、协调统一。

如今，各种饰品林林总总，珠宝、戒指、项链、耳环、耳钉、手链、胸针、发饰、脚链等等，都深受年轻女性的喜爱。店员在选择这些饰品时要正确区分，要少而精，不可大而全，全而包，可根据下面不同的饰品来区分佩戴场合。

◆珠宝

珍珠、翡翠、宝石一类材料制作而成的饰品泛指珠宝饰品。珠宝价格昂贵，不宜在店员工作场合佩戴。而店员的工作制服与珠宝也是格格不入的，珠宝应是在其他社交场合与礼服、时装等相配才更显适合。

◆戒指

又称指环,它实际上是一种指上饰品。一般服务行业的店员均可佩戴,对于男性店员来说,这几乎是唯一可以佩戴在身的饰品。

◆项链

又称颈链,是脖颈上的饰品。对于女性店员来说,佩戴项链也是一种正常的佩饰,不受限制。男性店员则一般不为允许,即使戴也要装进衣内。

◆耳环

是指戴在耳垂上的环状饰品。女性店员可以以一些小型的点状耳钉戴于耳上以显示其小巧可人的魅力,切不可以大吊坠示人,男性店员则不宜佩戴耳环。

◆手链

指佩戴于手腕上的链状饰品。店员在工作岗位上的动手机会较多,佩戴手链会让工作束手束脚,特别是商场理货、安保等岗位,因此最好不佩戴。

◆胸针

指佩戴于上衣胸前或衣领上的一种饰品。店员大都要佩戴工作证,一般而言不可与胸针同时佩戴。若没有工作证的要求,可选用小巧、素净的胸针佩戴。

◆发饰

发饰是用于女性头发上的装饰饰品,如今的发饰,束发的、装饰的较多。女性店员在选用时要以实用性为主,而且颜色不宜过于花哨、鲜艳。

◆脚链

指佩戴于脚腕之处的饰品,多受年轻时尚的女孩子青睐。但这种时尚方式不宜用于店员工作场合。

着装佩饰不仅在品种上要予以讲究,在佩戴饰品数量上,一定要少而精。佩戴饰品的目的是让自己更加美丽,让洁净的衣服熠熠生辉,如果贪多,上下摇晃,不但没有美感,反而更是显得铺张浪费,使人觉得你不会搭配。

试想,如果耳朵上打着四五个耳洞,戴着四个耳环,手上戴着两个戒指,臂上是手镯,颈上是项链,甚至脚上还戴着一副脚链,这会给人一种什么样的形象?除了累赘,就是乱七八糟,怎谈得上美感!对此,可以从色彩上、质地上、款式上进行统一调配,将几种饰品有机结合,才能恰到好处,相得益彰。

3、表情言谈

表情与用语是店员要修炼的另一项基本功,店员是企业的"窗口",向客人呈现的应该是一张热情的面孔，一副诚恳的态度，而冷若冰霜、面无表情的脸，谁看了都会避而远之。

眼睛是心灵的窗户，表情的第一要素就是眼神。一个困倦的、漠视的、茫然的眼神会让人望而生畏。店员的眼睛一是用来观察顾客，二是要"用眼睛说话"，用眼神打招呼。

眼神用到好处，能起到比直接招呼顾客更甚的作用。比如，一个顾客仅仅是从你面前经过，并无停留之意，这时最好的举止就是用眼神传达问讯，你的眼神应该是热情的、谦逊的、善意的，让他得到这样的信息："如果需要，我将乐于帮助您。"或者是："或许这里有您需要的，可以进来看看。"这种方式，既无打扰之嫌，又给顾客留下一个短暂的良好印象，如果不忙，说不定他就会走进你的店里。

如果说眼睛是心灵的窗户，那么面部表情就是心灵的镜子。面部表情能迅速、准确地反映情感，传递信息。店员的面部表情是顾客在购物过程中自始至终注意的焦点，顾客大多是通过店员的面部表情来判断服务质量的优劣。

常言道："人无笑脸休开店"。店员如果能够鲜明地把对顾客的热情体现在脸上，再加上语言、姿态的密切配合，那么他的服务就犹如一溪甘泉，可以滋润顾客的心田，获得顾客的信赖，从而引起顾客的购买冲动，达到提高服务质量的目的。

表情上，微笑是永恒的销售技巧。真诚的微笑能拉近店员与顾客之间的距离，创造出更多的商机。世界第一店员乔·吉拉德曾买了一块与自身等高的镜子，每天对镜练习，终于练就了一副微笑的本领。神奇的微笑不仅给他带来了巨富，还赢得显赫的声名。微笑不难，难的是自始至终要以微笑服务为旋律，把微笑待人当作习惯。

接待顾客及来访人员，除了要讲礼貌用语，在称呼上也要注意一些基本常识，不要弄出笑话。对男人的称呼比较单纯，一般都称"先生"。"先生"两字是最普通的，甚至能通用到去称呼高级的军政长官，当你觉得没有称呼他的职衔的必要时，或不知道对方究竟是什么职衔的时候，这是最恰当的。

对女子的称呼就要兼顾身份了，一般称已婚的女子，用夫姓称"太太"。如果她的身份高则称"夫人"较为妥当。对未婚的女子，可以称其"小姐"。

称呼一个不明底细的女子，则用"小姐"较于贸然称她"太太"要有分寸得多，无论她是十六岁或六十岁，宁可让她微笑地告诉你她是"太太"，也不可使她愤怒地纠正你,说她不过是一个"小姐"!

店员讲话时声音要清晰、悦耳,特别在见顾客第一眼向他表示问候时,悦耳的话语会增加你的成功率。对于在电话中与顾客交流的店员来说,自信清晰的声音更是与顾客交流的重要内容。

还要注意,与顾客交流要使用双方都听得懂的语言,最好是用普通话,否则容易弄出尴尬的场面。有一店员在收取顾客货款时,对方要求用刷卡支付,店员对顾客说:"刷卡可以,但是不能寄存哦。"顾客一头雾水,"卡是我的,为什么要寄存啊?"于是顾客没有作声。等付完货款后顾客到前台要求累计积分,前台服务人员说,用卡消费不能积分。顾客不高兴了,于是找来刚才收款的店员小姐,问她为什么不事先告诉他,那名店员委屈地说:"我告诉过你呀。"原来店员因为使用当地方言,发音不准,顾客将"积分"听成了"寄存",让事情出现了如此周折。

大方得体的举止

每个顾客都有这样的感受,如果走进一个卖场里,店员的言谈清晰、举止大方得体、态度热情持重,自己的心里也会感到亲切、愉快,如果店员举止轻浮、言谈粗俗,自己心里就会厌烦,没有什么购物的欲望。

更有甚者,还有一些店员在顾客面前旁若无人地哼小曲,或者翘着双腿坐在椅上一副悠闲自在的样子,或者站于某处无所事事地玩弄手中硬币,或与旁人大声讨论购物心得、化妆技巧、家庭琐事等等,这些让人不悦的小动作和小习惯,让顾客更没有什么购物心情,只好避而远之,甚至以后也不会走进这家店里。

一个店员的举止其实是无声的宣传,最好的广告。不仅仅是穿着打扮、外部容貌,你的一举一动,同样是打开顾客对你信任度的一个重要缺口。

1、标准站姿

站姿直是一个人全部仪态的根本之点,站姿不雅,其他姿势再标准也无益。店员的工作大多都是站立服务,只有练就一副标准的"接待员站姿",才能显出你的职业素养。

为顾客服务时的站姿即"接待员的站姿"。站立时,身前没有障碍物挡身、受到他人的注视、与他人进行短时间交谈、倾听他人的诉说、自己的工作岗位上接待服务对象时,均可采用站姿。

站立时,要直立站正,双脚呈"V"字型,要头正、肩平、身直、挺胸、收腹、梗颈、眼睛平视,环顾四周,嘴角微闭。站立时可以微微侧向自己的服务对象,但一定要保持面带笑容,双臂自然下垂或体前、体后交叉,手臂可以持物,也可以自然地下垂。手中无物时,要将右手放左手上,以随时保持向客人提供服务的状态。小腹不宜凸出,臀部同时应紧缩。它的最关键的地方在于:双脚一前一后站成"丁字步",即一只脚的后跟靠在另一只脚的内侧。

这种姿势,会使人看起来稳重、大方、俊美、挺拔。还可以帮助呼吸,改善血液循环,减少长时间站立的疲劳感。

在站姿方面,男性与女性店员的差异感要体现出来。男店员在站立时可以将双手相握、叠放于腹前,或者反背于身后。双脚叉开,与肩同宽,腰板笔直,力求挺拔、稳健、英武,要突出一种阳刚之气的力量感,让顾客有充分的"安全感"。女店员则要在灵活、端庄上展示自我魅力。站立时要表情自然,小腹要收起,一只脚可以稍稍向前,以保持随时行走。总之要突出"静中有动,动静皆宜"的韵味。

当然,在自己的工作岗位上,店员要根据自己的服务对象随时调整自己的站立姿势。

在长时间等待顾客时,标准的接待员站姿无疑会让店员身体劳累。在保持双膝不弯曲,尽量伸直的情况下,手脚适当放松,消除神经紧绷的状态,双手可以用指尖朝前的方法扶在身前柜台上,肩臂也自然放松,这样既可以保持仪态美,又可以减缓疲劳。

一旦顾客来临,就要改变姿势,手臂放直,双手靠后,进入到随时提供服务的状态。

2、其它姿势

不仅是站姿,行、坐时同样要保持一种得体、动人的姿态。店员在顾客眼里既然是一种形象的代表,就要随时以优雅稳重的姿态示人,与此同时还要顾及工作节奏,这就需要在日常工作中操练标准的习惯,做到礼仪美与快节奏两不误。

入座时,应先走至座位前再稳稳坐下,坐时要坐满椅子的1/2~2/3,上半身依然保持站姿时的挺立,手要自然置于双膝之上。坐姿要端正,不要翘二郎腿,不得坐在工作台上。双目要平视,始终面带微笑,自然地注视客人。

行走时,身体重心可稍向前,挺胸、收腹、梗颈,走路轻而稳,抬头眼下视,男走平行线、女走直线。行走要保持自己的风度,不要随着自己的情绪起伏或蹦蹦跳跳,或左右乱晃,或失魂落魄。如果遇上急事,店员尽量快步行走,不要在店里跑步。特别是在人来人往的大商场,当着顾客的面,风风火火地大呼小叫,弄出咚咚的跑步声,会让顾客皱起眉头转身而去,在人多聚众的店里,如果遇上老人小孩一大堆,甚至还会无端制造出一场骚乱来。

多人行走时,不要排成一排并行,以免影响顾客行走。大庭广众之下,一定要顾及别人的存在,不要搭肩、挽手、挽腰而行,与顾客相遇时应让先靠边走,不要从两人中穿行。请人让路要讲"对不起,请让一让。"如果有争事需抢行,也不要一下子乱了礼数,可大步超过转身向被超越者道歉致意。

另外,在接待顾客或在公共场合咳嗽、打喷嚏时应转向无人处,并在回身后致歉;打哈欠要用手捂住嘴巴。还要注意,尽量不要带病上服务岗位,这样于己身体不利,于客人也有忌讳,即使感冒了打喷嚏也要用手帕挡住,不可面对顾客。

3、服务动作

除开标准的站姿及日常生活的行姿以外,敏捷快速的动作,也是举止的一大重要要求。如何才能提高速度呢?具体说来可以从下几方面做起:

(1)动作要利落,注意尺度的拿捏。对于年轻的顾客动作一定要迅速,因为年轻人容易急躁;而对于年纪较大的顾客则应该从容不迫。

(2)姿势端正,不拖泥带水。

(3)在店里行走时注意不要把脚拖在地上,穿的鞋子要合适。

(4)说话要段落分明,口齿清楚,绝对不可以拖泥带水、喋喋不休。

(5)虽然动作上十分敏捷,可有时候商品包装需要花费很多时间,或者因为结账的人排起长队,一时没零钱找而不得已让顾客等候时,店员应告诉顾客:"很抱歉,请稍等一下。"

同时,手势也是店员举止中不可缺少的一个动作,它是店员在销售服务的交谈中使用最多的一种行为语言。店员递拿、介绍商品都离不开手势,其手势动作应训练有素,运用自如。一个恰如其分的手势,能增进顾客对所介绍商品的性能、特点、功能的理解,也能起到活跃气氛、增强感染力、刺激顾客购物欲的作用。

在销售过程中,店员应了解如下手势的含义:

(1)伸出手掌,手指要伸直微摆,给人以言行一致、诚恳的感觉。

(2)掌心向上,手指要伸直,表示谦虚、诚实、屈从,含指路的意思。

(3)食指伸出,其余手指紧握,呈点指状,表示不礼貌,甚至带教训、威胁的意思,容易令人生厌。

(4)双手相握或不断玩弄手指,会使顾客感到这个店员非常拘谨甚至缺乏自信心。

(5)用拇指指向另一个顾客,表示藐视和嘲弄;

(6)十指交叉置于货架上或眼前、眉心,表示沮丧心情的外露,有时还表示敌对和紧张情绪。

有顾客问路时,不可用手指、头部或物品为其指示。用手指示方向时,要使手臂伸直,四指并拢,大拇指自然弯曲,掌心自然内侧向上。特别是在一些大商场超市里,只要是穿上店内制服或者是配有胸卡的店员,无论是在这个岗位与否,顾客都会把你当做是一名卖场成员,会提出各种各样的问题,这时,店员要做到主动观察,积极帮助,不要无故推脱,也不要含糊其词,遇上不知道的问题要向别的店员寻求帮助。

清新宜人的淡妆

由于店员的工作多在灯光场合下,而且工作对象是与人打交道,因此正规服务企业都要求员工以正式妆容上班。化妆是对别人、也是对自己的一种尊重,清新淡雅的妆容,不仅能让顾客印象良好、赏心悦目,让整个服务团队表现得训练有素、庄重大方,对自己而言也是保持自信、干净、清爽的工作心情的好方法。在现代企业制度下的服务行业里,化妆是一个店员的必备技巧。

你知道怎样化"店员妆"吗?这里从化妆总则与细则上分别予以介绍。

1、化妆总则

化妆的最佳效果是:显得年轻动人,充满朝气,有信心。

(1)要与"众"不同。首先要知道,这是一种上班妆,与你在日常交际、公众场合的生活妆有所不同,因此千万不可把平时在生活中的化妆风格运用于此处,一不小心,就可能造成适得其反的效果。

(2)要清新淡雅。"淡妆上岗"是对店员化妆的基本要求。淡雅就是要求你在工作时一般采用自然妆，要清新雅致，朴实无华。要以简装为主，区别于公众场合的盛妆，因此，你的化妆要以嘴唇、面颊和眼部为主。

(3)要庄重适度。店员的工作是为顾客服务，你的妆容不仅要让顾客看着自然，更重要的是让他感受到你的职业风格，训练有素，所以你的妆容一定要庄重。目前社会上所流行的金粉妆、日晒妆、彩妆系列、鬼魅妆、舞台妆等等对于你而言都是不适宜的，在工作场合会给人一种轻浮随便的印象。

(4)要扬长避短。化妆是让你变得更加靓丽。每个人的长相都不可能十全十美，因此在化妆时要根据自己面部优势与缺点进行综合，扬长避短。比如你的眼睛明亮照人，就可用睫毛膏作适当的修饰，让你的眼睛看起来更加引人注目。

(5)要掌握化妆基本技巧，不可糊乱涂抹，否则不仅不会增加美丽，反而会俗气怪异，贻笑大方。比如有些女性不分场合地运用鲜艳的口红、粗线条的描眉等等，都会显得没有个人品位。

(6)不可当众化妆或补妆。这是很多店员容易犯的毛病。残妆不如无妆，特别是吃饭后、出汗时都可能发生这样的情况，此时你可以抽出一定的时间到休息处进行适当的增补。千万不要在顾客或同事面前毫无顾忌的化妆或补妆，这会给人留下非常懒惰、缺乏素养的印象。

2、化妆细则

(1)打粉底。

打粉底是以调整肤色为目的，所以先要根据自己的肤色进行粉底霜的色彩选择，比如，皮肤偏黑就可以选择小麦色的粉底霜，皮肤白晰就可用象牙色的粉底霜，才能让肤色看起来更协调。打粉底之前要彻底清洗面部，用适量的化妆水、保湿乳液作基础。打粉底时一定要借用海绵，取量适宜，细致涂抹，并且厚薄均匀。还要注意，在颈部也要适度打上一点粉底，才不至于让面部与颈部"泾渭分明"。

(2)画眼线。

适当的眼线能让你的双目看起来明亮有神。画上眼线时应当从内眼角向外眼角方向画；画下眼线时，则应当从外眼角向内眼角画，并在距眼角约 1/3 处收笔。上眼线要画得稍长一些，但是不宜与下眼线在外角之处交合。眼线应紧挨睫毛，笔法要先粗后细，由浓至淡，避免呆板、锐利，非常不自然。

（3）施眼影。

施眼影的主要目的在于强化面部的立体感，以凹眼反衬隆鼻，使双眼显得更为传神。选择眼影颜色，切不可过分鲜艳，对于店员来说，最常用的是以浅咖啡色为宜。施眼影要由浅到深，显出层次感。

（4）描眉形。

眉毛是面部的另一大重要部位，眉毛的浓淡对面部起着重要的烘托效果。画眉之前要先修眉，拔除杂乱无章的眉毛。描画眉毛时要要细致耐心，根据脸形造出形状，突现立体感。具体手法上应注意两头淡，中间浓；上边浅，下边深。

（5）上腮红。

即化妆时在面颊上涂上适量的胭脂，让面部看起来更加红润，显出健康与活力。工作妆一定要选择优质的腮红，最好与唇膏属于同一色系，体现色彩的整体和谐。使用时，用小毛刷沾取少量腮红，先在颧骨下方，即高不及眼睛、低不过嘴角、长不到眼长的1/2，略作延展晕染。上完之后要补粉定妆，以吸收汗液、皮脂等，但不要过多。

（6）涂唇彩。

唇部的作用仅次于眼部，适当的唇彩能让双唇丰润饱满，娇媚迷人。涂抹唇彩之前要描好唇线，确定好理想的唇形。唇线笔的颜色要略深于唇膏的颜色。描唇形时应从左右两侧分别沿着唇部的轮廓向中间画，上唇嘴角描细，下唇嘴角则要略去。唇形确定后，用适合自己肤色的唇膏从两侧向中间涂抹，不要超出唇形线，并可用纸巾帮助均匀。

（7）喷香水。

店员用香水要坚持适度原则，喷用少量于腕部、耳后、腋下等部位。选用香气要淡雅清新，香度以1米之内能闻到为适宜。

为情绪也化个妆

店员的良好情绪，对于一天的工作质量影响是非常大的。一个动则易发怒、问则没好气，或整天无精打采的店员，有谁会愿意接受他的服务，购买他的商品？请看，你在日常工作中是否会出现这样的情景：

【情景卖场】

情景一

刘小姐的父亲要过生日了,她准备买一套茶具送给父亲。到一家大商场中挑好了一件,看见茶具上有些灰尘,于是对旁边的店员说:"麻烦你擦一下。"但是那名女店员头也不抬地趴在柜台上写着什么。

见此情形,刘小姐有些不高兴了,大声对店员说:"我叫你帮个忙呢,你没听见吗?"店员终于抬起头了,却对刘小姐一通呵斥,两人立刻争吵了起来。

这时该营业组的负责人走过来解释,说是这位店员刚刚离了婚,心情不好,请刘小姐谅解,但刘小姐还是十分气愤:"你离婚干我什么事?跑我身上撒气来了?!"

情景二

周丽是一家医药超市的店员。下午一点才交班,她想去买一件风衣,于是走进了一家服装专卖店。周丽40岁,打扮朴素,身材微胖,不管拿起哪件衣服,两个店员小姐都冷淡地打量着她,然后说:"没有你穿的号。"一连试了两件,店员都对她这样说,周丽发火了:"拿加大号给我试!"店员瞟了她一眼,极不情愿地给她拿了衣服,结果还是小了,店员更不高兴了,于是一顿大吵。

因为赶着上班,周丽气呼呼地走出服装店赶往超市。

有个老年顾客问周丽:"我有轻微高血压,想买点降压药,是北京降压0号好呢,还是复方降压片好啊?"

周丽随手给她拿了一瓶降压片,老年人不放心地问:"这个好吗?你可要帮我选准呀!"周丽立刻叫了起来:"这里是药店,不是医院!要看高血压还是低血压,到医院去!"

老人看着她,又惊又气,一下子被噎得说不出话来。

现实生活中,我们经常会碰到店员把顾客当成出气筒的事,这极大地伤害了顾客,反过来也有损公司和卖场的声誉。

诚然,店员也是人,也会遇到许多烦心劳神的事,可是服务工作的特殊性,又决定了店员不能把自己的情绪发泄在顾客身上,带着情绪上岗,无疑会出现这样那样的纠纷。

这个时候，就需要你不断调整自己的心态和情绪，保持一个乐观向上、愉悦积极的心理状态。

一个店员必须牢记：顾客不是出气筒，不能往顾客身上撒气。一定要调整情绪，不要让顾客来适应你！正如上例中的药店店员，在受到了服装店店员的气之后，更不应该把气出在自己的顾客身上，这样，不仅自己的情绪会更加恶劣，也让顾客无端受伤害。

不仅如此，如果在一个多人工作的店面，比如美容店、理发店等，店内只要有一个职员情绪不佳，那么整个店里的气氛将被破坏。情绪不是传染病，但它可以传染给别人，"一颗老鼠屎，坏了一锅汤。"一旦受到感染，大家都不好过了。因此，情绪的调整，对于每个店员来说，都是要十分注意的事。

正如每天要为自己精心化上一个清新淡雅的妆容，店员也需在上岗之前为自己的情绪化上一个快乐妆。这里提供3种途径：

1、过滤自己的不良情绪

不管你心中有何委屈，或者受了什么气，一旦你出现在顾客面前时，就必须打起精神，全力投入。有一位优秀的女店员脸上总带着真诚的微笑，充满活力地工作。一次与人聊天，同事对她说："哇，你总是精神抖擞的，好想看看你愁眉苦脸的样子喔。难道就没有不顺心的事吗？"她说："世上谁没有烦恼？关键是不要，也不应被烦恼所支配。到单位上班，我将烦恼留在家里；回到家里，我就把烦恼留在单位，这样，我就总能有个轻松愉快的心情。"

若是店员们都能善于做这种"情绪过滤"，就不会在服务岗位上唉声叹气，怨天尤人了。店员必须学会分解和淡化烦恼与不快，时时刻刻保持一种轻松的情绪，让欢乐永远伴随自己，把欢乐传递给顾客。

心胸宽阔也是过滤不良情绪的重要办法。比如，接待过程中，难免会遇到出言不逊、胡搅蛮缠的顾客，店员一定要谨记"忍一时风平浪静，退一步海阔天空"，可以采取"自我安慰"的方法，适时转移自己的不良情绪。如果费了老半天的劲，一个固执的顾客还是转身而去，这一定会让你感到灰心难受，但你可以这样想，这个顾客不接受你，还会有更多的新顾客呢，新顾客对你的烦恼既没有责任，也不感兴趣，你现在绷起脸来，对于解决你的困难毫无帮助，反而会更添烦恼，也必然会吓走新顾客，这样，不就是造成恶性循环，失去下一次机会了？

有些顾客在选购商品时犹犹豫豫，花费了很多时间，但是到了包装或付款时，却频频催促店员。这无疑会让你感到有些恼火。这时，店员绝对不要不高兴或发脾气，应该这么想："他一定很喜欢这种东西，所以才会花那么多时间去精心挑选，现在他一定急着把商品带回去给家人看，所以他才会催我。"在这种想法下，店员便会对顾客露出体谅的微笑，自己的情绪也不至于受到影响。

总之，当你拥有宽阔的胸怀时，工作中就不会患得患失，接待顾客也不会斤斤计较，你就能永远保持一个良好的心境，微笑服务会变成一件轻而易举的事。

2、自信乐观的积极心态

店员这一职业虽然每天要面对许多不同的顾客，但其动作和语言却基本上是重复和繁琐的，长时间地重复这些单调的语言和动作，难免会产生厌倦感，甚至失去信心，而积极的心态就是治疗这种消极情绪的良方。

乐观是一笔精神财富，它能让你适时地转移紧张感、缓解工作压力，让你每天面带微笑地接待顾客，并灵活沟通各种复杂的人际关系。因此，如果你想成为一名优秀的店员，如果你是天生的乐天派，那么，这对你的工作将大有益处。

也许你是个性格内向的人，没有天生开朗的一面。事实上，乐观也是一种态度，而态度是一个主观性的东西，对同一件事情，不同的视角有不同的结果。结果好坏与否，关键是看你的心态如何。

有这样一个故事，有两个商人同时到非洲去做鞋生意，到了非洲一看，甲商人说："完蛋了！他们都不穿鞋，我的鞋要卖给谁呀？"乙商人则说："太棒了！他们都没有穿鞋，我的鞋要大卖了！"这就是两种心态的对比，积极向上的心态总能让你看到最好的一面，而遇事悲观，就只能看到事情的糟糕面，永远做一个悲情角色。

内向的你可以从心理、眼界方面做不同的调整。内向的人做事可能会更深思熟虑，稳重谨慎。针对自己瞻前顾后，犹豫不决的缺点，你就要扬长避短，突出你善于思谋的一面而又有意识的祛除那些杞人忧天、悲观失望的不良心态。

如果乐观是一个人的天生优势，那么自信则是人们在后天需要培养的一种心态。自信的人自然拥有一副乐观的精神面貌，它能让你工作积极，并用此情绪感染顾客，增加顾客对你的好感。一般而言，店员强烈的自信源于以下三方面。

（1）对自己充满信心。

相信自己能充分胜任工作，相信自己掌握的服务技巧能与顾客进行充分的交流和沟通,并获得顾客的认同。这种自信心的培养,需要经常参加公司的岗位培训,还要靠你自己在实践工作中不断的充电。

（2）对工作充满信心。

这是所有店员值得重视的问题,工作没有信心,一切都是空谈。店员对自己工作的信心,来源于对公司的企业文化价值理念和经营管理思想的最大认同。公司给予顾客的各项承诺,也是店员对顾客作出的承诺,店员要相信自己提供给顾客的服务是最好的,并为顾客创造了最大的便利,这是店员产生自我价值实现感、热爱本职工作的基础。

（3）对自己出售的商品充满信心。

优质的商品、良好的质量保障体系、完善的售后服务体系是店员自信心的基础,也是顾客产生信任感的根本来源。可以想像,如果你手中要出售的商品是假冒伪劣产品或者过期销售,你还会理直气壮地向顾客推荐吗？除非你明天不准备要这个工作了。所以,多了解产品知识,给自己增加质量和品牌意识,你会更加自信。

3、良好有序的生活习惯

首先要养成一个良好的生活习惯,不仅能让你保持健美的身材和容貌,更能让你精力充沛,富有朝气。每天要早睡早起,不要养成熬夜的习惯。萎靡不振、面黄肌瘦的尊容不仅让顾客看得心烦气躁,导致他对你的服务和产品产生信任危机,也会导致与你相处的同事和领导受你消极情绪的影响。

女店员坚持每天化个淡妆,洒点香水,有助于提神醒脑,促进大脑皮层兴奋,达到最佳工作状态。

如果在工作中或生活中遇到什么挫折,要就地消化,或者业余消化,不要带到第二天的工作中,否则只可能形成新一天的烦躁情绪连锁反应。对己对人,都是极为不利的表现。

灰暗的皮肤可以用化妆来掩盖,不稳定的情绪则需要用心理去做调节。面对每天不断出现的工作压力,业余生活中的你要经常参加体育锻炼、娱乐活动,给自己减压,才能让情绪保持良性循环,也能让你保持对工作的信心和对生活的热情。

（二）优质的服务态度

微笑是第一魅力

微笑，是一种愉快心情的反映，也是一种礼貌和涵养的表现。这里，不妨看看有关微笑的两个例子：

【情景卖场】

情景一

一位美国老太太在一家日杂商店里购买了许多日常用品后，遇到了店老板。老太太对他说："我已经12年没有到你的店里来了。12年前，我每月都要到你的日杂商店买东西，可是，有一天，一位店员满脸冰霜，态度实在糟糕，所以我就到其他店购买商品了……"老板听完，赶紧向她表示道歉。

老太太走后，老板算了一笔账：如果老太太每周在店里消费25美元，那么，12年就是1.56万美元，按照最保守的估算，他一年至少损失了1000美元，而这仅仅是因为缺少了一个微笑。

情景二

这是一件真人真事。

一个下雨天的下午，有位妇人走进匹兹堡的一家百货公司，漫无目的地在公司内闲逛，很显然是一副不打算买东西的样子。大多数售货员只对她瞧上一眼，然后就自顾自地忙着整理货架上的商品。

这时，一位年轻的男店员看到了她，立刻微笑着上前，热情地向她打招呼，并很有礼貌地问她，是否有需要他服务的地方。这位老太太对他说，她只是进来躲雨罢了，并不打算买任何东西。这位年轻人安慰她说："即使如此，您仍然很受欢迎！"并主动和她聊天，以显示自己确实欢迎她。当老太太离去时，这位年轻人还送她到门口，微笑着替她把伞撑开。这位老太太看着他那亲切、自然的笑容，不禁犹豫了片刻，凭着她阅尽沧桑数十年的眼睛，她在年轻人的那双瞳仁里读到了人世间的善良与友爱。于是她向这位年轻人要了一张名片，然后告辞而去。

后来，这位年轻人完全忘记了这件事。但是，有一天，他突然被公司老板召到办公室去，老板告诉他，上次他接待的那位老太太是美国钢铁大王卡耐基的母亲。老太太给公司来信，指名道姓地要求公司派他到苏格兰，代表公司接下装潢一所豪华住宅的工作，交易金额数目巨大。老板祝贺年轻人："你的微笑是最有魅力的微笑！"

都是店员的故事，却得出了两个不同的结果。为什么呢？因为店员对微笑的魅力的认识度刚好大相径庭，一个是毫不在意，一个真诚友善，把微笑演绎成了一种工作态度，由此可见微笑的神奇魅力。一个微笑，在生活中太平常不过，若将其融入店员销售服务的全过程，一个不起眼的微笑就能带来众多的商机和巨大的经济效益。

对服务行业来说，至关重要的就是微笑服务。世界旅店业巨子希尔顿说："我宁愿住进虽然只有残旧地毯，却能处处见到微笑的旅店，也不愿走进一家只有一流设备，却见不到微笑的宾馆！"美国一家百货卖场的人事经理也说，她宁愿雇用一个没上完小学但却有愉快笑容的女孩子，也不愿雇用一个神情忧郁的哲学博士，这些说法都很现实。店员的精神面貌可以感染任何一个顾客，甚至是促成购买的重要因素。许多公司提倡"微笑"的服务，确实是店面营销的重要法宝。

美国沃尔玛零售公司是世界 500 强企业，它的微笑服务享誉全世界。在微笑服务上，他们有一个"统一规格"：店员对顾客微笑时必须要露出 8 颗牙齿。只有微笑时露出 8 颗牙齿才算"合格"，因此，店员必须要进行练习，一直到完全合格为止。在中国沃尔玛工作 5 年的瑞约翰说："你试试，把嘴张到露 8 颗牙齿时，人的微笑才表现得最为完美。"

这个近乎苛刻的"微笑要求"让沃尔玛的服务一直在世界范围里领先同行，也取得了无法估算的经济效益，同时还引领了"8 颗牙微笑服务"的潮流，许多企业都在采用这一做法。

当然，我们这里并非要求店员都要露出 8 颗牙齿才算是真正的微笑。我们要的是真诚的微笑，要发自内心的微笑。惟有发自心底的笑，才能使人如沐春风，心胸畅快。

怎样才能做到发自内心的微笑呢？

一是要保持良好的工作情绪。如前所述,轻松愉快的工作情绪会让自己一天工作顺利通畅。将不良情绪与正式工作严格区分开来,才能拥有一个愉悦的心情,这种情绪下,微笑便会不禁意间从你眉梢眼角处流露出来,让顾客也受到你的感染。

二是在工作岗位上,店员应该尝试着把每一位顾客都当作自己的朋友,当作一个亲近的人来认识他,尊重他,你就会很自然地向他发出会心的微笑。唯有这种笑,才是有质量的笑,才是顾客需要的笑。

2003年初,山东威海两个有雄厚实力背景的大型购物广场几乎同时在黄金位置并肩开业。A购物广场门庭若市,逐渐成为该商务区的购物中心;而B购物广场车少人稀,不到一年的经营时间便关门大吉。是什么原因造成如此大的差异性?事实上,两广场在购物设施、运作模式上都不相上下,究其原因,B公司是输在员工身上,进一步说,是输在微笑质量上。虽然两家员工都经过了专业的微笑服务培训,但是A购物广场员工灿烂笑容发自内心,而B购物广场员工一脸苦笑。后调查发现:B购物广场的员工由于内部原因对自己企业极为不满,心中不满意,自然无法发出真诚自然的笑容,而顾客自然也得不到满意的服务了。

对于顾客来说,店员硬挤出来的笑还不如不笑。有些公司提出"开发笑的资源",强求店员向顾客去笑,甚至鼓励或要求店员回家对着镜子练笑,实际上这都是不明智的做法。微笑服务并不仅仅是一种表情的表示,更重要的是与顾客感情上的沟通。当你向顾客微笑时,要表达的意思是:"见到您我很高兴,愿意为您服务。"体现了这种良好的心境,才能真正达到双赢的效果。

语言也讲求艺术

"一言九鼎"、"说出去的话,泼出去的水"这些话形象地说明了语言在人际交往中所产生的重要影响。说话看起来是一件简单的事,但是如果任凭发挥,不讲求技巧,就会事与愿违,达不到理想的效果。

【情景卖场】

情景一

这是一个许多人都耳熟能详的故事。

春秋时代,越国有一个人宴请宾客,时近中午,还有几个人未到,他自言自语道:"该来的怎么还不来?"

听到这话,在场的一些客人心想:"该来的还不来,那我就是不该来了?"于是起身告辞而去。

这个人很后悔自己说错了话,连忙解释说:"不该走的怎么走了?"

其他的客人心想:"不该走的走了,看来我是该走的了!"也纷纷起身离去,最后只剩一位多年的好友。

好友责怪他说:"你看你,真不会说话,把客人都气走了!"

那人辩解说:"我说的不是他们。"

好友一听这话,顿时心头火起:"说的不是他们,那只有我了!"于是愤愤而去。

情景二

一位中年妇女走进一家鞋店,试穿了一打鞋子,没有找到一双是合脚的。店员甲对她说:"太太,我们不能合您的意,是因为您的一只脚比另一只大。"这位妇女走出鞋店,没买任何东西。

在另一家鞋店里,试穿被证明是同样的困难。最后,笑眯眯的店员乙解释道:"太太,您知道您的一只脚比另一只小吗?"这位妇女高兴地离开鞋店,腋下携着两双新鞋子。

情景三

小张到商场照相机专柜选购照相机,店员热情地接待了他。

店员:"目前带胶卷的照相机有两大类,一类是手动的,要调焦距、快门、光圈,另一类是自动的,叫傻瓜机,因为操作简单,所以取了这个名子,建议你用这款傻瓜机,好用又实惠。"

小张说:"傻瓜机我用过,但是为啥有时照得好,有时照不好呢?"

店员:"怎么会呢?这种机子随时照都是好的,简单得连傻瓜都会用!"

小张不敢再问,悻悻地走了。

话谁不会说呢？但要说的得体，又十分不易。从以上几例中，可以看出，同样的话，不同的表达方式就能得出不同的效果，可见，说话并非是那么简单的事情。那个得罪了亲朋好友的主人自然被引为千古笑料，但是却并非没有现实意义。不会说话，就会招来一些始料不及的后果，甚至贻笑大方。

对于从事服务行业的店员来说，语言不仅是传递信息的工具，也是体现服务水平的艺术。店员这一职业，本质上就是与人交流，让人信服，最终达成交易。因此，语言是店员手中最为重要的工具，如果不掌握好，不讲求技巧，做再多的努力和准备都无济于事。

在现代社会的交往实战中，越来越理智的顾客很会听取"弦外之音"，顾客满不满意，有时就在一言之间。店员仅仅是掌握一些诸如"您好"、"谢谢"之类的日常用语是不足以在销售中取胜的。正如第二个案例中，同样的一句话，用不同的方式来说就导致了完全相反的结果，可见第二个店员在说话语言上是相当有水平的。

同样，店员有时单有热情也不够，不掌握说话的分寸和技巧，往往会在不知不觉中得罪了顾客。如前第三例，如果按店员所说，这种傻瓜照相机连傻瓜都会用，那么顾客还敢问吗？再问下去，自己不是连傻瓜都不如了？顾客哪还会有选购的心情呢？只会觉得你在讥笑他，态度恶劣透了。事实上，也许这个店员根本是无意的，无意间将自己的意思表达错误，才会引起对方的误会，生意自然做不成了。

像这些因语言不周而使顾客产生反感的事例在现实中是很多的，所以，三尺柜台的语言技巧须用心去琢磨。

要掌握语言艺术，首先要掌握标准店员用语的基础。

1、基础礼貌用语

（1）多用敬语

店员用语的言辞礼貌性主要表现在敬语的使用上，敬语的最大特点是彬彬有礼、热情庄重，使用时一定要分时间、地点和场合，多用"您"而不用"你"，尽快记住顾客姓名和身份，不要直呼其名，语调要做到甜美、柔和。

敬语主要包括尊敬语、谦让语和郑重语三方面。

尊敬语即对顾客所表达的敬意语言，如："先生，您来了。"、"女士，请走好"等。在引入敬语时，常常以寒暄的语气开头，主要用于熟悉的顾客之间，如："好久没见到您了！"、"今天天气真好啊，最适合逛街了"等。

谦让语即对顾客所表达的自谦语言,如:"您先走"、"有机会一定上门拜访"等。

郑重语即对顾客所表达的客气礼貌的语言,如:"欢迎光临"、"您走好!""谢谢"、"下次再见"等。

在实际工作中,店员在讲话时要力求将这三者综合,强化使用。

(2)修饰措辞

店员在使用服务用语时要充分尊重顾客的人格和习惯,绝不能讲有损顾客自尊心的话,这就要求注意语言的措辞并加以修饰,要尽量谦谨和委婉。

谦谨语是谦虚、友善的语言,表现出充分地尊重顾客,常用征询式、商量式的语气进行,如:"您看这样行不行?"、"你们再看看有什么问题?"、"打七折啊?这样,我去与领导商量一下好吗?"等。

委婉语是指用好听的、含蓄的、使人少受刺激的词语,代替禁忌的词语,用曲折的表达方式来提示双方都知道但又不愿点破的事物,如用"值得考虑"就比"您的建议肯定不行"好得多,用"去一下洗手间"就比"上厕所"好得多。

委婉用语常能显示出一个店员的职业素养,所以要能将一些直观刺耳的词汇灵活变通,如"肥胖"用"丰满"代替,"干瘦"用"苗条"代替,"皮肤较黑"用"肤色有些暗"代替,"您叫什么"用"贵姓"代替,"发霉、发臭"用"不新鲜、有异味"代替等等,顾客听起来会更文雅,也更容易接受。

(3)语言生动

强调语言的生动,言下之意就是不能呆板、机械、生搬硬套的介绍并回答顾客的问题,应多采用幽默的语言活跃气氛,给顾客轻松愉快的购物环境等。

比如,一年轻女顾客购买眼影,在试用之后,你可以对她说:"你用蓝色很适合。"还可以更生动地说:"你用蓝色很漂亮,眼睛看起来很有神采呢。"还可以进一步生动地说:"蓝色真适合你呀,眼睛显得又大又有神采,整个人的活力也增加了,更年轻了!"这三句看似都差不多的话,就突出了不同层次的生动性,顾客也许知道你是在恭维她,但只要把握语言的度,不要言过其辞,顾客是非常乐意的,谁不喜欢得到别人的认同和赞美呢?

(4)表达随意

要使顾客感到高兴和满意,在使用服务用语时,还应注意察言观色,善于观察顾客的反应,针对不同场合、不同对象,说不同的话。一般来说可以通过顾客的服饰、语言、肤色、气质等去辨别顾客的身份;通过顾客的面部表情,语调的轻重、快慢,走路的姿势、手势等行为举止去领悟顾客的心境;遇到语言激动、动作急躁、举止不安的顾客要特别注意使用温柔的语调;对待顾客的投诉,说话要特别注意谦谨、耐心、有礼,要设身处地替顾客着想,投其所好,以适应服务工作的需要。

灵活掌握了这些礼貌用语,把它们当成工作的习惯,才能在语言的艺术性上有所提高。

2、提升用语技巧

(1)避免命令式,多用请求式。

命令式的语句是说话者单方面的意思,没有征求别人的意见,就强迫别人照着做,这种方式用在店员工作中是得不到顾客认同的。店员在选择用语时,要灵活变通。例如,"请往那边走"使顾客听起来觉得礼貌,如果把"请"字省掉,就成了"往那边走",语气变得生硬,成了命令式,顾客听起来会觉得很刺耳。

请求式的语句,是以尊重对方的态度为主,以委婉的语气,征得顾客的同意。

请求式语句可分成三种说法:

肯定句:"请您稍微等一等。"

疑问句:"稍微等一下可以吗?"

否定疑问句:"马上就好了,您不等一下吗?"

一般说来,疑问句比肯定句更能打动人心,尤其是否定疑问句,更能体现出店员对顾客的尊重。

(2)少用否定句,多用肯定句。

一位具备了应有知识和经验的店员,是不会轻易对顾客说"不"的,一旦这个否定词出口,往往就难以挽回主动的局面。所以,在即使需要做出否定回答时,也要尽量巧妙地运用肯定句来转移顾客视线。

笔者前两天陪一个朋友去电脑超市买电脑,他看中了一款新式某品牌笔记本电脑,但是在颜色上有些不中意,于是他问:"这款笔记本有银白色的吗?"这时,看起来稳重大方的店员小姐不慌不忙地对他说:"真抱歉,这款笔记本目前只有黑色的,不过,我觉得高档产品的颜色都比较深沉,与您气质和使用环境也相符,而且,这种黑不是纯粹的黑,你仔细看看,它是钢琴漆材质下的棕黑色,显得很大气,与你的气质多相配呀。"听了她的话,我和朋友立刻伏下身仔细判别,果然是略带棕色的黑漆表面,而且摸起来材质的确不错,如钢琴盖般的感觉。在同其他柜台比较了一番之后,朋友还是最终在这家店里买了电脑。

这里,店员采用的就是肯定式的回答,不仅不显突兀,而且还马上转移了顾客的固定看法,达到了理想的效果。如果店员按照通常的方式回答,必然是一句"没有",这就是一句否定句,那无疑会让顾客产生突兀的感觉,"没有那就不买了",于是转身离去,你再也没有第二次机会。

(3)先贬后褒法。

比较以下两句话:

顾客:商务通 2180 元,太贵了,能打折吗?

——价钱虽然销微高了一点,但质量很好。

——质量虽然很好,但价钱销微高了一点。

这两句话除了顺序颠倒以外,字数、措词没有丝毫的变化,却让人产生截然不同的感觉。第一句话的重点放在"质量好"上,顾客可能会很自然地产生这样的感觉:因为商品质量好,所以才这么贵。而第二句话的重点却在"价钱高"上,价钱这么高,质量再好也不行,而且不晓得这质量到底有没有那么好,这就是褒贬顺序运用不同得出的结果。

因此,在向顾客介绍商品时,应该尽量先贬后褒,将顾客的心理从不认同引入认同,产生"嗯,说得有道理"的认同感,就会达到满意结果。

(4)亲近距离法

拉近与顾客的距离,让顾客对你产生信任感,这种语言富于感情色彩,对缓解顾客的怀疑、不安的心理,非常适用。

顾客:"我这件衣服上的污渍能去掉吗?"

店员:"让我检查一下是什么污渍,噢!这是比较常见的饭菜汁造成的油渍,让我们一起来想想办法……应该可以完全清理干净的。请您稍候,我去请教一下车间的洗衣师傅,他经验丰富,会给我们一个肯定的答复的。"

就凭这位店员的判断能力和真诚的服务态度,顾客肯定会产生非常放心的感觉。更重要的是,请注意,店员用了"我们"一词。这是一个具有感情色彩的普通语句,把店员与顾客密切联系起来,这不就是艺术吗?

(5)转折语句法,

转折语句法就是多采用"是、但是"的句式,先认可顾客的观点,然后又向他解释产生疑虑的原因,从而让他知道自己的考虑是不全面的,这是一个广泛应用的方法,非常有效。

顾客:"我一直想买台掌上电脑,但听说使用起来很难,我的一位朋友家的掌上电脑就从没使用清楚过。"

店员:"是的,您说得很对,很多人对掌上电脑的功能使用不是十分清楚,但是,商务通的设计是与众不同的,它肯定会十分好用的。这里有个简单的说明书将告诉您怎样使用,同时商务通内部有指导键,不会使用随时可以查询,或者可以打我公司的咨询热线,如果仍然不会使用,我们可以派人上门讲解,再不行可以退回卖场。"

这里,店员就先用一个"是"对顾客的话表示赞同,用一个"但是"解释了掌上电脑不好用的原因,这种方法可以让顾客心情愉快地改变对商品的误解。

(6)幽默语气法

幽默是一种高级的智力活动,它能化解对方心中的怒火,使对方迅速消除怒气,转怒为喜。在遇到矛盾时如果能善用幽默的语言,就能缓和顾客的情绪,解决一些不必要的麻烦。

一位女士怒气冲冲地走进食品卖场,向店员喝道:"我叫我儿子在你们这儿称的果酱,为什么缺斤少两?"店员一愣,然后仔细询问原因,搞清原委后就有礼貌地回答:"请您别急,您先回去称称孩子,看他是否长重了。"这位妈妈恍然大悟,脸上怒气全消,心平气和而又很高兴地对店员说:"噢,对不起,误会了。"

这里,店员小姐认准了自己不会称错,便剩下一种可能,即是小孩把果酱偷吃了。如果明说"我不会搞错的,肯定是你儿子偷吃了",或者"你不找自己儿子的麻烦,倒问我称错没有,真是莫名其妙",这就不但不能平息顾客的怒气,反而会引发一场更大的争论。因此,店员用幽默委婉的语气指出妇女所忽视了的问题,这样既维护了卖场的信誉,又避免了一场争吵。

用真诚感动顾客

在一个炎热的午后，一位穿着汗衫的老年顾客走进一家商场，当他慢慢转到一个服装柜台的时候，柜员张小姐向他问好，请他随便看看有没有需要的。

老人摆摆手说："外面天气热，你们这里有空调，我来凉快一下，随便看看，你忙你的。"张小姐说："没关系，您随便看。我们刚进了许多新款式，质量好，价格适中，我帮您介绍介绍。"

老人说："不要你介绍了，你别误会，我只是看看，没有想买的。"张小姐告诉他不买没关系，就当聊聊天好了。见老人没有走，也没有讲话，张小姐还是耐心地将柜台里的商品一一给他介绍，后来，看到老人想走了，张小姐微笑地说："您慢走，欢迎您下次再来。"

快下班时，那个老人又回到柜前，从口袋中摸出一张纸条对张小姐说："对这些东西我也不懂，也很少亲自买。这里有规格和尺寸，是我儿子要结婚用的，你对这些内行，就帮我选几套吧。"张小姐听了又惊讶又感动："谢谢您老的信任。"老人说："本来我今天没有准备要买的，但被你的热情感动了。我想，你对一个明知不会买的顾客都这样对待，我如果在你这里买东西那肯定不会有问题的。"

这是一个优秀柜员用真诚打动顾客的真实例子。很多店员在顾客的眼中要么是态度无理，冷漠待客，要么就是一副职业化的面孔：接待顾客是笑容满面，一旦顾客对产品提出异议或者表明不买的态度后，店员的脸色立刻就晴转阴，对顾客爱理不理，甚至极不礼貌。像这样一个看起来就不会买的老年人很多店员都不会放在心上，更何况还是一个"进来凉快"一下的顾客。其实，谈到店员的服务技巧，店员身上实实在在的"人情味"往往就是打动顾客的关键因素。俗话说："人心换人心，四两换半斤。"你对顾客付诸真诚，顾客也会以同样的方式来回报你。

真诚待客，要把顾客当成朋友。"陈先生，早！今天买六味地黄丸吗？"这样一句普通的问候语，店员发自内心地脱口而出，相信任何一个顾客听了都会顿感亲切。尤其能记住顾客的喜好，顾客会觉得你很重视他，看到你还能如此关注一个买东西的人，他心里自然会热乎乎的，客源便会逐渐累积。要做到这一点，先决条件是记住你的每个客人，待下次客人再次光临时，便可主动打招呼，就像朋友般的亲切。另一种方法是留下顾客的姓名、电话、地址，做好完整的顾客管理，借此加强与顾客的关系。

　　真诚对人在任何时候都不会受到人们的拒绝。有时,在面临不可预知的困难时,店员不要对问题绕而避之,推诿、紧张、隐瞒真相都是不明智的做法,诚恳地将问题讲明,往往能取得顾客的理解和信任,避免一些不必要的纠纷。

　　在一家皮衣干洗店里,周先生拿来一件看起来成色很旧的皮衣,要求店员上色,并强调:"这件衣服虽然有些旧了,但是它质量很好,我很喜欢。千万不要给我弄花了!"

　　店员微笑地接过皮衣,仔细地检查了一番说:"您的这件皮衣穿的时间较长,有几处磨损较明显,可能在上色之后有些深浅不一,我们会尽力做得好一些,但不是百分之百的有把握,这是需要提前告诉您的,请您谅解!"

　　听到店员如此答复,周先生反而有些不好意思了。店员又接着说:"我们会找一个有经验的老师傅给您上色,希望达到最好的的效果。不过,还是要麻烦您,按照行业规定,我们需要同您签一份双方约定的'文字协议',您不会介意吧?"面对店员如此诚实友好的态度,再不讲理的顾客也不好说什么了,于是周先生欣然签下了协议。

　　这里,正是店员诚恳的服务态度打动了顾客。顾客一般来说都是通情达理的,店员实事求是对他讲明原因及后果,并表明了"力求将它做得最好",说明店员是为顾客着想的,他也不希望把衣服弄花,况且这件衣服本身这样旧了,出了问题也是在所难免。于是,顾客的信赖度自然增加了,这也显示出了这位店员丰富的应对经验和高超的职业素质。

　　在生意学中,有一项是"顾客若真正信任这一家商店时将会介绍许多人来这家商店"。为了让来店的顾客满足而认为是可信赖的商店,则必须多为顾客着想,因为销售并不单是货物与金钱的交换,而是人与人之间的交涉,心与心之间的接触,只有将真诚的亲切感附加商品之上,才是销售的核心。

把握热情的"度"

　　店员在为顾客热情服务时,热情一定要表现得适度。不然可能会使自己的努力到头来适得其反。对每一位前来购物的购客,提供热情的服务,是店员的基本职责,是工作性质本身要求的。然而店员在服务于顾客时的热情、积极与主动,在具体的操作上,也应当把握好分寸,否则,很有可能会欲速则不达。

下面这位刘小姐的遭遇在店员工作中肯定是司空见惯的：

【情景卖场】

一个周末，刘小姐独自一人来到某商厦二楼服装区，想挑选一套套裙参加一个朋友的婚宴。人还没进去，旁边一位礼仪小姐就给她来了个九十度的大鞠躬，并大声地说道："欢迎光临！"刘小姐不自然地点了一下头。

一进店里，一下子围上来两三位店员小姐，同时要为她效劳。刘小姐一个劲地解释："我先看看再做决定。"但是店员们不肯散去，围成一个扇形像保镖一般在她周围"护驾"，只要她的眼光稍做停留，店员们就紧追不舍：

"您喜欢这种款式吗？"

"你了解这种面料吗？"

"您需要多大的尺码？"

"这个今年最新潮。"

"现在这款也很流行。"

……

问得刘小姐心烦意乱，身上比挨了蚊子叮还难受，她只回了句：

"我还没打定主意呢，改日再来看吧。"说完就逃也似地奔出店门。身后还隐约传来店员们的抱怨："这人怎么回事嘛，看了这么久都不买，当自由市场啊！"

在这个例子中，刘小姐本来是有强烈的购买意图的，她本打算一个人在店里好好走一走、看一看，找上几套中意的服装比一比、试一试，但身后那些挥之不去的店员以及她们"过分"的热情，反倒使她购买欲一下子没有了，只好迅速离开。

人所共知，在接待顾客时，店员热情总比不热情好。对顾客服务不热情，甚至冷言冷语、恶语伤人，会让顾客不寒而栗。但是热情要是过了头，同样也会令人生厌，甚至让人像热锅上的蚂蚁一样不舒服。

从主观上来讲，没有一个店员想把顾客赶走，除非他的老板告诉他明天不用上班了，他试图报复一下。但事实上，一些店员行为却妨碍了顾客接近商品、观察商品，使得购买过程无法顺利开展。

因此,店员服务礼仪规定:对顾客的热情服务,亦须有度。热情有度,就是要求店员在接待顾客时,既要表现得热情、友善、认真,又不可因此而干扰、影响、妨碍对方。反之,假如店员对对方一味只讲热情,而不讲分寸,搞得"热情越位",就会使自己的动机、努力难于达到既定的目标,并且给顾客造成心理压力,直接影响其购买心情。

按照店员礼仪的规定,热情的"度"主要表现在对顾客的笑脸相迎、热情问候、适时帮助三个方面:

1、笑脸相迎要有分寸。

笑脸相迎是要求店员们在工作岗位上,应当精神爽朗,表情自然,不要愁眉苦脸、一脸晦气。至于具体的笑,则仅适合于顾客向店员了解商品的基本功能,要求店员为之提供服务,或是店员在接待顾客的过程中,与之交换目光之时。相反,如果一个顾客都没有,或是在顾客距离甚远时,一个店员暗自发笑,或是傻兮兮地"目空一切"地发笑,则很可能会吓跑顾客,而不是为自己招来顾客。

2、热情问候要有分寸。

当顾客靠近店门或柜台时,就向他们大声招呼:"欢迎光临",当顾客一靠近商品架,就问"请问您需要什么,你需要买多少东西"等等热情的问候,都是在说赶跑顾客的语言,这些语言只会让顾客大受干扰,如芒在背,于是只好皱眉而逃。

又如,当一名顾客犹犹豫豫地踏进店门时,就不宜跑上前去问一声:"先生,您需要什么?"不然,这位先生可能就会不高兴了:"不要什么,我就不能进来吗?"

事实上,购买东西就像狩猎一样,如果获得的猎物和果实的地方很安全,人们当然愿意进行狩猎和采集。但如果猎物旁边有凶恶的猛兽,果实之侧有骇人猛禽,除非是浑身是胆的武松,一般人是不敢"偏向虎山行"的。

3、适时帮忙要有分寸

"我能为您做什么"、"我能帮您什么忙"等等用语的使用,也要在一定的情况下,才能生效。比如,当一位顾客在货架旁、柜台前认真地打量某种商品时,或者拿起这件,又看那件,他可能只是一般地看看,可能是在"货比三家",也可能是尚在买与不买的问题上,自己跟自己进行"思想斗争"。这个时候,店员要是赶上来一句:"您要什么?"或是"我把它取出来给您试试",大半会打断对方的思路,甚至会使对方的购物决心因此而"功亏一篑"。

这个时候,店员需要做的,是友好地等待,并认真地观察。一旦顾客主动要求为之效劳,或者露出难以抉择的表情时,才应该热情向前,切不可强行服务、强买强卖,免得适得其反,吓跑顾客。

在服务过程中,一些店员经常会对进门的顾客"专注盯梢",对其上上下下地反复"扫描",甚至跟同事一同议论对方的服饰、发型,对其悄然指点,或是尾随围观,这不但不是等待适时提供服务的态度,反而是非常不礼貌的行为,这会让对方极不舒坦,恨不得马上逃离而去。

在服务手段上,有些地方还以邀请顾客"尝一尝"的方式来促销商品,这种方式其实并不受大多数顾客欢迎。国人讲究"将心比心",总觉得尝过之后不买,有些对不起店员,所以不少人对此"政策"是眼不见、心不烦,干脆躲得远远的,来一个"走为上策"。

此外,还有一种热情的服务态度需要引起注意,就是不要把顾客当猴子似的围观。

李小姐想做一个新发型,远远地看见一家美发店内没什么人,她想,这样可以舒舒服服地坐一会儿了,于是兴冲冲地走了进去。

但是,一进去之后,一会儿不知从哪里就出来五六个店员,洗头、按摩、吹发时,她的身边都跟着一群人,让她非常不舒服。原来,因为天气寒冷,生意冷清,店员们都无所事事地坐在休息室里无聊。一看来了顾客,都齐刷刷地围了上来,把她当成了美发店的"宠儿"。特别是老板在为李小姐做发型时,店员们更是全体出动,都站在一旁观摩学习。老板边做头,边与她讨论她的发质,旁边的店员们还七嘴八舌地跟着插嘴议论。李小姐终于忍不住了,直言不讳地抗议:"这么多人围在这干什么哪,我讨厌这么多都围着我看!"

顾客来好不容易碰到了清静的机会,结果反而精神紧张。顾客多时,店里略嫌嘈杂,而只有一位顾客时,店里又显得空荡荡的,顾客不愿意这个时候被众人当作猴子似地围观。这种情况下,作为一名店员,应该掌握这种服务分寸,不要一哄而上,让顾客受到干扰。

目前,在世界各国的卖场管理与经营之中,流行着一种叫作"零干扰"的理论。它的基本宗旨是,要求卖场与店员都要积极致力于将顾客在购物过程中所受到的打扰,减少到零的程度。因为只有将这一切有意或无意地对顾客所形成的干扰统统排除掉,才能真正地促进卖场的销售,并且使顾客逛得自在、选得自由、买得舒心,在购物的同时,又得到精神上的享受。

店员服务礼仪中有关热情有度的规定,实质上就是"零干扰"理论在店员售货服务时的具体应用。要求店员在服务于顾客时,既要热情、积极、主动,又要坚持热情有度,谨防热情越位。要主动地、有意识地将店员或店方所制造的种种对顾客的干扰,减得越少越好。零干扰,或称无干扰,定将有助于店员们的售卖成功。

店员在应用"零干扰"理论为顾客服务时,有三点必须注意:其一,未经要求,尽量不主动上前向顾客推销商品。其二,若无必要,不要在顾客浏览商品时长时间地在其身后随行。其三,在某一销售区域之内,导购人员切勿多于顾客的人数,必要之时,一些多余的导购人员可暂时撤开。从销售心理学的角度来讲,以上的种种做法,都是为了让顾客在卖场里自然放松,为其了解、选购商品创造出一个良好的环境。

(三)全面的操作规范

店员的使命和职责

我们先来看来两个案例:

【情景卖场】

情景一:

快下班时,陈先生走进一家男裤精品店,店里的几名店员都显得很忙碌,有的在对账,有的在盘点货物,还有的正在清理店面。

陈先生拿起一条裤子看了看感觉不错就问:"这条裤子究竟是多大号的,我能穿吗?"其中一位店员抬起头来打量了他一眼,说:"适合您这身材的号儿,恐怕没有。"陈先生有点儿尴尬,但因为想买就又追问一句:"到底有没有?能不能我找看?"那位店员很不耐烦地答道:"不是跟你说了吗,你穿不了。"接着又加了一句:"你快点儿看行吗?我们快要下班了。"赵先生非常生气地放下裤子,气愤地说:"什么服务态度!"就推门而去。

情景二：

张先生路过某商场,看到广告条幅上写着"店庆商品一律8折,部分商品5~6折",怦然心动,走了进去。张先生挑了很多东西,还打算再试一套衣服,这时却发现已经快10点了,商场就要打烊了,只好把衣服还给店员,店员问道:"这套衣服您不满意吗?"张先生说:"你们快下班了,恐怕来不及试穿。"店员回答道:"您尽管放心地试,我们和收银员都会耐心地等您的。"

等张先生试完衣服,已经超过商场下班时间一刻钟了,而整层楼的服务员却依然都坚守在岗位上,顾客却只有他一位,张先生交钱时,忍不住问:"你们不怕耽误下班吗?"收银员微笑着回答:"不会的,服务好每一位顾客,既是商场的规定,也是我们应该做到的。"从商场三层往下走,每层楼梯口还有两位店员在送客。伴着店员的"谢谢,欢迎再次光临"那真诚、愉悦的声音,张先生的心中十分感动。

两个商场,两种对待顾客的态度造成两种不同的结果。从以上情景中我们可以看出,情景一中的服装店所失去的不仅仅是一次生意,还可能是失去了一个长久的、回购率很高的顾客;情景二中的商场则不仅增加了一个客源,而且还同时树立了该商场的信誉,顾客的感动之情,必然为商场引来更多的顾客。

情景一中的店员对自己的使命没有充分认识。而在一个职业环境中,如果店员不对自己的角色进行严格的定位,就无法端正自己的工作态度。在如今的服务行业中,店员的使命已经从商业化发展到公益化,服务功能也逐渐强于销售功能,无形的比有形的因素更重要。顾客选择到一家卖场购物,不仅仅要购买有形的商品,而且还同时要求商品之外的附加价值,也就是服务。

因此,作为一名服务行业的店员,应该全面认识自己的角色与定位:

1、店员扮演的角色

店员在销售商品的过程中扮演着非常重要的角色:

(1)卖场或企业的代表者

店员面对面地直接与顾客沟通,你的一举一动、一言一行都代表着卖场的服务风格与精神面貌。

(2)信息的传播沟通者

店员对卖场的特卖、季节性优惠等促销活动应了如指掌,当顾客询问到有关事项时,能及时热情地给予详细的解答。

(3)顾客的生活顾问

店员要充分了解所售商品的特性、使用方法、用途、功能、价值,以及能给顾客带来的益处,为顾客提供最好的建议和帮助,成为顾客的生活专家。

(4)服务大使

卖场要有效地吸引顾客,不仅依靠店面豪华、陈列齐全、减价打折等手段,还要靠优质的服务来打动顾客的心。在当今社会激烈的市场竞争中,竞争优势将越来越多地来自于无形服务,一系列微小的改善服务都能有效地征服顾客,压倒竞争对手,每一位店员必须时刻牢记自己是为顾客服务的店员。

(5)卖场或企业与顾客之间的桥梁

店员要把顾客的意见、建议与期望都及时地传达给卖场,以便制订更好的经营和服务的策略,刺激制造商生产更好的产品,以满足顾客的需求。

1、店员的工作职责

店员的工作职责主要有:

(1)通过在卖场与顾客的交流,很有成效地向顾客宣传商品和企业形象,提高品牌的知名度。

(2)在卖场发放企业和商品各种宣传资料。

(3)做好卖场的商品陈列,以及安全维护等方面的工作,保持商品与促销用品的摆放整齐、清洁有序。

(4)保持良好的服务心态,创造舒适的购买环境,积极热情地向顾客推荐商品,以帮助其做出正确的选择。

(5)运用各种销售技巧,营造顾客在卖场的参与气氛,提高顾客的购买欲望,增加卖场的营业额。

(6)收集顾客对商品和卖场的意见、建议与期望,及时妥善处理顾客的抱怨,并向主管或店长汇报。

(7)收集竞争对手的产品、价格、市场等方面的活动信息,并向主管或店长汇报。

(8)完成每日、周、月的报表等填写工作,及时地上交给主管或店长。

(9)完成店长与其他上级主管交办的各项工作,并坚定地实施卖场的各项零售政策。

顾客服务的 5S 原则

现在,在店员服务工作中,世界各国都流行着一种"5S 原则"。这 5 个原则贯穿店员工作的始终,受到企业和顾客的大加赞赏。那么,什么叫服务的 5S 原则呢?即:迅速(Speed)、微笑(Smile)、诚意(Sincerity)、利落(Smart)、研究(Study)。5S 原则充分体现了为顾客服务的具体方式,以下将详细介绍。

1、迅速(Speed)

迅速,简言之就是服务动作要快。迅速的方式有两种:一种是实质上的快,一种是形式上的快。

所谓实质上的快,是以速度取胜,不要让顾客久等,即动作比别人快一点,如此积累的结果,就会节省很多时间,比如收银员的动作迅速就会提高效率,顾客也不会无谓等待。这种速度要靠店员在工作中多加锻炼,熟能生巧。

当然,这种快速服务有时也并不会使顾客满意,因为有时会给人一种应付了事,没有诚意的感觉,所以,这一个"S"一定要与下面的几个"S"相结合,才能发挥它的作用。

形式上的快,就是通过说一些如"马上就好了,请您稍等一下"之类的话使顾客在精神上感到放松,也不会觉得不耐烦。

2、微笑(Smile)

店员的脸上必须时时带着微笑,这不仅是所有卖场和企业的信条,也是店员们所努力追求的最高目标,在前面的内容中我们已做了详细分析。总的说来,微笑应该具备三个条件,才能产生效果,即开朗、体谅与心平气和。

开朗:发自内心的微笑才会让人产生愉快的感觉,因此店员必须时刻保持轻松的情绪。

体谅:当顾客犹豫不决,不知买什么好时,一定不要催逼,而应带着体谅顾客的心情为顾客推荐。

心平气和:无论何时,即使是与顾客发生意见上的不一致,也不要和顾客发生冲突,而应心平气和地解决。

3、诚意(Sincerity)

店员必须用发自内心的诚意来对待客人,这样就算出了什么差错,或者包装不好,顾客也会谅解。店员切忌自以为是,忽视顾客的忠告和建议。

只有实现了诚意原则,才会有刚才讲过的微笑、迅速的行动。

4、利落(Smart)

所谓利落,就是要迎合顾客的意思,将事情做得有板有眼、漂亮、彻底,此外,利落的条件还有服装整齐,化妆适宜,动作迅速。

5、研究(Study)

以上提到的迅速、微笑、诚意、利落四点,是对顾客服务上的技巧,而"研究"则是店员自身的进展,也就是对工作的探讨。

这种研究既包括对顾客心理的探讨和把握,也包括对商品性能的充分了解。

完善的服务规范

前面我们对店员该怎样做好优质服务在微笑、语言技巧等方面作了重点分析,在服务过程中,一个优秀的店员,还应全面掌握规范服务的技巧,帮助顾客解决各种难题。这里,我们列出九大服务规范,使店员在服务操作上更为完善。

1、礼貌用语,微笑服务

微笑是店员的看家本领,语言是店员的战斗工具,二者的重要性我们在前面已经作过详细分析,这里不再重复。

2、注意电话销售

有的顾客为了省时省力,喜欢用电话直接与卖场联系,有的是订货;有的是为了解商品信息;当然,也有电话是投诉的。如果店员一问三不知,或敷衍了事,甚至极不耐烦,同样会极大地损害卖场的信誉。

3、熟悉接待技巧

店员每天要接待各种各样的顾客,能否让他们高兴而来,满意而去,关键就是要采用灵活多样的接待技巧,以满足顾客的不同需要。关于如何接待顾客,本书将在后面章节中作详细阐述。

4、掌握展示技巧

展示商品能够使顾客看清商品的优点,减省顾客的挑选时间,引起顾客的购买兴趣。

对于服务类的商品,可以用架子来展示;对于鞋帽的产品,可以用手展示;对于日用百货,可以通过试用展示,对于家用电器,可用通过试听或试开展示。

店员在做商品展示时,一定要尽量吸引顾客的感官,要通过刺激顾客的视觉、听觉、触觉、嗅觉来激发他的购买欲望。

5、精通说服技巧

顾客在购买商品时其心理并不是一成不变的,只要店员能给出充足的理由让他对一件商品产生信赖,他是会认同店员的劝说,并作出购买决定的。

一般来说,只有在顾客对商品提出异议的情况下,才需要店员对他进行说服和劝导。并加以解释和说明,这个过程,实质上就是说服过程。

6、熟悉计算技巧

店员如果不会计算收钱,就如同汽车司机不会刹车一样的危险。但是,知道和精通又是两个不同的概念。如果店员计算技术不过硬,计算起来又慢又拖拉还出差错,那就会造成售货效率不高,也会使顾客不满。

店员应当熟练掌握计算技巧,顺利地运用珠算、心算、计算器,准确、快速地完成收款工作。

7、创新包装技巧

商品的包装不仅要美观,而且要牢固、安全。如果一位顾客花了大价钱买的一套工艺品因为包装带断了而摔得粉碎,那将会连带引起一系严重的后果。

店员在进行商品包装时应注意以下几点:

◆包装速度快,包装质量好,包出来的东西要安全、美观、方便。不准出现漏包、松捆或以破损、污秽的包装纸包装商品。

◆在包装商品之前,要当着顾客的面,检查商品的质量和数量,看清有没有残损和缺少,以免包错,让顾客放心。

◆在包装商品时注意保护商品,要防止碰环、串味、浸油和污染。

◆包装操作要规范。

◆包装时不要聊天,不要单手把包好的商品递给顾客。

8、必备的商品知识

许多店员对自己卖的商品的性能、质地、注意事项都不是很清楚,顾客一细问就以笼统答之,或者回答得风马牛不相及,这无疑会让顾客产生怀疑,更有些店员甚至连自己的产品名称也叫不上来,那就更别提服务顾客了。

店员不光要有微笑面孔,还必须对自己的商品知识有一个全面细致的了解,做到"卖什么,学什么,懂什么",当好顾客的参谋和帮手。

9、做好退换服务

如今的卖场和商场一般都允许退货换货,实际上真正无故退货换货的顾客却并不多,相反退换的形式使得顾客增加了购买信心,对于提高商品信誉,吸引顾客上门有很大的作用。

在退换货的服务中,店员应当做到:

◆要端正认识,要知道处理好顾客退换货业务是体现卖场诚意的最好途径,要意识到顾客的信赖和喜爱,是千金不换的财富。

◆要以爱心去对待顾客,不能怕麻烦,不能推诿。

◆在退赔过程中,要向顾客诚心地道歉,并保证不发生类似的事情。

第三章

优秀店员第3关

——商品陈列

一个优秀的店员，不仅是一个成功的店员，更是一名商品技术员。面对顾客挑剔的眼光，仅用"牌子货"、"质量好"的笼统概念来为对方解疑是不足以让人信服的。深入、细致、全面的商品知识才能让顾客心甘情愿地掏钱。

如果有了物有所值的商品，却没有精心布置的陈列，也同样会让人感到美中不足。因此，这一关从商品的基本知识入手，教你如何认识各种商品、如何辨别商品的真伪、如何美化自己的商品陈列，用这些最具实力的知识来武装自己，你才能真正做到"胸有成竹"。

（一）认识自己的商品

必备的商品知识

要真正地打动顾客，就要做一名顾客的生活参谋。在销售工作中，店员至少必须给顾客找到或推荐出一种非常符合其要求的商品，向顾客提供有关商品的情况及知识，把买东西的一方当成自己交谈的对象，帮助顾客安排好自己的生活。

"工欲善其事，必先利其器"，作为一名店员，商品知识就是店员手中的利器。在越来越理性的消费环境下，如果店员不具备灵活运用商品知识的能力，即便你心中有多少服务的诚意，使出多大的力气，用多么明媚的表情和亲切的态度接待顾客，也会使顾客失意，他并不会为你泛泛而谈的溢美之词来买单。

且看下面这两个情景：

【情景卖场】

情景一：

顾客很喜欢一套秋装，问店员多少钱。店员将上衣和裙子的价格加了加，说："一套加起来再打个九折，一共是618。""哇，真是太贵了！一套普通的衣服要这么贵啊？"店员说"那就看你识不识货了，这是正宗的南海货！"顾客听了不高兴了，"南海的货不一样是布做的吗？有什么特别的？"店员说："南海货当然是布做的，但它是牌子货嘛。"

"牌子货又怎么样？满大街都是牌子货，人家也没你这么贵！"说完顾客走了。

情景二：

睡衣专柜前，王悦看中了一款全棉睡衣，店员告诉她说："这款睡衣会缩水，最好要买大号一点的。"

"哦，是吗？可是不知道会缩到什么程度，会不会买了大号还是缩得不能穿呢？"

店员说"这个……应该不会吧……"

"那我还是再看看其他的。"王悦说。

两个例子中,都出现了一个同样的问题:店员对自己的产品知识不了解,或者一知半解,导致顾客不满意,没有达成交易。第一例中,店员的态度就不端正,这种态度是在嘲笑顾客不识货、品位低。既然一套普通的衣服都这么昂贵,如果不是骗人,那肯定有其特色,比如服装的品牌、质地、剪裁、款式等。在顾客的反问下,她不能更进一步地介绍服装的特点,只能以"牌子货"来搪塞,在如今品牌商品充斥市场的消费环境下,顾客当然不满意于这样的回答,最后被气跑了。

第二例中的店员态度倒是很端正,能站在顾客的立场上考虑问题,说明她有很好的服务意识。但是,要成为成功的店员仅有良好的服务意识是不够的,还必须具有专业、丰富的商品知识。既然已知道该款睡衣会缩水,就应该进一步了解清楚缩水尺寸的大小或者其他注意事宜,以便解除顾客的后顾之忧,而模糊不清的回答自然会让顾客产生不信任感,所以到手的生意也就这样泡汤了。

商品知识是店员手中必不可少的售货工具,要做一名优秀的店员,必须花出更多的时间对所经营的各种商品悉心研究。只有如此,店员才可以:

◆胸有成竹,自信地进行销售,因而能带给顾客一种依赖感。

◆面对顾客的横挑鼻子竖挑眼,你都能应付自如。为顾客的疑问进行确切的答复,才能缩短时间,提高效率。

◆在顾客所需要的商品没有时,能推荐出替代商品和与所买商品有关的商品。

1、整体商品观念

要掌握商品的知识,首先要有一个整体的商品观念。对零售服务行业来说,不能把商品的观念局限于具体的形态和用途上,而应把它归结于为顾客期待的需求满足和实际利益。所以,商品观念的内涵就扩大了,商品不仅包括有形物质,如:颜色、品质、样式、包装等,还包括无形的物质,即能带给顾客心理上的满足感和信任感的服务,如:购物保证、产品形象、售后服务等。

商品整体概念由三个层次组成:核心商品,形式商品和扩大商品。

(1)核心商品

核心商品回答的是顾客需要的中心内容,它为顾客提供了最基本的效用和利益。顾客买一种商品,不是为获得构成商品的部件和材料,而是为了使用它的功用。比如人们购买电冰箱,并非为了买装有压缩机、冷藏室、开关按钮的大铁箱,而是购买它的制冷功能,用来保鲜食物。核心商品向人们说明了商品的实质,所以,店员在推销商品时最重要的是向顾客说明商品的实质。

另外,劳务也是商品,它是通过服务来满足人们的特定需求,如美容、美发是为了满足人们健康、干净、美丽的需要。

(2)形式商品

形式商品是指人们对核心商品以外的特定需求。如商品质量、商品款式、商品品牌和包装等。劳务商品也有其商品形式,比如美发要有发型、美容要有白晰的肤色等要求。因此说,商品形式就是核心商品的外部特征,满足不同顾客的不同需求。

(3)扩大商品

扩大商品即商品各种附加利益的总和,如赠送商品使用说明书、提供送货安装服务、教会顾客使用等售后服务。这种商品的附加值,与商品的核心和形式起着同样重要的作用。越来越多的企业认识到售后服务在产品销售中的重要地位,于是花样翻新、形式多样的售后服务诞生了,而各种保证、赠送、培训等服务方式也在顾客中越来越具有吸引力。

2、一般商品知识

不同行业的商品知识可谓形态各异,掌握起来也非一概而论,一日而就,但是,以下这些商品知识是任何一个店员都通用并需牢牢掌握的:

(1)商品名称。

首先,必须了解商品的正确名称。对于商品名称,要能用简单准确的语言表达清楚。这里所说的名称不是像床单、裙子、毛衣这类商品品种名称,而是指每种商品的商标、设计特点、样式、领型、袖型等名称。

(2)使用方法。

以家电类为例,虽然各种高档、多功能的录放像机、影碟机、高级组合音响、摄像机、电脑等家用电器已经很普遍,但是,对这些现代化的电器设备,大多数的顾客在未使用之前对它们的概念还是比较模糊的,即使有说明书操作起来也觉得较困难。因此,店员应熟练地掌握各种电器的使用方法,并耐心地讲授给顾客。

使用方法要符合生活方式的变化,如厨房用品等要求使用方便。比如要想用镊子能顺利地打开物品,就必须清楚镊子的夹法、握法、用力的方法等。

(3)材料、颜色。

所谓材料是指商品是由什么原材料构成的。如一件衣服,它的材料是指商品是丝质的还是混纺的,交织率是多少,是针织的还是编织的等。颜色是指的流行色名称(如栗子红、宝石蓝等),特别是指一般国际上通用颜色的名称。

(4)价格。

价格是卖给顾客的商品价格,价格是商品的标价。店员心里必须清楚自己柜台中的商品都是多少价格到多少价格的,今天卖得最快的商品是哪几种等。

(5)尺寸。

尺寸是指商品的大小。比如衣服的尺寸有 S、M、L、XL 号,女装有 7 号、9 号、10 号等,男装又分 A 体的几号、Y 体的几号、O 体的几号等,厂家不同而在实际上有很大区别。

(6)保养方法。

比如洗衣服时,要讲究洗涤时水的温度、所用洗涤剂的种类、烘干方法、熨烫方法等,而家具类则要注意除去污点等事项。

(7)关联商品。

店员了解自己经营的商品都有哪些关联商品是非常重要的,能向顾客适时推荐商品以外的关联商品,往往能增加自己的成交率。比如顾客买西服时,应向顾客解说什么样的西服配什么样的领带好,增强顾客的购买欲望。

(8)替代商品、类似商品。

所谓"替代商品"是在顾客喜欢的商品没有时店员向其推荐的另一种与该商品的质量、形状等相似的商品,两种商品必须很接近、顾客所喜欢的商品。这是身为一名店员经常会遇到的问题,也是一种最常用的促销手段,店员必须清楚替代商品和类似商品与顾客所喜欢商品的共同点与不同点。

(9)商品的卖点

商品的卖点对于顾客来说就是吸引点,是店员推荐商品时的有力论证,店员必须能明确说明商品的特征、与同类商品比较有哪些长处等。譬如食品,店员要阅读有关食品烹调、食品营养的书籍,首先找出食品的卖点,进一步,还必须把卖点转化为能够带给顾客的好处,如保健品可以使血压下降、服装可使人年轻、化妆品可去皱等。

(10)市场性。

市场性是指要把握商品寿命周期处于什么阶段。店员必须掌握商品的创立期,后发展和饱和期,如果已经达到了饱和期,那么什么时候是衰退期等,这些都是需要进行各种统计和行业情报调查。

(11)商标的市场占有率。

商标的市场占有率主要是指生产厂家有国家商标的产品,在全国或某地区商标中的占有率是多少的调查结果。可以把调查结果与本店门市销售实绩比较得出的结论作为今后商品构成的参考依据。

(12)目标商品

这与商品的市场性有关。要预测目标,比如:某种商品将卖空、某种商品还剩下多少、这之后的商品动向与价格变动等事项,店员只有做到心里有数,才有可能先于他人采取有效措施。

(13)同类商品

掌握同行店的商品及行情状况,与其说是商品知识,倒不如说是有关商品流通状况的知识。要能通过日常观察,了解其同类商品的动向,从顾客、店员、对手那里得到更多同类商家的情报。

(14)商品的成本计算。

商品的成本因商品成本构成的内容不同而各不相同,而且,进货价格不一定就是生产成本,还包括供求关系和交易条件等其他多种因素决定,正确地了解形成商品成本的基础内容是绝对必要的,如果没有这方面的知识是难以进行商品采购交易的。

商品的常规分类

商品按照不同的功能和形式有多种分类,对于店员来说,有两种分类方法须熟练掌握,以便于在具体操作上了解商品的属性,增加工作的便利性。

1、从业务角度分类

(1)国产商品和外国商品

这是按产地是中国或外国而分类的。随着中国加入WTO,外资大势涌入我国零售业,进口产品数额逐年增加。因此,商店经营品种也越来越丰富,其中外国商品的比例在不断增大。

（2）高、中、低档商品

这是按商品的品牌、质量、价格来划分的。每一家企业都有要销售或服务的目标顾客群，可以针对这些不同的目标市场进行自己的产品定位。将商品分为高档、中档、低档。

（3）专门商品

该类商品是只有专业店才有的商品，或者是以企业和商店信誉为背景、以特殊顾客层为对象的商品，多属于高级流行衣料、特殊造型的家具或信誉高、有名气的商品。

（4）季节性商品与常年销售商品

服装、特殊水果和蔬菜等商品，都是以春夏秋冬等时间为标志的季节性商品，应根据季节进行分类。这类商品往往在旺季销售形势良好，一过季节，便容易滞销。而与此相对的，是以日用品为代表的常年销售商品，如家电、皮革、金属、药品、工业制品等等。

（5）流行商品

指根据社会、市场环境的流行趋势而盛行的时新产品，也受一定的季节和时间限制。

（6）高周转和高利润商品

高周转商品是指销路快、资金回收快、利润相对较低的商品，如糖果、米油酱醋、牙刷牙膏等日用品；而高级布料、家电、黄金珠宝、高档家俱等需要陈列出许多规格和样式的商品称之为高利润产品，因为价格昂贵，毛利润大，所以高利润商品一般都是低速周转。

（7）大路货和挑选性强的商品

所谓大路货是指食品、卫生、烟酒、日杂用品，消费者在最方便的地方都可以买到。挑选性强的商品是指那些原装化妆品、礼品、家用电器等，顾客需要逛多家商店进行比较才能购买的商品。

2、根据顾客选择程度分类

店员还可以根据顾客对商品的选择程度将所经营的商品进行分类。

（1）便利品。

便利品是指顾客经常购买，而且不愿意花过多时间做比较选择的商品。便利

品又可分为3种:

　　◆日用杂品。在零售店铺中70%以上的商品都是日用品,日用品是指单位价值低,经常使用和购买的商品,具体又为分为食品和非食品类,例如洗涤用品、卫生用品、火柴、电池等。顾客购买日用品的突出要求是随时可以买到,所以愿意接受任何性质相同或相似的替代品,并不坚持特定的品牌和商标。对品牌众多的日用品,顾客常常选择自己熟悉的牌子,在多宣传、保持质量的情况下,店员要力求商品陈列新颖别致,使之更富有吸引力。

　　◆冲动购买品。冲动购买品是顾客事先并无购买计划,因视觉、嗅觉或其他感观直接受到刺激而临时决定购买的商品。如糖果、风味食品、部分水果等。冲动购买品对感观刺激是商品促销的重要手段。如玩具的示范表演,风味食品的现场制作等。

　　◆应急品,是顾客紧急需要时所购买的物品。如突降大雨时的雨具等。应急品的经营中,商品布置的可见度对销售影响较大。

　　(2)选购品。

　　选购品是顾客在购买过程中,愿意花费较多的时间观察、询问、比较选择的商品。这类商品的特点是:价格较高、使用期长,多数属中、高档商品。如家具、组合音响、服装等。选购品的购买者,一般愿意到商店集中地区或有声望的大商场去买。

　　经营选购品的网点设置相对集中一点,选购品的销售特点是:最大限度地配齐商品,在顾客进行比较选择时,做好参谋。选购品又可以分为同质选购品和异质选购品。同质选购品是指商品质量被顾客认为完全相同,而售价有显著差别者。这类选购品比较的尺度是价格,例如有各种牌子的全自动洗衣机,顾客认为其质量差别不大,就会选择价格最低者。

　　异质选购品是指质量因素有重大差别的商品,而且顾客认为质量因素的差别远较价格上的差别重要。例如服装,在顾客看来,款式、面料、剪裁、缝工可能比价格上的差别重要得多,如果对质量不满意,即使价格便宜,顾客也会不屑一顾。由于某些异质选购品的质量不能在直观上加以比较,如电视机的耐用程度、维修保养的难易程度等。购买者往往以商标作为选购的指南,不熟悉有关商标时则以商店的信誉作为选购的标准。

（3）特殊品。

特殊品是具有特定性能、特殊用途、特殊效用和特定品牌的商品。它有专门的消费对象。例如集邮品、花、鸟、戏服、工艺画等。由于特殊品有特定的消费对象，从而排除了其他商品的竞争，通常以设专卖店或专柜为主要经营形式。

（4）未寻求品。

未寻求品是指顾客尚不知道，或者知道但尚未有兴趣购买的商品。例如，某些刚上市的新商品等。未寻求品的性质，决定了企业必须加强店面广告的促销工作，而店员也要主动宣传，使顾客对这些商品有所了解，发生兴趣。

这两种商品分类，实际上只是店员商品知识的基础，它不同于商品的本身属性分类，如货架上的商品分类是以服装类、食品类进行区分的。这里旨在让店员了解一些基本的商品知识，根据自身的不同业务将所经营产品加以分类，从而利于向顾客介绍。例如，同一件商品你可以为顾客介绍说是高档的、流行的，也可以说是进口的、特殊的。这就是一个商品来源与层次的背景知识，这样介绍显得你很懂行。

掌握商品知识的途径

不掌握自己所销售的商品知识，就不能算一名合格的店员。换言之，没有一点职业技能，怎么能在市场激烈竞争中说服顾客购买你的产品？在以顾客为中心的消费时代，商品知识是店员手中的一项必备技能，如果对自己的产品一知半解，企图在顾客面前蒙混过关，总会有露出"马脚"的时候。

【情景卖场】

李明是一家购物中心体育用品组的新员工，专卖网球拍。由于刚刚大学毕业，李明吸收知识很快，而且在学校时就爱好网球运动，他自视自己在网球拍知识上了解全面，较其他同事牢固。

一天，一位老先生来选购网拍，从对他的观察中，李明感觉他对网拍的挑选有些犹豫不决。为了坚定他的信心，没等老先生开口，李明就主动地向他介绍起自以为"很到位"的网拍知识，老先生听完对李明微微一笑，点了点头。

顾客这种认可给了李明很大的鼓舞,于是他又滔滔不绝地介绍开来。正在李明讲得口若悬河、天花乱坠的时候,老先生打断了他:"小伙子,我有个问题想请教你,Wilson网拍拍面上的系数和拍边上的95、110都是什么意思呀?"

李明的心一下子就提到了嗓子眼,这些问题可没接触过啊,该怎么说呢!他结结巴巴地说:"这个……5.0或是6.0这种系数……可能是……网拍的长度吧(这时他心里琢磨着,6.0大概就是网拍长6公分吧)。这个95、110应该是轻重吧……(你想啊,95、110克重的网拍拿着不是挺省劲的吗!)"

这时,客人的脸色一下子郑重了起来,很客气地对他说:"哎,小伙子,我怎么听人家说,这拍子的系数和它拍体本身的软硬程度有关,那拍边上的95、110一类的数字应该是拍面的大小吧,你说我说得对吗?小伙子,不懂没关系,可以学嘛,但可别瞎说呀!"

……

可见,要做一名顾客的参谋,在商品知识上真是来不得半点虚假!事实上,像李明这样的店员在店员队伍中是为数不少的,店员在通过公司的入门培训后,对商品知识都有了一个系统的认识,但是,很多细微深入的商品知识却不是一两次培训能够掌握完的。这就需要店员在私下里寻找多种途径进行全面的学习,查漏补缺。特别是对于一个入行不久的新人来说,同事、店长、采购员、业务员,甚至与你毫无干系的顾客,都是你的"商品老师"。

一般来说,店员可以通过以下途径来多多学习商品知识:

1、观察商品。

商品本身是最好的信息源,认真观察商品也能学到很多东西。在没有顾客的时候,店员要抓紧一切机会观察新进的商品,要利用拆包装、写标签、上货架等机会熟悉它们。有时候就连那些不可能试用或拆开包装的商品,只要能拿在手上端详一下,也会对它的印象加深一些。此外,店员可以用一些时间阅读商品说明,从而使自己尽快熟悉和掌握商品知识。首先从自己经营的商品中学,要把商品直接拿到手中认真观察,了解商品之间的微妙区别,把商品使用的原料、使用方法等写在包装及标签上,从而牢记这些知识。

2、接受培训

通过参加企业或部门组织的商品培训教育,可以最快、最直接地掌握商品知识。这也是新员工进门的最早一种了解商品知识的方法。现在有很多家公司都编写了商品知识手册或是开办商品专业知识培训课程,都是专门针对员工的。

3、向同事、店长请教

只要比你入行久的店员,总能获得一些优于你的商品知识及应对经验,虚心向他们请教,往往比看书本理论更直观、更有价值性。向他们请教的机会有两个:趁没有顾客光顾之时请他们说明商品知识;当他们在向顾客做商品说明时,在一旁观察、静静地听,然后将这些牢记在心中,特别是要注意听他们的接待对话。一位有经验的店员在顾客买东西时,会把顾客想了解的商品知识要领讲得非常清楚。这时,可以在不影响他的工作的情况下学会这些窍门。

4、向顾客学习

一般来说,店员通过专业培训、日常积累等方式比顾客的商品知识要丰富一些,但是,有的顾客却对商品的性能、使用方法及使用可能更清楚,这时店员就要认真倾听他们的意见和建议。

顾客的意见和建议,应该说是非常珍贵的情报。怎样巧妙地掌握顾客的商品知识而又不被他"识破"呢?可以这样做:当买过自己商品的顾客再来店时,店员可以趁与顾客寒暄时假装顺便问一下:"您上次买的东西使用得怎么样呢?"顾客一定会因为你还记得他而高兴,因而会把使用的体验告诉你。

5、亲自使用

如果从别人那里听说来的知识无论怎样都缺乏说服力,那么店员自己的亲身体验,就是获得商品知识最有效、最直接的学习方法。

例如,要了解某化妆品的功能及效果,最好换掉自己日常用的,使用一下自己销售的品牌。当然,这里所说的"使用一下"并不是拿商品偷偷试一下,应该是实际生活中成为一名顾客,花上时间,对商品的特征、使用方法以及使用感观能够亲自体验一番。这样一来,给顾客解释起来就会游刃有余了。

6、从书刊传媒中获取

首先要对产品的样本、说明书进行详细阅读、研究。有很多店员喜欢从各种渠道了解商品知识,却往往忽略了产品本身的文字说明,比如药品,因为有许多禁忌事宜,顾客在购买过程中喜欢拿说明书来仔细比较,并询问店员相关问题,由于没有对产品文字说明引起足够的重视,一些店员往往答非所问,不能让顾客满意。

报纸、杂志也是了解商品知识的一大渠道。当前的报纸、杂志设立了许多读者服务的栏目,包括"购物指南"、"消费指南"、"生活指导"、"商品信息"、"新产品介绍"之类,这些栏目可能会刊登一些较为具体的商品选择方法及使用上的注意事项,店员平时应多加阅读。

另外,许多电台广播也在一些时段进行相关商品知识介绍,这种方式常有听众参与,互动性很强,更能让店员从顾客直接的交流中获取很多有益的知识。

7、参观工厂或展示会

参观产地、工厂、交易处、展览会及其他同行店,能让店员扩大自己的知识面,特别是从生产工艺中了解商品很重要。

8、向销售人员学习

从往来的公司销售代表那里学来的商品知识是非常有用处的,特别是在新产品方面。其实销售代表们也希望店员能替他们这个区域多卖出一些商品,所以,只要去请教,销售代表都是非常乐意做商品说明或是向其提供一些有关资料的。

另外,店员也可以向他们询问商品在其他店或其他地区的销售状况、流行的渗透状况等有关信息。因为这可以作为辅助销售要点向顾客介绍公司的整体情况,同时也利于商品缺货时店与店之间的调货工作。

陈述商品知识的技巧

俗话说,学以致用。多渠道、多方面地掌握大量的商品知识,都是为了一个目的:为销售工作服务。到了临场实战的时候,如果不能把这些知识拿到实际工作中灵活运用,那知识只会变成一堆空泛而无意义的理论。

在陈述商品时,店员不应只局限于其内容,不宜使用专业术语或艰涩难懂的语句,要站在顾客的立场去思考问题,即换位思考。在接待顾客中按照顾客的要求与愿望解说这些内容,才能说是具备了商品知识。

小张想买一台数码相机,店员小姐介绍说这台数码相机有几百万像素。什么叫像素呢?这个概念对小张来说真是太抽象,店员为此花了不少口舌来给他解释,但小张还是似懂非懂。最后,小张说:"我只想知道这台照相机拍摄出来的相片究竟清不清晰？"

这里,像素是560万还是260万,店员解释半天顾客并不理解,这就是店员没有将商品知识变成"会话语言"。如果换种说法,像素560万和260万拍摄的效果如何不一样,顾客就很清楚了,这就是陈述商品知识的技巧。

为此,店员在学习每种与商品有关的商品知识的同时,有必要积累解说这些内容的会话语言。

把商品知识变成会话语言的程序如下:

◆ 知道商品的生产厂家及产地。

◆ 掌握原料、素材及附属品的内容。

◆ 掌握加工的特点。

◆ 用会话语言说明商品的使用、安装等要点——出售商品时所强调的商品特点。

◆ 用会话语言说明注意事项。

这就需要店员将商品知识中的一些精华部份提炼出来, 作为销售介绍的重点,加以通俗化,简洁明了地介绍给顾客。下图是店员必须了解并要根据其轻重顺序向顾客介绍的商品特点:

基本销售要点	辅助销售要点	其他销售要点
★商品的设计、开发	★商品的色彩	★商品的广告
★商品的原料、材质	★商品的流行性	★商品的销售情况
★商品的制造、专利、加工技术	★商品的包装、商标、形象	★顾客的体验和评价
★商品的性能、用途	★商品的促销活动、赠品	★商品在行业内的优势
★商品的使用、保养方法	★商品的售后服务、品质保证	
★商品的价格、折扣		

（一）常见商品知识

本节介绍的一些商品都是与顾客日常生活密切相关的,多了解这些商品的特点,将有益于店员积累自身的商品理论知识。在了解这些商品的同时,店员要能根据其特点对商品进行一定的保养维护。

当然,除本节介绍的商品以外,各行各业的店员接触的商品种类不计其数,多参考一些行业产品介绍的书籍,并从日常工作中点滴积累,相信每个店员都会成为行家里手。

日用百货制品

百货，顾名思义是由许多品种生产工艺及技术复杂程度不一的商品组成，它们使用广泛，是人们日常生活中不可缺少的用品。主要有皮革制品、日用工业品、日用金属制品、纺织品及服装等。

1、皮革制品

皮革制品有柔软、坚韧、遇水不易变形、干燥不易收缩、耐湿热、耐化学药剂等性能特点，特别是透气性、透汽性、防老化性能非常突出，其制品耐用、美观、舒适。常见的皮革有猪皮、牛皮、马皮、羊皮等，其制品则主要是皮鞋和皮衣。

（1）按穿用的对象分类。有：男鞋、女鞋、小童鞋、中童鞋、大童鞋等。

（2）按成型方法分类。有：模压鞋、硫化鞋、胶粘鞋、线缝鞋、注塑鞋等。

（3）按穿着用途分类。有：日常生活用鞋、劳保鞋、文体用鞋、军用鞋等。

（4）按原料皮分类。有：牛皮鞋、羊皮鞋、马皮鞋、人造革鞋、合成革鞋等。

皮革服装指用动物的毛皮为原料制成的皮衣，分裘皮服装和皮革服装。由于动物毛皮具有良好的热稳定性、较高的机械性和透气性，柔软、光滑、体轻等特点，用其制作的各式服装，不但美观大方，而且结实耐用，穿着舒适，既是冬季的御寒保暖佳品，同时也是华贵的衣着。

皮革服装按原材料可分为山羊皮革服装、绵羊皮革服装、牛皮革服装、猪皮革服装和马皮革服装等。

2、日用工业品

（1）肥皂。肥皂是含有脂肪酸的钠、钾盐，是洗涤用品中的一种。具有良好的去污力，是人们日常生活的必需品。肥皂的种类很多，用途各不相同，按其成分和性质，可分为碱金属皂和金属皂两大类。肥皂包括洗衣皂、香皂、药皂、过脂皂、浴皂、儿童香皂。

（2）合成洗涤剂。合成洗涤剂的种类很多，用途亦广，根据习惯与使用性，洗涤剂成品的外观形态，可以分为粉状、空心粒状、液状、浆状、块状等多种洗涤剂。我国目前生产的主要品种是空心粒洗涤剂，通称合成洗衣粉，其次是浆状、液状和块状洗涤剂。

（3）化妆品。化妆品是清洁美化人体皮肤、毛发以及口腔等处的日常生活用品。化妆品的分类方法很多，按物理性状分类，可以分为：膏霜类、液状类、粉状类、胶状类、蜡状类、笔状类；按用途分有护肤类、发用类、清洁卫生类、美容类。

（4）玻璃制品。日用玻璃器皿除按成型和装饰工艺分类外，按用途可分为食器类、容器类、装饰类。主要品种有：玻璃水杯、玻璃酒杯、玻璃冷水瓶、玻璃糖缸。

（5）塑料制品。塑料制品的主要特点是质量轻、化学稳定性好、透光性好、电绝缘性能良好，其成型方法简单、易加工、价格低廉，但易燃烧、易老化。如纽扣、锅壶的把手、电器零件、食品袋、奶瓶、水壶、油桶、发卡、量角器等，并大量用于工业交通，建筑及标牌广告。

（6）纸张。主要特点包括易燃、易碎、易泛黄褪色、易受潮损坏的缺点，也包括柔软、轻便易携带，可随意裁制使用的优点。

3、纺织品

（1）针织内衣。按成衣样式可分为加圆领衫、反领衫、高领衫、半襟衫、开襟衫、背心、茄克衫、长裤、短裤、运动裤及其他变化形式。按穿着对象可分为男式、女式、少年、儿童四类。

（2）羊毛衫。按选用的原料可分为(绵)羊毛衫、(山)羊绒衫、兔羊毛衫、腈纶衫、涤纶锦纶衫、毛腈混纺羊毛衫、马海毛衫和粘胶衫等。其中以山羊羊绒衫最高贵，绵羊毛衫最常见。

（3）T恤衫。T恤衫是用纱线纺织的一种夏季服装，并以"T"字造型而得名。按面料分类有全棉、棉麻、丝棉、涤麻、涤棉、丝光棉、真丝、丝盖棉等。其造型一般是半开襟的套衫，翻领，下摆有折边和罗纹两种。

（4）袜子。按选用的原料和经营习惯可分为线袜、毛巾袜、锦纶夹底袜、羊毛袜、锦纶丝袜、弹力锦纶丝袜、高弹舞袜、锦棉袜、棉氨袜、真丝袜、氨纶丝袜、锦纶袜等。按袜统长短可分为连裤袜、长统袜、中统袜和短统袜等。按穿着对象可分男袜、女袜、少年袜、童袜等。

（5）手套。按经营习惯和原料来源可分为棉纱手套、棉线手套、汗布手套、绒布手套、羊毛手套、腈纶手套、尼龙手套(为弹性锦纶丝编织)、锦纶手套、贴皮锦纶手套以及目前市场上用于冬季防寒的皮革手套(包括真皮和合成革两种)。

（6）围巾。按原料和经营习惯可分为机织的棉线围巾、真丝围巾、锦纶丝围巾和针织的羊毛围巾、腈纶围巾、兔羊毛围巾、羊绒围巾等。其中以羊绒围巾和真丝围巾为高档品种。真丝品又有乔其纱、双绉、素绉缎、洋纺、斜纹绸、电力纺之分。

按外形可分为长围巾、方围巾、三角巾等,披肩是方围巾中的特殊品种。

(7)毛巾。按用途分面巾、枕巾、浴巾、沙发巾、毛巾被、汗巾、餐巾、茶巾和毛巾杂品等。按花色可分为全白、全色、彩条、彩格、印花、提花、绣花、变色等品种规格。

(8)床单。床单是门幅较宽的整幅织物,包括床单、床罩和被单、被面、被里等,它起铺床防灰保洁装饰等作用,要求美观耐磨。按原料来源可分为纯棉和混纺。按花色可分为全色品、彩色品、花色品三类。按割绒床罩、织锦缎床罩、印花床罩等。

4、日用金属制品

日用金属制品种类繁多,应用广泛,是人们日常生活中不可缺少的用品。根据商业经营习惯,日用金属制品一般按金属原料进行分类,可分为铝制品、不锈钢制品、铁制品等。

(1)铝器皿。铝器皿分为铝锅、铝压力锅、铝盆和铝壶等。铝锅按形状和结构的不同分为高锅、浅锅、平锅(平锅又分单锅、双锅)、凹锅、柿形锅、菊花锅、炒锅、砂锅、银耳锅、提梁锅、牛奶锅、电暖锅等。

(2)不锈钢器皿。不锈钢器皿分为不锈钢锅、不锈钢压力锅、不锈钢壶。

(3)铁器皿。铁器皿中人们广为使用的是铸铁锅。铸铁锅按结构形状分为耳锅、单边锅、双边锅、宽边锅、把锅、桶锅、平底锅、异型锅等。

(4)金属厨具。金属厨具分为勺类、铲类、煎盘等。勺类分为提勺、漏勺、汤勺、饭勺、舌勺、圆孔舌形漏勺;铲类分为平铲、漏铲,平铲用于煎制和翻转食物,漏铲用于煎制和翻转食物、沥油。

(5)金属餐具。金属餐具是用于就餐的金属器具,有碗、碟、刀、叉、匙等等。碗有饭碗、盖碗、蒸碗。

(6)金属杂件。金属杂件有饭盒、食篮、水舀、烟灰缸、酱醋碟、筷搁、盘、提桶、果皮桶、有盖圆桶、饭罩、菜栈、水瓢、痰盂、衣架、皂盒、蚊帐钩、咖啡具、套装酒壶、酒壶、冰淇淋杯、盖杯、口杯等。

日用干杂食品

1、食糖

食糖是由甘蔗或甜菜加工制成的产品。食糖味甜而纯正,主要成分是蔗糖,可提供人体热量。食糖主要分为白砂糖、绵白糖、赤砂糖、冰糖、土红糖、方糖等。按其材质和形状又分为以下多种:

(1)软糖:软糖大多为水果味,有果料型和淀粉型两种,色泽鲜艳,清香爽口,容易粘连,裹糯米纸。

(2)硬糖:坚脆性糖果,有坚脆型和酥脆型两种,形状大多为条块型和棕子型。

(3)乳脂糖:乳脂糖细腻润滑,不透明,有明显奶香味,有胶质型和砂质型之分。

(4)夹心糖:夹心糖馅中含水量高,水分易扩散,外表糖层氧化而造成穿孔,容易发砂变质,保存期不宜过长。

(5)胶基糖:便于咀嚼,清洁口腔。有胶姆型和泡泡型两种。

(6)巧克力(朱古力):高热量、高吸收率糖果。组织细腻滑润,常温下固态,温度超过30℃时,易溶化。

(7)糖衣果仁糖:选用松子仁、胡桃仁、甜杏仁、香榧仁、花生仁等做主料,外表粘附均匀糖衣而制成的糖果,糖衣有明显差异。

食糖有一定的贮存期,但是时间过久,也易出现变质。如保管不善,易出现受潮溶化、干燥结块、变色变味现象,严重时会失去使用价值。因此,入库前必须对食糖的品种、数量、质量、包装进行严格检查,仓库应清洁、卫生、凉爽,要做好密封、通风、吸湿工作。

2、烟酒

(1)白酒。白酒属于蒸馏酒,酒液清晰透明,质地纯净,芳香浓郁,回味悠长,酒精度偏高,刺激性较强。白酒为高度酒,不易感染微生物,但易引起酸败变质。由于酒精含量高,挥发性强,易损耗。

(2)啤酒。啤酒属于低度饮料酒。其特点是无蒸馏酒的刺激性,具有啤酒的清香气息以及麦芽香,注入杯中有泡沫升起。饮用时清凉、爽口、略苦,有解渴消暑、健胃、助消化的功效,是一种营养价值高的酒,素有"液体面包"之称,但啤酒易浑浊、沉淀、变质和冻结。

(3)黄酒。黄酒是我国最古老的酒类,因色泽黄亮而得名。黄酒是一级发酵原酒,其色泽黄亮,口味醇和爽口,酒精度适中,营养高,有健胃明目之功效,还可以作药引子和烹饪调料。

(4)卷烟。卷烟具有吸水性,能随空气温度和湿度的变化吸收水分而潮湿,或散失水分而干燥。卷烟水分高于或低于标准对质量都有影响。一般情况下,温度在25℃以内,相对湿度控制在65%左右,是保证卷烟质量的最佳条件。在温度高、湿度大的条件下,卷烟最易受潮发霉,霉变的卷烟会出现菌丝体。因此店员一定要注意做好卷烟的防潮措施,以免伤害顾客的身体健康。

3、糕点罐头

(1)糕点。

糕点可分为中式糕点和西式糕点。中式糕点又有以下细分:

◆蛋糕类。组织松软、蜂窝均匀细密、有弹性、入口绵软、易消化、营养丰富,但容易发霉变质。

◆酥皮类。多由皮和馅两部分组成。皮部由两种面团做成,外层为筋性面团,内层为油酥面团。烘烤后,其皮为多层薄片状,层次分明,成品入口酥松。表面美化装饰多样,精致喜人,酥皮糕点制作精细、美观、花样多、历史悠久,是京式糕点的精华。其品质特点是松、酥、绵、软,具有果料籽仁的香味。皮酥易碎,不宜长途运输,经销中应轻拿轻放。

◆浆皮类分两类:混糖皮包馅心类产品的特点是比较发暄,入口松酥,并有脆感;浆皮包馅心类组织紧密,表面光润、细腻。浆皮类糕点牢固包住馅心,使制品不干心,不走油,不走味,保持住馅心的软硬度,贮存时间较长,以月饼为主。

◆油酥类。含油、含糖量较大,辅以各种果仁,产品表面色泽金黄,并有自然裂开的花纹,裂纹深处色泽较浅,组织较为酥松,口味香甜,口感油润。

◆油炸类。产品表面有挂浆的,也有撒糖粉和粘附芝麻的。花样繁多,造型美观,口味甚佳,表面呈金黄色。

◆干点类。是混糖不包馅的糕点,有的品质酥脆,有的口感酥软。似机制饼干,物美价廉。

西式糕点有蛋糕类和奶油类两种:

◆蛋糕类。略同于中式糕点。特点是组织松软,香甜可口,装饰美观。

◆奶油酥类。分奶油茶酥和奶油清酥两类。茶酥形状小巧,外形美观,松酥,入口易溶化，相传是就喝茶而食的，因得此名。奶油清酥类奶油用量大，制品外观层次分明，入口酥、香、松，所以定名奶油清酥。其特点是花样多，但各花样的配料、合皮、合酥及烘烤过程基本相同。

（2）面包

面包口味微咸，营养丰富，内质松软，清淡爽口，物美价廉，可做一日三餐的主食。有长形、圆形和长方形几种。长方形主食面包又称槽子面包、"吐司"面包，若切成片，中间夹入肉馅或甜馅的又称"三明治"。

面包是直接食用的食品，由于含水分较多而极易发霉、发黏，因此要尽量做到当日进货，当日售完。当日未售完的面包应放在玻璃橱中或冷藏柜中，以保持新鲜卫生，防虫、鼠，同时要十分注意各环节的清洁卫生，以防食品污染。

（3）罐头

罐头的加工过程对营养物质和风味改变不大，便于携带、食用，运输方便。罐头基本上保持了原食品的色、香、味，罐头的贮藏期长，可达一年以上，但也要放在干燥处，预防其变质。

4、茶叶

茶叶和咖啡、可可并称为世界三大不含酒精饮料，具有吸湿性、陈化性、吸味性的特点，它能生津止渴、清热解毒、提神益脑、醒酒强心、帮助消化、灭菌防病，对人体健康非常有益。但浓茶不宜多喝，以免导致疲劳。患心脏病和高血压者不宜喝浓茶。

要保持茶叶的色、香、味、形，就要注意茶叶的保管方法。在保管条件上最好是低温、干燥、避光、密封，并保存于无异味的环境之中。

日用生鲜食品

1、水果

水果又称鲜果，是顾客购买频率极高的商品。我国水果资源十分丰富，种类、品种繁多，风味各具特色。水果在营养方面最突出的特点是所含的矿物质多，维生素种类和含量在食品中名列前茅。水果可以直接食用，避免了由于加热等处理造成维生素损失，所以水果是人体所需矿物质和维生素的主要来源之一。

水果有仁果、核果、浆果、柑橘、瓜等五大类，它们的主要特点如下：

(1)仁果类:仁果的果实中心有薄壁构成的若干种子室,室内含有种仁,可食部分为果皮、果肉,如苹果、梨、山楂、枇杷等。

(2)核果类:核果类是指果实中心有一木质硬壳,之中包有种子,果实成熟后,果肉变软,柔嫩多汁,采摘期又正值炎热季节,因而不适宜长期贮藏。可食部分为果皮、果肉,如桃、杏、李、枣、樱桃、橄榄、梅子等。

(3)浆果类:浆果类是成熟后果实呈浆液状的一大类果实的总称。浆果包括了一些构造不同的果实,因此它的营养成分因果实的不同而异。如葡萄、草莓、桑椹、柿子、无花果、猕猴桃,以及生长在热带和亚热带的香蕉、杨桃、龙眼、荔枝、人心果等。

(4)柑橘类:柑橘类是属于芸香科的一大类果实的总称,主要分布在福建、广东、台湾、浙江、四川、湖南、江西等省。这类果实都是由果皮、瓤瓣、种子组成,可食部分为瓤瓣,并且它的果皮和种子可入药或提炼香料,如橘、柑、橙、柚、柠檬等。

(5)瓜类:瓜类是西瓜、香瓜、哈密瓜、白兰瓜总称。它的时令、地方性强,水分大、可食部分香且甜,但不易贮藏。

2、蔬菜

蔬菜是指供做菜吃的一年生、两年生及多年生的草本植物。我国栽培的蔬菜有百余种,而普遍栽培的约为六七十种。其中大多数为陆地栽培的,也有一些是水生蔬菜。

我国土地辽阔,蔬菜的种类繁多,其中供食用的可以分为根菜类、茎菜类、叶菜类、花菜类和果菜类。另外,还有食用菌类。

(1)根菜类:根菜类是秋、冬季栽培的主要蔬菜之一,它们富含碳水化合物与矿物质,可供炒、煮、生食与加工,耐贮藏运输,如萝卜、胡萝卜、大头菜等。

(2)茎菜类:茎菜类是以肥嫩而富有养分的茎作为食用的,除嫩茎菜以下,一般比较容易贮藏,尤其是地下茎菜,如莴笋、菜苔、竹笋、香椿、蒜苗、马铃薯、山药、莲藕、姜、芋头等。

(3)叶菜类:蔬菜叶片、叶柄或叶的一部分作为食用,是品种最多的一类蔬菜。其中,绿叶菜能提供丰富的维生素 C 和胡萝卜素,含钙和铁也很丰富,也是维生素 B_2 的重要来源之一,因此,绿叶菜是蔬菜类中营养价值最高的一类。如大白菜、油菜、菠菜、苋菜、生菜、瓢儿菜、芹菜、香菜、韭菜、大葱、大蒜等。

(4)花菜类:花菜类是以幼嫩的花作为食用部位,种类不多。如花菜、黄花菜等。

(5)果菜类:果菜类包括茄果类、瓜类和豆类,它们供食用的部分是果实和幼嫩的种子,豆类蔬菜的营养价值高,除含糖外,它们还富含蛋白质、脂肪、矿物质和多种维生素,如扁豆、豇豆、蚕豆、豌豆等。茄果类和瓜菜类蔬菜价值不是那么高,只有少数几种的营养价值要高一些,如黄瓜、冬瓜、南瓜、西葫芦、丝瓜、苦瓜、茄子、番茄、辣椒。

(6)食用菌类:一切可供人们食用的大型真菌都统称为食用菌,它们具有独特香味,质地柔软,营养丰富,并有一定的药用价值。如蘑菇、香菇、草菇、平菇、木耳、金针菇等。

3、肉类

零售企业主要经营的肉类是猪、鸡、鸭、羊肉,以及它们的加工制品,如牛扒、腊肠、肉丸等,其中猪肉占首要地位。此外,还供应少量的兔、马、驴等肉。肉类的营养成分主要有蛋白质、脂肪、碳水化合物、矿物质等,其含量主要决定于牲畜的类别、性别、年龄、生长期、饲养期、肥瘦程度和肉体的部位等。

(1)猪肉:鲜猪肉表皮白净、毛少或无毛,脂肪洁白有光泽,肉呈鲜红色或玫红色,弹性好,按之迅速恢复,表面不粘手,有正常的肉味;冻猪肉色红均匀、有光泽、脂肪洁白,无霉点,肉质紧密坚实,外表及切面微湿润,不粘手,无异味。

(2)牛肉:牛肉可分为黄牛肉、水牛肉和牦牛肉。黄牛肉肌肉呈深红色,肉质较软。肥度在中等以下的肉,肌肉间夹杂着脂肪,形成所谓的"大理石状";水牛肉肉色比黄牛肉暗,带棕红色,肌肉纤维粗而松弛,脂肪为白色,肉不易煮烂;牦牛肉脂肪多,肉质细嫩,味美,质量优于黄牛肉。

(3)羊肉:羊肉一般可分为绵羊肉和山羊肉。绵羊肉肌肉呈暗红色,肉纤维细而软,经育肥的绵羊,肌肉间夹有白色脂肪,脂肪较硬且脆;山羊肉肉色较绵羊肉淡,有皮下脂肪,惟在腹部有较多的脂肪,其肉有膻味。

(4)兔肉:兔肉的肌肉呈暗红色并略带灰色,肉质柔软,肌肉间含脂肪,多集在腹部,呈淡黄色。兔肉肉味淡,与其他肉同烹制后,就有和其他肉相似的风味,零售业中出售的兔肉大多为冷冻品。

(5)禽肉:鸡鸭鹅等禽类肉的总称。新鲜禽肉的表皮颜色因品种不同而呈乳白、淡黄、粉红色或乌黑色,有光泽且皮肉结合紧密,肉质弹性好,按之可立即恢复,表面干燥,湿度合适,不粘手,无异味。

4、海鲜

零售企业经营的海鲜主要有鲜活水产、冰鲜水产、冷冻水产及水产干货。其具体品种因地域的不同而有所区别,如内陆地区,离海岸线较远,经营海水冰鲜鱼的难度比较大,而河流、湖泊资源比较丰富的地区,淡水鱼类货源丰富,为商场经营创造条件,反之,则冷冻鱼类所占经营的比例要相对加大。

(1)鲜活水产:鲜活水产分为鲜活淡水鱼、鲜活海水鱼、鲜活虾蟹贝类和其他鲜活水产。鲜活淡水鱼有草鱼、鳙鱼、鲤鱼、鲈鱼、鳜鱼、泥鳅、祝寿鱼等;鲜活海水鱼有斑鱼、鳊鱼、鳗鱼、胡子鲶、鳖、龟等;鲜活虾蟹贝类有罗氏虾、斑节虾、河蟹、肉蟹、膏蟹、红蟹、花蟹、牡蛎、贻贝、扇贝、文蛤、缢蛏、花蛤、鲍等。其中虾类特别受到人们的欢迎,也是广泛食用的海鲜水产。

(2)水产干货:包括虾仁、虾皮、干贝、海红、鱿鱼干、墨鱼干、螺肉干、银鱼干、鱼翅、干海参、鲍鱼干、鱼肚、海带等。

(三)美化商品陈列

商品陈列的原则

商品陈列是店员工作的另一项必备技能。拿百货店来说,一家便民店的商品种类大概在 2000～4000 种左右,一家个体商店,商品种类大概是 8000～12000 种,并且随着季节变换而及时地有所调整,冬天卖围脖、手套,夏天卖游泳衣、防晒霜。而大型的商场超市,至少有 20000 种以上的商品。如此庞大的商品数量都要靠店员来进行分类陈列,大型店面有专门的理货员进行这项工作,而规模相对较小的各种专卖店则靠店员一手包办。

看人看脸面,看货看门面。一个卖场的门面、布局、商品的摆设体现着卖场的经营品位,"门面儿"打理好了,顾客才会走进你的店里。我们知道,店员制服的端庄、清洁,商品的陈列有序,会让顾客产生一种身心上的舒适感。因此,商品的陈列也是店员一项重要工作。而且,任何时候都不能忽视。

一个品种繁多的大商场在逢年过节前后一般都要大量进货,如果店员忙不过来,商品没有做适当的分类,那么整个商场就会堆得像仓库。这时,如果出现袜子跟饼干堆在一起,旁边摆着杀虫剂或蚊香。顾客看了会有什么感受?说恶心或许有些过分,但至少会看着别扭。没耐心的顾客可能早已扭头就走了,耐心好一点儿的顾客也最多忍耐一两次,第三次就势必会到更干净更整洁的其它商场去,并且很可能从此就再也不到此商场露面了,这样商场和企业就失去了顾客。

1、商品陈列的基本术语

作为一名店员,要学会商品陈列,显示出行业专业性,首先要了解常用的陈列基本术语。

(1)商品配置表。商品配置表在英文中是恰当管理商品排面的意思,而日文"切割表"在字面上,"棚"意指货架,"割"则是适当的分割配置,也就是商品在货架上获得适当配置的意思。因此可将商品配置表定义为"把商品的排面在货架上做一个最有效的分配,并以书面表格规划出来"。商品配置表的用意十分简单,即将商品的排面在货架上做最有效的分配,以求达到有效控制商品品种、做好商品定位、适当管理商品排面、防止滞销品驱逐畅销品、使利润保持在一定水准。

(2)陈列图。陈列图是用来表示某一货架上所有商品的陈列的方式,包括具体的位置、占用的空间、陈列的方式等等。陈列图由营运部门制定。陈列图的具体内容包括货架的号码、商品大组、商品小组、陈列商品的明细(品名、条码、货号、型号等)、商品具体陈列的位置、每种单品的陈列排面数量、商品摆放的方式、所采用的陈列方式、所使用的陈列道具、商品销售包装的尺寸和代码、制表人、审核人、生效日期、第几次更正等等内容。

(3)排面。排面是指某种商品在货架陈列时,面对视线能看到的商品陈列的最大个数。

(4)黄金陈列线。指与人水平视线基本平行的范围内的货架陈列空间,一般在90~150厘米之间。

(5)先进先出。指先进货的先陈列,先销售,先到保质期的先销售。

(6)端架。端架是指整排货架的最前端或最后端,即顾客流动线转弯处所设置的货架,常被称为最佳陈列点。端架通常用来陈列一些高毛利商品、新品、促销商品或要处理的滞销商品。

(7)最大货架陈列量。指某种商品在规定的陈列空间所陈列的最多数量。

(8)堆头。即"促销区",通常用栈板、铁筐或周转箱堆积而成。

(9)SKU。即 Stock Keep Unit,单项商品。

(10)零星散货。被顾客遗弃在非此商品正确陈列位置的商品,如遗留在收银台、其他货架、购物车等地方的商品。零星散货必须及时收回,特别是生鲜的散货。

(11)理货。把凌乱的商品整理整齐、美观,符合营运标准。

(12)补货。理货员将缺货的商品,依照商品各自规定的陈列位置,定时或不定时地将商品补充到货架上去的工作。

(13)缺货。某商品的库存为零。

2、商品陈列的基本原则

通过视觉来打动顾客的效果是非常显著的。商品陈列的优劣决定着顾客对店铺的第一印象,使卖场的整体看上去整齐、美观是商品陈列的基本思想,而让顾客容易看到,容易挑选以及容易购买是商品陈列最基本的要求。为此店员必须按商品的分类,注意排面的丰富,执行商品先进先出,以及分配好黄金陈列线商品的种类与类型,具体来讲有以下原则:

(1)以销定量。以销售量来决定陈列的最小空间,其参考公式是:商品日销量×商品体积×0.5=陈列所用空间。有季节性的商品还要根据季节的不同进行调整。

(2)要有关联性。相同商品大组、商品小组以及关联商品应临近陈列,并注意品牌商品陈列的竞争关系。

(3)突出广告效果。商品陈列是一种无声的广告,其陈列要体现广告效果及视觉美感,应考虑灯光因素、颜色因素、图案因素的影响,力求给顾客最大的视觉冲击。冲动性商品放在临近主通道的地方陈列,日常性的消耗品陈列在店的后方或较次要的位置。

(4)放大原则。这主要是针对那些太小的商品而言,陈列时应注意这些商品的最小陈列尺寸,可以整箱、整条来陈列,以该商品不会因为太小的陈列而被顾客忽视为原则。

(5)黄金组原则。陈列时,注意黄金陈列线(0.9~1.5m)上的商品陈列组合和陈列空间的分配。这个位置是一般人眼睛最容易看到、手最易拿取的陈列位置,亦是最佳陈列位置。此位置一般常用来陈列高利润商品、主打商品、促销商品、自有品牌或独家商品。

(6)定位原则。商品陈列的位置是惟一区域原则,商品一经配置后,商品所陈列的位置和陈列面就很少变动,除了配置表的修正外,很少变化。理论上,每一个商品皆有一个定位位置。正常销售的商品应避免两个或两个以上的陈列区域。

(7)整齐清洁。商品陈列遵循界限清楚、整齐、优先选择直线界限原则。若陈列的商品是满货架陈列,则优先选择相对垂直陈列的原则。要维持良好的卖场气氛,商品清洁非常重要。因此在陈列商品时,最好随时带一条干抹布或小鸡毛掸子,将商品及货架清理一番,并能定期在营业低峰时段做好整个货架的清洁工作。

(8)一致性原则。相邻货架的陈列层次尽量一致,陈列方式尽量一致。每一类商品都有其不同的特征。表现商品特征的一个有效方法,就是将同类商品按不同方式集中组合起来,构成较完美的几何图案。不同的商品系列还可用不同的底板作陪衬。

(9)先进先出。货架陈列的前层商品被买走,会使商品凹到货架的里层,这时就必须把凹到里层的商品往外移,从后面开始补充陈列商品,这是售货顺序上的先进先出。在商品上,食品的陈列遵守先进先出的原则。

(10)安全原则。如货架、挂钩的承重,轻小的商品放在货架的上面,较重较大的商品放在货架的底下等等。

(11)便利原则。商品无论怎样展示,都是为了销售给顾客,因此,为顾客提供便利是商品陈列的一大原则。一般情况下,由人的眼睛向下20度是最易观看的。人类的平均视角是由110度到120度,可视宽度范围为1.5米到2米,在店铺内步行购物时的视角为60度,可视范围为1米。

(12)易取易放原则。顾客在购买商品的时候,一般是先将商品拿到手中从所有的角度进行确认,然后再决定是否购买。当然,有时顾客也会将拿到手中的商品放回去。如所陈列的商品不易取、不易放回的话,也许就会仅因为这一点便丧失了将商品销售出去的机会。例如卖场内各种商品做成的堆头,如果把食用油一桶桶地堆上去看似摇摇晃晃,是没有人敢碰的。

商品陈列的方法

商店卖场的商品陈列方法基本可以分为两类:柜台式陈列和开放式陈列。柜台式陈列是指利用柜面和柜内陈列商品。柜台陈列时可以放置一些小架子,也可以直接摆放有造型的商品,如香水、一些小商品等。如今大多数卖场的陈列多以开放式为主,但对一些价值高、体积小、容易失盗的商品还是采用柜台式陈列。这里以开放式陈列为例,全面介绍商品陈列的注意事项和陈列方法:

1、商品陈列的注意事项

(1)要合理摆放高度。

顾客走进商店,经常会无意识地环视陈列商品,通常,无意识的展望高度是0.7至1.7米。同视觉轴大约30度角上的商品最容易让人清晰感知,60度角范围内的商品次之。在1米的距离内,视觉范围平均宽度为1.64米;在2米的距离内,视觉范围达3.3米;在5米的距离内,视觉范围8.2米;到8米的距离内,视觉范围就扩大到16.4米。因此,商品摆放高度要根据商品的大小和顾客的视线、视角来综合考虑。

一般来说,摆放高度应以1米至1.7米为宜,与顾客的距离约为2至5米,视场宽度保持在3.3米至8.2米。在这个范围内摆放,可以提高商品的能视度,使顾客清晰地感知商品形象。同时,摆放时要方便顾客触摸。

(2)要保持商品量感。

所谓量感,是指陈列的商品数量要充足,给顾客以丰满、丰富的印象。量感可以使顾客产生有充分挑选余地的心理感受,进而激发购买欲望。如果一位顾客想买可乐,走进一家商店,发现这家商店只卖一种品牌的可乐,顾客的感觉就不会很好。如果不仅有好几种品牌的可乐,而且有不同大小的包装,从1000毫升到550毫升、355毫升,甚至于更小到120毫升都有,相应地也必然会使顾客的选择几率就比前一种情况要大得多,紧跟着的是购买几率也就相应地提高了。

所以店面商品陈列的丰富性是一个很重要的因素。这就要求店员要确定库存、架存的关系量数,并及时补充架存商品。

(3)要突出商品特点。

商品的功能和特点是顾客关注并产生兴趣的集中点。将商品独有优良性能、质量、款式、造型、包装等特殊性在陈列中突出出来,可以有效地刺激顾客的购买欲望。例如,把气味芬芳的商品摆放在最引起顾客的嗅觉感受的位置;把款式新颖的商品摆放在最能吸引顾客视线的位置;把多功能的商品摆在顾客易于接触观察的位置;把名牌和流行性商品摆放在显要位置,都可以起到促进顾客购买的心理效应。

（4）要避免商品过分拥挤。

展出商品的良好效果不仅来自其别具一格的布置设计，更取决于给观赏者留下充裕的观赏空间。不同的商品如果陈列得过分拥挤会挡住顾客的视线，为此，可将商品中的一部分精品在陈列时占据较多一点的空间，同类商品中的其余部分则可配以文字说明，在展台次要部分展出。

商品经过分类组合陈列在几块不同的展示板上，顾客可有充裕的空间进行观察，从而能避免观赏集中陈列商品时的拥挤。

2、商品陈列的常用方法

（1）裸露陈列法

好的商品摆放，应为顾客观察、触摸以及选购提供最大便利。多数商品应采取裸露陈列，应允许顾客自由接触、选择、试穿试用、亲口品尝，以便减少心理疑虑，降低购买风险，坚定购买信心。

（2）季节与节日陈列法

季节性强的商品，应随季节的变化不断调整陈列方式和色调，尽量减少店内环境与自然环境的反差。这样不仅可以促进季节商品的销售，而且使顾客产生与自然环境和谐一致、愉悦顺畅的心理感受。这在时装、烹调产品上体现得尤为明显。

（3）连带陈列法

许多商品在使用上具有连带性，如牙膏和牙刷、照相机和胶卷等。连带陈列就是把这种不同分类、但有互补性的商品陈列在一起，使顾客在买 A 品时会顺便购买 B 品。例如超市沙拉材料（芹菜、莴苣、红萝卜）旁常会陈列沙拉酱，牛排旁常会陈列牛排酱，这些都是连带陈列。

连带陈列可以促进卖场活性，也可以使顾客的平均购买数增加，确实是一个好的陈列技巧。

关联陈列有很多，这里主要是指和卖场相关联的商品陈列。

（4）重点陈列法

现代商店经营商品种类繁多，少则几千种，多则上万种，尤其是大型零售超市，品类多，每个品类又有许多单品。要使全部商品都引人注目是不可能的，可以选择顾客大量需要的商品为陈列重点，同时附带陈列一些次要的、周转缓慢的商品,使顾客在先对重点商品产生注意后,附带关注到大批次要产品。

(5)背景陈列法

待销售的商品布置在主题环境或背景中。这在卖点很强的节日中体现得尤为明显。如情人节将巧克力、玫瑰花、水晶制品等陈列在一起;圣诞节将松树、圣诞老人、各种小摆件营造在同一卖场,效果都不错。

(6)黄金陈列法。黄金陈列线的高度一般在 90~150 厘米之间,它是货架的第二层,是人们眼睛最易看到、手最易拿取商品的陈列位置,因此是最佳陈列位置。此位置一般用来陈列高利润商品、自有品牌商品、独家代理或经销的商品。该位置最忌讳陈列无毛利或低毛利的商品,否则对超市来讲是利益上的一个重大损失。

◆中段。货架的第三层是中段,其高度约 50~85 厘米,此位置一般用来陈列一些低利润商品或为了保证商品的齐全性,及因顾客的需要而不得不卖的商品。也可陈列原来放在上段和黄金线上的已进入销售衰期的商品。

◆下段。货架的最下层为下段,高度一般在离地 10~50 厘米左右。这个位置通常陈列一些体积较大、重量较大、易碎、毛利较低,但周转相对较快的商品,也可陈列一些顾客认定品牌的商品或消费弹性低的商品。

(7)大陈列法

指利用大面积、大空间来陈列单一的商品或系列的商品,体现量感,给顾客一种非常强烈的廉价感和热销感。通常用端架、大面积货架、堆头、网篮等进行量感陈列。在卖场开出一个空间或将端架拆除,将单一商品或 2—3 个品种的商品作量化陈列。

进行大陈列的诉求有 5 种:价格诉求、季节性诉求、活动或节庆的诉求、新上市的诉求和媒体大量宣传。

(8)整齐陈列法

整齐陈列法是按货架的尺寸,确定单个商品的长、宽、高的排面数,将商品整齐地堆积起来以突出商品量感的方法。整齐陈列的货架一般配置在中央陈列货架的尾端,其陈列的商品是企业欲大量推销给顾客的商品,折扣率高的商品,或因季节性需要顾客购买率高、购买量大的商品,如夏季的清凉饮料等。整齐陈列法有时会令顾客感到不易拿取,必要时可作适当变动。

（9）随机陈列法

随机陈列法是为了给顾客一种"特卖品即为便宜品"的印象，而在确定的货加上将商品随机堆积的方法。采用随机陈列法所使用的陈列用具，一般是一种圆形或四角形的网状管，另外还要带有表示特价销售的牌子。随机陈列的网筐的配置位置基本上与整齐陈列一样，但也可配置在中央陈列架的走道内，紧贴在其中一侧的货架旁，或者配置在卖场内的某个冷落地带，以带动该处陈列商品销售。

（10）盘式陈列法

盘式陈列法是将装商品的纸箱底部作盘状切开后留下来，然后以盘为单位堆积上去的方法。这样不仅可以加快商品陈列的速度，而且在一定程度上提示顾客整箱购买。有些盘式陈列，只在上面一层作盘式陈列，而下面的则不打开包装整箱陈列上去。盘式陈列的位置，可与整齐陈列架一致，也可陈列在进出口处。

（11）堆头陈列法

堆头是指双面的中央陈列架的两头，是顾客通过流量最大、往返频率最高的地方。一般用来陈列要推荐给顾客的新商品，以及利润高的商品。堆头陈列的商品如果是组合商品，就会比单件商品更有吸引力，因此堆头陈列架应以组合式、关联性强的商品为主。

"两端"陈列的可以是单一商品，也可以是不同商品的组合。单一商品常是全国性品牌商品，这种商品具有较高的知名度，顾客常常会认牌购买，流转速度快，利润高；几种不同商品的组合，在包装、图案、颜色上相互搭配，能产生良好的视觉效果，在效用上互为补充或替代，有时也可以产生陪衬效果，可以很好地刺激顾客的购买欲望，实现扩大销售目的。

（12）岛式陈列法

在大型商场或超市的进口处，中部或底部不设置中央陈列架，而配置特殊用的展台，这样的陈列方法叫做岛式陈列。其用具一般有冰柜、平台或大型的网状货筐。除此之外，还有一些在空间不大的通道中进行随机的、活动式的岛式陈列所需的投入台、配上轮子的散装筐等陈列用具。

（13）窄缝陈列法

为了打破中央陈列架定位陈列的单调感，在中央陈列架上撤去几层隔板，只留底部的搁板形成一个窄长的空间，进行特殊陈列，这种陈列方法叫做窄缝陈列。

其陈列的商品一般是要介绍给顾客的新商品或利润高的商品,一般只能是一个或两个单品项商品,能起到较好的促销效果。

(14)突出陈列法

突出陈列也是为了打破单调感,吸引顾客进入中央陈列架里,而在中央陈列架的前面,将特殊陈列突出位置的方法。如在地面上作一个突出的台,并在其上面堆积商品,或将中央陈列架下层的搁板做成一个突出的板,然后将商品堆积在此板上。有时可以把槽沟陈列稍为修正一下,不拆除棚板,只改变一下斜度,就成为突出陈列,或侧边陈列。也可以把商品放在篮子里,陈列在相关商品的旁边贩卖,这也是突出陈列的一种。

突出陈列可吸引顾客的眼光,但在同一卖场不可同时采用太多突出陈列,以免将顾客回游的路线弄得不通畅,如此就得不偿失了。

(15)悬挂陈列法

将无立体感扁平或细长形的商品悬挂起来的方法称为悬挂式陈列法。它能使这些无立体感的商品产生良好的立体感效果,并且能增添其他特殊陈列方法所没有的变化。目前工厂生产的许多商品都采用可用于悬挂式陈列的有孔型商品包装,如糖果、剃须刀、铅笔、儿童玩具等。

(16)槽沟陈列法

在定位陈列的连续货架中,把几块棚板除去,挑选 1~2 个品种做圆形或半圆形的量感陈列,陈列量在平常的 4~5 倍,以吸引顾客的眼光,这种陈列即为槽沟陈列。不过这种陈列手法虽可使卖场活性化,但却不宜在整个卖场出现太多,最多不超过 3 个,这样才能使新上市的商品获得高利润。

(17)比较陈列法

比较性陈列是把相同的商品按不同规格或不同数量予以分类,然后陈列在一起,供顾客选购。比如,如果一罐易拉罐咖啡卖 20 元,而 6 罐包在一起只卖 100 元,这时若把单罐装及 6 罐装咖啡陈列在一起,就可以比较出 6 罐装咖啡比较便宜,从而刺激顾客买 6 罐装咖啡。但要注意,这样的目的是卖 6 罐装咖啡,所以陈列量上 6 罐装咖啡的数量要比较多,而单罐装咖啡的数量应比较少。

再如,把同一品牌的 620 克装奶精和 450 克装奶精陈列在一起,并把 620 克装奶精的售价定得很接近 450 克装奶精,那么就可以衬托出 620 克装奶精价格的便宜,从而刺激顾客购买620克装奶精,达到贩卖目的。一般而言,比较性陈列只有经过价格、包装的良好规划,才能达到最佳效果。

(18)橱窗陈列法

橱窗陈列法是所有陈列中最有影响力的一种方法。橱窗是顾客了解卖场的重要媒体,是吸引顾客进入店内的第一道风景。因此,国外有学者称橱窗是"向顾客作最后一分钟的提示"。

橱窗陈列方式大致分为:实物商品陈列;牌面装饰为主、配上部分商品的陈列;大块图版为主,文字为辅的陈列;广告文字为主,商品为辅的陈列;还有展示电子技术、激光技术的陈列等等。

不管什么样的橱窗在陈列设计上,要从以下几个方面出发:

◆陈列方式要与卖场主题相互关联。比如,经营五金产品的商店橱窗陈列布娃娃,经营钟表的商店里摆着玩具熊肯定是不合适宜的。橱窗广告的表现形式还要与时间、地段等外部因素相结合。比如,夏季推销羽绒服收效肯定不好,因为不合时令;商业繁荣地区服装店将最新时装陈列在橱窗显眼处,就会取得理想的效果。

◆要突出商品优势。将主要商品陈列在橱窗的显眼位置,使顾客能在店外就感受到商品的魅力,是橱窗陈列的重要目的。一般没有什么突出特点的商品对顾客是没有多大的吸引力的,因此,在进行橱窗陈列时就要选择有特色的、新上市的或者商店重点推荐的商品。另外,要注意陈列的商品与观赏者视线角度是否持平,高了或者低了都会降低人们的观赏频率。

◆形式要为商品服务。不管是文字、图画还是商品与牌面相结合的方式,都要以突出商品展示为主。如果将漂亮新奇的文字在橱窗上贴满,就让在店外的顾客摸不着头脑,不能直观地看到店内所经营的东西,除非是顾客出于好奇,会走进来看看这里是经营什么商品,否则是没有人为这些见怪不怪的时尚文字耽误时间的。

◆陈列手段尽量艺术化。橱窗的构图要遵循构图的对称与均衡,比例与均匀、反复与节奏、变化与统一结合,以及虚实、疏密、明暗、对比等原理,使布局得当、比例协调,从橱窗整体上给人以美感。

以上18种陈列方式,是商品陈列的常规使用方法,在下面一节中,我们还将介绍一些艺术性、技术性的陈列方法,以提升店员商品陈列与展示的技巧。作为一名优秀的店员,从某种程度上讲,应该尝试着做一个陈列专家,要学会在实践中综合运用各种方法，也就是要根据自己卖场的特点把以上十几种方法综合起来进行商品陈列。

艺术化商品陈列

商品陈列与展示不是一个程序性、一成不变的工作。事实上，商品陈列是一个技巧性、创意性的工作，通过以下两例，我们可以得到一些启示。

【情景卖场】

情景一：

在国外的某一超市里，它的许多商品组合和摆放常常让人匪夷所思，一些看起来毫不相关的商品常摆在一起出售，比如啤酒与纸尿片，摆在一起时就令人十分不解：怎么会有这样奇怪的陈列呢？

殊不知，这些奇妙的展示却给商场带来了神奇的效果。事实上，如此陈列是商场的一种销售技巧，是该商场通过对消费者的深入调查得来的。

通过细微的观察，他们发现，时下一些年轻的爸爸们很多时候在妈妈带着宝宝的时间帮助太太，兼职做太太的"采购员"。太太往往给他们列出一张购物清单，到超市后爸爸们除了买好清单上的东西，还会犒劳下一下自己：买自己喜欢的一样商品——啤酒。既然自己拥有采购的决定权，怎么不利用这个难得的机会呢？于是，他们会买多一点自己钟爱的啤酒，但又要完成太太吩咐的任务：为宝宝买纸尿片。因为选啤酒时已花去一些时间，为了不让太太久等，爸爸们就会顺手牵羊地多拿几包纸尿片，也省去下次买纸尿片的时间。

这样，无形中，啤酒与纸尿片的销售量都大大增加了，这个超市的做法也被人们津津乐道。

情景二：

在某市一大型超市里，金黄色的喜之郎果冻透明、晶莹，一大堆堆在一起亮晶晶的让人看了就有食欲，特别是孩子们更是喜欢。但是，这里的喜之郎的堆头却堆得太高，有的底部已超过120厘米以上，孩子们拿不到，只有干着急。加之超市里都是人山人海，许多挤在人群中的孩子们看不到喜之郎，哪里还有好销量呢！

而雪碧的堆头却赚足了人们的眼球。一进卖场,一片草绿色的清新色调就映入眼帘,"晶晶亮,透心凉"的广告语扑面而来。一个四方的架子,中间摆放着一支支雪碧,架子两旁各悬挂着一串"音乐新时空,时刻透心凉"的吊牌,堆头的上方放着代言人杜德伟的动感海报,整个展示既清新又时尚,吸引了大批顾客前往购买。

同样,百事可乐的堆头形象也在卖场形成了一道难忘的风景,F4等超级明星组合围起的堆头底座,从上至下都是一片深蓝,如同蔚蓝色的海水一般包围着人们,充满极大的诱惑。

在情景一中,我们看到了一种颇有创意的商品陈列展示,它将关联性和创意性结合起来,取到了奇妙的销售效果。情景二中,喜之郎的商品很有诱惑力,却没有考虑到为人们提供便利性,堆得太高,让小孩拿不到,即使大人帮忙,也怕这高高的一堆倒塌,只好"敬而远之"。而雪碧和百事可乐的展示却为人们所称赞,不仅方便大方,而且美感十足,深受顾客的欢迎。

可见,商品陈列的确是一门操作性极强的艺术。要吸引顾客光顾,商品就不是简单的在卖场里的几箱货,一堆了之这么简单。每一类,甚至每一种商品都有其特定的陈列技巧,对店员而言,有许多方法都可用来有效地把商品展示给顾客。要决定在特定情况下的最佳方案,在规划时需考虑以下几个问题:

首先,商品展示在一定程度上要与商店整体形象相一致。例如,一些商店根据尺码展示男士衬衫,这样所有尺码的衬衫都放在了一起。于是,顾客可以很容易地判断什么是适合他自己的尺寸。这与商店追求实际的形象是一致的。其他商店把所有的颜色款式结合放在一起,这种展示唤起了一种更为超前时尚的观念,并且带来更多的美感和愉悦。但是,它却使顾客不得不在一堆存货中寻找自己的号码。

其次,陈列时必须考虑到商品的特性。如牛仔裤可以很容易地放在货堆中展示,而裙子则必须挂起来,这样顾客可以更容易地观察设计和款式。

再次,包装经常会决定商品如何展示。例如,折扣商店出售小包的螺母和螺栓,但是,五金商店仍然按重量单位计量销售这些商品。尽管按包出售的商品单位价格明显提高,但自助式销售方式的运作不需要雇用足够多的人员来称量和包装这些小东西。

最后,产品的潜在利润影响着展示决策。例如,低利润高周转的商品,如在校学生使用的文具用品就不会像派克钢笔一样要求同等精美、昂贵的展示。下面就让我们来看一些特殊的、艺术化的展示技术。

1、观念导向

观念导向陈列是指根据特别的观念或商店的形象展示商品的方法。例如,女士的时装通常会展示为整体的形象或观念。还有,家具也应与房间的整体布置结合起来,从而给予顾客一种观念,使他们明白这些家具在他们的家里应是怎样布置的。把拥有巨大消费需求的某个厂家生产的产品布置在一起,放置在小隔间里布局。这是因为,由同一厂家制造的商品易于相互协调。一些服装生产商会协调款式和颜色,影响同一系列的多重购买并且增强整个系列商品的形象。

2、价格导向

价格系列导向是按价目表排列商品。这一策略可以帮助顾客很容易地找到他们希望出价的商品。例如,男士衬衫可能安排成 3 个组,销售价格分别为 45 元、60元和 80 元。。

3、颜色组合

颜色组合法是一种大胆的销售规划技术,需要店员具有色彩上的美学知识。蓝色能给人心理上的安定感,为冷色;红色能给人兴奋感,为暖色;白色能给人一种亲近感,为进出色。几种颜色混在一起后变为无色:冬天以暖色为主,夏天以冷色为主,这些都是应该考虑到的。

只要设计得好,单一色彩也能取得理想效果。例如,在冬季里,女士服装商店将所有白色展示在一起,就容易让顾客知道这家商店是她们购买服装的绝好地方。有些唐装服饰店,将大红的服装集中展示,透过明亮的橱窗,古典而又鲜艳的色彩能吸引大批过路的顾客。

4、式样／品种组合

折扣商店、杂货店、五金商店和药店对几乎每一种商品都采用了这一种方法。许多服装店也运用了这一技术。当顾客寻找某一特定种类的商品时,如毛线衫,他们希望在同一地方找到所有的品种。

根据号码安排商品是另一种组织多种类型商品的方法,从螺钉、螺母到服装都有应用。因为他们通常知道需要的型号,对顾客而言,按这种方式安排商品是最容易找到的。

5、视觉效果

有些在日常生活中经常遇到的小件商品在陈列时一般不会引起人们的注意，用一些夸张的表现手法可以增强这些商品陈列时的视觉效果等。如一张放大的餐具照片就能使顾客有一种新奇而又富有吸引力的感觉。

6、造型展示

各种商品都有其独特的审美特征，如有的款式新颖，有的造型独特，有的格调高雅，有的色泽鲜艳，有的包装精美，有的气味芬芳。在陈列中，应在保持商品独立美感的前提下，透过艺术造型，使各种商品巧妙布局，相映生辉，达到整体美的艺术效果。

在具体造型时，可以采用直线式、形象式、艺术字式、单双层式、多层式、均衡式、斜坡式等多种方式进行组合摆放，赋予商品陈列以高雅的艺术品位和强烈的艺术魅力，从而对顾客产生强大吸引力。

7、大宗商品展示

大宗商品是一种将许多数量的商品展示在一起的展示技术。顾客跟随商店的宣传标语"高库存快流转"走进大宗同等的低价商品。所以，大宗商品展示可以用来增强和巩固商店的价格形象。运用这种展示观念，商品本身就是展示。例如，在许多假日之前，杂货商运用末端展示区的整个无盖货柜来展示六种包装的百事可乐。

8、重点展示

在同一类商品中也许有几件较有特色的商品，为了突出展示这些商品，梯形展台能较好地满足这方面的需要。梯形展台上分多层陈列大小不同的盘子，背面用色彩相配的图案作底衬，并配以聚光灯照明，起到非常鲜明的效果。

9、心理展示

在许多情况下，顾客最关心的并非是商品的价格，而是其内在的品质。如用大型图片展示一袋正在倒出的可可豆，这样的效果显然没有展示顾客品尝可可豆的情景来得好，因为顾客最关心的是可可豆的味道，而不是它的形状。因此在商品陈列之前首先应弄清楚顾客对该种产品已经了解了多少，最想要知道的是什么。

10、实用展示

有些商品尤其是一些日用品，顾客对其功能已十分了解，因此，能向人们介绍的是这些商品的实用性。例如,对一些纺织品、家用器具等普通商品应让顾客知道其制作原料,并按日常使用的方式展示在人们面前。如果按平时使用方式摆放在桌上的餐具就比放在货架上和插放在面板上的使人印象更为深刻,佩戴在模特儿身上的饰品要比放在玻璃柜里的更耀眼夺目。

11、示范展示

某些商品如衣料等只须随意悬挂就可展示其外观的美,而有些商品则要在实际工作状态中才可显示其优越性能,这种方法远比文字说明更加形象化。如声控开关的展示,除了墙上的广告说明之外,展台上的家用电器可以让顾客随意使用以切身体会这种声控开关的遥控性能。

12、前沿展示

通常,同时对商品进行充分的展示和高效地摆放较多的商品是不可能的。但是,尽可能多地展示商品也是很重要的。对于这个难题的解决办法就是前沿展示,它是商店展示尽可能多的商品来吸引顾客目光的商品展示的一种方法。

例如,图书出版商尽最大努力设计具有吸引力的封面,在书店展示书籍时通常只有书脊是露在外面的,为了造成有效的展示并打破这种千篇一律的现象,图书零售商可以让封面像布告牌一样横放在外面,吸引顾客注意力。一种类似的前沿展示就是走到服装架前简单转动衣架来展示商品。

13、创意展示

如前"啤酒与纸尿片"的组合就是一种创意展示。此外,现在各种各样的汽车展也是创意百出。传统的汽车展是选一个大型的场地,汽车摆放在里面,打着灯光,放着音乐,旁边还有穿着泳装的美女摆着各种迷人的姿势。如今,很多销售公司把汽车展办成汽车试用会,谁都可以试用,亲身感受一下汽车的魅力;有的用吊车把新车悬在空中,吸引顾客的注意,也便于观看;还有的在现场把车开起来往墙壁上撞,撞墙后的车及驾驶员竟神奇地安然无恙,以此来显示汽车的安全性。这些新型的创意展示方法往往能取得更大的效果。

日用品陈列技巧

本节提供四类顾客日用商品陈列技巧,以供店员积累其商品陈列知识。

1、服装鞋帽类

(1)针织品类

针织品的陈列,应以展示其色泽、花样、质地为主。由于商品的用途不同、大小各异,而决定了各自特殊的陈列要求。

◆手帕:富有极强的装饰性,除可以运用支架展示其花样全貌外,还可以适当运用特技,折叠成花束点缀陈列,或者干脆做成一个手帕花篮。

◆毛巾、枕巾:一般运用支架陈列,以展示其花样、品种和规格。

◆浴巾、沙发巾、毛巾被:因规格大,可采用橱窗陈列法,先折叠以缩小其体积。在折叠时要做到折纹整齐、线条流畅、弧线自如、手法巧妙,以充分显示其使用舒适的柔软感。

◆头巾、围巾:展示时一定要表现其花样、展示其质感,手法可采用吊挂和折叠。

◆袜子:从花形上看,袜子分为全花、面花、袜筒边花;从原料上看,有线袜、锦纶丝袜、尼龙袜、毛袜等。陈列时要注意展示花色和质地,用支架、托板、脚的横型吊挂等方式布置。

◆床单、被面、台布:适宜采用摊开和折叠相结合的方法陈列。要注意展示花形,便于顾客比较。折叠时要整齐,起首、结尾要美观、自然。

◆毛毯:属于高档商品,要注意表现其弹性强,易复位的质量特点。陈列时也应以摊开和折叠相结合,宜布置在柜台中的显要位置。

(2)纺织品类

纺织品的原料和工艺流程有很大差别,在陈列时要突出它们各自的特点。例如,花布要以展示其花型美为主;丝绸要以展示其质地细密、轻薄、柔软为主;呢绒则以表现其挺括、轻柔、富有弹性为主。

纺织品主要采用卷、半卷、拉挂、折叠等方法陈列。在卷、拉、挂、折时,要做到流畅自然,要通过商品的曲线,展示其弹力感,尽量保持花形的完美。

(3)衣着类

衣着类品种繁多,各有差异。既有内衣、外衣之分;又有短衣、大衣的区别;还有棉衣、单衣的差异。所以在陈列时要注意分类、注意时令,可以采用人们日常生活中的各种姿态——坐、立、行、舞蹈、游戏、运动等生动活泼的姿态去陈列和布置。平时注意观察人们在生活中各种习惯动态,并在此基础上进行必要的艺术加工。

陈列服装之前,要将展开的服装烫平,有的还要进行折叠加工,以使陈列的商品既简洁生动、形象美观,又展示了其质地、式样、花形的特征。

(4)鞋帽类

◆鞋类:品种繁多,陈列时要以展示式样、质地、规格、工艺为主,因为顾客十分注意对式样、质地、规格、工艺的选择。此类商品挑选性强,在陈列时要充分考虑这个特点。例如,用支架将鞋一正一反地陈列,鞋底、鞋面都可展示出来。也可用立体陈列箱、吊挂、模型脚排列陈列,便于顾客挑选比较。采用人们的坐、立、行姿态陈列鞋类商品时,仍要以展示商品为主,且不可片面追求动态的逼真而本末倒置。

陈列前,要把商品整理好,系好鞋带,鞋内要用纸等填塞饱满,以准确展示商品的式样和美观。

◆帽类:品种也较多,陈列时可根据人们生活中常见的姿态,用支架吊挂陈列。例如,模仿二人对话,三人谈笑等姿态,从而使陈列的商品生动活泼,形式独特,富有情趣。

2、蔬菜水果类

蔬菜水果是超市最重要的集客商品。对于超市来讲,其营业额占总营业额的8%~20%,品种一般在50~100之间,并且随季节而变化。蔬果的系列必须依其形状、大小、规格而采取不同的技巧,以展示出蔬果的美感、丰富感及价值感,以促使顾客购买。蔬果的陈列主要有以下技巧:

(1)圆积形。主要用来陈列圆形的水果和蔬菜,如苹果、柚子、葡萄以及西红柿等蔬菜。陈列的顺序是先排底层的前边部分,然后排底层的侧边和后边,最后排底层的中间部分。

(2)圆排形。这是陈列体积较大一点的果菜,如冬瓜、椰子、甜瓜等。首先用挡板将商品的两侧固定起来,防止其松垮塌落。然后放置底层商品,每层商品重心相对,层层向上,顺序排列。

(3)茎排形。这是陈列葱、芹菜、茭白等长形的蔬菜的一种形式,摆放时,蔬菜根部向外,数层对齐,茎部向里,呈纵向排列。

（4）交错形。这是陈列韭菜、蒜苔等长身、瘦体蔬菜的一种形式。摆放时，层层之间要根茎相对，整体呈方形。

（5）格子形。这是陈列青萝卜、胡萝卜等尖形蔬菜的一种形式。摆放时，要根部向外，尖部相对，纵横交错。

（6）盘子形。这是陈列豆芽菜、青豆等形状不一蔬菜的一种形式。用白色盘子将这些蔬菜固定陈列起来。

（7）斜立形。这是陈列大白菜的一种形式，棵棵白菜紧靠在一起，根部朝下斜立着。

（8）植入形。这是将蔬菜根部和顶部相接，根部植入前排蔬菜顶部下面的一种陈列方式，适用于绿叶蔬菜。

果菜在商场陈列时，装饰是一项很重要的因素。装饰时，基本上应将下列五项组合起来进行。

（1）辅助物。可以用麻布或废弃的叶子铺底，也可造成波浪状。

（2）顶面的田园化。就是说，要让顾客觉得像看到、买到大自然的物品那样。因此，可将顶面的部分配合镜子反射的角度，让顾客所看到的商品，如同生长在田园里一样的加以陈列，叫做顶面的田园化，是装饰的方法之一。

（3）箱子的活用。因使用箱子的不同有时可以产生奇妙的装饰效果，同时也必须考虑使用一些器具来进行装饰的工作。

（4）混合陈列的活用。活用混合陈列可以造成不同的装饰，这也是商场果菜陈列常用的装饰方法之一。

（5）带子的活用。陈列时将容易杂乱的东西用带子来捆绑的情形很多，可以根据带子的材料、色彩等不同加以利用和变化，造成各种不同的装饰效果。

值得注意的是果菜陈列必须巧妙运用其形状与大小。例如，在摆置圆形的商品如洋葱、葛苣菜时，前后的部分一定要排成笔直的。而当做边面来摆置的商品，也一定要排成笔直的。

摆在这中间的商品，要选择适当的大小来构成中央部分。稳固底面是最重要的工作。为了要稳固底面，在选择摆在前面的商品和边面的商品时，必须考虑适当且可配合的形状及大小。此外，中央的部分，也同样要考虑到商品的形状及大小。

3、日常食品类

日用食品的陈列方法主要有冷藏柜陈列和集中陈列。如豆制品（主要是豆腐）每天周转快，顾客购买率较高，就应该运用集中陈列法，将其交叉重叠堆放起来。

日用食品的陈列方式，可分为量贩廉价陈列、使店内贩卖效率提高的陈列、与他店差别化的陈列和配合全店促销主题的陈列。

（1）量贩廉价的陈列。量贩廉价陈列的目的是让顾客可从多种商品中选择，使其有满足感、季节感、新鲜感。以日用食品而言，应尽量做到突出陈列或二层次陈列。

（2）使店内贩卖效率提高的陈列。采取商品关联性陈列是极好的方法，如比萨饼和奶酪、辣椒酱、起士粉放在一起陈列。

（3）与他店差别化的陈列。差别他店陈列的目的是为了避免商品在价格上的竞争。

（4）配合全店促销主题的陈列。由各部门提供专区的做法。

4、日常水产类

水产品可以分为三大类：新鲜的水产品、冷冻的水产品以及盐干类水产品。新鲜的水产品又可以分为活着的水产品和非活着的水产品。以下是5种有代表性的水产品的陈列方法：

（1）活着的水产品

活鱼、活虾、活蟹等水产品要以透明的玻璃水箱进行陈列，以满足顾客的需要。在日常生活中，水中游弋的鱼虾常常备受顾客的喜爱，它们的价格明显高于非活着的水产品。

（2）新鲜的非活着的水产品

这是指出水时间较短，新鲜度比较高的水产品。这种水产品一般用白色托盘或平面木板进行陈列。陈列时在水产品的周围撒上一些碎冰，以确保其质量和新鲜度。摆放时整鱼鱼头朝里，鱼肚向下，碎冰覆盖的部分不应超过鱼身长的1／2，不求整齐划一，但要有序，给人一种鱼在微动的感受，以突出鱼的新鲜感。

（3）形体较大的水产品

一些形体较大的鱼无法以整鱼的形式来陈列，如出售小型鲨鱼，则可分段、块、片来陈列，以符合顾客的需求。对这种鱼，应该用白色深底托盘来陈列，盘底铺上3~5厘米厚的碎冰，冰上摆鱼，顶层鱼段少底层鱼段多，要有一定的层次感，以

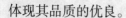

体现其品质的优良。

（4）冷冻水产品

冷冻水产品食用时需要解冻，一般被陈列在冷柜中。产品的外包装应该留有窗口，或者用透明的保鲜膜包装，顾客能够透过包装清楚地看到产品实体。冷柜一般是敞口的，并连续制冷，以确保冷柜内必要的温度。

（5）盐干类水产品

盐干类水产品是指盐干贝类、鱼类等。这类水产品用食盐腌制过，短期不会变质。使用平台陈列，突出新鲜感。由于地域的差异，我国北方许多顾客不习惯食用盐干类水产品，因此零售店铺应提供调味佐料，提供烹饪食谱，必要时还可以提供烹饪好的食物照片，以增加产品的销售。

第四章

优秀店员第4关

——卖场布置

　　卖场就好比一个舞台,而店员就是这个舞台的设计师。不但要把这个舞台上的道具设计得漂亮,摆放合理,还要能让顾客互动,让顾客也走上舞台,走到你所布置的情景里面来。要塑造一种购物的环境,让顾客在这种环境中身不由己地参与购物这一演出。

　　一名优秀的店员,应该具备一种行业的审美眼光。现在你已经走到了第四关,那么,这一关就是教你如何布置你的卖场,让美妙的空间增加你的魅力,用宜人的环境留住顾客匆匆的脚步。

（一）宜人的消费环境

轻松购物，愉悦消费，这是消费者希望的，如果卖场环境让顾客不轻松，不愉悦，别说激发顾客的购买欲望，可能原本要买点东西的顾客也会另作选择，你说谁愿意花钱找气受呢？

橱窗的魅力

有人说橱窗是卖场的标志，还是顾客了解卖场的平台。当然，橱窗不是只拿来装商品那么简单，就拿橱窗的商品陈列来说，就是很有讲究和学问的。比如说，我们可以根据时间差异进行不同的商品陈列，就会收到意想不到的效果。

爱逛商场的多半是女人。通常的情况下到百货商店的80%是女顾客，男顾客多半只陪同她们而来。在这些女顾客中，白天能有时间出来逛商场的大部分是家庭主妇，而下午5点半以后来的就不同了，她们大多数是刚下班的上班族。针对这一情况，日本的日伊高级商店在陈列商品时就有区别地对待这两种女顾客，改变了原来商品陈列一成不变的方法，根据不同的时间在橱窗里更换不同的商品，以便迎合这两种女顾客的不同需求。

其实开店做生意成功与否，质量是保证，但店容店貌也是一个重要因素。美国麦当劳快餐店现在遍布全球，其成功的一个重要原因是：尽管它有分店无数，但每一家都有同样的清洁、光线、摆设等方面的标准，顾客无论在哪里，都能找到同一种感觉。同样的商场，如果一家橱窗明亮、雅致、温馨，而另一家却阴暗无光，你是顾客的话，你会迈脚走进哪一家？结论是显而易见的。

【情景卖场】

A、B两家经营着同样商品的商店临街而开，同样的大小，同样的服务，可是经营起来却是两种景况，B店生意火爆，常常是顾客爆棚，A店却是冷冷清清，甚至门可罗雀。A店老板小张就纳闷了，思来想去总想不出个所以然来。

一日，店里来了一个熟人，小张便说起了这事，熟人看了看，笑问小张：

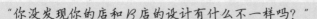
"你没发现你的店和B店的设计有什么不一样吗？"

"当然有了，我们的店门没B店门大，而且B店全部用的是透明玻璃橱窗。"小张看看B店，再看看自己的店门和店内的光线，一下子全明白了。

于是，小张第二天就请来工匠，将店面装饰一新，扩大店面，全部换上透明玻璃橱窗，而且在店内增加照明，把整个商场做得到明亮、温馨。A店从此一改生意冷清的场面，和B店竞争起来不分高下。

1、给橱窗分类

橱窗有很多种，店员没必要把它的每一种都详细了解，因为有时候橱窗也是可以根据卖场环境和要求的不同而变化的。那该如何分呢？

（1）因结构而分

◆透明橱窗。

在橱窗后面不设隔绝物，这种橱窗与售货现场构成一个总体。顾客在大街上不仅可以看到橱窗内的产品，而且能够透过橱窗看到整个售货现场。这种透明橱窗的优点是可以节约陈列时间、节约费用，减少陈列商品损失，使售货现场有充足的光线。但不足之处就是里外透视，分散了观众的视线，商品陈列难度加大。

◆半透明橱窗。

在橱窗的后面有一半是与售货现场隔开的，这种橱窗容易布置。售货现场也可以获得一定的光照。

◆隔绝橱窗。

橱窗与售货现场完全隔开，形成一个单一的整体。这类橱窗最容易布置，能够突出陈列商品，还便于陈列商品的保管，对营业柜台的设计几乎没有影响。但是对售货现场的自然光线有点影响。这种橱窗是目前最为常见的。

（2）按经营特点来分

◆专题橱窗。

这种橱窗一般适用于大型的零售商业企业。它将同一用途、同一类型的商品，单独陈列在一个橱窗里。比如，化妆品、床上用品、体育用品、医疗卫生用品、鞋帽、妇女儿童专用商品，或是同类型的商品如丝绸、呢绒、钟表、服装、中药材等，可分别搞专题橱窗。这种形式能够突出地表现某大类商品的特性、功能，以集中人们的注意力。

◆综合性橱窗。

这种类型的橱窗一般适用于中、小型商业企业。综合性橱窗是把具有代表性的、类型不同的商品陈列在一起。由于商品的种类、品种较多，如果设计不当，会出现"杂乱无章"的状况。因此，设计时层次要清楚，文字介绍要简洁、明了，商品要有代表性、典型性。

◆特写橱窗。

这种类型的橱窗适用于大、中型零售企业。主要是向消费者介绍新产品，把某一种商品或模型作为独体商品用一个橱窗单独陈列出来。这种橱窗可以用实物把商品形象展示出来，也可以通过文字或图画把产品的品名、用途、性能、质量、产地、使用方法和价格等介绍清楚，能够给消费者留下较深刻的印象。

◆季节橱窗。

零售商店的橱窗季节性很强，不同时令要介绍不同季节的商品。每一时令到来之前，都要做适时商品的迎季展出，如春季就要进行夏季商品的陈列。除了日用百货、服装及化妆品等与季节密切相关的商品要随季节更换陈列外，其它如五金、交电、医药、化工、文具等与季节关系不大的商品，也应根据季节变换作适当更换，使它具有新的面貌和气氛。

◆节日橱窗。

为了在节日中，使橱窗艺术能形象地起到鼓舞和教育的作用，就需要把节日和有关政治活动内容与商品宣传密切结合起来。单独设计橱窗，如"五一"、"国庆"、"中秋"、"春节"等节日橱窗陈列。节日橱窗一般应在节前几天设计装置摆布好，在橱窗里应陈列顾客节日所需要的商品，以便于顾客购买。

2、陈列原则

橱窗的类型很多，我们在设计的时候要有重点的突出商品的特色。

（1）能突出商品美。

设计橱窗的目的不外乎是为了更好地给顾客展示商品，宣传商品。要让消费者在观赏中感到商品美的魅力，形成深刻的记忆，产生购买欲望。

这就要求在选择商品的时候要适当。一般来说，商店主营的商品，有特色商品、打算推销的商品、新上市的商品都应是陈列的对象。新商品在这些商品中最富有魅力,能够引起消费者注意与观赏。因为消费者对已知的商品没有太大的兴趣,看橱窗是想获得新的商品信息,所以新商品是理想的橱窗展示品。

其次,要注意陈列的商品与观赏者的视线角度。陈列的商品的最佳部位应在人们的视平线内,这样观赏才能充分欣赏到商品。如果超过或低于视平线,观赏者要通过仰视和俯视观察商品,这样会降低商品的美感。

同时,商品的摆放位置也是需要注意的。商品要置于橱窗中最中心的位置,使商品最易于被发现、最具吸引力。这个中心位置就是橱窗构图的中心。

(2)红花要靠绿叶扶持。

有绿叶的衬托,红花才能更加美丽。商品就是橱窗中的红花,橱窗中的背景装饰物、模特、模型等都是绿叶。这些陪衬物虽然要美观,但不能喧宾夺主。

(3)陈列手段艺术化。

橱窗的构图要遵循构图的对称与均衡、比例与均匀、反复与节奏、变化与统一结合,以及虚实、疏密、明暗、对比等原理,使布局得当、比例协调,从橱窗整体上给人以美感。

【情景卖场】

在一卖酒的橱窗内,按着上、中、下的顺序放着三种同一档次的酒,令人奇怪的是每次三种酒的销售额统计都是中间的高过上下的,店员小李纳闷了许久。

一天,在一顾客刚要买中间的酒的时候,小李忍不住问了:

"你们都喜欢中间这个牌子吗?

顾客:"哦,也不是,这个位置好拿嘛,而且一眼就看到了。"

小李这才注意到橱窗中间位置在人们的视平线内,很容易就引起顾客的注意了。这就是中间的酒好卖的原因。

3、陈列方法

商品陈列方法很多,但目前对橱窗陈列的方法,比较流行的是仿真法和动态法。

(1) 仿真法。

它是给人以身临其境之感,通过模仿现实中的生活情景,进行橱窗设计。如模仿居室、模仿书房、模仿厨房等,用生活情景体现了商品的用途,又引导观赏者如何布置生活场所,使其更富有美感。

(2) 动态法。

如果商品只是静态的摆放,商品的美及功能的品质就不能充分展示。有些商品动起来的效果更能激发起顾客的购买欲。

【情景卖场】

某商场的玩具专柜积压了一大批儿童玩具,在儿童节这天,商场找来几个大的可以自动旋转的玻璃橱窗,再把玩具陈列在里面。由于橱窗的旋转,玩具看起来好像也动起来了,与以往静止的摆放完全不同。再配上好听的儿童音乐,整个柜台的气氛充满了儿童情趣。

"妈妈,看它们在动呢,给我买一个啊!"

这样做的结果是吸引了大量小朋友的注意,看着那些动着的玩具,小朋友谁不想要呢?而且许多家长也被这种动态的设计吸引,只一天的时间,商场积压的玩具就一销而空。

动态的东西可以引起人人们的注意,该商场正是认识到了这一点,用动态的玩具去吸引小朋友,从而起到了扩大销售的目的。

灯光照明设计

走入一家照明效果好的商店你会觉得明快、轻松,走入一家光线暗淡的商店,你会觉得压抑、低沉。商店内灯光设计得当,不仅可以渲染商店气氛,突出展示商品、增强陈列效果,还可以改造店员的活动环境,提高劳动效率,因此,作为店员应该懂得利用照明吸引顾客的方法。

在每一个卖场,都有其最基本的照明。这样能够保持店堂内最低的能见度,方便顾客选购商品。店堂基本照明主要是用来均匀照亮整个卖场。目前,大多数卖场多采用安装吊灯、吸顶灯等照明工具,来创造一个整洁宁静,光线适宜的购物环境。

在这个基础之上,还必须要有为能突出商品优异的品质,增强商品的吸引力而设置的重点照明。常见的有聚光照明、陈列器具内的照明以及悬挂的射灯。在设计重点照明的时候,要将光线集中在商品上,以突出商品的视觉效果。

在满足了前两个要求之后,卖场就应该有突出装饰效果或强调重点销售区域而设置的照明。装饰照明是商场塑造其视觉形象的有效手段,被广泛地用于表现某个卖场的独特个性。

大型卖场的灯光讲究富丽堂皇,中小商店则应以简洁明快作为灯光设计的标准。卖场的不同位置应该配置不同照度的灯光,如纵深处照度就应该高于门口处,这样可以吸引顾客的注意,提高购买的机会。

不同业态的店面采用不同方式的照明系统,百货商场、购物中心、量贩、仓储店、便利店、专卖店,都有各自适合的照明方式。

同一店面里不同的商品区域也要采用不同的照明方式,比如食品区要用高强度的灯光,而床上用品区的灯光可以朦胧一点,制造一种现场的气氛。照明系统大致可以分为两类:

◆ 商品重点式点状灯光分布

商品重点式点状灯光分布是指对某些点做集中的高照度照明,其它区域的照度则相对较低。在欧洲国家的店面,点状灯光分布使用比较广泛。

商品重点式点状灯光分布的好处在于使店面看起来具有层次感,因为人的感觉是从一个点看到另一个点,利用明暗的不同,可以成功地塑造多层次的店面形象;缺点是整体的亮度较低,从外面看起来,店面里比较黑暗。

◆ 面状灯光分布

面状灯光分布使店面所有地方看起来都亮度相同。

大部分店面都采用面状灯光分布,因为它能营造一种明亮、干净的效果;从店面外面看起来,让人有窗明几净的感觉;它的缺点是层次感稍差。

色彩和音乐的效果

卖场的色彩和音乐是最能给顾客留下深刻印象的两个方面,但也是很多卖场最容易忽略的地方。就整个卖场的环境而言,视觉效果和听觉效果对顾客的刺激是最明显的,看着自然,听着舒适,如此环境下顾客的购买欲望怎么会提不起来呢?

1、色彩

(1)色彩的形象

　　了解色彩的效果和作用是营业人员应具备的常识,对于在营业场所做销售以及使用销售工具都有很大的作用。

　　① 不同的色彩具有的不同形象:

　　色彩所具有的形象:

　　　　☆ 高级感——金、银、白

　　　　☆ 低级感——橙、黄、绿、红紫

　　　　☆ 华丽感——橙、黄、红紫

　　　　☆ 寂寞感——灰、绿灰

　　　　☆ 快乐感——黄、橙、水色

　　② 色彩组合的效果

　　色彩组合的效果

　　　　☆ 温馨感——暖色和红与黄橙的配色

　　　　☆ 重量感——明亮度低的色彩配合

　　　　☆ 摩登感——灰色和最鲜艳的颜色

　　　　☆ 积极感——红与黄、黄与黑的配合

　　　　☆ 稳重感——茶色与橙色的配合

　　　　☆ 年轻感——白与艳红的搭配

　　　　☆ 华丽感——色彩度高、色环距离较远的色彩组合

　　　　☆ 朴素感——色彩度低、色环距离较近的色彩组合

　　　　☆ 清凉感——冷色和暖色

　　　　☆ 轻量感——明亮度高的色彩组合

　　　　☆ 庸俗感——以肤色为主题组合

　　　　☆ 理智感——白与青绿等的配色

　　　　☆ 开朗感——黄与亮绿的组合

　　　　☆ 平凡感——绿与橙的组合

　　③ 突出色与后退色

　　有些色彩有突出感,仿佛很接近人,比如红色、橙色、黄色;有的色彩有后退感,仿佛离人很远,比如青色、紫色。

　　(2)色彩的运用

巧妙利用色彩,可以刺激视觉,提升店面层次。

◆色彩的运用是灵活的,经常变化的。广告、图片、海报用的颜色、文字的颜色,都要和季节或具体的时期相符。

一家超市在春夏秋冬分别采用了不同的店面主色调。春天用绿色,代表了春天的气息;夏天用水蓝色,给顾客以清凉的感觉;秋天用金黄色,象征着丰收的喜悦;冬天用火红色,给顾客送上温暖的感受。这家超市的色彩运用是成功的,当然也就收到了很好的回报。

◆主色调和辅助色调。在选定某一个主色调以后,可以适当地再加上一些适量的辅助色,以达到区分不同商品和更生动表达的效果。

【情景卖场】

春节期间是各大超市生意最为火爆的时期,为了抓住这几天扩大销售额,超市之间的竞争异常激烈,但是一般的促销方式每个超市都会用,毫无新意。但就在这样的情况下,A超市却取得了令其它卖场眼馋的销售成绩。秘诀何在呢?

原来,A超市在卖场色彩的布置上与众不同,它选用大红色作为主色调,传达喜气洋洋的感觉;然后在果菜区用绿色作为辅助色,给人以新鲜的感觉;在百货区用黄色,制造积极的氛围;在收银台用金色,象征着荣华富贵。

靠着与众不同的色彩设计,A超市吸引了大批的顾客前来购物,在春节销售大战中取得了胜利。

2、音乐

音乐有益于产品促销,如果在卖场入口处经常有悦耳的音乐,对吸引门外顾客的注意力是大有帮助的,不管其是否有中意的商品需要采购。令人愉快的音乐可以吸引顾客对商品的注意力,刺激其消费欲望。

通常情况下音乐是创造卖场气氛的有效途径,如果运用独到,可以收到很好的效果。

◆吸引顾客对商品的注意,如风铃清脆的回响声、电视音响的声音,在相关的卖场,都是令人愉快的声音,可以吸引顾客对这些商品的注意。

◆指导顾客迅速选购所需商品。如卖场隔一段时间向顾客播放一次商品介绍或优惠展销信息,指明各大类商品的货位分布情况,向顾客提供有用的商品信息。

◆营造特殊气氛,促进卖场销售。随着不同的时间而播放不同的音乐,不仅给进店的顾客带来轻松、欢愉的感受,也会反映出商店欣欣向荣的气氛,以此引导顾客的心境,激发顾客的购买欲望。

◆服务顾客,增加购买机会。

当然,店员也必须清楚并不是所有的音乐都会对卖场气氛产生积极的影响,一些噪音只会使顾客感到不愉快,急于逃离现场,这就对销售产生了不良影响。比如柜台上,或者柜台后的嘈杂声,我们不能只靠安装隔音设备来解决问题,还必须选择背景音乐。

背景音乐的播放有助于卖场消除不想要的声音,同时还可以对店员的工作予以配合。但是店员要掌握好背景音乐的音量,不要过高或过低,否则起不到作用。同时,如果全天不间歇的播放同一首曲子也会让店员产生听觉疲劳,起到适得其反的作用。

在选择背景音乐的时候,要根据卖场不同的属性或者力求创造的气氛而确定。比如高价位的卖场,可以播放旋律轻柔舒缓的音乐,以营造浪漫温馨的卖场气氛,使顾客流连忘返;如果是一家快餐店,就应该播放节奏较快的打击乐,使顾客快快吃完,快快离去,加速客人的流通。

【情景卖场】

某百货公司是一家很有影响的零售企业,它在每个细微的地方都体现出一种为顾客服务的经营思想。

下雨时,商场会奏起提示音乐,告诉顾客外面正在下雨,店员会给顾客买好的商品提供塑料包装,以防被雨水淋湿。

雨停了,同样会奏起音乐,指示雨已经停了。

这家百货商场把把音乐作为为顾客提供良好服务的一种媒体,使顾客都会流连于商店之中,慢慢选购商品,也就增加了购买机会。

气味设计

气味会影响到人的心情，顾客的购买欲望多数情况下是一种很情绪化的行为，谁不想在愉悦的心情中消费呢？可以说，卖场的气味，对创造最大限度的销售额来说，是至关重要的。如果这些场所气味异样，也会影响商品的销售；人的嗅觉会对某些气味作出反应，可以就凭借嗅觉嗅出某些商品的气味。

1、顾客闻香而来

在商场购物时突然闻到一股扑鼻的甜香味，顾客都会不自觉地向气味散发处走去，这是香味的魅力。

大多数顾客对香味质量的要求是非常高的，可以毫不夸张地说，售货场所有气味，对于创造最大限度的销售额来说，是至关重要的。花店中的花香，皮革店的皮革味，烟草店的烟草味，茶叶店中茶叶的清香味，都是与这些商品相协调的，对于促进顾客购买的帮助极大。

【情景卖场】

某超市是一家大型的综合超市，商品种类可以说是应有尽有，它的一大卖点就是自己加工的糕点小吃，风味独特，很多来超市购物的顾客都会去买上一些。

但是它的糕点柜台却是设在超市的最深处的，来这里买糕点的顾客从来不需要导购带路，为什么呢？

"糕点的香味就是我们的导购！"

来过这里的顾客都会这样回答。

也就因为这个，这家超市名声四起，很多顾客慕名而来。

2、不良气味

正如有令人不愉快的声音一样，也有令人不愉快的气味，这种气味会使卖场失去顾客。令人不愉快的气味，包括有霉味的地毯、强烈的染料味、昆虫气味、洗手间的气味等。周围的不良气味，也像外部的噪音一样，会给卖场带来不好的影响。这些气味不仅令人不愉快，与卖场的环境、气氛也不协调。

对于某些商品的气味也应当适当的控制，如化妆品柜台的香水气味会促进顾客对香水或其他化妆品的需要,但太强烈的香味,会使顾客一时嗅觉失灵,引起反感,这样反而会把顾客赶走。

同时,香型不一的商品最好应该隔开一段距离,如化妆品柜台与食品柜台,两种气味不同,若是放在一起,就会彼此影响。还有茶叶有较强的吸附性,就不能与香水等有气味的物品靠得太近,最好开设一些专柜。

店内广告

店内广告也就是我们所说的卖场广告,是指为增加销售额而设计制作的,陈列在商品购买场所,如橱窗、地板、柜台等上面的广告。

在卖场中它的作用主要是促销,是以其强烈的视觉效果来直接刺激消费者的购买欲望,从而达到促销的目的。同时卖场广告也还有展示形象的装饰作用。

1、可以促销

(1)告诉顾客卖什么。

商店的货架上、橱窗里、墙壁上、楼梯口处都可以将新上市的商品全面的向消费者展示,使他们了解产品的功能、价格、使用方式以及售后服务等方面的信息。这样做会使路过的行人被醒目的广告所吸引,从而走进店内观看,无形中增加了商品出售的机会,告知顾客卖场在销售什么,告知商品的位置配置,简洁告知商品的特性等等。

(2)促进卖场与供应商之间的互惠互利。

通过促销活动,在卖场销售额增加的同时,商品供应商的知名度也得到了提高,增强其影响力,实现了卖场与供应商之间的互惠互利,为两者更多的合作创造了机会。

(3)唤起消费者的潜在意识。

经营者虽然可以利用报纸,电视等媒体向消费者传达企业形象或产品特点,但当消费者走入卖场面对众多商品,就有可能忘记媒体的信息,而不知道购买那种产品。这时候卖场广告就可以使顾客眼前一亮,提醒消费者。

(4)使消费者产生购买欲望,达成交易行为。

卖场是最能诱使消费者买东西的地方。大多数消费者进入卖场,面对琳琅满目的商品会感到迷惑,这时如果有卖场广告来提醒,就可以加速他们的购买行为。

2、装饰卖场

卖场广告的装饰作用具体表现在创造店内购物气氛方面。

消费者购买能力的提高,不仅使其购买行为的随意性增强,而且消费需求的层次也在不断提高。消费者在购物过程中,不仅要求能购买到称心如意的商品,同时也要求购物环境舒适。卖场广告既能为在购物现场的消费者提供信息,又能美化环境,营造购物气氛,在满足消费者精神需要、刺激购买行为方面有独特的功效。

3、塑造形象

卖场广告能起到突出卖场形象、吸引更多的消费者来店购物的作用。消费者的购买行为分为:注意、兴趣、联想、确认、行动。所以,如何从众多的卖场中吸引顾客的眼光,达到使其购买的目的,卖场广告起到了积极作用。同时,卖场广告会将卖场名称,图案等印在上面,以塑造富有特色的企业形象。从而为广大消费者所熟悉,当消费者在接触这些图案时,就会立刻明白它们代表哪些企业。

(二)卫生的购物空间

就卖场环境卫生而言,最令人关注的应该是生鲜食品加工销售的细节问题,卖场中这个部门的店员时刻都要把卫生放在第一位。

个人卫生

店员的个人卫生很重要,尤其生鲜食品无论搬运、处理、装盒、标价等步骤的实施,均需要人的双手才能完成,而店员以手接触生鲜食品的机会最多,所以店员必须建立良好的个人卫生习惯,可减少生鲜食品受到污染并可确保生鲜食品的鲜度及品质。

1、员工工作时应穿戴清洁束领的工作衣、帽及口罩。

凡进入作业场的店员、上级主管及参观人员,一律要依下列规定实施:

◆ 穿戴整齐干净的工作服、工作帽并换穿工作鞋。

◆ 刷洗工作鞋。

◆ 洗刷手部并在消毒池消毒鞋面。

◆ 以纸巾或消毒的毛巾擦干手部。

◆ 消毒手部。

◆ 以手肘或脚部推门进入作业场。

◆在作业场作业时,店员间难免因事请求指示或相互交谈,为防止交谈中口水混入新鲜食品中而污染商品,故店员一律要戴口罩。

2、进入作业场的店员必须穿戴工作衣、帽,以防止头发、头皮屑或其它杂物混入食品中。

工作衣、帽的制作原则如下:

◆要以卫生、舒适、方便、美观为主。

◆质料以不沾毛絮、易洗、快干、免烫、不易脱色为原则。

◆颜色以白色、浅蓝、浅绿、粉红为主,因其比较容易辨别清洁与否。

◆工作帽以能密盖头发为原则。

◆工作衣以能密盖便服的衣领及袖口,其袖口有松紧带以防止袖口松散,被运转的机器辗压或切到。

◆衣帽的颜色要一致。商场工作人员所穿戴的工作服、帽容易沾染血水、油渍等秽物,所以要常常换洗,保持衣、帽的干净,以免穿戴不洁的衣、帽污染生鲜食品,而影响商品品质。

3、店员作业时,必须穿工作雨鞋,以维护店员的工作安全。

处理生鲜食品时需大量使用水来清洗原料或半成品。清洗过的水因含有油脂容易使地面湿滑,若穿不合适的鞋子,容易滑倒,而影响店员的安全。而选购及使用工作雨鞋须注意下列原则:

◆颜色以白色为主,较易辨识清洁与否。

◆须选购防滑的工作雨鞋。

◆工作雨鞋以长统为宜。

◆穿工作雨鞋须将裤管塞人鞋内。

◆商场店员在进入作业场前先要把鞋面以刷子刷洗干净,以除去鞋面上附着的油污及不洁物。

4、店员在作业前要洗净或消毒手部,并保持干净。

手是人体的主要操作器官,也是人体与外界接触最多的部位,手部除指甲易藏垢外,其外层皱折的皮肤也很容易纳垢、藏菌。所以在工作时手部的污染源或污垢,很容易污染所接触的生鲜食品。而生鲜食品,直接关系到人的身体健康,绝对不容许被病源或异物污染,因此生鲜食品的作业人员,要特别注意手部的卫生。手部的细菌有二种,一种是附着于皮肤表面,称为暂时性细菌,可以用清洁剂洗去;而另一种是永久性细菌,须戴手套方能阻止其污染。

手部清洁方法如下:

◆以水润湿手部。

◆擦上肥皂或滴清洁剂。

◆两手相互摩擦。

◆两手背到手指互相摩擦。

◆用力搓两手的全部,包括手掌及手背。

◆作拉手的姿势以擦洗指尖。

◆用刷子洗手更能除去指甲内的污垢及细菌。

◆以手肘打开水龙头用水冲洗干净。

◆以纸巾或已消毒的毛巾擦干或以热风吹干。

◆以手指消毒器消毒手部残留细菌。

5、指甲要剪短,不要涂指甲油及佩戴饰物。

指甲是容易纳污及藏垢的地方,尤其指甲长时更易发生。而藏在指甲中的污垢是病源,很容易污染生鲜食品,因此店员不得蓄留指甲,以维护生鲜食品的卫生安全。

另外,指甲油为化学物品,店员涂上指甲油时,如涂抹时间过长而减少附着力,便容易剥落或刮落,而造成异物附着于生鲜食品上,显示出卫生管理的不当,应予禁止涂指甲油。

饰物清洗不易,容易纳垢及带菌,又恐有不慎掉落于生鲜食品之中。为免生鲜食品受佩戴饰物的藏垢或病原污染,店员不得配戴饰物进入作业场内作业,应将饰物存放在更衣室内的储物柜中,或留在家中不要佩戴上班。

6、作业时店员要有良好的卫生习惯

店员拥有良好的卫生习惯,不但可维护个人的身体健康,还可杜绝许多污染源,凡从业人员出场处理事物或上洗手间,再进场时,一律要经过再消毒程续。店员不得随地吐痰。因痰或口水中含有许多细菌及病毒,可借痰或唾液传播至生鲜食品,故应禁止作业场内随地吐痰及咀嚼零食、饮食食物。为防止烟灰掉落于生鲜食品上,也须禁止从业人员在作业场内吸烟。

食品加工区卫生

食品加工区的卫生有其特殊之处,也许这里面的情况顾客是看不见的,它往往在后台发生,但它关系着顾客的切身利益,马虎不得。对顾客负责,是卖场最起码的职业道德标准。

1、操作区清洁要求

操作区的地板每天要用解脂溶油剂进行清洗,消毒;墙面和玻璃用洗洁剂清洗,要保持每日一次;天花板要每月用湿布清洗一次;水沟和地漏每日要消毒一次,随时清除杂务,保持干净;通风设施每周要清洗两次。

2、设备清洁要求

(1)刀具类

◆刀具要用洗洁剂清洗,再用清水冲洗,消毒后要放回刀架。刀具要随时保持清洁。

◆砧板除用清水或洗洁剂清洗外,每日工作结束后用漂白水漂白,随时保持干净。

(2)容器类

◆食品容器必须遵循"一洗,二刷,三冲,四消毒"的清洁过程,干净的容器放在架子上。

◆消毒类容器,消毒溶液要按规定的时间更换并保持干净,桶表面污垢用洗洁剂清洗后,用清水冲洗。

◆容器的消毒方法同消毒类容器清洁方法。

3、果蔬加工间清洁要求

(1)计价台清洁卫生标准

◆电子秤干净,无污泥、灰尘、标签等

◆计价台干净,无废纸,泥土灰尘及相关的笔记本,杂物等。

◆无蔬菜水果等商品的散货。

（2）果蔬加工间清洁卫生标准

◆湿度、温度要符合要求。

◆所有商品均有序分类存放，无商品直接接触地面。

◆排水设施通畅，地面无积水。

◆地面无垃圾、杂物、烂叶、烂果和污泥。

◆操作台干净整齐，各种设备符合清洁卫生的标准。

（3）肉类加工间清洁卫生标准

温度和湿度及通风状况要符合要求；各种肉类要分区明确；地板，天花板等要清洁，消毒，除臭。

卖场环境卫生

清洁的环境，在提升卖场档次的同时，也更赢得顾客的认可。通过这些细微的东西，就可以让顾客对这里的商品更有信任感，买得舒适，用得更放心。

1、作业场前应设置更衣室

更衣室的设置，让所有店员在作业前，换穿工作服及贮放穿戴的衣物、佩饰。更衣室内应设置储衣柜及鞋架，室内需配置镜子以整理仪容。

2、进口处设有完整的个人消毒设施

◆消毒室的墙面须贴白瓷砖以利清洗。

◆入口处设有刷鞋池，并备有鞋刷。

◆入口处两边的墙壁钉有清洁液架，以放置清洁液或肥皂。

◆两边设置洗手台，并安置数个肘压式的水龙头及毛刷。

◆洗手台的下方设置消毒池，可淹及鞋面，消毒池内泡消毒剂，每日须更换或补充氯水，以维持有效氯的浓度，达到消毒效果。

◆洗手台后侧墙边设置纸巾架或毛巾架。

◆毛巾架后侧设手指消毒器。

◆设置手肘或脚踏式的门，防止手部再污染。

3、作业场的场地设施要求

(1)作业场的地面须以磨石等不透水材料铺设，也须有适当的斜度，以利排水，借以防止地面积水滋生细菌，或造成湿滑影响作业安全。作业场的地面在每天作业前、后及午休前应予冲洗,以维护场地卫生。

(2)墙面须贴一定高度的白瓷砖或粉刷白色漆,以利清洗。天花板应完整无破损、积水、尘土、蜘蛛网或凝水的现象。干燥清洁的环境,可防止细菌生长、繁殖。

(3)设有完善的排水设施。生鲜食品处理,用水量相当多,若作业场场地无良好的排水设备,常常会使作业场积水而无法作业。为方便排放废水,场内须设排水沟,并有适当坡度,借以畅通排水。因为较大的废弃物若流入排水沟内将阻塞排水管道,故其出口处应设有滤水网,水网的设置还可防止蟑螂、蚊虫、昆虫等病媒自排水沟内侵入作业场,以维持场地卫生。

(4)作业场内不得堆放无关的物品,否则不仅将影响作业,还会造成卫生管理上的死角,并易发生意外事件。

(5)作业场应有良好的照明及空气调节设施。要注意给灯管、灯泡加护罩,以免破碎时掉入生鲜食品中。为维护生鲜食品的鲜度,作业场内的温度在处理作业时也应尽量降低。另为维持作业场地空气的新鲜,宜控制湿度,维持室内干燥。

(6) 作业场内应有防止病媒侵入设施。病媒是指病原体自由主带至另一寄主的携带者,也即病原体的媒介物。它能使病原体患者或带菌者传至健康者,而使患病或带菌。由于多数的传染仰赖节肢动物为媒介,所以一般所谓病媒防治是指蚊、蝇、跳蚤、鼠等动物的防治。

防治病媒的方法主要有两种:

◆防止病媒侵入作业场:设置纱门、黑走道、空气帘、水封水沟。

◆捕杀病媒:以化学药品毒杀或捕虫灯、捕鼠笼、捕蝇纸等捕捉病媒。

(7)设置冷冻、冷藏库贮存原料与半成品、成品。为保持生鲜食品的鲜度,生鲜食品的原料、半成品、成品等应减少暴露于常温间,并应迅速进冷冻、冷藏库降温。

(8)区隔处理不同种类的产品。为防止产品相互污染,应分别设置果菜、水产、畜产及加工室,而且同一容器中不得混装产品。

（三）安全的购物保障

可能有很多意外的事情会在顾客的购物过程中出现,这给店员提出了更高的要求,必须随机应变,灵活地处理一切,保证顾客愉快地来,满意地去。

商品损坏的处理

在经营中,店员难免会遇到商品被顾客损坏的情形。那么你该如何处理这样的事情呢?也许有的店员会给顾客脸色看,甚至极尽骂人嘲讽之能事,这些做法是否恰当,正确的方法应该是怎样的呢?

【情景卖场】

某日,小马到一商场的精品柜给一刚乔迁新居的朋友小张买礼物。犹豫良久终于看上了一件水晶雕塑品,刚好这种商品有两种颜色,于是小马又犯愁了,哪一个好看一点呢?他把两种颜色的雕塑品拿在手上比较起来,一转身,碰到了旁边柜台的玻璃门,这下可惨了,左手的雕塑品摔成了两半,气氛一下子变得紧张起来。

小马一时间不知所措,急得满脸通红,怎么办?

"刚才有没有划破您的手?"店员的态度让小马颇感意外。

"我赔一个给你们好了。"小马都把钱包掏出来了。

"那倒不用了,这本来就是易碎品,你要买的话我再给你换一个新的,礼品送人的吧?碎了怎么送呢?你说是不?"店员的态度还是那么好。

小马没想到店员会这样说,他愣了一下,"那多不好意思,如果你们老板要你赔钱,我会过意不去的,总不能让你自己出钱来赔。"说着就要掏钱。

"谢谢,您尽管放心,老总不会让我赔的,因为这正是我们的经营理念。"店员微笑着拒绝了小马赔偿的要求。

"怪不得这里生意一直这么好啊!"小马听见围观的顾客一片赞扬之声。

商店的待客精神在平常时候不太容易表现,而往往是在发生意外的时候,才能清楚地区别店与店的不同。

顾客不小心弄坏商品,从店员的态度即可看出平日的待客心理。商品受到损害自然使商店受到损失,但也不能一味注意损失,而影响商店的声誉,弥补损失的方法总是存在的。而且精明的店员往往能从损失上发掘莫大的正面作用。如果对不小心弄坏商品的顾客能够以礼相待,寻找一个好的解决办法,无疑是宣传本店信誉的良好时机。

所以,在遇到顾客损坏商品的情况时,可以参照以下做法:

◆弄坏或污损高价商品时,应向上司请示。如果很明显地属于顾客的错误,可协商决定赔偿金额。

◆除非顾客故意破坏,否则低价商品通常不必赔偿。

◆部分破损可以修复的商品,不妨叫顾客买下来,但不能强迫购买,可以商量减价处理。

◆确定顾客是故意破坏时,应请示上司,请顾客到经理室讨论赔偿问题。

收银中常见问题的处理

在人来人往业务繁忙的卖场,由于顾客需求的多样性和复杂性,难免会有不能满足的情况出现,使顾客产生抱怨,而这种抱怨,又常会在付账时对收银员发出,因此,收银员应掌握一些服务技巧,保持良好的服务态度:

1、应对技巧

收银员在工作过程中应学会以下一些应对顾客的技巧。

◆暂时离开收银台时,应说:"请您稍等一下。"

◆重新回到收银台时,应说:"真对不起,让您久等了。"

◆自己疏忽或没有解决办法时,应说:"真抱歉。"或"对不起。"

◆提供意见让顾客决定时,应说:"若是您喜欢的话。请您……"

◆希望顾客接纳自己的意见时,应说:"实在是很抱歉,请问您……"

◆当提出几种意见请问顾客时,应说:"您的意思怎么样呢?"

◆遇到顾客抱怨时,应仔细聆听顾客的意见并予以记录,如果问题严重,不要立即下结论,而应请主管出面向顾客解说,其用语为:"是的,我明白您的意思,我会将您的建议汇报经理并尽快改善。"

◆不知如何回答顾客询问时,不能说"不知道",应回答"对不起,请您等一下,我请店长来为您解答。"

◆顾客询问商品是否新鲜时,应以肯定、确认的态度告诉顾客:"一定新鲜,如果买回去不满意,欢迎您拿来退货或换货。"

◆顾客要求包装礼品时,应告诉顾客(微笑):"请您先在收银台结账,再麻烦您到前面的服务台(同时打手势,手心朝上),会有专人为您包装的。"

◆当顾客询问特价商品时,应先口述数种特价品,同时拿宣传单给顾客,并告诉顾客:"这里有详细的内容,请您慢慢参考选购。"

◆在店门口遇到购买了本店商品的顾客时,应说:"谢谢您,欢迎再次光临。"(面对顾客点头示意)

◆自己收银空闲而顾客又不知道要到何处结账时,应该说:"欢迎光临,请您到这里来结账好吗?"(以手势指向收银台,带轻轻点头示意)

◆有多位顾客等待结账,而最后一位表示只买一样东西,且有急事要办时,对第一位顾客应说:"对不起,能不能先让这位只买一件商品的先生(小姐)先结账,他好像很着急。"当第一位顾客答应时,应再对他说声"对不起。"当第一位顾客不答应时,应对提出要求的顾客说:"很抱歉,大家都很急。"

2、收银员切忌的表现

(1)在为顾客做结账服务时,从头至尾不说一句话,只是闷着头打收银机,脸上也没有任何表情。找钱给顾客时不将零钱以双手交给对方点数,而是将发票及零钱放在收银台上,即进行装袋工作,或进行下一笔结账作业。

(2)为顾客做装袋服务时,不考虑商品的性质,全部放入一购物袋内,或者将商品丢入袋中。

(3)顾客询问是否还有特价品时,以不耐烦的口气用一句话来打发顾客。例如:

◆"不知道!"

◆"你去问别人!"

◆"光了!"

◆"没有了!"

◆"货架上看不到就没有了!"

◆"你自己找找!"等。

(4)收银员彼此互相聊天、谈笑,当有客人走来时,往往不加理会或自顾自地做事。等到顾客开口询问时,便以敷衍的态度回答,然后继续聊天或做自己的事。

(5)当顾客询问时,只是让对方等一下,即离开不知去向。没有告诉对方离去的理由,使顾客不知到底要不要等或等多久。

(6)在顾客面前,和同事议论或取笑其他的顾客。

(7)当顾客在收银台等候结账时,负责该柜台的收银员突然告之顾客:"这台机不结账了,请到别的收银机去",即关机离开。让排队的顾客浪费了许多等候的时间又必须重新排队。

3、收银错误的处理

在卖场经营过程中,发生收银错误是难免的,即便是使用 POS 系统进行结算,由于条形码的模糊、不平整以及系统故障等问题,也会发生收银错误。在具体经营过程中,关键是当发生收银错误时,应采取何种措施进行补救。常见的收银错误主要有四种:

◆结算顾客货款时的收银错误;

◆顾客携带现金不足;

◆顾客临时退货;

◆营业收入收付时发生的错误。

面对上述情况,收银员应采取一定的措施及时进行补救,将负面影响减少到最低程度。

(1)为顾客结算发生收银错误时

①真诚地向顾客道歉,解释原因并立即予以纠正。

②如果收银单已经打出,应立即收回,并将正确的双手递给顾客,并因耽误顾客时间而再次向顾客道歉。

③请顾客在作废的结算单上签字,并登记入册,请值班经理签字作证。

④向顾客的合作表示感谢。

(2)顾客携带现金不足或临时退货的处理

①当顾客发现随身携带的现金不足以支付选购的商品时,应好语安慰,不要使顾客感到难堪,并建议顾客办理不足支付部分的商品退货。如果已经打好结算

单,应将其收回,重新为顾客打一份减项的结算单。

②如果顾客临时决定退货,应热情、迅速地为顾客办理退款手续。

【情景卖场】

小李带着小女儿来某商场二楼鞋柜买童鞋,经过细心地挑选,选中了一双鞋子,买单时才发现身上所带的钱不够。小李便要求店员先帮她把这双鞋子保留着,下午再来买。店员回答可以。但站在一旁的小女孩却不停地吵着、闹着非把这双鞋子买回去不可,不然就不走,小李拉她走她就是不动。这时小李气得不知如何是好。

店员看到这种情况就提出自己可以先借钱给她,等她有空来商场时再还。小李很不好意思,她对店员说:

"谢谢了,待会儿我就把钱送过来还你。"

"您不必特意送过来,等下次再来时还给我就可以了。"店员笑着说。

小李高兴地买了鞋子,小女孩还说了声谢谢阿姨。

从此以后小李就成了这家商场的老顾客。

(3)营业收入收付发生错误时

收银员在下班之前,必须核对收银机内的现金、购物券等营业收入的总额,再与收银机结出的累计总货款进行核对,两者不符时,收银员应将差额部分写出书面报告,解释原因。

如果货款短缺,应根据收银员的工作经验,分析出是人为因素造成的还是非控制因素造成的,以决定收银员是部分赔偿或全部赔偿。

如果实收金额大于应收金额,说明收银员多收了顾客的货款,会在顾客中造成坏的影响,直接影响到市场的形象,应责令收银员支付同等的多收金额,以示惩戒。

4、发票作废及请换零钞处理

(1)发票作废的处理

作废发票记录本应为一式两联,其中一联可随同作废发票转会计或其他相关部门,另外一联可由收银部门自己留存。

若将作废的发票遗失,即不能办理发票作废,应成为收银员的收银短缺,由收银员自行负责,以免收银员借此舞弊。

作废发票记录本上的任何记录及签名必须准确填写。所有作废发票的办理应在营业总结账之前办理妥当,不可在结账后才补办发票。

若同一笔交易有三张发票,只有其中一张发生错误时,应将三张发票同时收回一并办理作废,再重新登录三张发票。

(2)请换零钞处理

卖场所持有的各种纸钞硬币是为了维持超市每日正常的找零工作,财务人员对其控制是相当严格的。尤其是一些不法分子以换零钱为由,运用各种手法诈骗金钱,使卖场蒙受损失。因此收银员对顾客额外的请换零钱,应婉言拒绝。

但对于店内设有公共电话、儿童游乐器、存包处等需要用硬币的设施,可以给顾客兑换硬币,但应建议其到服务台办理,以便于合理控制及免于打乱收银。

此外,为了找零的方便,收银员也应尽量要求顾客补齐零头,以便找整数,减少找零的压力,但不可强行要求。

如顾客应付款是72.5元,收银员收到顾客100元钞票,此时可要求顾客再付2.5元,即实收顾客102.5元,以便找给顾客30元,而不是27.5元,既加快了收银速度,又减轻了找零的压力。

遇到小偷怎么办

发现小偷时的对策,是店员工作技巧之一,平常就该有所准备,而不能情不自禁地大叫,使其他顾客受惊。

一家商店最重要的是防小偷于未然,抓小偷不是开店的目的。应加强使小偷无从下手的布置,例如消除卖场的阴暗部分;充分的照明设备等。

同时,店员也要作使小偷无从下手的准备。

这并不是说您要目不转睛地戒备顾客,一般善良的顾客不喜欢这样。所以只要毫无遗漏地观察顾客,就能察觉想扒窃的人在什么地方了。

以下方式也可以参考：

【情景卖场】

比如发现了扒窃者，悄悄走过去，说："谢谢惠顾，要不要我替您包起来？"或说"谢谢惠顾，请问是不是我到了合意的东西？"这是给予其归还商品的机会。

如果这样还不能使小偷归还商品，要说："很抱歉，想请教您一些问题，请您跟我来一下。"然后把他带到办公室，交给上司。

防范顾客偷窃的技巧

近些年来卖场的面积越来越大，由于多实行的是开架售货、顾客自助式的销售方式，它除了带来可观的利润和对消费者便利的服务之外，也使偷窃案件的数量直线上升。因此，将偷窃率降到最低是每一家超级市场的难题。

1、顾客的偷窃行为与手段

◆利用衣服、提包等藏匿商品，不付账带出超市；

◆更换商品包装，用低价购买高价的商品；

◆在大包装商品中，藏匿其他小包装的商品；

◆未付账白吃超市中的商品；

◆撕毁商品的标签或更换标签，达到少付款的目的；

◆盗窃团伙的集体盗窃活动。

2、防范顾客偷窃的安全设施

卖场可以安装和设置保护性装置及系统，以防止顾客偷窃商品行为的发生。常见的安全措施主要有：

◆在卖场中设置录像监测系统，该方法效果不错，但费用较高。要注意惯偷可能学会躲开视眼进行犯罪，如冒充身穿制服的警卫。一些超级市场还使用有真有假的摄像机安装，有效的阻碍系统，来达到降低成本的目的。

◆设置电子传感器。这是一种新式、有效的防范系统。超级市场在商品中夹带磁片，顾客购买交款时为其消磁，出口处设有磁感应装置。

◆安装窥孔。安装窥孔成本高，但在容易发生问题的区域里使用效果较佳。

◆安装凸镜。超级市场员工通过凸镜可以对可疑的偷窃者进行监视,但后者也可以偷看前者,趁店员不注意时,再开始偷窃。

◆设立身穿制服的警卫。在出入口处安排警卫,效果较好。可一旦被职业偷窃者观察到了该警卫的习惯后,效果就会减弱。

◆设立便衣警卫。他们比制服警卫更有效,但如果被职业偷窃者识别出他们的身份,其优势就不复存在了。

◆在商店墙壁上张贴某些防止偷窃活动的国家法律规定的信号,可能会起到惊吓初犯者的效果,但对于偷窃经验丰富的惯犯则毫无用处。甚至有资料显示,安装这些信号后,失窃案件反而有所增加。

◆设置办公柜台区。装有单面镜子利用管理人员或保卫人员进行监视的办公柜台区,因整天值班,成本较高,但被证明是非常有效的。

◆可以悬挂有关鼓励顾客检举的标语。然而现代人的公众意识较为淡漠,畏惧偷窃者报复的心理。可提高检举奖金额,并严格遵循为检举者保密原则。

3、防范顾客偷窃的技巧

(1)防范顾客偷窃的基本技巧。

◆禁止顾客携带大型背包和提袋进入超级市场卖场,应规劝他们将其放入存包处。

◆顾客如携带小型背包和提袋进入卖场时要留意他们的行为。

◆检查商品上的条形码,防止其脱落,以免给顾客留下可乘之机。

◆把商品堆放整齐,这样少了东西便会及时发现。

◆要警惕各种混乱情形。职业偷窃者常结伙行动,借造混乱之机,其他人则带着商品偷偷溜走。

◆如果顾客在卖场内浏览边吃食品时,应婉言规劝他们,并请他们到收银台付款结算。

(2)保安人员防范顾客偷窃的技巧。

保安人员随时观察以下异常现象,从中发现偷窃行为:

◆购买的商品明显不符合顾客的身份或经济实力。

◆购买商品时,不进行挑选,大量盲目地选购商品。

◆在商店开场或闭场时,频繁光顾贵重商品的区域。

◆在超市中走动,不停东张西望或到比较隐蔽的角落。

◆拆商品的标签,往大包装的商品中放商品,撕掉防盗标签或破坏商品标签。

◆往身上、衣兜、提包中放商品。

◆几个人同时聚集在贵重商品柜台前,向同一售卖员要求购买商品。

◆顾客表情紧张、慌张、异样等。

(3) 店员的防范偷窃技巧。

防盗不仅仅是安全员和安全部的事情,也是所有员工的责任。超市中要形成人人都是防盗员的风气,人人都有很强的防盗意识,这样顾客偷窃成功的机会会大大减少。

◆发现可疑的顾客时,微笑着向顾客走过去,进行整理商品、清洁或补货等,或主动同他打招呼,引起注意,从而制止犯罪。

◆发现顾客已有盗窃的种种迹象时,应不动声色地跟踪,并立即通过电话、对讲机或其他同事,报告给安全部门,等待安全员来顶替,决不能当面质疑顾客。

识别伪钞

目前,市面上伪钞较多,而且散布范围很广,如果稍不留意,收了顾客的伪钞,就会给本店带来巨大损失。因此,店员还要学会识别伪钞,成为"辨伪专家"。

1、识别伪钞的方法

(1)检查图案和肖像的形状

查看纸币两面的图案清晰程度。真钞的图案应比伪钞更漂亮、清楚。所以要努力去熟悉政府发行的纸币图案。这样,你一看到伪钞便能立即识别了。

(2)检查肖像水印

钞票白的地方是头像水印,它可以从任何一面对着光线看到。但在伪钞上,你可以清楚地看见头像直接印在上面,或褪色,甚至根本不存在。

(3)用手指触摸来检查

有经验的收银员可以根据手感来帮助识别钞票的真伪。但请注意,这只是一个辅助手段。

(4)使用伪钞识别机

超市各门店所有收银台均配有伪钞识别机。这是目前识别伪钞工作中较为有效的方法。每位收银主管及收银员都应当熟练掌握伪钞识别机的使用方法。在收银过程中，每张面值100元及面值50元的纸币都必须经过识别机验证，不可忽略。面值50元以下纸币可由收银员工根据情形处置。千万注意，收入伪钞不仅使公司蒙受经济损失，更给犯罪分子提供了一个可乘之机。

2、常见伪钞的种类

主要有三种：机制、复印、拓印三种形式。

（1）机制伪钞

◆采用普通胶印，在紫光灯下纸张泛白；

◆水印采用浅色油墨印在背面，无立体感；

◆安全线多采用黑色油墨直接印上。

（2）复制伪钞

◆采用普通复印纸印制而成，票面很不光洁；

◆水印用淡色油墨加盖背面，无立体感，呆板，形象失真或无水印；

◆有分散的墨粉颗粒，色彩失真与真币有明显区别；

◆采用手工裁剪，边缘不齐，四角不齐。

（3）拓印伪钞

◆有过渡色，票面色淡无光泽，图案、线条、文字不清晰，部分有变色现象；

◆伪钞水印一般是雕刻加盖而成的；

◆拓印伪钞一般用三层纸粘合在一起，故票面不平整，有起皱现象，有时边缘有分层现象；

◆多用手剪裁，边缘不齐，四角不齐。

3、人民币的防伪技术

当前流通的第四套、第五套人民币采用了高科技的防伪技术，是有数种明显的极易识别的防伪特征，具有无法伪造，容易识别的特点和外形。

（1）1990年版50元、100元券大面额人民币主要有以下几方面的防伪技术：

◆安全线——将人民币迎光透视，在正面左侧或背面右侧有一条粗细均匀，约1毫米的金属防伪线。

◆水印

◆多色接线图纹

◆雕刻凹版印刷

◆五色荧光图纹

◆磁性印记

（2）1999年10月1日发行的第五套人民币百元券有十大防假措施：

◆固定人像水印

◆红、蓝彩色纤维

◆磁性微文字安全线

◆手工雕刻头像

◆隐形面额数字

◆胶印缩微文字

◆光变油墨面额数字

◆阴阳互补对印图案

◆雕刻凹版印刷

◆横竖双号码

（3）2000年10月16日开始在全国发行的第五套第二批新版(1999年版)人民币20元券有八大防伪特征：

◆固定花卉水印

◆红、蓝彩色纤维

◆安全线

◆手工雕刻头像

◆隐形面额数字

◆胶印缩微文字

◆雕刻凹版印刷

◆双色横色码

4、发现伪钞如何处理

我国的相关法律规定：国家禁止出售、购买、运输、持有、使用伪造、变造的人民币。明知是伪钞而继续持有或使用属于一种违法行为，要受到治安处罚，情节严重的，要追究刑事责任。为了维护正常的金融秩序，除银行外，其他任何单位和个人如发现伪钞，不得擅自没收。

按照中国人民银行的规定,单位的财会出纳人员和其他人员在收付现金时发现可疑币和伪钞不得随意加盖伪钞戳记和没收,而应当向持币人说明情况,开具载明面值和号码的临时收据,连同可疑币或伪钞及时报送有伪钞鉴定权的金融机构进行鉴定。经鉴定确属伪钞的,按照前述处理方式,如确定不是伪钞的,应及时退还给持币人。

卖场收银员在收款过程中,要对现金的真伪进行仔细的辨认,对于有任何怀疑的人民币,应按标准复核一遍;收银员一定要提高个人的业务技能,对于伪钞的确认,一定要准确以免造成误会,引起客人的投诉;收款时一定注意唱收唱找,包括对服务员也是一样。若发现伪钞,请按照如下程序处理:

(1)确认客人所付款为伪钞时,应轻声告知客人:"对不起,这张钱不能够使用,请您再重新更换一张,谢谢。"

(2)客人更换一张钱后要确认,新给的钱是否为真币,并向客人表示诚挚的谢意;

(3)如客人对于你的建议,不予理会,甚至大发雷霆时,及时联系楼面经理主管,并向部门上级汇报,并始终保持微笑服务;

(4)谨记"钱不过二手"的原则,特别注意犯罪分子乘机将伪钞换掉,销毁证据。

第五章

优秀店员第5关

——顾客公关

让顾客满意是店员工作的永恒的不二法门。俗话说,知己知彼,方能胜,要让顾客满意,首先就要从了解顾客开始。

这一关,从顾客的基本类型入手,详细分析顾客的心理需求,购买动机并提供与之沟通的各种方法,让你全面提升与顾客交往的技巧,不打无准备之仗。

（一）认识我们的顾客

不同性别顾客的差异

顾客对店员来说，是一个永恒的话题。店员工作的对象是顾客，因此必须深入了解顾客的有关知识。从店员销售的角度来看，我们把顾客从不同方面进行了分类，店员需要从不同角度来掌握与顾客交流的技巧。

由于男性和女性在生理、心理发展方面的差异，以及在家庭中所承担的责任和义务不同，在购买和消费心理方面有很大的差别。

女性顾客作为购买商品的主体以及在消费活动中所处的特殊地位和扮演的多重角色，决定了其独特的消费需求和购买需求，她们成为整个社会生活消费品购买的最重要的主体。所以，研究女性顾客心理，对店员工作来说具有很大的实际用处。

一般来说，女性顾客主要有以下几点特征：

◆ 购买动机具有主动性、灵活性和冲动性，注重外表。

◆ 购买心理不稳定，易受外界因素的影响，且购买行为受情绪影响较大。

◆ 乐于接受店员的建议。

◆ 挑选商品时十分细致，包括对商品的包装和售后服务的关心。

鉴于这些感情化的因素，店员在接待女性顾客时可以运用一些服务技巧。

对待女性顾客，首先要态度端正、热情有加，女性顾客注意感觉上的享受，如果一副公事公办、机械服务的样子，很不容易博得她的好感。比如，如果一位女性顾客在挑选过程中看到店员在旁边默不作声地看着她，她走到哪里店员就跟到哪里，这会让她产生一种被监视的感觉，虽然店员没有什么过错和无礼之处，但是她会因为这种沉闷的氛围而放弃挑选。而男性顾客就不会太注意这方面细节。

女性顾客比较强调商品的外观形象及美感，注重商品的实用性与具体利益。在购买商品时，既要求商品完美，具有时代感，符合社会潮流，又要从商品的实用性大小去衡量商品的价值及自身利益。这就是女性顾客走东店进西店，比来比去，挑挑捡捡，迟迟下不了购买决心的原因。所以店员在接待女性顾客时，需要更多的热情和耐心，提供更周到细致的服务；不要急于成交，给她们足够的挑选、比较的时间,满足其求真的心理。

店员要利用女性顾客具有爱美、爱幻想的心理,在购买之前,店员要想办法与她拉近距离,适时地给予她赞美,比如她的皮肤、着装、发型等等。在选购商品的过程中,要恰当地给予评价,对于感情消费的她们来说,适度的赞美能让她们有锦上添花的感觉。比如,一位女顾客想卖一支口红,因为品种繁多,她左看看右看看总是拿不定主意,店员拿给她一款品牌口红让她试试,并适时地说:"嗯,这种水红色的颜色真适合你呀,你皮肤那么白,这样搭配起来真是好看……这种颜色是今年的流行色呢,我一直想用,但是皮肤就太暗,用起来效果就没你这么好……"这样,女顾客听起来不仅受用,还反过来对这个店员安慰起来了。

女性顾客往往喜欢听从旁人的建议,店员要利用她们这一心理,从她们的伙伴身上找到突破口。比如,当一位顾客对自己的选择和店员的建议都表示怀疑时,店员要细心观察她的丈夫的态度,除非对方是皱着眉头直接予以否定,否则当店员以爽朗、明快的态度请他来决定时,往往能起到理想效果。

女性顾客购买商品讲究搭配,比如买一件上衣她会马上联想到用什么毛衣、什么下装,什么鞋子,甚至什么手饰来搭配,因此,店员要有推荐连带商品的能力,恰当地抓住这个机会,能让你从她们这里成交不只一笔的业务。

女性顾客喜欢讲求商品的便宜性,一则广告或一群人争相抢购的场面,都可能引发女性顾客特别是年轻女性顾客一次冲动性购买,所以女性顾客购买后后悔及退货现象比较普遍。对于特价、折扣、降价等各种促销方式女性顾客会表现出极大的热情。因此,店员要针对她们这一敏感心理进行巧妙利用。一位女顾客闲逛时看到一条裤子有些心动,试过之后问店员多少钱。店员笑着回答她:"您运气真好,我们公司在元旦期间搞促销酬宾活动,女裤一律六折,今天是最后一天。明天来买的话,您这条裤子就要多给六十多块钱了。"说完给她指指店门口挂着的促销宣传画。顾客回头一看,果然是如此,于是欣然买下了裤子。

与女性顾客相比,男性顾客是一个理性消费群体,他们有主要有以下特点:

◆有明确的目标,购买过程中动机形成迅速,对自己的选择具有较强的自信。

◆当几种购买动机发生冲突时,能够果断处理,迅速作出决策。

◆强调商品的效用及其物理属性。

◆感情色彩比较淡薄,很少有冲动性购买。

可见,男性顾客在购买活动中心境变化不如女性强烈,他们一般有明确的目的性,属于理智购买,不愿花很多时间去选择、比较,希望迅速成交,对排队等候更是缺乏耐心。即使买到的商品稍有毛病,只要无关大局,就不去追究,因此男性顾客很少有反悔退货现象。针对男性顾客的这些特点,店员应主动热情地接待,积极推荐商品,详细介绍商品的性能、特点、使用方法和效果等,促使交易迅速完成,满足男性顾客求快的心理要求。

男性顾客不喜欢店员过分热情和喋喋不休的介绍,因此店员在做介绍时要尽量简短、自信、专业,推荐商品要以其用途、质量、性能、功能为主,价格因素对于男性顾客倒是其次。

不同年龄顾客的差异

从年龄上,我们把顾客分为青年、中年、老年、未成年几种类型。

1、青年顾客

青年是人生中从少年向中年过渡的阶段。一般指15~35岁之间的人。其主要特点是人数众多,分布广泛、均匀,具有独立的购买能力和较大的购买潜力。青年顾客具有以下购买特征:

◆ 追求时尚,突出个性化。

◆ 喜欢新潮,但是崇尚科学消费。

◆ 一旦看中一件商品,他们的购买态度就会较为明确。

◆ 决策迅速,对于品牌化的产品他们愿意花高价购买。

青年顾客由于年龄因素,不需要承担过多的经济负担,购买商品时对商品的质量要求较高,而没有太多经济方面的考虑;购买具有明显的冲动性,易受外部因素影响;敢于尝试新品。

店员要迎合此类顾客的心理进行介绍,尽量向他们推介目前较新的商品,并强调此商品的高效与使用上的流行性。

2、中年顾客

中年顾客一般是指35岁至退休年龄阶段的人。在我国,中年顾客具有众多、负担重、多处于购买商品的决策者位置的特点。他们的购买特征如下:

◆ 理智性强,冲动性小。

◆ 计划性强,盲目性小。

◆ 保守性强,创造性小。

因此,在面对理性的中年顾客时,店员要遵从中年顾客的意愿,不要喋喋不休地给他介绍,因为中年顾客购买时比较自信。他们可能对某种商品比较熟悉,或者得到了专家意见,喜欢购买既经济、质量又好的商品,喜欢购买已被证明使用价值的新产品。店员在做介绍时,应该是言简意赅地将商品的主要特点予以说明,然后由于他自己做出决定。在他选购过程中,可以根据他的神情进行适当的帮助。

由于中年顾客已成家立业、生儿育女、并承担着家庭的责任,因此他们或有着一定的经济负担和其他方面的负担,或是经济条件较好但头脑中价值观念较强。所以,这类顾客购买商品时讲究经济性的心理较为普遍。因此店员在给中年顾客进行商品推荐时要选用实用强的产品,在商品说明时要对产品的包装、流行趋势、外表形状等因素进行次要阐述,而要花功夫在于其实用性和保养性上面来进行说服。

3、老年顾客

老年顾客一般是指年龄在 60 岁以上的人。随着社会生活环境的改善和卫生、保健事业的发展,世界人口出现老龄化的趋势,老年人在社会总人口中所占的比例不断增加。老年顾客同中青年顾客相比,在生理上和心理上都发生了明显的变化,因此,有必要对老年顾客的购买特征作以下了解:

◆ 心理惯性强,防范意识明显。

◆ 自尊感强烈。

◆ 对价格问题总是再三斟酌。

老年顾客有强烈的怀旧心理,喜欢购买用惯了的商品,对新产品常持怀疑态度,很多情况下是在亲戚朋友的推荐下才去购买未曾使用过的某种品牌的商品。他们看中实际效果,要求有良好的服务。购买心理稳定,不易受广告宣传的影响;希望购买质量好、价格公道、方便舒适、售后服务有保障的商品;购买时的动作缓慢,挑选仔细,喜欢问长问短;对店员的态度反应非常敏感。对待这类顾客,店员一定要以亲切、诚恳、专业的态度对待,才有可能被其接受。

4、未成年顾客

未成年顾客即性格未定型的儿童消费群体。他们虽然是小顾客,但店员却千万不能忽视这一个群体,随着人们生活水平提高,小顾客的需求日渐增长为购物队伍中的一支生力军。

由儿童的生理和心理发育所定,未成年顾客显著特点有三:一是特别好奇,凡是新奇有趣的东西都能对其产生强烈的诱惑力;二是不稳定性,儿童的消费纯属情感性,对一种事物产生兴趣和失去兴趣很快;三是极强的模仿性,别人有的东西,自己也想得到。这种带着极大变数的消费,让儿童在购买商品时极易受到店员的态度和印象影响。

不同气质顾客的差异

当顾客光临商店时,店员可以根据顾客的气质和双方非常简单的打招呼、询问来观察、判断顾客的心理类型,从而更有效地运用应对技巧。

气质是由神经的生理特点所决定的。气质的持久性和稳定性,使具有某种气质的人尽管进行动机不同、内容不同的活动,但在某种行为方式上往往都表现出相同的心理特点。因此,气质在人的个体心理特征中占有相当重要的位置。

1、胆汁质

这种人属于兴奋型。情绪兴奋高亢,易于冲动,抑制能力差,遇事果断,反应快而强烈,但不灵活。其反应性和外倾性较为明显。

这种气质类型的顾客因其易于冲动、忍耐性差,故稍不合意可能就会发脾气,语言表情傲气十足。而且对店员的要求很高,有时甚至会用命令式的口气提要求,因此极易发生抱怨和正面冲突。店员在与此类顾客接触时,一定要格外耐心,注意和善的态度和友好的语言,切不可刺激对方。

2、多血质

这种人属于活泼型。活泼好动且灵活、精力旺盛,反应迅速,但注意力容易转移,忍耐力较差;喜欢与人交谈,感情丰富但不深刻稳定。其感受性和外倾性较为明显。

店员在与此类顾客接触时极易产生"见面熟"的感觉,但切莫掉以轻心,为其假象所迷惑。因为这类顾客较易做出购买决策,但改变主意也快,且有看似"合理"的理由。如果店员不能满足其要求的话,这类顾客马上就会翻脸不认人。因此,店员除了一般的交谈和产品介绍外,更应注重联络感情,发展友谊,以促使其最终下决心购买。

3、粘液质

这种人属于安静型。情绪稳定、沉着冷静,遇事冷静谨慎、三思而行;持久力强,反应缓慢。其耐受性和内倾性较为明显。

此类顾客购买态度认真严谨,善于独立思考,但反应较为迟缓。所以,店员在与其接触时一定要有耐心,除了一般的交谈介绍外,最好是在提供必要的信息、事实以后,留出时间让其独立思考与决策,切莫多作提示"瞎参谋",以免引起反感。

4、抑郁质

这种人属于抑制型。主观体验深刻,对外界反应速度慢而不灵活;敏感多疑,言行谨慎;易伤感但表现很少。其感受性和内倾性较为明显。

此类顾客动作迟缓,喜欢反复挑选,多疑怕上当。店员在与此类顾客接触时,一定要注意耐心,不厌其烦地多做介绍,并作好可能反复介绍的准备。只有这样,才能最终消除其疑虑,促使成交。

实际上,人的气质并非只存在四种状态,只有少数人是四种气质类型的典型代表,大多数人是介于各种类型之间的混合型。一个人的气质没有什么好坏之分,在此只是想让店员了解,从而有助于各位根据顾客的各种购买行为,尽早发现和识别其气质方面的特点,注意利用其积极的一面,控制其消极面。

影响顾客消费的因素

1、产品因素

（1）商品质量

商品是满足顾客物质和精神需要的基础,它直接刺激顾客的感官,并给予直观印象,是影响购买动机的最主要因素。商品的生命是质量,它是商品的最基本要素。商品质量好,便能促使购买动机增强,就畅销;反之,则会滞销。

那么,商品质量优劣程度应如何去评价呢？这是店员首先要弄清的一个重要课题。商品质量是由商品的使用价值导出的一个概念。制造商往往强调商品的技术性（包括原料、成分、工艺制造、规格等）,而商品在市场上,绝不是单纯以这方面为标准,而是着眼于在市场上的适应程度,因为商品是以顾客的需求和爱好为中心的,应该是技术性与经营性两者的相互结合。

例如:在同一家商店、几乎同样质量的两种商品,有的为顾客所喜爱,有的则无人问津,这表明商品质量不是单纯地出于实用质量的问题,而是商品质量在人们心理上的作用问题。有些商品的质量并不好,仅仅由于产地、品牌、包装等与品质无关的差异正好符合人们或某一类型顾客的爱好和需求,那么这种心理上的"软质量"也可以算作质量好的商品。

所以评价商品质量,应以满足顾客心理需要为中心,并且能随着消费需求和消费潮流的变化而转移,从而使经营的商品适应于买方市场,扩大商品流通,更好地满足顾客需要。

(2)商品价格

商品价格高会抑制顾客的购买欲望,相反,商品价格低则能诱起顾客的购买欲望。在近年来,由于竞争的日趋激烈,很多知名品牌的商品以各种名义进行了一系列的降价,从而吸引了众多经济收入不等的顾客。这使得降价后的商品售出率比以前有很大的提高,说明了商品价格对顾客购买行为的影响。从顾客的角度来说,商品价格上每一细小差别与变化都会牵动他们的心。

顾客既求物美(品牌、质量、性能),又求价廉(商品本身的低廉,名贵商品打折、赠送礼品)。质价须相称,两者缺一,都会对顾客失去吸引力。

2、媒介因素

媒介是指从商业角度介绍或引导买卖双方发生关系的人或物。通过人或物等各种形式的广告把有关商务、商品、服务的知识和信息传递给广大顾客,以吸引更多的注意力,使其对介绍的商品产生兴趣,从而使其在需要的时候能够想起该种商品。

(1)广告影响

广告是经营活动中传播信息的重要手段,在制造商、商店和顾客之间起着重要的沟通作用。制造商为了打开产品销路,商店为了招揽生意,往往通过广告宣传,如电视、报刊、广播、路牌、海报、POP 等等向广大顾客进行公司形象和产品的宣传,以加深其在顾客心目的印象。

(2)商品陈列与展示

商店经营者都十分重视本店的商品陈列与店员出样展示的工作,因为它对顾客购买动机具有强大的影响力,直接刺激着顾客的感官,如视觉、听觉、嗅觉、味觉、触觉,起到了诱导的作用。通过陈列与展示能充分地显示出商品的具体形象、性能、品质、用途,使顾客受到影响,从而产生需求意念和购买行为。

（3）口头传播

口头传播是一种最直接、最快速的行为，它直接体现出顾客对一件商品的态度,是要还是不要,通过口头传播能让顾客立刻作出决定。口头传播又有两种渠道:

◆店员的介绍。因为顾客选购商品不一定都是"行家",他们往往有一种认为店员就是"行家"的心理,所以店员的介绍起着左右顾客购买动机的重要作用。

◆顾客在亲戚、朋友、邻居、同事等周围社会关系方面的口头介绍后,受影响而购买某种商品。我们把它叫做口碑传播。口碑传播是要靠商品、商店长期的良好信誉建立起来的。

3、经营因素

经营因素又称服务因素，是指经营上或服务上能引起顾客产生特殊的感情、偏好与信任,使之习惯于前往该店购买,或吸引一些顾客慕名前来购买的一种因素,即惠顾动机。这种行为动机驱使力来自于:

（1）商店

商店经营地段适合顾客购买地点的选择。经营商店处于闹市或交通便利,这有利于远近顾客的购买,同时也影响顾客的购买心理。经营有特色或商品品种齐全,使顾客有充分挑选的余地。经营环境与商品陈列十分整洁、明亮,使顾客感受清新、悦目而舒适。商店的服务项目多,处处为顾客着想,事事方便顾客。遵守商业职业道德,讲究商业信誉,出售的商品货真价实,退换方便,售后服务完善,使顾客充分信任。

（2）商店的服务

正确的礼仪规范,如服务主动、态度热情、耐心周到,使顾客感觉在此店购物,非常的舒心、愉快。商店店员专业的商品知识与良好的销售服务技巧,使顾客真正了解到商品的价值和如何使用,让顾客觉得在这家店买得舒心、买得放心。

总之，经营因素的诸多方面都能适应顾客心理活动的特点,满足他们的要求,从而在顾客中创立良好的商店形象。这些因素也是促成顾客到该商店来购买的最主要因素。

以上介绍了几点影响顾客消费的主要因素,当然,顾客的购买行为很多时候是一种感性的、不确定的消费行为,或者是亲友的不经意的一句话,或者是一句有创意的广告语,或者是店员的一次贴心服务都会让顾客作出"冲动性"的购买。店员要学会将这些因素综合考虑,随机应变,才能真正地与顾客达成交易,以下是一个优秀店员在一个顾客身上成功做成几笔生意的例子,或许对广大店员朋友的销售服务工作有些帮助:

【情景卖场】

一位三十岁左右的女顾客在一家服饰精品店随意浏览,来来回回看了好一会儿,当她的目光停留在一件浅蓝的上衣时,店员用极专业的产品知识向她介绍,这次,顾客终于满意地决定购买了。在与顾客的对话过程中,店员发现她的口音不是本地口音,于是有礼貌地发问:

"小姐,是来旅游的吧?"顾客欣然回答:"噢,是呀,我是新加坡的华人,我丈夫来这边出差,我陪他过来,顺便到处玩一下。"

"哦!您可真幸福啊。现在是五月,天气好,风景好,您可以尽情多玩几天啊!"

"是的,我到处跑了好几天,这里确实不错,以后有机会我还要来。"

"呵,我看小姐还不止这么幸福呢,是不是有宝贝了?"

"哈哈,您真聪明,是呀是呀,刚好三个月呢。"顾客开心地笑着。(提到孩子所有的妈妈都很高兴)

"那可要恭喜恭喜呀。哦,不过刚才这件衣服是收腰的,穿起来是很显身材的哦。"

"呀!对啊,我刚才可没想到呢!"

"没关系,小姐,您可以看看这款,这款的版样和那件差不多,只是它是宽松设计的,刚好适合您呢。"

"嗯,太好了。不过刚才那件我真是喜欢。"

"这个问题啊您其实不用担心的,刚才那件您试穿不是挺好看的吗?像这样的,您再穿两个月没问题,到宝宝出世了,我看小姐的身材一定会保养得跟现在一样好,那样不是可以继续穿了?在时间季节上也是刚刚好,您说呢?"

"对啊,好吧,那两件一起要了!"(买了两件同款的衣服)

"不过，小姐，新加坡的天气应该比这边热吧？马上夏天就要来了，我们这边可热了！如果穿涤纶的衣服，我怕对您和宝宝的身体不太好，我们这里已经进了一批全棉类的T恤，吸汗透气，最适合夏天穿了。刚才那两件衣服可以在晚上或者朋友聚会的时候穿，而平时可以穿点棉质的，这样对你和宝宝的身体都有好处的！"（强调对宝宝的好处）

"是啊，那带我去看看吧。"（又买了两件T恤）

"对了，小姐来这里旅游，有没有带一些可以搭配这些衣服的裤子呢？"

"也是啊，光记得买新衣服了，那些裤子我想想……"

"不过也没关系，在这边带些裤子回去也是一个小小的收获呀。你看，这些全棉免烫的休闲裤本来就是和这些衣服搭配的，而且都是宽松型的，不用担心短期内能不能穿！"

"哦……那我试试看。（又买了一条休闲裤和西裤）

"真羡慕小姐啊，有这样幸福的家庭生活。您丈夫怎么没陪您来呢？肯定是个大忙人了？"（话题切入到关心丈夫）

"哈哈。就是，他老是没空！"

"那您要不要送他一套衣服？如果你们不打算明天就走的话，给他买两套衣服刚好派上用场，还可以与你的新衣搭配呢。您看我们模特身上穿的这套怎么样，和您那两件上衣是一个系列的，如果穿起来，就是情侣装了，晚上一起出去吃饭多好啊。"（最后又给丈夫买了一件上衣和T恤）

（二）做顾客的生活参谋

迎合顾客的心理

顾客的心理是指顾客在成交过程中发生的一系列极其复杂、极其微妙的心理活动，包括顾客对商品成交的数量、价格等问题的一些想法及如何付款、选择什么样的支付条件等。顾客根据自己的需求，到商店去购买消费品，这一行为中，心理上会有许多想法，驱使自己采取不同的态度，它可以决定成交的数量甚至交易的成败。

因此，在接待顾客的过程中，店员要学会对顾客进行细微的观察，迎合顾客的购物心理,才能真正地做到为顾客出谋划策,达成交易的目的。

一般而言,顾客的购买心理有以下11种:

1、求实心理

求实就是追求商品或服务的主要使用价值的心理,它是顾客中最普遍、最具代表性的一种消费心理。持有这种心理消费的顾客特别注重商品的实际效用、功能和质量,讲求经济实惠和经久耐用,而不大注意商品的外观。

2、求名心理

这是以一种显示自己的地位和威望为主要目的的购买心理。具有这种心理的人,特别重视商品的商标、品牌、档次及象征意义,而不太注重商品的使用价值。这种顾客普遍存在于社会各阶层,尤其是现代社会中,由于名牌效应的影响,吃穿住使用名牌,不仅提高了生活质量,更是一个社会地位的体现。因此,这也是为什么越来越多的"追牌族"涌现的原因。

3、求新心理

这是追求商品超时和新颖为主要目的的心理动机,他们购买物品重视"时髦"和"奇特",好赶"潮流"。在经济条件较好的城市男女中较为多见,在西方国家的一些顾客身上也常见。例如,来我国旅游的一对瑞士夫妇,穿着奇特,与众不同,当店员向他们介绍古戏装时,他们非常高兴,当即购买了两套,并说明要回国后举行生日宴会时穿出来,让所有的宾客感到惊奇。

4、求美心理

爱美是人的一种本能和普遍要求,喜欢追求商品的欣赏价值和艺术价值,在中青年、妇女和文艺界人士中较为多见,在经济发达的国家的顾客中较为普遍。他们在选择商品时,特别注重商品本身的造型美,色彩美,注重商品对人体的美化作用,对环境的装饰作用,以便达到艺术欣赏和精神享受的目的。

5、求利心理

这是一种"少花钱多办事"的心理动机。其核心是"廉价"。有求利心理的顾客,在选购商品时,往往要对同类商品之间的价格差异进行仔细的比较,各种处理价、特价、优惠价、折扣价的促销活动对他们有极大的诱惑力。

具有这种心理动机的人,以经济收入较低者为多。当然,也有经济收入较高而节约成习惯的人,精打细算,尽量少花钱。在购物过程中,如果店员向他们介绍一些稍有残损而减价出售的商品时,他们一般都比较感兴趣,只要价格有利,经济实惠,必先购为快。有些希望从购买商品中得到较多利益的顾客,对商品的花色、质量很满意,爱不释手,但由于价格较贵,一时下不了购买的决心,便讨价还价。有的为了一元钱或几角钱,便要争论不休,致使想买的东西买不成。

6、偏好心理

这是一种以满足个人特殊爱好和情趣为目的的购买心理。有偏好心理动机的人,喜欢购买某一类型的商品。例如:有的人爱养花、有的人爱集邮、有的人爱摄影、有的人爱字画等等。这种偏好性往往同某种专业、知识、生活情趣等有关。因而偏好性购买心理动机也往往比较理智,指向也较稳定,具有经常性和持续性的特点。

7、自尊心理

有这种心理的顾客,在购物时,既追求商品的使用价值,又追求精神方面的高雅。他们在购买行动之前,就希望他的购买行为受到店员的欢迎和热情友好的接待。经常有这样的情况,有的顾客满怀希望地进商店,一见店员的脸冷若冰霜,就转身而去,到别的商店去了,甚至再也不愿光顾那家"冷若冰霜"的商店。

8、仿效心理

这是一种从众式的购买心理动机,其核心是不甘落后或"胜过他人",他们对社会风气和周围环境非常敏感,总想跟着潮流走。有这种心理的顾客,购买某种商品,往往不是由于急切的需要,而是为了赶上他人,超过他人,借以求得心理上的满足。

9、隐秘性心理

有这种心理的人,购物时不愿为他人所知,常常采取"秘密行动"。他们一旦选中某件商品,而周围无旁人观看时,便迅速成交。女青年购买卫生用品,男青年为异性朋友购买女性用品,常有这种情况。国外一些政府官员或大富商购买高档商品时,也有类似情况。

10、疑虑心理

这是一种思前顾后的购物心理动机,其核心是怕"上当"、"吃亏"。他们在购买物品的过程中,对商品质量、性能、功效持怀疑态度,怕不好使用,怕上当受骗,满脑子疑虑。因此反复向店员询问,仔细地检查商品,并非常关心售后服务工作,直到心中的疑虑解除后,才肯掏钱购买。

11、安全心理

有这种心理的人,他们对欲购的物品,要求在使用过程中和使用以后,必须保障安全,尤其像食品、药品、洗涤用品、卫生用品、电器用品和交通工具等,不能出任何问题。因此,非常重视食品的保鲜期,药品的无副作用,洗涤用品有无化学反应,电器用具有无漏电现象等。在店员解说后,才能放心地购买。

由以上看来,店员对顾客的购物心理,必须细心观察,认真分析,并针对其特点恰当对待,促使推销工作顺利进行。

顾客购物全过程

顾客的购买心理是一种常规的、普遍的定式购物心理。作为店员有必要了解顾客在走进一家商店门后对一件商品的购买动机。一般来说,一个顾客对一件商品从注意到付款总会经历一个"心理斗争"过程,这个过程就是顾客观察、了解、比较、联想商品功效的一系列时间。这段时间大致要经历如下 8 个阶段。

1、观察阶段

"百闻不如一见",商品最能打动顾客的时候就是顾客站在它眼前的时候。如果顾客被橱窗中所陈列的商品所吸引,他就会进入店内,请店员拿出自己中意的商品,仔细观看。另一种情况就是顾客逛商店时被一件商品所吸引,在那里驻足观看。在注视过程中所获得的视觉享受是顾客购买这件商品的最初动力。

无论哪种情况,顾客跨入店门前及进入商店后,通常都有意或无意地环视一下商店的门面、橱窗、货架陈列、营业厅装饰、环境卫生、秩序以及店员的仪表等等,初步获得对店容店貌的感受,这个阶段为观察阶段。

顾客进店的意图一般可分为四类:

◆第一类,是有明确购买目标的全确定型顾客,即有备而来者。这类顾客进店迅速,进店后一般目光集中,脚步轻快,迅速靠近货架或商品柜台,向店员开门见山地索取货样,急切地询问商品价格,如果满意,会毫不迟疑地提出购买要求。这类顾客以男性顾客居多。

◆第二类,是有一定购买目标的半确定型顾客,即小心谨慎者。这类顾客有购买某种商品的目标,但具体选购什么类型,以及对商品的功效不是很清楚。进店后一般认真巡视,主动向店员询问各种商品的功效及用途。这类顾客以中老年顾客居多。

◆第三类,难为情者,这类顾客通常有着某种特殊购买目的,但对应该买什么商品却没有主意,又羞于启齿询问。这类顾客通常四周巡视,在店内滞留良久而又不提出任何购买要求或进行咨询。这类顾客以青年顾客居多。

◆第四类,是以闲逛为目的的随意型顾客。这类顾客进店没有固定目标,甚至原先就没有购买商品的打算,进店主要是参观、浏览,以闲逛为主。这类顾客以年轻女性居多。

2、兴趣阶段

有些顾客在观察商品的过程中,如果发现目标商品,便会对它产生兴趣,此时,他们会注意到商品的质量、产地、颜色、包装、价格等因素。

当顾客对一件产品产生兴趣之后,他不仅会以自己主观的感情去判断这件商品,而且还会加上客观的条件,以作合理的评判。

3、联想阶段

顾客在对兴趣商品进行研究的过程中,自然而然地产生商品是否可能满足自己需要的联想,如吃了这个药是否会有效,用了这个化妆品是否能增白,穿上这件衣服是否会更漂亮等等。

联想阶段在购买过程中起着举足轻重的作用,它直接关系到顾客是否要购买这件商品。在顾客选购时,店员一定要适度提高他的联想力。例如,把商品展示给顾客看,让顾客触摸商品,演示使用方法等,都是提高顾客联想力的有效方法。

4、欲望阶段

当顾客对某种商品产生了联想之后,他就开始想需要这件商品了,但是这个时候他会产生一种疑虑:"这件商品的功效到底如何呢?还有没有比它更好的呢?"这种疑虑和愿望会对顾客产生微妙的影响,而使得他虽然有很强烈的购买欲望,但却不会立即决定购买这种商品。

5、评估阶段

顾客形成关于商品的拥有概念以后,主要进行的是产品质量、实用、价格的评估,他会对同类商品进行比较,此时店员的意见至关重要。

6、信心阶段

顾客做了各种比较之后,可能决定购买,也可能失去购买信心,这是因为:

◆店内商品的陈列或店员售货方法不当,使得顾客觉得无论是怎样挑选也无法挑到满意的商品;

◆店员商品知识不够,总是以"不知道"、"不清楚"回答顾客,使得顾客对商品的质量、功效不能肯定;

◆顾客对门店缺乏信心,对售后服务没有信心。

7、行动阶段

当顾客决定购买,并对店员说"我要买这个"同时付清货款,这种行为对店员来说叫做成交。成交的关键在于能不能巧妙抓住顾客的购买时机,如果失去了这个时机,就会功亏一篑。

8、感受阶段

购后感受既是顾客本次购买的结果,也是下次购买的开始。如果顾客对本次结果满意,他就有可能进行下一次的购买。

以上是顾客在常规购买行为中的各个阶段心理和购买全过程。店员在此分析顾客购买程序,目的是有的放矢,在顾客的各个购物动机阶段能适时提供服务,以帮助顾客下一定决心,达到成交的目的。

了解顾客的需求

从上一节中我们看到,顾客要经历 8 个阶段的"心理斗争",才能决定购买一件商品。那么,店员怎样才能了解到顾客的购买需求,从而为他推荐最适合的产品呢? 这里,店员的细微观察也可以分为 4 个阶段:

1、察颜观色

通过仔细观察顾客的动作和表情来洞察他们的需求,找到顾客购买意愿产生的线索。

◆观察动作。顾客是匆匆忙忙,快步走进商店寻找一件商品,还是漫不经心地闲逛;是三番五次拿起一件商品打量,还是多次折回观看。店员注意观察顾客的这些举动,就可以从中透视出他们的心理了。

◆观察表情。当接过商店店员递过来的商品时,顾客是否显示出兴趣,面带微笑,还是表现出失望和沮丧;当店员向其介绍商品时,他是认真倾听,还是心不在焉,如果两种情形下都是前者的话,说明顾客对商品基本满意,如都是后者的话,说明商品根本不对顾客的胃口。

◆勿以貌取人。店员在观察顾客过程中,不要以貌取人。衣着简朴的人可能会花大价钱购买名贵商品;衣着考究的人可能去买最便宜的商品,这都是很正常的事。店员不能凭主观感觉去对待顾客,要尊重顾客的愿望。

2、试探推荐

通过向顾客推荐一、两件商品,观看顾客的反应,就可以了解顾客的愿望了。例如:

【情景卖场】

一位顾客正在药店仔细观看消炎药,如果顾客只是简单地应酬了一句,那么店员可以采用下面的方法探测这位顾客:

店员:这种消炎药很有效。

顾客:我不知道是不是这一种,医生给我开的药,但已用光了,我又忘掉是哪一种了。

店员:您好好想一想,然后再告诉我,您也可以去问一下我们这的坐堂医师。

顾客:哦,我想起来了,是这一种。

就这样,店员一句试探性的话,就达成了一笔交易。

如果采用一般性的问话,如:"您要买什么?"

顾客:"没什么,我先随便看看。"

店员:"假如您需要的话,可以随时叫我。"

店员没有得到任何关于顾客购买需要的线索。所以,店员一定要仔细观察顾客的举动,再加上适当的询问和推荐,就会较快地把握顾客的需要了。

3、谨慎询问

通过直接性提问去发现顾客的需求与要求时，往往发现顾客会产生抗拒而不是坦诚相告。所以，提问一定要以有技巧、巧妙、不伤害顾客感情为原则。店员可以提出几个经过精心选择的问题有礼貌地询问顾客，再加上有技巧的介绍商品和对顾客进行赞美，以引导顾客充分表达他们自身的真实想法。在询问时要遵循三个原则：

◆不要单方面的一味询问。缺乏经验的店员常常犯一个错误，就是过多地询问顾客一些不太重要的问题或是接连不断的提问题，使顾客有种"被调查"的不良感觉，从而对店员产生反感而不肯说实话。

◆询问与商品提示要交替进行。因为"商品提示"和"询问"如同自行车上的两个轮子，共同推动着销售工作，店员可以运用这种方式一点一点地往下探寻，就肯定能掌握顾客的真正需求。

◆询问要循序渐进。店员可以从比较简单的问题着手，如"请问，您买这种产品是给谁用的？"或"您想买袋装的还是盒装的？"，然后通过顾客的表情和回答来观察判断是否需要再有选择地提一些深入的问题，就像上面的举例一样，逐渐地从一般性讨论缩小到购买核心，问到较敏感的问题时商店店员可以稍微移开视线并轻松自如地观察顾客的表现与反应。

4、耐心倾听

让顾客畅所欲言，不论顾客的称赞、说明、抱怨、驳斥，还是警告、责难、辱骂，她都会仔细倾听，并适当有所反应，以表示关心和重视。因为顾客所言是"难以磨灭的"，店员可以从倾听中了解到顾客的购买需求，又因为顾客尊重对那些能认真听自己讲话的人，愿意去回报。因此，倾听——用心听顾客的话，不论对经验丰富的老店员还是刚刚入行的新店员，都是一句终身受用不尽的忠告。

倾听如此重要，那么要如何洗耳恭听呢？

◆做好"听"的各种准备。首先要做好心理准备，要有耐心倾听顾客的讲话；其次要做好业务上的准备，对自己销售的商品要了如指掌，要预先考虑到顾客可能会提出什么问题，自己应如何回答，以免到时无所适从。

◆不可分神，要集中注意力。当顾客说话速度太快、或与事实不符时，店员绝不能心不在焉，更不能流露出不耐烦的表情。一旦让顾客发觉店员并未专心在听自己讲话,那店员也将失去顾客的信任,从而导致销售失败。

◆适当发问,帮顾客理出头绪。顾客在说话时,原则上店员要有耐性,不管爱听不爱听都不要打断对方,适时地发问,比一味地点头称是或面无表情地站在一旁更为有效。

一个好的听者既不怕承认自己的无知,也不怕向顾客发问,因为他知道这样做不但会帮助顾客理出头绪,而且会使谈话更具体生动。为了鼓励顾客讲话,店员不仅要用目光去鼓励顾客,还应不时地点一下头,以示听懂或赞同。例如:"我明白您的意思"、"您是说……"、"这种产品很不错",或者简单地说一声:"是的"、"不错"等等。

◆从倾听中,了解顾客的意见与需求。顾客的内心常有意见、需要、问题、疑难等等,店员就必须要让顾客的意见发表出来,从而了解需要、解决问题、清除疑难。在店员了解到顾客的真正需求之前,就要找出话题,让顾客不停地说下去,这样不但可避免听片断语言而产生误解,而且店员也可以从顾客的谈话内容、声调、表情、身体的动作中观察、揣摩其真正的需求。

◆注意平时的锻炼。听别人讲话也是一门艺术,店员在平时同朋友、家人、服务对象交谈时,随时都可以锻炼听力,掌握倾听技巧,慢慢地就可以使倾听水平有很大的提高,而且也可以从倾听中学到许多有用的知识。

最后,提醒各位店员千万不要自以为知道顾客想要什么,必须仔细倾听他们所讲的每一句话,而且通过顾客的谈话来鉴定他最关心的问题,而后根据他们的需要提出合理化建议,只有这样,才能收到事半功倍的效果。

站在顾客的角度

顾客的心理因素、个性特点以及其他原因,都有可能影响他做购买的决定。要做顾客的参谋,就要站在顾客的角度,真正地为对方着想。只有充分地考虑了顾客所思所想,并巧妙地帮助顾客解决,那么,虽然顾客没有口头表示什么,但在心里已经对你感激万分。

【情景卖场】

情景一

一位顾客走进一家药店挑选补钙产品,店员介绍说:"这种产品效果好,价格也比同类其他产品便宜,比较实惠。"

顾客说:"我以前吃过这种药,效果是不错。我听说你们最近在做活动,买两盒送一小盒赠品。"

店员扭头大声问柜台内的同事:"现在××产品还有没有赠品送?这里有个想要赠品的顾客!"

店员这一叫,店内所有的顾客都把目光投向了这个顾客,她不好意思地低下了头,还没等店员的答复就逃似地离开了商店。

情景二

(选自一个柜员的日记)

今天中午,一对老年夫妻来买油。老两口选中了一桶花生油,叫我帮忙搬一桶。我忽然想起在培训的时候了解到:老年人用玉米油比较好。但在价格上,花生油要贵得多,顾客是自己要买贵的,我告诉他们会不会自讨没趣呢?

我想了一下,决定还是要给他们介绍一下合适自己的产品,因为这是我的职责。于是我说:"老人家,你们用玉米油要好一些。"阿婆不高兴地说:"你肯定是玉米油的促销小姐吧,你们这些促销员,光知道给顾客介绍贵的……"我笑着对阿婆说:"阿婆别误会,我是这个柜的柜员,负责这里所有产品销售,不是促销品牌。在我们这里,只给顾客介绍对的,不介绍贵的。花生油好是好,但比较浓,吃起来有一点油腻,更适合年轻人用。而玉米油吃起来清香不腻,对老年人的心脑血管功能有调节作用。而且,"我停了一下说:"玉米油可比花生油便宜多了!"

两位老人愣了一下,又高兴又激动地说:"哦,哦。这姑娘说得真有道理啊。对不起,刚才误会你了。我们可是很难遇到这样的售货员啊,你能这样为顾客着想,好,我们就要玉米油,而且要多拿两桶!"

看着他们那开心的样子,我心里也特别高兴。

情景一中,店员在服务过程中虽然没有什么明显过错,却忽视了一个细节问题,即没有替顾客着想。

很多顾客在购买中会有很多的原因影响最终的决定,而这许多的原因中有很多是顾客不愿让别人知道的,第一个例子中的顾客可能就是冲着赠品来的,但由于"面子"问题,不愿让其他人知道,该店员一句"无心之言"将顾客的本意"公布于众",结果可想而知。像这样的情况还有很多,例如购买安全套的顾客,购买治疗性病产品的顾客等都会有一定的心理因素,而这些因素又往往会影响顾客的购买。从另一个方面看,这也是店员的职业道德所要求的,所以作为店员必须注意这些,要时刻照顾到顾客的感受。

情景二中,这个售货员可谓是真正把顾客当做是自己的朋友,能设身处地地为他们身体健康考虑。事实上,站在商家的角度,谁不希望顾客买贵的产品?但是,店员知道,一个适合顾客的产品不一定是贵的,亲身为他们着想,他们会更加感激你,这样他们就会成为店里的常客了。从这里我们可以看出,成功的服务,就是要店员心细如丝,要富有人情味,要能站在顾客的角度上处处为他们着想。

说到要为顾客着想,这里还有一个例子,据报载:台湾有位经济学博士,一次在意大利一家名牌鞋店买鞋。不凑巧的是最合脚的9号半已卖完,不得已他选择了双小一号的,试穿一下,虽然有点紧,但考虑到新鞋子穿穿会松的,就掏钱要买。可柜台里的售货员却拒绝卖鞋给他,理由是在试穿时,发现他的面部表情不对劲儿。售货员说:"我不能将顾客买了会后悔的鞋子卖出去!"这句富有人情味的话真是让人感动!这也是一个很有"人情味"的店员,既能察言观色,又能重义轻利;这也是一家富有市场战略眼光的鞋店,不以得利喜,不以失利悲。细品起来,这种"不卖"实际上正是为了更好、更长远地"卖",是为了卖出知名度、信任度和满意度。

"经营之道,以诚为本"。这家鞋店的"拒卖"正是充分体现了这一古训,自然也得到了市场的丰厚回报。在市场饱和、生意难做、竞争日趋白热化的今天,顾客有了更多的选择余地,只有以诚待客,才能培养出顾客的"忠诚度",才能有更多的"回头客"。

实际上,无论提供怎样的服务,商家经营的最终目的是为了卖出商品,而一些有问题或对个别顾客不适合的商品和服务不"卖",其实也是一种营销,因为这样的卖可能损害企业顾客的忠诚度,损害企业的利益。作为基层工作的店员来说,店员能站在顾客的角度来考虑问题,为顾客着想,实际上也是一种高明的销售手段。

全国五一劳动奖章获得者、北京长春堂药店的程俊云说:"我不是向顾客推销药品,而是帮助顾客买药治病"。此话道出了以顾客为中心推销观念的真谛。站在顾客的角度,才知道哪些是顾客最需要,哪些是顾客最适合,哪些产品对顾客来说存在这样那样的不足和缺憾。任何产品都不是尽善尽美的,当有顾客表示对商品不满意时,店员应该站在顾客的角度来看问题,替顾客着想,可与顾客讨论讨论这个产品会给他带来什么好处;要是产品的问题得到了解决该多好啊等。采取不反驳的态度,耐心倾听的意见,顾客谈得越多,你用你的产品去满足他的需要的机会就会越大。

美国市场营销大师菲力普·科特勒指出:"企业的整个经营活动要以顾客满意度为指针,要从顾客角度,用顾客的观点而非企业自身利益的观点来分析考虑顾客的需求。"从某种意义上说,只有使顾客感到满意的企业才是不可战胜的。满意的顾客是最好的广告,满意的顾客是最好的店员。顾客满意就是企业利润的最好指示器和增长点。

(三)与顾客交往的技能

与11种类型顾客打交道

卖场服务中每天都会遇到各种各样的顾客,研究和掌握其不同的购买心理,因人而异,采取不同的服务举措,可使不同顾客对服务都满意,进而产生愉悦感,提高其对卖场的忠诚度,使卖场的回头客大大增多。店员要对普通顾客的心理有个大致了解,也要对这几类有特点的顾客进行重点掌握,对提高自己的服务质量,具有现实的意义。

1、稳重理智型

(1)顾客表现

这类顾客不爱多说话,在逛商场、看商品或听完介绍后,不立即做出反应,喜怒不形于色,面部毫无表情。选用产品时不愿受他人意见左右,看样品或提问题从容不迫,周详而不轻率。

有些顾客为慎重起见,在购买前非常注重搜集有关商品的品牌、价格、质量、性能、如何使用的信息等,如购买药品,他们会向朋友、亲属、专业人士请教和就诊,详细了解了商品知识才去药店购买。购买过程一般较长且繁琐,喜欢独立思考。

（2）服务应对

店员要沉住气,切不可急吼吼地征求顾客意见,即使征询意见,也只能提一次,绝不可催问再三,以免引起顾客反感。店员要按程序办,态度既严肃,又要礼貌,展示不卑不亢的气度。由于顾客购买决定以对商品的知识和客观判断为依据,店员要有雄厚的商品知识作功底,才可能赢得稳重型顾客的信任。

2、挑剔型

（1）顾客表现

这类顾客心思细密,善于观察,喜欢较真。如对现场布置、环境艺术、商品产品的细节甚至是销售现场的音乐等细节都反应敏感。挑剔和赞美都不留情面。此类客人还爱算计,惟恐吃亏上当。

（2）服务应对

店员虽要十分小心谨慎,注意每一个环节的严谨周密,尽可能地避免出现失误。如有差错出现,或顾客"鸡蛋里挑骨头",要表现出有错必改的诚意,切忌与顾客争辩,免得节外生枝,出现不应有的冲突。在介绍时,特别是对价格、质量以及材料的情况应介绍详细一些,不要出差错。要主动多征求意见,让客人无可挑剔。

3、慷慨型

（1）顾客表现

显大方,重派头,讲排场,出手阔绰。

（2）服务应对

对待这种顾客,如果服务周到并技巧性地将其说动,能为自己增加不少业绩。店员无论是推荐商品的名牌名款,还是在作某种功能性介绍,都要精心安排,全力体现商品的高贵、典雅,折射主人的心理优势,必要时,将商场经理请来现场服务,抬举主人的社会地位,充分满足其领导地位欲。

4、内行型

（1）顾客表现:

这类顾客走进店里目光表现得很自信,因为他们有着极其丰富的商品知识,可能其本身就是这方面的专业人士,自我意识很强。在购买过程中常自认为自己的观念绝对正确,认为店员与顾客是对立的利益关系,经常会考验店员的知识能力。还有些人会一来便夸夸其谈,以专家自居,对商品的做法和应有的要求都很挑剔,表现欲极强。

(2)服务应对

对这样的顾客要格外小心,特别是在商品的制作和材料方面的介绍更要小心。店员要表现谦虚,时不时地顺势向其请教一些一般性的制作知识,为其展示"渊博才能"提供条件,使其表现欲充分满足。但注意不要提过于专业的问题,因为顾客万一答不上来,造成尴尬局面,反而不好。当店员遇到或察觉到这种类型的顾客时最好随他自由选择,待对方发问时再上前为其说明即可,否则较难应付。

5、傲慢型

(1)顾客特点

不仅讲派头,而且常常是声高气傲,不知道尊重别人,不拘小节,行为粗俗不文明。这类顾客给人的感觉是狂妄自大瞧不起人,如店员说这是全市最低价,他就会显出不屑一顾的神情——怎样贵的东西,我都马上能用现金支付。摆出比对方高一等的姿势,令人很难接受。还有些人虽然没有雄厚的物质基础,但注重形式、注重排场,有极强的虚荣心和消费心理。

(2)服务应对

治水宜疏导而不宜堵。骄傲自满的个性正如洪水有着显著个性,一旦表现出妄自尊大便令人难以招架,旁人想"堵"住,可能会适得其反,对于骄傲的人必须采用"疏导"之法。他自傲就让他自傲去吧,他自吹自擂就让他吹去吧。当他吹够了吹累了时就会突然良心发现,"到底是什么事使我在店员面前这么做的呢?现在来听听他会说什么呢?"这时,他的言行就会有所收敛,这时店员抓住机会展开攻势,即可顺利地销出产品。

对待这类顾客,店员一定要镇静,以礼相待,小心侍候。万一发生不愉快,宁受辱而不怒,忍为上策,用妙语婉言缓解矛盾,切不可与顾客讲"理",遇到这样的顾客,你有理也讲不清。

6、随和型

(1)顾客表现

好说话,对商品品种和价格不计较,较多顺应店员的介绍。

（2）服务应对

这种顾客是店员最易交往的，也是最容易培养成忠实顾客的群体。因此，店员要抓住机会，与他们进行一次愉快的沟通，让双方都能达到双赢的目的。也正是由于这种类型的客人好侍候，好说服，店员越要尊重客人，热情有加。在决定商品产品档次时，店员决不可喧宾夺主，越俎代庖，即使是回头的熟客，也要注意最后还是应由顾客自己决定。

7、谦虚型

（1）顾客表现

这类顾客的态度往往也非常和善，让店员难以猜测他的话到底是真心与否，所以往往会错意也洋然不知。

【情景卖场】

老李走到柜台前，对店员彬彬有礼地说："麻烦您把这支钢笔拿给我看一下。"

店员说："我们的钢笔有很多种，您喜欢哪一种呢？"

老李笑笑说："便宜的就行。"

店员拿出一些便宜的钢笔摆在柜台上，耐心地解释到："这些笔价格虽然便宜，但写起来都很顺畅。"

老李看了看，又说："好的，不过有没有好一点的，价格不要太贵……"

店员又拿出一些："质量好的，价格也会高，这些便宜的都在这，你随便挑挑看有没有合适的？"

这位店员实在得很，态度也很好，遵照老李的意思，尽拿些便宜的出来。这样做对不对呢？

首先，我们先看一下用词问题。

当顾客说"要便宜的"的时候，店员不可过于实在，说："给，这些都是便宜的，"不妨说得委婉动听些："这些或许比较适合您。"

（2）服务应对

对待有这样要求的顾客，需要仔细洞察其表情神态，最好如相面一般仔细。当顾客说出"只要便宜的就行",若表情认真,或自言自语,这时通常是认真的要便宜货;若口气爽朗,不怕别人听见,大体上可断定是谦逊或怕对方推荐昂贵商品。

另外,店员还应注意顾客更多注意哪种商品,把玩哪种商品,这些商品都是他们心中的理想价位。店员对这些信息应准确把握,不要轻信他"便宜的就行"的说法。

对待上例,可以这样处理:要先辨别对方是否说的真心话,还是在那美好的谦虚的外表言不由衷?然后再拿商品。如果物品分为 A、B、C、D、E 五种价位,可先拿出 C,看顾客反应后再提供 B 或 D,顾客拿 B 则再提供 A,拿 D 则再提供 E。

但店员也应注意,千万不要让顾客觉得买便宜货没面子,无论消费金额多少,都应一律视为"上帝"。谁能说今天买便宜钢笔的老李明天不能买高级轿车呢?

8、盛气凌人型

(1)顾客表现

这类顾客对于自己开出的条件很难更改,如果店员提出与之稍有不同的条件,他就不满意了。他总想压住对方,迫使对方就范,他自己则显得从容不迫,处于主动的地位。

这种顾客有着强烈的好胜心,从不肯认输,并且为了赢他人,他可能用尽各种策略,大有不达目的不罢休的气势。这种强烈的自信对店员来说,就成了一种压力,一种威胁。

有些顾客甚至强制他人遵从自己的意见,并以此为快。他有自己的主张,并会在交涉中尽早提出来,如果他的主张不能为人接受,他就会表示不满,并要求对方必须接受并实施。这类顾客还有一个特点是神经过敏,对方的一个小举动也可能引起他直觉上的误会。

(2)服务应对

面对顾客咄咄逼人的攻势一定要冷静。这类顾客掌握了比较可靠的资料并就此做出比较完善的预测和判断,加上一种强烈的攻击性心理,确实令人难以招架,但绝不可屈服,否则前功尽弃。店员应当以静制动,以不变应万变,不慌不忙地仔细观察对方的动静,找出到底是什么驱使着他,使他这样对待自己,绝不可感情用事。在观察的同时试着用质询的方式了解对方的心理,然后加以正确的引导,并力求以冷静理智地说明,获得主动权后就可慢慢将对方制服。

9、防备型

（1）顾客表现

这类顾客对商品的购买最关心，而对店员的防备心特别强，总担心受骗上当，店员的推荐对他们来说都是纯利的，甚至不怀意思的。遇到什么促销活动，他们会本能地加以抗拒，即使对商品有些兴趣也会抗拒。在言辞中喜欢采取高姿态，挑三拣四后仍显得心有不甘。

（2）服务应对

面对这种顾客时最需要注意的一点就是"忍耐"，不要与他们争强斗狠，因为即使店员占了上风，达不成交易最终失败的仍是企业一方。最好的方法是以退为进，在似落于下风的情况下取得实质上的胜利。此外，店员对于企业商品的完整知识需有足够的了解，对于商品的优缺点更要深入掌握，并事先准备好应付顾客提问的最佳答复。

10、犹豫不决型

（1）顾客表现

左顾右盼，犹犹豫豫，对究竟购买什么款式、什么质地的商品拿不定主意。常常是三五成群，步履蹒跚，哪儿有卖的东西往哪儿看，问的多，看的多，选的多，买的少。这种类型的顾客分为两种：一种是囊中羞涩，既想买得多，买得全，买得好，又想买得便宜，买得实惠。另一种是对商品知识缺乏了解，对什么样的商品适合自己心里没底。

这个消费者群体常常是那些没有明确购买目的的消费者，他们往往是一些年轻的、新近开始独立购物的消费者，易于接受新的东西，消费习惯和消费心理正在形成之中，尚不稳定，缺乏主见，没有固定的偏好。

（2）服务应对

对这种犹豫不决型顾客，如能用试探性的语言搞清楚犹豫的原因是最好不过了。如是囊中羞涩型，就要拣实惠的商品介绍，如果无法得知其犹豫的原因，就应本着实惠又不失体面的原则，突出物美价廉，但在介绍时，要加重肯定的语气，以坚定他的信心。

对于这样的顾客，首先要满足他问、选、看的要求，即便这次他不购买，也不应反唇相讥，要想到今天的观望者可能就是明天的顾客，今天不买肯定有诸多的理由,可能今天没带足钱,可能真的不需要,但是你以热情周到的服务给他留下了深刻的印象,以后需要的话,他可能首先会想到你。这是一个优秀店员必须考虑到的。

在应对技巧上,要记住对方第一次拿的是什么商品,数次把看的是什么商品,根据其态度,把符合他口味的商品选出来,其余的则不动声色的拿开。然后,顾客手上的商品,正是他反复把弄的商品,若他再次拿起,店员可用自信的口吻说:"太太,我认为这种最适合您。"这通常会使顾客当场决定下来。

若旁边还有其他顾客时,也可通过第三者的口吻对顾客进行赞美。在一般人的观念中,总认为"第三者"所说的话是比较公正、实在的,这也是促使犹豫不决型顾客下定决心的方法之一。一般情况下,被问及的顾客会予以合作,且赞同率往往能达到82%。

11、领导型

(1)顾客表现

领导型顾客大多具有良好的社会地位,接触了社会的方方面面,对社会了解深,他们气量较大,对于经济生活比较积极,有独到见解。因此这类顾客的自我意识很重,大多性格外向、易与人交往,对事物下判断时很迅速,可称之为果断的顾客。

在购物时,这类顾客不太听从他人建议,不喜欢被别人领导。他们办事较干脆,只要他发现你的商品质适合他的需要,价格适当,他们会立即与你成交。

(2)服务应对

这类顾客对店员的专业知识、工作阶段以及适用性都比较清楚了解,他们喜欢看店员的专业水平而决定购买与否。如果这方面店员做得较好,他们多半会购买。因此,对待这类顾客,店员要有丰富的商品知识,并要表现得积极、热心、自信。

由于这类顾客一旦下了决心就很难使他们再改变主意,一旦作出决定就很难使他们放弃,万一他们拒绝了,再要说服他们就比登天还难,因此要尽量避免对方说出"不买""不要"之类的拒绝言词。

如一名店员向一位企业领导推销家用电脑：

【情景卖场】

店员："您大概为孩子花了不少钱吧！现在孩子真幸福，一生下来就处在一个很舒适的环境中。"

顾客："是的，我们为孩子可真花费了不少哇……"

店员："现在这种社会环境，都要求孩子的全面发展，所以家长们也在所不惜，你看电子琴什么的都给他买了。"

顾客："对呀，现在的孩子，哪像我们那会儿，什么都没有。"

店员："好呀，电子琴就是培养孩子的音乐才能嘛，还有像绘画、电脑之类的，孩子都应该掌握一些，特别是电脑，以后用途可广了，将来的社会是电脑的社会。"

家长："这倒也是。但听说有些孩子有了电脑容易沉溺于打游戏……"

店员："话是这么说，这东西也还是很必要的。孩子会用电脑，一定会受到别的孩子崇拜的。"

由于这位顾客"不"字未说出来，他的孩子又增添了一个学习工具——电脑。

以上11种类型，基本上包括了顾客性格的大部分。店员如果把这11种类型顾客的特征掌握好了，就可应付自如。在接待客人时，熟客自不必说，因为早已知晓其特性了，关键是如何确定陌生客人的类型。这就要看店员个人的悟性了。精明的店员要善于观察和总结，要见微知著，从陌生客人的一句话、一个动作、一个表情中揣摩出客人的类型，然后采取有针对性的应对举措，就一定能让顾客高兴而来，满意而去，成为回头客。

提升你的接待技巧

通过掌握不同顾客的心理需求、购买过程之后，店员就要根据实际情况进行技巧性地接待。很多店员接待顾客凭一种主观臆断，在操作过程中没有掌握好服务节奏，因而导致顾客流失。

【情景卖场】

　　一位穿西装打领带的年青人走入一家商店内,在店内柜台前边走边看,一会儿停下来看看柜台内的药品,一会儿又抬起头好像在考虑什么。

　　店员走近他身边打招呼:"您好,请问您需要点什么?"那位顾客也不答话,快步离开了这个柜台。

　　走了没几步,他又停在保健品柜台前,开始翻看那些促销宣传品。

　　店员见状,又走过来招呼"是要买保健品吗?"话没说完,顾客扔下一句"随便看看"就快步走了。店员被甩在那里,嘴里嘟囔着"又是一个只看不买的主儿"。

　　这种情景我们经常在门店里见到,很多店员最终也没想明白顾客流失的原因。明显,这里就是店员在接待过程中过于急迫,没有对顾客仔细观察和思考。如果顾客走进店内,店员急躁地上前询问,很容易导致前述的后果。在第一次与顾客打完招呼后,就应该观察顾客的反应。

　　事实上,以上这个例子中的顾客是个沉默型的顾客或是个有主见的顾客,面对这样的顾客,最好的办法是在打完招呼后观察一下,一是让顾客在轻松自由的气氛下随意浏览,另外也给自己一些时间进行观察思考,借以了解顾客的真实目的,然后再进行相应的处理。只有在顾客对某个商品表露兴趣或中意的神情时再进行接触,并适当地提供适宜的讲解和咨询服务,促进交易的达成。

1、准确判断顾客意图

　　在服务过程中,店员要利用自身的职业敏感性观察顾客,从顾客的外表神态、言谈举止上揣摩各种顾客的心理,正确判断顾客的来意和爱好,有针对性的进行接待。

　　(1)从年龄、性别、服饰、职业特征上判断。

　　不同的顾客,对商品的需求各不相同。一般来讲,老年人讲究方便实用;中年人讲究美观大方;青年人讲究时髦漂亮;工人喜欢经济实惠的商品;农民喜欢牢固耐用的商品;知识分子喜欢高雅大方的商品;文艺界人士喜欢别具一格的商品。当顾客临近柜台时,店员可从其年龄、性别、服饰上推测其职业和爱好,有针对性的推荐介绍商品。

（2）从视线、言谈、举止上判断。

眼睛是心灵的窗户，语言是心理的流露，举止是思索的反应。从顾客的言谈举止、表情流露能进一步了解顾客的需要和购买动机，还可以看出顾客的脾气和性格。动作敏捷、说话干脆利索的顾客，其性格一般是豪爽明快的，对这种顾客，店员应迅速为其推介商品，快速达成交易。在挑选商品时，动作缓慢，挑来比去，犹豫不决的顾客，一般属于顺从型的性格特征，独立性较差。对于这种顾客，店员应耐心周到，帮助其挑选，并适当地加以解释，促使其作出购买决定。

（3）从顾客的相互关系上判断。

顾客到商店买东西，特别是购买数量较多、价格较高的商品时，大多是结伴而来，在选购时由于各自的个性特征及兴趣、爱好不同，意见往往不一致。接待这样的顾客，店员要弄清以下情况：

①谁是出钱者。有些时候符合出钱者的意愿是很重要的。

②谁是商品的使用者。有些时候使用者对选定商品有决定作用。

③谁是同行者中的"内行"。由于"内行"熟悉商品，所以虽然他既不是使用者，又不是出钱者，但对商品选定起着重大作用。

在了解了上述情况以后，店员还要细心观察、分清主次，找到影响该笔生意的"守门人"，然后以"守门人"为中心，帮助他们统一意见，选定商品。

2、抓住最佳接待时机

"主动、热情、耐心、周到"是店员接待顾客的基本要求。但主动、热情接待顾客应抓住最佳时机，做到恰到好处。

（1）顾客进店临柜时

一个优秀的店员在顾客进店临柜时，应能准确地观察判断出顾客进店的意图并能给予相应的招呼和服务。进店临柜的顾客从购买意图上分为三种：

第一种是有明确购买目的的顾客。这类顾客目标明确，进店后往往是直奔某个柜台，主动向店员提出购买某种商品的要求。对这类顾客，店员应主动接待，热情地帮助挑选所需商品。

第二种是有购买目标但不明确的顾客。这类顾客进店后脚步缓慢，眼光不停地环视四周，临近柜台后也不提出购买要求。对这种顾客，店员不要忙于接近，应让他(她)在轻松自在的气氛下自由观赏，看他(她)对某种商品发生兴趣，表露出中意神情时,再主动打招呼,并根据需要展示商品。店员不能用不客气的目光跟踪顾客,或忙不迭地追问顾客买什么甚至把商品递到顾客面前,挡住顾客的去路。这样往往会给敏感的顾客造成一种压迫感,使其产生疑虑心理,导致拒绝购买。

第三种是没有购买打算,来闲逛商店的顾客。这类顾客有的是单个"逛",有的是结伴"逛"。进店后,有的行走缓慢,东瞧西看;有的行为拘谨,徘徊观望;有的是专往热闹地方凑。对这种顾客,如果他们不临近柜台,就不忙于接触,但应该随时注意他们的动向,当其突然停步观看某种商品,表露出中意神态时,或在商店内转了一圈,又停步观看这种商品时,店员就应及时的打招呼。

(2)当顾客选购时

顾客选购商品,一般要"看一看、问一问、比一比、摸一摸、试一试",这是顾客了解和认识商品的过程。因此店员要耐心地帮助顾客挑选,主动介绍,细心展示,不能急于成交,催促顾客。当顾客拿几种商品对比挑选时,店员应站在离顾客稍远的地方,让顾客无拘无束地比较、观看商品,并从顾客的言谈举止中推测顾客喜欢什么样的商品,充分利用自己的知识,满腔热情地从商品的原料、设计、性能及用途等方面选择重点向顾客介绍。

(3)当顾客需要展示商品时

当顾客有了购买目标以后,店员应采取适宜的展示方法,使顾客能最大限度地感知到商品的优良品质,激发浓厚的兴趣。如在展示玩具时,要把有趣的造形与巧妙的装置展示出来;在展示新商品时,要把它新的特点展示出来;在展示名牌商品时,应突出其商标等。在展示商品时,为了满足顾客自尊心理的需要,一般应由低档向中、高档展示,这样便于顾客在价格方面进行选择,提高顾客满意程度,促使交易成功。另外,店员在展示商品的过程中,应尊重顾客的人格,语调与神态应恰如其分,切记不要夸大其实或吞吞吐吐,给顾客留下不好的印象。

(4)当顾客犹豫不决时

在很多情况下,顾客由于受各种因素的影响,迟迟下不了购买决定。接待这类顾客,店员要分析顾客犹豫的原因,使用恰当的语言,使顾客消除疑虑,下定购买决心。

如果在商品质量问题上犹豫,店员要耐心介绍商品的原材料,生产工艺过程,以及性能、用途等,使顾客了解商品,或者向顾客推荐其他商品。

如果在商品价格问题上犹豫，店员在了解顾客经济状况及购买用途的基础上，应有针对性地拿递不同档次的商品。

如果是花色规格不适应，店员应介绍其它花色和规格的同类商品。

店员消除顾客忧虑的方法很多，如实际操作法，通过店员的操作表演或让顾客亲自试用，加强商品对顾客感官的刺激，消除顾客的疑虑心；另外还有启发式、比较法、经验数据法等，店员应灵活掌握。

（5）当顾客离柜时

顾客买好商品准备离柜前，店员要按顾客的要求包扎商品，快速结算，且不可推脱不管包装。这样不仅会破坏马上成交的生意，甚至会影响顾客从此不再登此店。在适当的情况下，店员还可以对顾客的选择给予赞许、夸奖，以增添达成交易给双方带来的喜悦气氛，但切忌过分，否则会给顾客留下虚伪、不真实的感觉。顾客离柜时，店员要有礼貌的送别。

总之，在接待顾客中店员要学会心细如丝，察言观色就会让顾客心悦诚服地接受你的建议，顺利地提升你的业绩。

顾客最反感的店员

顾客最不喜欢什么样的店员呢？这里有一份一家知名商店对顾客作的"您所喜好、厌恶的销售人员"调查中，有关"厌恶的销售员"的集中意见。透过此资料，可以观察出普通顾客的意向，我们在这里稍作分析，给各位店员朋友提供一些如何去接待顾客的应对方法，以供店员在实际工作中参考。

1、待客不热情

应对方法：改变态度，相信只有顾客才会给你带来效益。

一项调查表明，因为店员太"过火"的热情而不再光顾商店的顾客占10%，而因为店员不够热情而导致顾客不再光顾商店的达到90%。可见，顾客花钱买东西，不仅仅是买你的商品，更要买你的态度。观察一下身边业绩好的店员，肯定是服务态度最好的店员。

有些店员认为自己口若悬河地介绍商品，顾客最后什么也没买心里多少有些不服气。在顾客善于精打细算的今天，顾客总是货比三家后才决定是否购买。一般来说，对于这种只看不买的顾客，大部分的销售人员会以白眼回报。这是错误的。

正确的作法应该是:即使对方不买你的商品也要热情款待,因为顾客转了几家商店后,往往最后会回到最热情的商店去购买。

2、罗嗦地尾随顾客

应对方法:减少喋喋不休的介绍,选择正确的服务时机。

冷漠待客不是一个店员应有的表现,但是过于热情,甚至达到罗嗦不休的地步,也不是一个优秀店员的做法。有些店员采取紧迫盯人的服务方式,从顾客进门开始随侍在旁,或者是目不转睛盯着顾客看。这样只会引起顾客的反感。正确的做法应该是不经意地观察顾客的举动,发现顾客有感兴趣的商品时,可以立刻趋前服务,然后探询顾客进一步的需求为何。接近顾客的时机因商品的不同而需要适时调整,像价格低、购买率高的商品,接近顾客的时机应早一点;价格贵一些的商品应先让顾客自由地观看,让他自己的内心有一个衡量,再适时介绍,才不会让顾客产生抵触的情绪,破坏其购物的兴致。

不过,可别只顾整理商品或账单,而忽略对顾客的反应。有点黏又不能太黏不失为销售应对的技窍。接近顾客的时机因商品及顾客的不同而有所不同,只有不断地学习与试验,才能逐渐把握诀窍。

3、如果不买,态度马上改变

应对方法:言词诚恳,告诉他没关系,并欢迎他下次再来。

这次不买,不代表这个顾客没有购买力。相反,如果你给了他这份耐心,陪他细致挑选,在他没有买任何东西后还热情送他出门,顾客的心早已暖气烘烘的,其实这次虽然你花了不少的口舌和时间,但这却是一笔人情投资,他会让你得到丰厚的回报:你又培养了一个忠实的顾客。

4、待客态度因人而异

应对方法:取下有色眼镜,对待顾客一视同仁。

依顾客的外表来评判其购买能力,这是过去一种普遍的不礼貌的待客行为,事实上这样做是相当不可取的。因为他这一次只买了30元的商品,并不代表他只有30元的购买力,也许下次他会买300元以上的商品,谁都无法预测。以平等的态度对待所有的顾客是顾客服务的基本原则,明显的有差别的对待会使一些顾客感觉不愉快,下次他们不会再到你的店里消费,你有可能因此损失一位好顾客。

5、强迫推销

应对方法:适度推销,技巧性介绍。

优秀店员都有一套自己的交流艺术,店员要提升自己的销售业绩,技巧性地推销商品是非常重要的。强迫推销只会让你的顾客群体越来越小,顾客越来越少。

6、退换货困难且脸色很不和善

应对方法:真诚接待,认真听取意见作出处理。

从顾客的角度来说,买不到满意的商品本身已经是一种伤害,将产品拿回来是希望得到店员的帮助。如果这时店员给予生硬的拒绝,或者即使换货也是一副冷漠不情愿的态度,这实际上是对顾客造成了更大的伤害。顾客为了表达其不满的情绪,一般都会以拒绝再度光临的方式,然后带动其亲朋好友一起来对卖场或商店采取对抗行动。

有资料表明,顾客宛如卖场的免费广告,当他有好的体验时会告诉5个其他的顾客,但是一个不好的体验可能会告诉20个人。因此,在退换货问题上,聪明而又富有经验的店员会尽量谦虚地向顾客道歉,并认真听取顾客意见拿出可行方案,处理不下来可以向店长或公司领导汇报情况,顾客面对你的积极配合,再大的怒气也会退下一半,剩下的问题不就更好解决了吗?

7、缺乏商品知识

应对方法:及时补充商品知识,向顾客熟练介绍商品。

熟知商品知识并能向顾客流利地表述出来,这才能显示出一个店员过硬的职业素质,光靠常规的日常推销知识而缺乏商品知识会底气不足,无法让顾客从心底产生一种信赖感。例如,一位顾客想买洗衣机,市场上的洗衣机一种是从上面开门;另一种是侧面开门的。顾客也不知这两种洗衣机究竟有什么区别,就询问售货员,售货员此时就应积极热情地通过自己丰富的商品知识,来表现热情和诚意,告诉顾客上面开门的洗衣机脱水效果好,但是相应地对衣服的损害也较大;侧面开门的洗衣机损伤衣服的程度很小,但是脱水效果却不如前者那么干净。售货员把这两种洗衣机的优缺点都详细地分别告诉了顾客,帮助顾客做出选择,顾客的信赖度肯定就增加了。如果店员也不问清顾客对所需要的商品存有哪些疑问,只是一味地自卖自夸,顾客心里的疑问始终就无法解开了,结果反而不利于成交。

8、令人觉得不干净

应对方法：打扮得体，穿戴整洁。

店员的仪容是商店给顾客的第一印象，一位穿着适宜、整洁的服务人员，可给人良好的感官视觉；相反，一个满是胡渣、头发蓬乱、服装奇皱不堪的服务人员，容易给人留下店面不清洁的负面印象，不可不慎。这里不是指你要浓妆艳抹，尽量淡妆为好。

不论穿什么衣服，整洁大方永远会让顾客觉得得体。许多连锁店，通过统一制服来塑造企业整体形象，形成另一种统一美，同样可表现商店的个性，不但如此，还意味着该商店提供统一的服务。

9、店员们自顾自地聊天

应对方法：翻翻自己的培训笔记，看看自己的工作职责。

店员们上班聊天，已经严重失职。如果有顾客光顾，还围着圈圈不散，对顾客不理不睬，这更是一种缺乏职业道德的表现。店员是商品的售卖者，应具有强烈的市场意识，这就需要良好的职业意识和敬业精神。顾客反感店员的这种行为，浅层次而言，是店员仅把职业作为谋生手段的一种表现，它带有一定的盲目性，也难以持久；深层而言，就是店员对自己所从事工作的重要性和意义并没有真正地理解，因而更不能理解为顾客至诚服务在营业工作的核心作用。

10、在顾客面前窃窃私语

应对方法：摒弃这种毛病，尊敬待客。

虽然接待了顾客，但是在顾客挑选商品时对顾客上下巡视，甚至与同事对顾客的着装、打扮、发型进行悄悄地评判议论，这是一种非常不礼貌的表现，这样的店员缺乏一种职业素质，让顾客会感到非常厌烦，因此再也不会光临这样的商店。

11、正在与某位顾客交易，对其他顾客的询问不理

应对方法：真诚待客，取得顾客的谅解。

同时间涌进很多的顾客让店员应接不暇是常有的事，一些没有经验的店员常常会接待了新顾客后，上一个顾客就被冷落抛在脑后，这对先来的顾客不公平。最好的做法是事前做好规划，有人负责咨询，有人负责出货，否则很难应付一齐涌入的人潮。专柜的销售人员最好的作法是请求其他同事的支持，以免造成顾客"我不被重视"的坏印象。

如果同事也处于忙碌之中,诚恳地向顾客说明,取得顾客的谅解也是一种好办法。

12、不坦率地聆听顾客的抱怨

应对方法:用聆听降低顾客的怒气,积极解决顾客的问题。

顾客有抱怨这是再正常不过的事情了。但更让顾客不能接受的是,当他大声指出问题希望得到店方解释时,店员的生硬无礼或者敷衍行事的态度让他们更为光火,往往最好只有用投诉来解决。

每一位店员难免都会遇到挑三拣四、态度不佳的顾客,但是,基于公司的规定"顾客永远都是对的",当碰到罗嗦的意见多的顾客,要学会耐心地对待,久而久之,累积了接待不同类型顾客的经验之后,面对任何一种顾客都不会再有问题。

对顾客抱怨的处理也是店员必要的训练,认真倾听顾客的抱怨,从一开始就顺从顾客的意见,是解决顾客抱怨的不二法门。

13、贬损顾客在其他商店购买的商品,说其他商店的坏话

应对方法:宣传自己的产品好,不贬低同行产品。

公平竞争,这是现代零售营销工作的基础素质。贬低顾客在其他店内买的商品,一是表明自己在行业道德上缺乏修养,二是在说顾客没眼光,这是顾客无论如何不能接受的。聪明的做法是对自己的产品宣传,对其他产品不做评价。如果顾客需要你建议,你甚至可以先对他的产品进行称赞,然后采用"可是,但是"法,巧妙地将重点转移到你的产品上来。

14、无视于同来的顾客

应对方法:尊重第三方顾客,并与他结成同盟。

除开闲逛型的顾客,很少有顾客单独进店购买商品。于是,对陪顾客前来挑选商品的第三方的态度就显得非常重要。遇到结伴同行的顾客,购买者的同伴往往会提出自己的意见,而这些意见在很多时候对购买者起着决定性的影响,所以聪明的店员应该学会拉拢同盟,将同伴中起决定性作用的一位拉进自己的战线中,而不是对之忽视不理。如果对第三方不尊重,店员的销售工作很容易造成失败的局面,如:

【情景卖场】

吉先生和易先生结伴来到店内，吉先生要选购一套健身器材，于是店员竭力为他推荐，从产品性能、产地、包装、专利说了很多，同来的易先生被冷在一旁，只好坐在椅子上听他们说话。最后，吉先生还有些犹疑，于是请易先生当参谋。

吉：到底哪种好呢，听这位小姐一说，我觉得甲产品好像还可以，质量看起来不错，就是价格有点贵。

易：是啊，所以我觉得还是乙产品好一些，我们有几个同事用过，都说效果不错。

店员：你一定弄错了吧，或者你们同事不是用的乙产品呢，我们店内甲产品卖得最好了，乙产品只是广告多，但效果却不如甲，买东西不能光看广告……。

易先生打断店员的话：是吗？那我们再看看其他地方的。说完拉着吉先生出门了。

这就是明显不尊重第三方顾客的例子。在服务过程中，无论他是否购买商品，店员都不能对第三方不尊重，更不可忽略第三方顾客的意见。特别是在推荐过程中，否定他的意见无形中就等于否定了顾客的眼光，该例中的店员无形中就告诉第三方顾客：你的认识是错误的，你的眼光有问题。在销售工作中，拉拢到同盟，两个"说客"要比一个强几倍，这是店员不得不学的技巧。

总之，顾客的消费意识随着生活水准及生活形态的变迁而发生变化，如何有效地掌握住顾客的消费心理是从事顾客战略上不容忽视的要点。语云："能让顾客满意而归的是最佳的店员"，这句话确实有它的道理，但是往往一百个人有一百种心情，一千个人就有一千种心情，要让这各式各样的顾客都满意地回去，绝不是一件简单的事。

处理顾客的纠纷

店员在为顾客服务的过程中，难免会与顾客发生纠纷，因此，对于顾客纠纷的处理，也是店员服务工作中的重要内容。店员对顾客纠纷处理得好与坏，将在很大程度上影响卖场的经营业绩。

要解决好与顾客的纠纷,必须首先找出顾客不满的原因,然后针对不同的原因采用不同的处理办法。这里介绍几种最常见的引起顾客纠纷的原因及相应的处理和预防方法。

1、商品不良引起的纠纷

商品不良包括商品品质不良、商品标志不全、商品有污损、破洞等。虽然商品不良往往是制造商的责任,例如衣服洗后缩水、褪色或罐头里有异物,但卖场并非完全没有责任,因为卖场负有监督商品的责任。为了保证卖场售出商品的质量,卖场在进货时应严把质量关,在陈列时注意商品的保护,在销售时详细向顾客解释商品的使用、保养方法,避免因顾客使用不当而引起商品损坏,甚至引发事故。如果发生此类纠纷,不论责任在谁,卖场都应诚恳地向顾客道歉,然后奉上新的商品,如果顾客用了该商品而发生物质上或精神上的损失,还应适当地给予补偿。

2、由服务方式上引起的纠纷

这是指店员接待顾客时的服务方式引起了顾客不满,店员接待顾客方式的好坏,直接关系到顾客对卖场的信任程度。顾客对店员服务方式的不满主要表现在以下几个方面:

（1）店员态度不当

店员在接待顾客时,经常会因态度不当而引发顾客纠纷。例如,店员只顾自己聊天,不理会顾客招呼;店员因顾客购买金额不多而冷淡、应付,或者不屑一顾;店员在顾客准备买商品时,热情相待,倘若顾客决定不买,店员马上板起面孔,甚至冷嘲热讽;还有些店员会与顾客发生争吵。这些行为很容易引起顾客不满。

由于店员态度不当而造成的纠纷,不像商品不良一样有明确的证据,而且同样的待客态度也可能由于顾客的不同而有不同的反应;所以,处理此类纠纷,比处理由于商品不良引起的纠纷要难一些。

出现此类纠纷以后,顾客一般不会再与店员理论,而是直接找经理投诉。碰到此类情况,经理可以采用两种处理方法:一是仔细听完顾客的抱怨,然后代表卖场向顾客致歉,并保证一定会加强对店员的教育,不让类似情况再次发生;二是陪同肇事的店员一起向顾客道歉,以期获得顾客的谅解。

采用第二种方法适用于顾客情绪非常激动的情况。由于采用这种方式,会使发生纠纷的双方再次见面,顾客很可能言辞激烈,再次指责店员,而店员也可能会为自己辩解。为了避免再次发生冲突，经理应事先和店员谈话，指示不管受到多么严厉的指责也一定要忍耐下来。

(2)店员工作上出现失误

不管店员如何注意服务态度，偶而也会因为一时的小疏忽而引起顾客的不满。例如算错了账，多收了顾客的钱款；或者为顾客介绍商品时不准确，以至顾客买错了商品；或者拿给顾客的商品与顾客要求的号码、规格不符，等等。

当顾客发出此类抱怨时，店员必须诚恳地向顾客道歉，并且承担所有责任，而不要把一丝一毫的责任推卸给顾客。如果顾客觉得自己有部分责任，如没讲清要求等，他会自己说出来，好让店员感觉好一些。反之，店员若暗示顾客也有责任，只会使情况变得更糟。向顾客道歉以后，店员要征求顾客意见，或者退掉商品，或者换一件新的，或者补给顾客多收的款项。只要店员确实有改正失误的诚意，仍会获得顾客的好感。

顾客走后，店员还要认真分析失误的原因，并采取相应的措施，确保今后不会重蹈覆辙。

(3)顾客对店员产生误会

有时候店员可能没犯什么错，也没什么不称职的地方，但顾客会因为对店员及其提供的服务持某种主观的否定态度而产生不满情绪。例如，顾客认为店员为他挑选商品不够耐心，尽管店员已经尽了最大努力。

如果发生了此类纠纷，店员仍应先向顾客道歉，然后再仔细地、平静地把原委解释清楚。但注意不要把话说得太明确，以免使顾客难堪。因为店员工作的目的是让顾客满意，所以不论自己有没有失误，都可以这样对顾客说："你说得对。真对不起，我能做什么来补救吗？"在这样的气氛里，顾客的不满很容易会化解掉。

(4)使用不习惯的新产品、新材料后产生的纠纷

这种情况主要是指新型的衣服、衣料在使用过程中出现的问题。由于新型衣料不断增加，在使用、洗涤、保存方面产生的问题也越来越多。例如近几年流行的羊绒衫，又轻便又保暖，但是在洗涤时如果用一般的洗涤用品，羊绒衫就会缩水、变形，让许多顾客感到相当不方便。

为了避免顾客产生这类抱怨，店员在销售这些商品时，应事先了解清楚这些商品的特性及使用、保管和洗涤的方法，以便全面地向顾客介绍这些商品的优缺

点,以及在使用、保存和洗涤时应特别注意的问题,这样才不至于产生太多的问题。如果对某些新产品无法真正了解其特性的话,卖场最好不要进货,以免出现了问题而难以解决。

(5)顾客需要的服务超过卖场的能力而引起的纠纷

有时候,顾客要求的服务水准太高,令卖场来不及安排,或者根本无力提供。这时候,如果店员只简单地说声"不",而不做任何解释的话,也会引起顾客的不满。对待这种情况,店员应该首先如实告诉顾客卖场的局限,然后主动帮助顾客寻找解决问题的方法。例如,当顾客要求某种卖场不提供的服务时,不要说"不,我们没有这种业务。"而是说:"没问题,虽然我们没有这种业务,但我知道哪些单位能提供这种服务。"然后把有关单位的地址和电话号码介绍给顾客。如果卖场没有这些资料,可以告诉顾客到哪里能查到有关内容。如果这样做了,虽然顾客没有得到他们所需要的服务,但也会对卖场留有好的印象。

3、处理纠纷的程序

店员在处理顾客纠纷时,一般分四个阶段来进行。

(1)详细倾听顾客的抱怨

若发生顾客投诉时,店员首先要仔细聆听顾客的抱怨,让他把心里想说的话全部说完,这是最基本的态度。如果工作人员不能仔细听完顾客的理论而中途打断他的陈述,可能引起顾客更大的反感。顾客既然会产生不满情绪,表明他的精神或物质上受到了某种程度的损害,因此,他在提出抱怨时很可能会不太理智,甚至可能说出一些粗鲁的话来。店员应该理解顾客心情,切不可与之发生冲突。

(2)向顾客道歉,并弄清原因

在听完顾客的抱怨之后,应立刻向顾客真诚地道歉,以平息顾客的不满情绪,并对事件的原因加以判断、分析。有些顾客可能比较敏感,喜欢小题大作,遇到这种情况,千万不要太直接地指出他的错误,应该婉转地、耐心地向他解释,以取得顾客的谅解。

(3)提出解决问题的方法并尽快行动

在听完顾客抱怨,向顾客道歉,并对问题产生的原因加以说明之后,就应该提出合理解决问题的方法了。在提出解决方法时,应该站在顾客的立场,尽量满足顾客的要求。与顾客达成共识后,店员必须迅速采取补救行动,而不能拖延,否则,顾客的抱怨不仅不会消除,反而会加重,因为顾客又有新的不满产生了。

(4)改进工作,不让同样的问题再发生

处理顾客纠纷,不能满足于消除顾客的不满,更重要的是通过顾客的不满找出卖场工作上的薄弱环节,并加以改进。否则的话,虽然通过补救措施消除了这个顾客的不满,但同样的抱怨还会发生,这个问题实际上等于没有解决。可以说,顾客的每一次抱怨都为卖场变得更好提供了机会。

总之,店员在处理各种顾客纠纷时,要掌握两大原则:一是顾客至上,永远把顾客的利益放在第一位;二是迅速补救,确定把顾客的每次抱怨看作卖场发现弱点、改善管理的机会。只有这样才能重新获得顾客的信赖,提高营业业绩。

第六章

优秀店员第6关

——商品促销

　　卖场不仅要为顾客提供优良的产品,良好的购物环境,有吸引力的价格,完善的售后服务,便利的营业网点,还必须每时每刻与顾客保持良好的沟通与联系,以此来刺激顾客的购买欲望,使不买的买,少买的多买,不但自己买,还介绍朋友熟人来买。而要达到这样的效果,靠的就是卖场促销的手段。

　　作为店员,能够掌握一套成功的商品促销之法,就显得尤为重要。

（一）认识促销

促销是卖场常用的一种销售手段，店员虽然都扮演着执行者的角色，但却是活动成功与否的保证，因为店员始终处于销售的第一线，与顾客直接接触。所以有必要对促销有一个正确的认识。

促销意义

作为店员，经常会参加卖场各种各样的促销活动，要了解促销作为卖场经营营销活动中最精彩的一个环节，意义是非常突出的。

我们知道营销过程无外乎就是商流、物流和信息流的结合过程。而信息流是商流和物流的前导，促销就是通过信息传递，在将企业的商品性能、特点与作用和提供的服务等信息传向消费者，引起其注意，激发其购买欲望的同时，及时了解消费者和协作者对商品的看法和意见，迅速解决商品经营中的问题，从而密切卖场与消费者的关系。

同时消费者的购买行为通常具有可诱导性。促销的落脚点就是诱导需求，卖场店员通过各种方式吸引顾客，唤起消费者对企业及其商品的好感。当一种商品滞销时，卖场可通过促销策略去改变需求，从而延缓商品的市场寿命，甚至可使滞销商品重新焕发青春。

另外，商品销售是卖场竞争的焦点。当竞争激烈时，卖场可通过促销，突出某些商品的特点，宣传其优势，强调能给消费者带来的利益等，促使消费者偏爱某些商品，并促其购买，达到卖场销售商品的目的。

什么在影响着促销

卖场的促销成绩会受很多因素的影响，除了店员的个人促销能力以及顾客的配合外，还有一些因素，它们是什么呢？

1、商品种类因素

促销的方式有很多种，而不同的促销方式对不同的商品种类会产生不同的效果。如对家电类商品来说，最重要的促销方式是广告，其次是销售促进，然后才是人员推销,最后是公关宣传。而对于日用消费品来说,首先是销售促进,其次是人员营销,最后是公关宣传。在这里我们对这几种方式作个简单介绍:

◆人员推销——为达到销售而与一位或多位预期顾客进行的口头沟通。

◆广告促销——是由明确的出资者付费,通过店外的大众媒体进行的非个人的沟通传达方式,以提高知名度,促进销售的活动。

◆公关宣传——利用不付费的媒体进行宣传报道,以树立卖场的形象,促进商品的销售。

2、目标因素

每一次促销都有一个等待着实现的目标。然而卖场在不同时期及不同的市场环境下所执行的促销活动的目标是不同的。促销目标对促销方式会产生直接影响,因为相同的促销方式在实现不同的促销目标上,其成本效益是不同的。

广告、促销和公共宣传的优势主要是在建立顾客知晓度方面,比人员推销的作用更为显著,但顾客是否购买以及购买多少,广告和公共宣传的作用则不及人员推销的作用显著。我们可以看出,促销方式同促销目标的关系是密不可分的。

3、商品生命周期阶段因素

商品都有自己的生命周期,而它所处的阶段对于促销组合决策会产生影响,那是因为,对处于生命周期不同阶段的商品,促销侧重的目标不同,所采用的促销方式亦有不同。

◆在导入期,需要提高知名度,采用广告和公关宣传方式可以获得最佳效果。销售促进也有一定作用。

◆在成长期,应运用所有促销的工具。

◆在成熟期,必须增加促销费用,但一般会削减广告费用。

◆在衰退期,应把促销规模降到最底限度,以保证足够的利润收入。广告公关宣传活动可以全面停止,人员推销可减至对产品最底限度的关注,销售促进的可以继续保持较强的势头。

制定促销方案

店员虽然在卖场促销的制定过程中起不到决定性的作用,但是还是应该积极参与,提供更多的意见。

卖场首先会收集信息,并把这些信息综合分析,慎重考虑和周密计划之后制定统一的促销方案。制定该方案的过程中需要注意:

1、目标明确

(1)树立形象,参与市场竞争

卖场往往都存在连锁和分店经营的情况,正因为此,就应发挥规模经营的优势,制定统一的促销活动措施。这样就可以使一些经营业绩不是很好的分店获得广告业的支持,赢得消费者。连锁企业通过大型促销活动和企业的形象宣传达到提高企业知名度、扩大企业在消费者心目中的影响,获得消费者对企业认同感的目的。

(2)刺激消费,增加销售额,通过采取一些促销手段,以提高销售额。

(3)优化商品结构,将滞销的商品推销出去,以调整库存结构,加速资金流转。

(4)向顾客介绍新商品、联合生产厂家共同参与的促销活动中可以直接向消费者推荐新的商品。强化宣传消费新观念、新时尚、新生活方式以及与之对应的新商品,在缩短了接受某种生活观念的过程中,不仅普及了新产品也使商家获得了利润。

2、确定规模

测算促销费用,使其大小与促销规模成正比。必要费用支出的大部分是用来进行销售刺激的。比如折扣、赠物、降价等。由于这些费用支出要从销售额中得到补偿,所以促销活动方案的制定必须要考虑企业的实际承受能力。

3、确定受益者的范围

卖场的促销活动可以针对任何一个进店购物的顾客,也可以是经过选择的参加购物的一部分人。比如让利销售,商场在全面降价时就是针对一切来店内购物的顾客;如果采用规模购买让利活动,顾客购买商品就必须达到规定的数额后才能享受让利;如果组织一些特殊的活动,那就只有参加活动的人才能受益。总之不管采取哪种方法,促销方案都要规定得明确而具体,同时在广告宣传中要有醒目的提示,使顾客了解促销活动的内容。

4、前期准备工作

每一次促销活动,不论规模大小、时间长短,都必须提前做好各项准备工作。

◆方案的策划与制定;

◆商品标价签的修改；

◆文字宣传品的准备、印刷与分发；

◆广告的设计、制作与安置；

◆营业场所人员的调配和工作安排；

◆商品库存数量的落实以及销售额的预测。

5、时间的设定

促销活动时间要结合推销商品的特点因地制宜，因时制宜，不能盲目的设定。

◆促销活动通常安排在节假日，起止时间与节假日基本同步。或提前几日开始，推后几日结束。

◆对于某一种或几种商品开展的促销活动时间以 7 天为宜。

◆大型百货商场采用的突出主题的促销活动时间较长，一般为 1 个月左右。

在了解了促销的基本知识之后，只有进入促销的实践活动才能有更大的提高，因为只有在不同的促销实战中，店员才有可能学习到更多的促销知识和技能。

（二）促销实战

与顾客很好的相处是门技术，与顾客顺利成交是门艺术，在促销实战中，店员要取得成功就要学会一些技巧性的方法，灵活应对。

促销方法

为了有效地刺激消费需求，提高销售业绩，零售必须采取一系列的促销措施，以争取更多的顾客。有了方法的指引，促销才能更好的实现目标。

1、展销促销法

这种促销方法主要是通过商品集中展览陈列，方便消费者，吸引消费者购买，促进商品销售。

（1）知名品牌总是很吸引消费者的，所以以名优商品为龙头的展销往往都会有不错的成绩。通过购进知名度较高的系列化商品做为骨干商品，辅以企业原有库存商品，开展名优商品展销活动，一方面增加销售额，另一方面可减缓库存压力。

(2)季节性商品往往都很有针对性,这样可以通过购进季节性的各式样商品,借以吸引顾客,提高企业季节期间的市场占有率。如迎"十一"商品展销、"秋季服装展示会"等。

(3)区域性的企业和卖场合作进行商品展销活动,由零售企业与有关区域企业协商议定,开展区域性商品展销。

可以看出,商品展销促销法有很多优点:在展销期间,客流量和商品销售量均有不同程度的增加;提高企业或商品的知名度;通过展销"以新带旧"、"以畅带滞",有助于企业缓解或消除商品积压,使企业库存结构趋于合理化。应当指出,有效的商品展销必须保证展销的商品适销对路,对消费者具有吸引力,否则不但不会增加销售量反而会增加库存量。所以必须有科学的展销预算,预测支出与收益比率,防止得不偿失。

2、联合促销法

这是一种由若干零售企业联合开展的促销活动。比如说联合的广告,联合展销等等。这样可以使单个没有能力开展的促销活动得以展开。对消费者的吸引力增强,可以以较少的促销费用,取得较大的促销成果。

例如,零售企业按同一形式、同一条件开展有奖销售活动。联合促销会在费用分摊、促销时间、地点、内容的统一等方面遇到困难。

3、示范、表演促销法

比如卖场的新产品或重点销售的商品,就要在店堂较显眼的地方摆放,或者使用示范表演,激发顾客兴趣,达到促销目的。但是要增强示范表演的表现力。

◆示范要集中在商品的主要优点或顾客主要需求方面。

◆示范表演应给人以新颖感,可以有效地引起顾客注意,刺激顾客购买欲望。

◆要在使用中做示范,或让顾客参加示范效果更加明显。

◆要帮助顾客从示范中得出正确的结论。

【情景卖场】

某商场的手表专柜有大量的防水手表急待出售,以清出库存,一连搞了几天的促销活动,却收效不大,很多顾客只是看看而已,并不能激发他们的购买欲望。

一名店员想到了一个方法,在柜台上放一个盛满水的玻璃瓶,把做促销的防水手表取出几个放入瓶中,这样一来,过往的顾客都因好奇而停下来看个究竟,发现水中的手表毫无进水的迹象,便纷纷对该种手表的防水功能赞不绝口。

"这是什么牌子的表啊,这么厉害!"

这一下子就把很多顾客的购买欲望调动起来。一时间要买这种手表的顾客不断,甚至有时候还出现排队抢购的火爆场面。

由此可见,示范表演的作用远大于口头或文字的解释,更能刺激顾客的购买欲望。

4、保质取信促销法

顾客都想自己买的商品没有质量问题,这是一种很根本的消费需求。对此,零售企业对出售的商品,提供质量信誉保证,以取得顾客的信任,扩大商品销售。

例如,有的大型商场,向顾客明确表示不销售以假充真,以次充好,伪造商标,假冒的商品;不销售无质量检验,无合格证的商品;不销售与合格证、说明书、产品质量水平不一致的商品;不销售变质、过期失效和淘汰的商品;不销售无企业名称、无地址(产地)的商品;不销售无商标的中高档电器。并公开告示,凡在商场发现上述情况的商品并予以举报的顾客,公开奖励1000元。在上述保证的情况下,消除了顾客的疑虑,有力地促进商品销售。

5、购物有奖促销法

"天上掉馅饼"谁都想。零售企业在销售商品时,设立若干奖励,准备印有号码的奖券,规定购买金额,顾客凡一次购买商品达到一定金额时,销售单位发给奖券,然后定期或根据总销售额,采用摇奖方法,公开宣布中奖号码,对中奖者,颁给相应的奖品。有奖销售促销的目的是引起顾客兴趣,一般对经济实力较弱的顾客有较大的吸力。就吸引顾客的效力而论,奖品价值大,而奖额少,远胜于奖品价值小而奖额大。因为一般顾客对商品价值十分留意,而对获得机会不太留意,应当指出,采用购物有奖促销法,奖品的价值应符合国家有关法律规定。

6、提供赠品促销法

当顾客觉得他的购买是物超所值的时候,往往就会提前购买,即使当时并不需要这个商品。这种促销法就是抓住了顾客的这一心理。零售企业就通过赠送便宜商品或免费样品,促使顾客产生立即购买行动,变潜在购买力为现实购买力。

赠品促销的方式灵活多样,可以采用"买一送一"随货赠送,也可以采取批量购买赠品,或类别顾客赠品等方式。商品销售旺季采用赠品促销,可以显著地提高销售量,有利于提高企业和商品知名度。商品销售淡季,赠品促销会刺激顾客提前购买,有效地减少企业库存,有利于加速资金周转,但促销费用一般较大。此外,当商店客流量下降时,有选择地对某些商品采取赠品促销,并辅以广告宣传,可以起到招徕顾客的作用。

【情景卖场】

一日,小王去某商场闲逛,并没有买点什么的打算。当她来到日用品柜台前的时候发现有很多家庭主妇在抢购东西,一看原来是商场在搞买一赠一活动,买洗洁剂送洗洁灵。小王想起自己家中的洗洁剂还没用完,没有必要买了。

"这么便宜的机会可能下次就遇不到了!"

"提前买回去放着也一样,而且还便宜。"

听着其他顾客的议论,小王也决定提前买回了洗洁剂。

刺激顾客提前购买商品,这正是赠品促销的作用。

7、优待赠券促销法

优惠券一样的可以让顾客有物超所值之感。零售企业向顾客寄送广告、刊登或散发折价优惠券,顾客凭证可享受部分价格优惠,较便宜地购买商品。也可以根据顾客购买的商品金额,免费送赠券,顾客可将赠券积累起来,用以兑换商品。

优待赠券可以加强与顾客的联系,变潜在消费者为准顾客,刺激商品的销路,鼓励顾客早用新产品。

8、廉价招徕促销法

零售企业利用顾客对低价商品的兴趣,将部分商品减价销售,借以吸引顾客。由于一般顾客对于低于市价的商品总会感兴趣,所以零售企业可以利用这一心理,有意把几种商品的价格降低,借此吸引顾客在购买这些商品同时,购买本企业其他商品。企业采取廉价商品促销,应当注意以下问题:

(1)作为廉价品应是顾客所常用的,适合每一个家庭的商品。

(2)廉价品的价格必须真正接近成本甚至低于成本,才能取信于顾客。

(3)廉价品的数量必须适量,太多则企业损失较大,太少则会使顾客失望。

(4)应尽量吸引顾客在购买廉价品时购买其他商品。

9、以旧换新促销法

这种方法是零售企业针对部分升级换代较快的商品,为了吸引顾客购买,采取以旧换新作为促销手段。在使用这种方法的时候要充分考虑收回的旧品如何处理,必须有转售或重新修复的能力。还必须在顾客购买新商品以后,再评估旧商品,对旧商品能给出应有的客观折价。

技巧性促销

在促销的过程中,无处不体现出一种技巧性,要说服你的顾客购买商品,会面对各种难题。这些都要求店员能用各种技巧去化解,变不利为有利,既不伤害顾客利益,又达到成交的目的。

1、接待技巧

与顾客的接触都是从接待开始的,所以接待在卖场促销中是非常关键的。店员和卖场给顾客留下的第一印象,往往是顾客长期光顾的重要因素,而第一印象就是接待这个环节所留下的。过长时间的冷落顾客或不礼貌地招呼顾客,即使是有明确购买意图的顾客,也会生气,不高兴地离开卖场。

真诚地向顾客致意是很重要的。一般在看到顾客后,必须于 10 秒钟内接待顾客。如果店员迟迟不接待顾客,顾客就会感到被冷落了。

一名店员有时需要同时接待多名顾客。大多数店员在准备接待后来的顾客时,只是对先来的顾客说声:"请等一下,我马上回来。"对此,顾客会有不同的反应。有些顾客会觉得无所谓(可能还感到没有销售员更自在些),而有的顾客会觉得销售员很粗鲁。

其实,店员应给予先来的顾客一定时间的接待,以便了解顾客是有明确的购买目的还是无目的的闲逛。一开始就与顾客进行交流,能避免许多潜在的问题。

【情景卖场】

某日,店员张正在陪顾客甲挑选商品,突然发现在柜合的另一侧来了一位新顾客乙,顾客乙好像正在两个商品之间犹豫着,店员感觉到顾客乙需要帮助,但又不好马上走开,于是很礼貌的对顾客甲说:

"请允许我离开一会儿,我会让那位顾客知道,我只能接待他一会儿。您这里没问题吧?"

"当然。"顾客甲爽快的答应了。(很少有顾客会拒绝)

店员张:"谢谢,您真善解人意。"

征询了顾客的意见并得到允许后,该顾客就会等待足够长的时间。因为这时顾客与店员达成了某种协议。类似的语言交流也可以与后来的顾客进行,如此,后来的顾客也会耐心地等待,因为他知道售货员已经注意到他了。这样一来,售货员就可以全力接待好先来的顾客。零售店员可选择3种基本的方法来接待顾客:

(1)服务性接待

可以说,这是一种最冷漠的接待方法。也许顾客们都听腻了店里的"您买不买这种商品"这种套话。对此,顾客们十有八九会回答:"不,谢谢,我只是看看。"顾客在决定购买之前,总要先看看商品,但"您需要什么"似乎在催促顾客做购买决定。另外,"不,我只是随便看看"这一回答,也使售货员处于尴尬的境地。店员提议的服务被拒绝了,也就只能别无选择地离开顾客。这时,店员如果仍不离顾客左右,顾客会觉得不自在而离开商店。如果店员离开顾客,而顾客又未能找到想要的东西,一笔零售业务也就跑掉了。

"我能在哪些方面为您提供帮助?"这是一种改进的服务性接待用语。

"您需要帮助吗?"这是一个非肯定即否定的问话。"我能在哪些方面为您提供帮助?"这更倾向于鼓励顾客就某种商品作出回答。当然,如果顾客已经在关注某种商品,那么后述的商品介绍性接待就会更起作用。

(2)问候性接待

有了简单的问候,这样的接待就比上一种好多了。这只是要求店员简单地使用"早上好"或"下午好"之类的问候语来招呼顾客,并不很难。如果店员知道一些老顾客的姓名,当顾客进门时道一声"××早上好"或"早上好,××",就更为适当。

问候之后,店员还应与顾客继续保持对话,这就很重要了。

【情景卖场】

顾客好不容易停好车进了商场,这时候热情的店员和这位老顾客交谈起来。

店员:您来了,最近好吗?

顾客:很好,谢谢。

店员:今天的停车场很挤,您停车时遇到什么困难了吗?

顾客:是的,我差一点就放弃停车回家了。

店员:我了解您的感受,您下次来时可到商场东面的停车场看看,很少有人知道那里有许多车位。

顾客:不骗人吧?知道这个信息太好了,可别告诉别人。

店员:没问题,这是我们的秘密。

这位店员成功地引导顾客做更多的交谈,并创造了进一步讨论购买需要的合作机会。在问候之后接着谈论天气也很有用,如外面是否很冷之类。还有其他一些有用的话题。比如孩子。只要看到顾客带着孩子进商场,售货员就有了一个明确的话题。所有的父母都乐于谈论自己的孩子。谈话不要仅限于孩子的聪明漂亮,还可以谈论孩子的年龄、语言表达能力以及童车的样式等。

如果最近有轰动性的事件发生,而且大多数人都知道这一点,店员就可以用这类信息开始与顾客交谈。有关的话题可来自报纸,如选举、重大体育比赛、灾难性气候等。在选择新闻话题时,应避免争议很大的题目。

在做问候性接待时,店员的非语言行为很重要。问候的方式和问候的语言,对顾客同样重要。"早上好"应以微笑和升调来表示。当您到商店买东西时,店员满脸愁容地用冷漠或烦恼的语气招呼您,您会有什么感觉?您是否还有再次光临或向朋友推荐这家商店的兴趣?

(3)商品介绍性接待

如果顾客已经在关注某种商品,商品介绍性接待可能是最佳方法。以"早上

好"问候之后,店员可直接介绍这一特定商品。例如:

◆ "许多顾客都说这种衬衫穿起来很舒服。"

◆ "这种汽车每加仑汽油可行驶50公里。"

◆ "这是今秋的流行色。"

◆ "这种产品本周就会卖光了。"

◆ "这种手提包不比皮包差,在欧洲很流行。"

◆ "您是否注意到这种衬衫中含有防皱纤维?"

通过直接将注意力集中到商品上,店员就不会听到诸如"不,谢谢,我只是看看"之类的回答,因为顾客实际上已经在认真观看。另外,由于商品介绍性接待是使用陈述方式,而非提问方式,所以就限制了顾客说"不"。在运用商品介绍性接待时,店员应努力作事实性陈述,避免搀杂自己的偏好,否则顾客会表示异议,使促销业务在机会出现之前就告吹了。

2、了解顾客需要技巧

对于不同的顾客,店员必须采取不同的促销方法。走进零售商店的顾客,按其需要可分为3类:

(1)明确要买某种商品的顾客

对于一个一进入商场就要求看灰色针织男装的顾客,店员就应立即拿出顾客所指定的服装,除非店里缺货。如果货架上有几种不同的式样,就应全部拿出来,让顾客自己选择。这种情况下的惟一例外,是店员知道顾客指定购买的商品不完全适合顾客的需要。出现这种情况,店员最好将顾客指定的商品和自己认为更符合顾客需要的商品都拿出来,让顾客自己挑选。首先当然要让顾客看他自己指定的商品,同时店员可提些启发性的问题,例如:

◆ "您看是否有什么地方不妥?"

◆ "您是否注意到……"

◆ "您对这件商品是否十分满意?"

这些提问使顾客对自己原先指定的商品产生怀疑后,店员便可拿出更适合顾客需求的商品让顾客选择。

(2)初步打算买某种商品的顾客

许多顾客走进零售商店时,往往只有一种模糊的购买意图。他们可能想买件外套、一幅画或一件礼品,但没有明确的目标。对于这种情况,店员必须迅速了解顾客的真实需求,了解的最好方法是提问。对于想买衬衫的顾客,售货员可运用以下的提问开始与顾客交谈:

◆"您是想要运动型衬衫还是时装型衬衫?"

◆"您对颜色和式样是否有特定要求?"

◆"您需要多大的尺码?"

对于想买家具的顾客,店员可运用以下提问:

◆"您需要什么样功能的家具?"

◆"您的房间是什么色调?"

◆"您的房间有多大?"

对于想买礼品的顾客,店员可运用以下提问:

◆"您为谁买礼物?"

◆"您准备花多少钱买礼物?"

在问最后一个问题(顾客打算花多少钱)时,店员必须十分小心,因为这个问题很容易引起顾客的反感。店员可以从顾客的表现作一些推测,但这并不能保证推测准确。有些时候,在实际展示商品之前顾客的价位是定不下来的。店员适当的提问是很有用的,但提问太多则可能导致推销失败。销售人员可能在就价格、式样及其他方面提了一大堆问题后,最终不得不承认:"很遗憾,我实在不能确切地知道您需要什么。"在大多数场合下,较妥当的处理方法,是在做了一定的了解之后就向顾客展示商品,让顾客面对可能选择的商品做最后的决定。

(3)无明确购买意图的"闲逛"者

面对这类顾客,尽管店员做好最好的接待,所得到的答复仍可能是"不,我只是看看。"这类顾客通常不想讨论任何事情,他们的非语言行为明确表示,他们不希望别人来打扰,只要见到售货员,他们就避开。

要应付这种情况并为以后的接触留下机会,"180° 一触即离"是很好的方法,即店员随便走近顾客,以常用的"您好"作为招呼,然后转身离去,过一段时间再重复接触。店员不停地来回走动,表示店员正在忙于做其他事。这时,注意不要直接走向顾客,这一点很重要。如果顾客没有直接请求帮助,店员只能通过观察顾客的非语言行为来了解顾客的兴趣所在。如果顾客对某种商品观察了好几分钟,店员可以上前做商品介绍性的接待。

3、商品展示技巧

展示你的商品,是在传达你的自信,让顾客更真实地接触到商品,可以更好的激发其购买欲。与销售过程中的大多数阶段一样,零售展示与其他销售方式的商品展示更相似,这里的不同点仅仅在于强调不同的侧面。对于任何一种特定商品,零售展示阶段可以较早地进行。一般认为,购买零售商品完全靠眼光判断,最好是尽快将商品递到顾客手中,让顾客评判。当然,店员需要有一定的商品知识,至少应当知道什么地方有这种商品。

(1)商品知识

零售店员常常被指责不了解自己所出售的商品。您是否在买东西时与售货员进行了以下对话:

顾客:我想看看广告上说的25元的那种衬衫。

售货员:我不知道我们什么时候做过这种广告。

常有这样的情形:顾客要求购买某种商品,店员却说店里没有,而后来顾客发现,不但在商店的仓库里,而且在货架上就有这种商品。

由于很少有顾客能掌握有关商品的全部知识,因而店员有责任向顾客介绍情况。虽然店员也不可能了解所有商品的情况,但还是应当向顾客提供基本的商品知识,例如:

◆熟悉商店广告所宣传的和现场展示的商品的特点、用途。

◆了解库存商品和货架展示商品的位置。

◆对商品的情况(包括长处和短处两方面)有足够的了解,能向顾客证明商品的价值,回答顾客的问题,消除顾客的异议。

◆了解商品的功能、使用和保养方法。许多退货就是销售人员在首次做这方面的介绍时出现错误所致。

(2)展示商品

在零售业务中,重要的是让顾客参与商品的演示。店员应鼓励顾客以某种形式接触、摆弄或持有商品,这样能使顾客想像出,一旦拥有这一商品会是什么样的感受。顾客会更想拥有这一商品，感到这就是他想要的东西，而且一旦买下来就很少退货。

在展示商品时，应限制供选择的对象。如果顾客想买衬衫，店员应拿出三四件让顾客挑选。太多了，顾客会因挑花眼而难以决断；但只拿出一件，则容易使顾客作出"买或不买"的决定。为顾客提供三四件来挑选，可以使选购活动继续下去。如果顾客否定了其中的一两件，店员可再拿出一两件来替换，同时仍将选择对象限制在三四件。

当顾客所期望的价格范围不明确时，展示哪些商品以供选择就成了问题。如果顾客提示了他所愿接受的价格范围，这就不成问题了。当然，店员可以询问顾客，但这有冒犯顾客的危险。根据顾客的表情猜测其价格接受程度，往往也不准确。有人建议，这时店员可以先拿出 3 种价格的 3 件商品，一个是高价位但不是最高价，一个是中价位，另一个是低价位但不是最低价。介绍应先从中价位开始，然后根据顾客的取向，再将商品展示转向高价位或低价位，这样就可以测定顾客可以承受的价格范围了。从高价位开始介绍，一些顾客会说"买不起"就一走了之。从低价位开始介绍，会使本来打算多花钱买高档商品的顾客感觉受到了轻视。

零售展示的方式很重要。销售人员要营造出令顾客兴奋的氛围。展示商品的方式恰当，就能提高顾客对商品需求的欲望。不管是多贵重的商品，一旦被草率地展示，就会被顾客看轻。展示礼服可将其举在顾客面前，或将其前后旋转，或将其平放在柜台上，让其下摆接触地板，以显示纤维的柔软性。销售人员介绍真空吸尘器时，可将其提起交给顾客看，以显示其优点。

【情景卖场】

某天，服装柜台前。

店员："请问你要个什么价位的服装呢？"

顾客："我也不知道，看看吧。"

店员灵机一动，给这位顾客拿出三个价位的服装：一个是高价位但不是最高价，一个是中价位，另一个是低价位但不是最低价，并且从中价位开始给这位顾客介绍。

店员:"这个还好吧,才 xxx 元。"

说完之后店员发现这位顾客表现的有点紧张,显得很犹豫,便猜测这位顾客的经济条件不是很宽裕,便把高价位的服装放回去,给顾客开始介绍低价位。并很快成交。

由于店员在展示商品过程中技巧的应用,抓住了顾客的购买能力,促成了交易的顺利进行。

4、建议性促销技巧

付款之后店员还可以干点什么呢? 就此结束并和顾客说"欢迎下次光临"吗? 当然不是,如果顾客购买的商品可以让你想起其他配套商品,那你一定要告诉顾客,进行建议性销售。由于这是在顾客已经明确购买时提出的建议,因而通常很有用。但不幸的是,建议性销售往往会被店员滥用。建议性销售并非只是简单地问一声"还需要别的什么吗?"

建议性销售可在以下 3 种情况下使用:

(1)变一项销售为两项销售。

在某种商品成交后,再向顾客推荐其他商品时,店员可推荐与已成交商品有关的商品。

(2)建议购买更多的数量或品种。

在进一步推荐时,销售人员可以向顾客建议购买更多的数量或更大容量单位的商品。

◆"这种商品的不同包装有不同的价格,较大的价格为……"

◆"只要一个就够了吗? "

◆"这种商品你是常用的,是否要多买些? "

◆"一对会变得更好看些。"

◆"这是正在促销的商品,3 个的价格是……"

(3)建议买更好的。

当顾客要买某种特定价格的商品时,首先就应向顾客展示这一商品,然后可向顾客展示另一型号、价格高一点的同种商品,并介绍为什么价格高一些的商品更合理。店员在介绍高价位的商品时,不要贬低低价位的商品,即不能放弃任何一种商品的生意。通过与低价位商品的比较,推销另一种质量更好或设计更合理的商品,是店员的一种自然倾向。店员应注意克制这一倾向,因为顾客对于低价位商品的批评所留下的印象,要比对高价位商品的赞誉留下的印象深刻得多。当顾客已经决定购买低价位商品时,听了店员的对比推荐后,可能什么都不买就走了。

(4)应根据每一种商品的优点进行推销,千万不要比较。

现在假定有两种型号的同一种商品,A 价格为 75 美元,B 价格为 50 美元。如果销售人员在比较时说"A 比 B 更好些",而顾客原本就打算花 50 美元,或只有购买 50 元商品的能力,这时会发生什么情况呢?顾客会购买吗?听了如此不愉快的比较之后,顾客当然什么都不买了。店员展示两件价格不同的同类商品,并按两件商品的各自优点进行推荐时,可以这样介绍:"A 是好产品,因为……";"B 是好产品,因为……"。对此,如果顾客的支付能力只能接受 B,购买 B 就不会成问题。此外,店员还可以通过强调低价位商品的价格优势,先推销低价位商品。"这种产品的基本功能不错,只是……但它便宜美观。"如果顾客进门就问有什么价格差异,店员可以解释质量、品牌等,都是影响价格的因素。有了这样的认识之后,许多顾客会优先考虑质量,而把价格放在第二位。另外,在展示商品时提一些引导性问题帮助顾客选择,也是一个好办法。例如:

◆"这是不是一种很有用的功能?"

◆"您是否希望这种产品能达到这一水平的效果?"

◆"您是否很看重产品的多种功能?"

5、替代性促销技巧

每个卖场都不可能满足所有顾客的需要,没有顾客所要的商品是很正常的事情。当顾客走进商店要买某种商品而店里又没有时,店员不应该认定生意就做不成了。不应简单地说一声"很抱歉,本店没有这种商品",并建议顾客到其他店看看;也不应为了推销替代性商品,说这种商品缺点很多,本店早就不卖了,或生产商早就不生产了。正确的做法是,店员应向顾客提示,虽然没有顾客所指定的商品,但有类似或更合适的商品。

【情景卖场】

某商场,帽子专柜前。

顾客:"我跑了很多地方,想买一顶平顶毡帽,我一直戴这种毡帽。这种毡帽有很宽的边,前面有捏手。"

店员:"噢,这种毡帽我知道。很不巧,我们现在已经没有这种样式的帽子了,但我有个建议(转身拿出一顶毡帽)。这是一顶绒皮毡帽,帽檐做得很漂亮。现在我将帽子的前端捏一下,就跟您想要的几乎一样了。"

顾客:"哦,是吗?"说着好奇的照着店员的说法把帽子前端捏了一下。

顾客:"还真是一样了!好,我买它了!"

在这个情景卖场中,店员既说明了店里没有顾客想要的帽子,同时又有类似的替代性帽子。店员没有放弃可能的销售,而是试图迎合顾客的需求。

如果连替代性的商品也没有,店员可以通过询问,了解顾客要购买的指定商品能满足什么样的需求,并向顾客推荐能满足这一需求的其他商品。

【情景卖场】

一顾客想购买一张大的灰色地毯,找了很多商场都没找到。

顾客:"这里有没有灰色的大地毯?"

店员:"让我想想,我近来没有看到过那么大的灰地毯。我不知道这是什么原因。灰色是一种会令人轻松的颜色,而且能与几乎所有的东西相匹配。您打算将地毯放在什么房间里?"

顾客:"起居室。"

店员:"您的起居室是什么色调的?放了什么家具?"

听了顾客的介绍之后,店员向顾客介绍一些其他颜色的能与其房间和家具相匹配的地毯,最后成交,顾客愉快地离开商店。

在此之前,该顾客在多家商店听到的都是:"抱歉,我们没有这种地毯。"

因人而异的促销之法

在促销活动中,店员永远是主动的进攻者,其方法技巧主要体现在卖场盯人战术的运用上,针对不同的顾客而采用不同的方法技巧,就容易获得成功。

1、对待还没考虑购物的顾客

往往顾客在购买某种商品的时候会考虑很久,而在这个考虑的过程中如果被店员所打断,多会随口说出没考虑好的话来。

另一类顾客也可能是听到后,没有引起足够的重视,有点看不起它,或觉得它无投资可能性,于是就说没有考虑。

还有一种则是由于顾客有些顾虑或有些理由,有一些相反意见,故说出一句没有考虑以推托店员的询问。

对于第一种情况,可对他陈述利害关系,使之了解投资的好处与坏处。当然好处多说,或者给他一点考虑时间,让其考虑,随后再询问他。

对于第二种情况,则应让其知道优点,使他感觉到如果不买的话,就失去了一次好机会,这样造成一个玄机,使他偏向买一方。

对第三种情况,则主要的目的是让他说出他的理由或相反意见,可以直接让其说出,或者间接督促他说出。

你应该这样应对:

◆"先生,我这商品是刚上市的,现在正走俏呢,质量又好,包装又有创造性,新颖性,这样的商品现在价格又不高,过几天,您售出去就可以抬高价格。这可是一次好的投资机会,机会难寻,您若错过机会,这多可惜啊,先生您就试一试吧!"

◆"先生,您是否有什么顾虑?是有一些理由或相反意见吗?是什么理由呢?能直接告诉我吗?不要怕我解决不了,可以试一试嘛,就告诉我好了,怎么样?"

当你采用这些方法,这样一来,第一种顾客就会考虑,那时,你就在其考虑时吹一吹风,说一些买你的商品的好处和销售出路。

对于第二种情况,他听你一席话之后,就会对你的商品有所注意,也许他会回心转意买下商品。

对于第三种情况,顾客一听店员这么一说,就对店员有一种依赖感,就会把他的理由或相反意见说出来,你也就可以为其解决,这交易就很顺利了。

2、对待自觉价格高的顾客

如果觉得价格高，无外乎有两种原因，就是吝啬的人或买不起的贫穷人家，这些人都买一些价格低，但很实惠，并不需要包装好的商品。

店员对于这些顾客就要运用以后价格还会来逼迫他买，或者追问他为什么不买别处低的商品，况且一分价钱一分货，价格高买好货，使顾客有一定的审美能力，也可激他买其他商品。

【情景卖场】

某商场的柜台前，一顾客对挑选好的商品价格上无法接受。

顾客："你们这怎么卖这么贵？"

店员"先生，你说我们的商品价格高，那么哪儿有比这还低，即使价比这低，他的商品有我这儿好吗？先生，好价买好货，不要以低价买了一些次品，用不了几天就毁了，千万要慎重；您用自己的钱总要买好货，我们这里的货就不错，您现在不买，过几天可就买不到了。因为现在物价一天涨似一天，您最好早点买，错过机会，价格就会更高。况且现在这个价又不算太高，怎么样？"

顾客："但是我好像在其他地方见过，也没这么贵啊？"

店员："先生，您觉得我们这儿的价格高，您不妨到别处看一看，有没有比这价格低的，我想你一定会返回来的。那么你就先去吧!别忘了再来啊"!

3、对待自称"为什么认为我非买不可"的顾客

这类顾客说这句话时，可以这么说，他心里已经同意你的看法，已经有八九分的购买意愿了。这一句，他只不过是在考问店员的能力和自信。通过店员的自信度，他也可确定他判断是否正确。所以这时的回答就显得特别重要，是整个过程的转折点。如果回答不好，特别是不自信，就可能走向反面。如果回答得好，顾客就会更加确定他的判断，交易就十拿九稳。

回答这类顾客，充满自信是必要的。不要觉得顾客有点拒绝的味道，心里就发毛，就觉得自己没有能力推销给顾客。心里胆怯，必然表现在言谈举止中，在顾客看来，会以为你对自己的商品有种胆怯，也就会认为它们有问题，而产生疑虑，

会给交易带来不必要的困难。这对店员则是不希望看到的。

你要以自信、坚定的口气来应对：

◆"先生，您已经看过了我们的商品，您对它很满意，并且喜欢它，而这些正好符合一个精明投资者投资的对象，而您则看起来就像一个老练投资者，所以从这些方面看，您买的可能性就有九成，怎么样?不知我说的如何，八九不离十吧!"

◆"先生，对于您要购买这一点，我之所以很有自信，这也是来源于我对我的商品很有自信，我的商品质量好，谁不愿意拿自己的钱买好东西，难道您要拿自己的钱买次品去?这就是我很自信的源泉。"

◆"先生，难道您不这样认为吗？您与我也是同样的心理，而这心理的来源都是基于这商品的质量，您说对不对？"

4、对待自称"买不起"的顾客

喜欢这样说的人有两种，一是真的没能力，真的买不起;二是有能力而觉得价格高，说的一种反话。

对于第一种顾客，店员可以给其解决。如让他借钱，或贷款等，反正是投资嘛!最好给他一番劝告，劝其找一份好的工作，挣钱来买这些商品。对于第二种顾客的解决方法类似于上面的认为价格高的顾客，可以这样说：

◆"先生，我非常理解你的处境。我刚到这个城市时，也是你现在的样子，找不到工作，觉得生活非常渺茫。你想不想知道我是怎么走出这低谷的吗?"

◆"先生，你现在就买不起了，将来物价一上涨，你该怎么办。我劝你还是找一个薪水高的工作，这样你就可以买我们的商品。你现在可付头期款，等到找到一个好工作，你就可分期付款了，怎么样，头期款还是有的吧!"

◆"先生，你买我这些商品不就是为了投资吗?你可以先在银行贷款，在我们这儿买到你有很大机会投资的商品。将来一挣到钱，你就可以还清了，怎么样?先生。"

只要给他们解决买不起这一问题，其他就好说多了。因为他们对其他方面是满意的，缺的只是钱。

5、对待自称"我刚结婚"的顾客

这个时候的顾客心情都是很愉悦，成交的机会很大。他们之所以这样说出来其实是想用这句话来掩饰他们想买但又有些顾虑。

这种顾客一般都是夫妇一起来买东西的。店员可利用他们之间的关系、情感来进行推销。也就是让他们为了表面上的关系融洽，就不会拒绝买你的商品，这也是你的一种心理战术。

【情景卖场】

小吴和小李刚新婚蜜月回来。

一日，夫妻俩一起去某商场闲逛，在礼品柜台，他们被一个精美的雕刻品所吸引。一旁的店员眼尖看见了他们的结婚戒指。

店员："你们的婚戒很好看啊！"

小吴："谢谢，我们刚结婚呢！"

店员："哦，你们刚结婚呀，是不是第一次一起出来买东西呀？那么你们就可买我们的商品作为你们这一次的纪念，也可作为一种新生活的开始。并祝愿将来会更加幸福，怎么样？"

夫妻两高兴的买了两件礼物，幸福地离开了。

6、对待自称"你别说了，我可要走了"的顾客

会威胁店员，一看就是不好对付的老手甚至高手。这些顾客大多数是经验丰富。如果店员不答应他的条件，他就会说"我要走了"的话，用来店员施加压力。他认为这样施加压力后，店员会答应他的条件。

对于这类顾客不能太让步。因为你太让步，他就会抓住你的弱点，使你吃一个大亏。

对于他们只能据理力争，但也要给他一个台阶，让他从不买这个台阶上下来。这就要求对这类顾客，还应当有些礼貌，又不放他走，这就需要用话把他说服。

你所应对的话有：

◆"先生，要走了，别明天来了后悔啊，到明天，或许价格就涨了呢，您没看见这几天货是一天比一天价格高吗？再说我这商品又不错，您也喜欢，何必走呢，来，咱们好好商谈一下，怎么样？"

7、对待没有主见的顾客

没主见的人都喜欢依赖他所信任的人。他们总是把自己当做一个小孩看待，每做一件事，都要和家里人商量，或和他所熟悉的人，信任的人商量。有时这类人爱凑个热闹。

由于这种人没有主见，总希望与一个有主见的且可信任的人商谈一下，给他一个决定，然后他才去做某件事。

根据这一点，店员可先和他们聊天，谈话就成了必要的。也就是先取得他们的信任，最后再询问他们"要不要"。这样就为下面埋下了"信任"的伏笔。由于店员对于这类顾客来说是有主见的，便听从于店员的意见，这样成交就可能了。

8、对待还没有决定的顾客

这类顾客也是一些有顾虑的顾客，他们一定有什么不购买的理由还没有被店员解决，或者是这种商品对于顾客来说是可要可不要的，顾客自己更会犹豫不决，所以还没有决定是否购买。

对付这种顾客的关键是让其说出他自己不购买的理由，这就需要技巧和诚恳了。还有一些顾客，需给他吃一个定心丸，然后劝其购买，尽量促使顾客感到需要的优点，这样有利于成交。

让顾客说出理由的方法有两条途径：一条是一个一个试探性的询问；另一条是让其觉得你可靠、可信任，让其自己把不购买的理由说出来。只要知道了他们的理由，这种交易就按一般步骤来做即可。

对于第一条途径可这样说：

◆"先生，你现在没决定购买我的商品，是不是对我的商品有什么顾虑？是觉得我的商品质量差呢？还是觉得包装不适合你的口味？或是这些商品你觉得你可要可不要？是哪一条呢？"

这样一问，顾客为阻止你继续问下去，就会把自己的真正理由说出来，这样你就可以解决问题了，使交易顺利进行。

对于第二条途径，可这样说：

◆"先生，实话告诉您吧！我这商品是从××公司批发的。批发得不多，到现在已经快售完了。您还是快点决定吧！如果您有什么别的理由的话，您就快点告诉我，让我给您解决，您看这样如何？"

专柜促销

专柜促销和卖场的促销没有很明显的区别,但是对店员的要求更为细腻。

1、服务规范

(1)推行规范化服务,对店员要求具有良好的职业道德;较高的文化素质;具有较好的业务技术素质;明确尽职的途径和要求。

(2)店员要仪容端庄;装扮得体;举止文雅;谈吐得体。

2、为顾客服务的要点

(1)顾客的购买心理

◆顾客的认知会影响其购买行为。

◆顾客的满意对企业至关重要

一般来说,顾客满意的构成要素是:商品,印象,服务。

(2)服务的要素

◆物美价廉的感觉

◆优雅的礼貌

◆令人感觉愉快,清洁的环境

◆让顾客得到满足,方便

◆提供售前及售后服务

◆商品具有吸引力

◆提供完整的选择

◆站在顾客的角度看问题

◆全心处理个别顾客的问题

◆显示自我尊荣,受到重视

◆前后一致的待客态度

◆有合理且能迅速处理顾客抱怨的途径

3、接待顾客规范

(1)等待顾客时的举止规范

◆站立位置:店员要站立在既能照顾自己负责的柜台、货架上的商品,又易于观察顾客,接近顾客的位置上。

◆站立姿势:站立姿势要自然端正。两脚自然分开,身体重心在两腿之间,双手轻握放在身前或柜台上；身体不依靠柜台、柱子，面向顾客，要做到不托腮、不抱肩、不叉腰、不背手、不插兜、不背向、不前趴后仰。

◆态度：店员态度应该自然明朗，面带微笑，时刻准备着以接待顾客为中心。

(2)接待顾客的行为规范

选择最佳时机：

◆当顾客长时间凝视某一商品的时候。

◆当顾客细摸细看的时候。

◆当顾客抬头，将视线转向店员的时候。

◆当顾客突然停止脚步，仔细观察商品的时候。

◆当顾客好像在寻找什么商品的时候。

◆当顾客与店员的目光相遇的时候。

说好第一句话。要求是：用语准确，称呼对方礼貌，得体，要注意切合当时的语境，贴切自然。切忌称谓不当、失礼，也不能漫不经心，冷眼旁观地说话。

(3)拿递商品的动作规范

适时主动；准确敏捷；礼貌得体。

(4)介绍商品的规范

◆针对不同商品的特点进行介绍，可以突出其某方面的特点进行介绍。

◆侧重介绍商品的用途，可以突出商品的特殊效能。

◆对新上市的商品，顾客对其不了解，店员要积极向顾客推荐，应指明它与同类商品比较的差异。

◆对于进口商品，着重介绍其商标，品牌，使用和保养方法。

◆介绍滞销商品时，一定要实事求是，既要介绍其长处，又要指出其不足。还要向顾客讲清其原价，处理价。

(5)特殊情况下的待客规范

◆急于购买商品的顾客：

面带微笑，点头示意。

记清面容，以免接待时忘记。

做好必要时的解释。店员在优先接待前，要向前边的顾客说明情况，取得谅解后给予照顾。

快速结算,快速成交。

◆性格暴躁,出言不逊的顾客:

第一种情况:顾客不懂礼貌,不尊重他人,用命令口气对店员说话,店员接待稍慢便大呼小叫,敲击柜台或用脚踢货。

遇到这种情况,店员要采取礼让的态度,不计较对方说话的方式,热情接待,让顾客快速购物后离去。

第二种情况:顾客性情暴躁,在进店前或在家里发生纠纷,或在工作,生活等方面出现了不愉快的事情,进店后心烦发泄。

店员应从其无名火中悟出其不快与性格,采取和善的态度,用热情耐心的接待,友好的语言化解其粗暴。

第三种情况:顾客性子偏激,店员稍有怠慢便出言不逊,要态度。

店员要保持冷静,镇定自若,心平气和,坚持友好接待,做到他愤怒我和蔼,他激动我平静。

【情景卖场】

店员小李刚一上班,就遇见一位满脸怒容的顾客。

顾客:"你看你们卖的什么商品,我昨天才拿回去,今天就不能用了!"说完重重地把商品扔在了柜合上。

小李仔细地检查了商品之后发现这确实不是顾客所破坏的。

小李:"对不起! 由于商品给你带来的不便我在这里给你道歉,也请你消消火气吧。"

顾客:"有这么简单吗? 你看这多浪费我的时间!"

小李:"这样吧,你也别生气了,我给你换个新的怎么样?"

顾客:"这能换? 不会还要我掏钱?"

小李:"当然可以换,这是我们这的规矩啊。"

当顾客拿上新的商品后,情绪慢慢稳定下来了。

顾客："你看,这真不好意思,还跟你发那么大的火,你们的服务真是没得说!"顾客说完拿着商品高兴地走了。

（三）促销效果评估

事前预估一下促销活动可能产生的效果,尽量做到少花费多做事,店员要齐心协力为促销目标而努力。对可能出现的意外情况也要事先有所预料并制定出相应的应急计划。

业绩评估

业绩是一次促销活动成功或者失败的直接表现。如何评估呢?

1、业绩评估的标准与方法

(1)对促销前、促销中和促销后的各项工作进行检查。

(2)前后比较法

即选取开展促销活动之前、中间与促销后的销售量进行比较。一般会出现十分成功,得不偿失,适得其反等几种情况。

(3)消费者调查法

卖场可以组织有关人员抽取合适的消费者样本进行调查,向其了解促销活动的效果。例如,调查有多少消费者记得卖场的促销活动,他们对该活动有何评价,是否从中得到了利益,对他们今后的购物场所选择是否会有影响等,从而评估卖场促销活动的效果。

(4)观察法

观察法简便易行,而且十分直观。主要是通过观察消费者对卖场促销活动的反应,例如,消费者在限时折价活动中的踊跃程度、优惠券的回报度、参加抽奖竞赛的人数以及赠品的偿付情况等,对超级市场所进行的促销活动的效果做相应的了解。

2、查找和分析促销业绩好或不好的原因

运用上述几种评估方法对卖场的促销业绩进行评估之后,一件很重要的事情就是查找和分析促销业绩好或不好的原因。只有找出根源,才能对症下药、吸取教

第6关——商品促销

训,进一步发挥卖场的特长。

我们对可能出现的情况做一个介绍性的分析:

出现十分成功的原因,主要在于促销期间的活动,使消费者对卖场形成了良好的印象,对卖场的知名度和美誉度均有所提高,故在于促销活动结束后,仍会使卖场的销售量有所增长。

出现得不偿失的原因是促销活动的开展,对卖场的经营、营业额的提升没有任何帮助,而且浪费了促销费用。

适得其反是促销活动结束不升反降可能是由于促销活动过程中管理混乱、设计不当、某些事情处理不当,或是出现了一些意外情况等原因,损伤了超级市场自身的美誉度,结果导致促销活动结束后,卖场的销售额不升反降。

效果评估

对促销活动的效果评估是促销活动结束后的重要工作,它不仅关系着促销成绩的考核,还可能影响着下次促销活动的制定,因为它可以提供很多值得借鉴的经验。

1、促销主题配合度

促销主题是否针对整个促销活动的内容;促销内容、方式、口号是否富有新意、吸引人,是否简单明了;促销主题是否抓住了顾客的需求和市场的卖点。

2、创意与目标销售额之间的差距

促销创意是否偏离预期目标销售额;创意虽然很好,然而是否符合促销活动的主题和整个内容;促销商品选择的正确与否。

3、促销商品能否反映卖场的经营特色

是否选择了消费者真正需要的商品;能否给消费者增添实际利益;能否帮助卖场或供应商处理积压商品;促销商品的销售额与毛利额是否与预期目标相一致。此外,在促销评估的过程中,还包括这几个方面:

1、供应商的配合状况评估

(1)供应商对卖场促销活动的配合是否恰当、及时并能否主动参与,积极支持,并为卖场分担部分促销费;

(2)在促销期间,当卖场请供应商直接将促销商品送到分店时,供应商能否及

时供货,数量是否充足;

(3)在商品采购合同中,供应商,尤其是大供应商、大品牌商、主力商品供应商,是否作出促销承诺,而且切实落实促销期间供应商的义务及配合等相关事宜。

2、卖场自身运行状况评估

(1)从总部到分店,各个环节的配合状况

①配送中心运行状况评估

配送中心是否有问题,送货是否及时:在卖场配送中心实行配送的过程中,是否注意预留库位,合理组织运输,分配各分店促销商品的数量等几项工作的正确实施情况如何。

②分店运行状况评估

分店对总部促销计划的执行程度,是否按照总部促销计划操作;促销商品在各分店中的陈列方式及数量是否符合各分店的实际情况。

③总部运行状况评估

卖场自身系统中,总部促销计划的准确性和差异性;促销活动进行期间总部对各分店促销活动的协调、控制及配合程度;是否正确确定促销活动的次数,安排促销时间,选择促销活动的主题内容,选定、维护与落实促销活动的供应商和商品,组织与落实促销活动的进场时间。

(2)促销人员评估

①促销人员评估的作用

评估可以帮助促销员全面并迅速地提高自己的促销水平,督促其在日常工作流程中严格遵守规范,保持工作的高度热情,并在促销员之间起到相互带动促销的作用。

②促销人员的具体评估项目

促销活动是否连续;是否达到公司目标;是否有销售的闯劲;是否在时间上具有弹性;能否与其他人一起良好地工作;是否愿意接受被安排的工作;文书工作是否干净、整齐;他们的准备和结束的时间是否符合规定;促销桌面是否整齐、干净;是否与顾客保持密切关系;是否让顾客感到受欢迎。

第七章

优秀店员第 7 关

——成交技能

　　每一个店员都清楚自己要做什么，让顾客满意是我们的追求，能够达成商品的最终成交才是我们所努力的目标。我们会面对不同特征的顾客，要引领顾客进入成交这一环节，除了要靠在前几关中提到的技巧和方法外，成交技能往往在最后关头起到一锤定音的作用。

　　那么如何成交？要分析顾客的心理活动，激发顾客的购买欲望，创造并把握成交的机会，在这一关中，你将会学到这些技巧。

（一）成交机会

不能成交的原因

"没有不被拒绝的推销。"这是营销界的一句至理名言。的确，再怎么优秀的推销人才，也不可能保证百分之百的成交率。就零售卖场的店员来说，每天的成交率最多能够达到30%，也就是说，如果你接触100个顾客，最多有30个顾客能够顺利地从你手中买走东西。即便你费劲口舌，也经常能够让顾客心动，但大多数时间是"功亏一篑"。更有甚者，有许多顾客明明是带着强烈而明确的购买意图而来，却因为种种细枝末节的原因，最终与"成交"失之交臂。比如下面的一个典型案例——

【情景卖场】

张先生和妻子李女士装修新房子，准备去买一款样式新颖的休闲沙发。这种沙发他们曾经到一家家具店看过，觉得比较满意。为了货比三家，两人这次选择了离家更近的另一家家具店看看，并决定如果合适就当场购买。

以下是张先生和妻子在家具卖场与店员的一段对话——

张先生：请问，你们这里有××牌沙发吗？

店员：我们这里什么品牌的沙发都有，你们先四处看看吧！

张先生：那这种沙发的价格是多少呢？

店员：售价8800元。

李女士：这么贵呀，××店才卖六千多元。（事实上，李女士只不过是想压压价格，随口编造的借口，那家店里的沙发售价也是8800元。）

店员：六千多？冒牌产品吧，正宗的××沙发进价也要七千多元。

李女士：不会吧，牌子是一样的。

店员：牌子还不简单，做一个假的贴上去就是了，关键是质量。

李女士：我看质量也差不多，它们（指另一家家具店）还保修三年。

店员：三年？三年他们早就不知道搬哪儿去了，你找谁去保修？我们这是厂家直销，厂家直接售后服务。

张先生：厂家直销当然很好，但这个沙发好像窄了点，孩子在上面玩耍的时候不是很安全。

店员：哈哈，这是沙发又不是床，孩子怎么会在上面玩耍呢？

张先生：我们的孩子比较小，喜欢在沙发上玩耍。

店员：那就没办法了，我估计没有专门适合孩子玩耍的沙发。

张先生：那我们再看看其他的吧，这款不太适合我们。

店员：其他的更贵，有上万元的。（店员的手机突然响起来）对不起，我接个电话。

（张先生和李女士悄声商量了一下，决定就买这款沙发。十分钟后，店员才接完电话，其间一直没有注意顾客的行动和表情。）

店员：你们决定了吗？我们马上要下班了。

李女士：那好吧，我们不打扰你了，改天再来吧。

说完，李女士拉着张先生走出了家具店，转道去了先前那一家……

如同上面的情景一样，在同顾客接触的过程中，店员们一次又一次地遇到同样的抵触、同样的反对意见、同样的观点、同样的怀疑、同样的态度和同样的动机。顾客对某些问题的看法是那样的雷同，诸如：

◆ "价格太贵了！"

◆ "市场上出售的其他同类产品比这更便宜。"

◆ "我们晚些时候再买吧。"

◆ "总的来说不错，不过对我们不太适合。"

◆ "如果我们现在就购买的话，那我们的计划就会被打乱了。"等等。

那么，顾客为什么会找这样或者那样的借口来拒绝你的购买请求呢？换句话说，不能成交的原因是什么呢？相关的调查分析表明：不能成交的原因大致有以下几种：

1、顾客本身没有购买动机

卖场，原本是进行生产生活产品展示和交易的场所，也就是说，到这里来的人应该都是带着特定购买动机的顾客。但是，随着时代的发展，如今的商场兼具了另外一种功能——休闲。特别是女性朋友，常常将"逛商场"作为一种休闲娱乐运动。

一有空闲时间,她们会叫上女伴或者男友,到商场去看看有没有新款服装上市、有没有特价商品打折、有没有产品促销派送等等。

这一类顾客是"假"的,他们没有特定的购买动机。但他们"伪装"得和其他顾客一样:他们会去试用产品,比如试穿新潮时装、接受化妆品免费试用等;他们同样会和店员讨价还价,有时候还会苛刻挑剔产品的毛病。

当然,经验丰富的店员是能够成功辨别这类"没有购买动机"的顾客的。但是,即便你认定对方无心购买产品,也不能对他们不理不睬甚至加以呵斥。相反,应该一视同仁地礼貌接待。这不仅仅是体现你作为职业店员的基本素养,而是可以利用技巧说服他们、打动他们,激发他们的购买欲望,将"假"顾客变成"真"顾客。这里以服装店员为例,提供一些颇富煽动性的说辞——

◆ "小姐,你的身材这么好,这件衣服就像为你定做的一样!"

◆ "小姐,这是今春最流行的款式,是著名设计师××的金奖作品。"

◆ "小姐,这是刚刚上市的最新款式,全城只有 20 套,厂家限量销售。"

◆ "小姐,今天是我们促销活动的最后一天,明天就会恢复原价。"

◆ "先生,这位是您太太吧,真漂亮,你看她穿这身衣服可高贵了。"

◆ "先生,您的太太真有眼光,一下子就选中了本店的主打款式。"

◆ "先生,您真是个好丈夫,有耐心陪爱人选购服装。"等等。

2、顾客的消费需求没有得到满足

店员的主要任务是推销产品,所以是决不能无视顾客对商品的心理需要的。在成交阶段,针对顾客对商品的心理需要进行强化,往往会收到意想不到的效果。如果顾客的消费心理得不到充分满足,他就会放弃购买行为。

一般情况下,顾客的实际购买行为受以下几种心理支配:

(1)方便、快速、齐全、省时

由于现代生活节奏的加快,使顾客对购物的便利性要求越来越高,反映在顾客购买商品时,要求方便、快速、齐全、省时。店员为满足这一要求,就应创造优越的条件:柜台推销要注意营业时间与顾客上下班时间的衔接;店堂设置和货物摆放的位置也必须考虑到方便顾客取放。例如优秀的超级市场就十分注意这一点,店员由于掌握了顾客大多用右手做事,便于拿右边货物,就将主要商品放在右边架子和比较醒目的地方。这样既达到了方便顾客购买的目的,又有助于取得最佳效果。

顾客对便利性的要求除表现在方便购买外,还表现在对商品的使用方便和存放方便的要求方面。所以,店员在推销商品时,要特别强调商品使用上的方便性和存放的便利性,以激发顾客对便利的需要,促成顾客购买。

(2)优质、安全、健康

由于生产力水平的发展和人民生活水平的提高,顾客对商品有了新的要求。要求商品是高质量的、精制的,而不是粗制滥造的;商品应能保证顾客的安全,是有益无害的;为了保持健康的体魄、延年益寿,不但需要一般食品,还需要保健食品、绿色食品。店员为了迎合顾客的心理需要,就要在推销、宣传上注重这一因素,对于特别关注商品质量的顾客,应着重强调商品选料考究、制作精良、质检严格等,并辅之以完善的售后质量保障,以消除顾客对商品质量和安全性等方面的顾虑。对于顾客保健方面的心理需要,店员可在强调商品本身功能特点的同时,借用大量的实例来说明商品保健方面的作用。

(3)求新、猎奇、尚美

现代商品社会为顾客满足同一需要提供了越来越多的商品。而且随着人们生活水平的提高,审美观念和价值倾向也都发生了巨大的变化。这些改变使得人们共同性的消费需求在减少,而对于能突出个性的新、奇、怪的商品的需求在增加。

如购买某一款式的服装时,不是首先询问价格、质量,而是将该服装共有多少件作为首要问题,就是这一需求的最好例证。正是针对这种需求,许多生产者都由过去大批量单一款式的生产,转向小批量、多款式的生产,每种款式,多则一二百件,少则十件八件就投放市场,目的就是满足顾客追求表现个性的需要。

所以,在销售活动中,店员可以将这一信息及时地反馈给顾客,促使顾客下定决心;另一方面,店员也可以根据消费者的个性特点,重点强调推销商品某方面的特征正好与顾客的个性相匹配,造成一种推销商品只适合该顾客的印象,也可满足顾客对奇特和追求个性的要求,以促成购买行为的实现。

3、产品价格高于顾客心理底线

顾客对于商品价格,出于各种各样的原因,是非常敏感的。他们进入卖场之前,大多持有一个"心理价格",即对所要购买的东西有一个大概的估价。这不一定是产品本身的价值体现,而是顾客根据自己的经济承受能力制定的价格。如果产品的实际价格高于顾客的心理底线,他们将因无法承受的经济压力而放弃购买。

当然,价格对于"成交"的影响还有以下两个方面:

第一,对于一部分顾客来说,有一种求廉的心理,只要商品价格稍微便宜一点,就可以吸引这部分顾客购买;

第二,也有走另一种极端的顾客,他们为了显示自己的富有,希望自己购买的商品与自己的身份地位相符合,因而不惜重金,即使价格昂贵,也可以产生购买欲望,而且价格越高,刺激越强烈。所以,店员应分清不同的顾客,对于持有求廉心理的顾客,通过横向比较,或功能价格比,来说明价格便宜或购买合算;对于要显示身份地位的顾客,则应强调推销商品能突出顾客地位声望方面的作用,以激发其强烈的表现欲和购买欲。

4、顾客没有受到应有的尊重

人生可以说是一场满足欲望与需要的战争,而人的需要又无止境。在所有的需要中,最大的需要就是希望得到别人的赞美。也就是说,每个人都希望别人喜欢他、佩服他、需要他。即使是婴儿,也是喜欢被赞美的,尽管他听不懂,当人们对他说些逗趣的话,向他笑时,他就会发出咿咿呀呀的声音,来表示自己高兴;但是,当没人理他时,他就会像被火烧了一样,嚎啕大哭。由此可见人们总是希望得到别人的称赞,这是古今中外无人能否认的事实。基于这一点,店员必须掌握住这种人性的本质,如果忽略了这一点,那么,不管下了多大的功夫,也不会得到顾客的合作。不妨看看下面的例子:

【情景卖场】

在一家高档汽车销售店里,一位富翁欲购买一辆价值逾百万元的时尚轿车。

店员:您真有眼光,这辆轿车在本地只投放了三辆,与您的身份一样尊贵。

富翁:这车是送给我儿子的礼物,我儿子刚刚考上了××大学,他非常优秀。

店员:这辆车的安全性能好、耗油量低。

富翁:我儿子是一个优秀的运动员,曾经入选省青年足球队,踢前锋,很棒的。

(这时候,另一位店员走过来,和这位店员打招呼,两人有说有笑一阵子,回过头来的时候,那位富翁已经走了。)

眼看就要成交了，顾客却突然走了。这是为什么呢？店员百思不得其解。晚上，他忍不住给那位富翁打电话。富翁说："今天下午你没用心听我的话，我提到我儿子即将进大学念书，还提到我儿子的运动成绩和未来的抱负，我以他为荣，但你却没有任何反应。"

店员不记得对方说过这些事情，因为他当时根本没注意听。富翁又说："我见你正在与另一位店员讲笑话，我很生气，这就是我不想买你车的原因。"

很显然，在上一个情景卖场中，不能成交的根本原因就是顾客觉得没有受到店员的尊重。由于一时疏忽，店员没注意对方谈话的内容，没重视对方有一位值得骄傲的儿子，因而触怒了顾客，失去了一笔生意。

如何给顾客以尊重，除了必备的热情周到，还可以有以下的行动：

（1）认真倾听顾客的谈话

想要成交，必须与顾客交谈。但是，顾客谈话的内容也许并不仅仅是与你"讨价还价"，许多话看起来也许与成交毫无关系。比如他们会谈自己的家庭、工作，甚至和你谈谈天气或者最近发生的新闻。如果店员秉持"为生意而交谈"的原则，就会忽略顾客与生意无关的话题，这样就拉开了与顾客的心理距离，无法取得对方的绝对信任，自然很容易让"成交"溜之大吉。

（2）对顾客的选择和观点给予称赞

在卖场中，有一条重要法则是永远不与顾客争辩。因为每一个顾客都有其自尊，不愿别人反对自己的观点。所以，即使店员在与顾客争辩中胜了，也不是什么可以炫耀的事情，很可能顾客由此产生了抵触心理，而导致成交的失败。因此，店员应时时对顾客给予称赞，对于顾客提出的，对推销没有什么太大影响的观点，店员应热情地表示赞同，不能因与推销无关，而以不耐烦的态度来敷衍了事，影响双方的关系。对于与推销有关的话题，店员应区别对待，如果顾客提出的问题确实存在，店员及其企业又能够解决，则应表示赞同，并衷心表示感谢；如果顾客提出的问题不切合实际，店员也不能直接给予反驳，应先接受下来，然后再婉转地给予解释。当顾客下定决心购买某商品后，还要称赞顾客最具眼光，其选择是完全正确的，以增加顾客购买后的满意度。

(3)要适时地称赞顾客的孩子

大多数人都有这样一种想法:"孩子是自己的好。"有些父母以自己的孩子为荣,店员如果能适时地赞美一下顾客带在身边的孩子,那么就会满足顾客的自豪感,甚至可以与顾客达成良好的人际关系。而这对于推销的成功是极有好处的。相反,如果对顾客的子女,特别是年龄不大的子女,视而不见,没有任何赞美之辞,顾客就会感到不自在,最终拒绝购买商品。

有时候,顾客的孩子比顾客本人还重要。当顾客提到孩子时,应给予附和;当孩子在自己面前跑过时,就应充满热情地夸奖一番:"这孩子真好!先生,您真好福气,真是让人羡慕。"等等。

这不仅关系到孩子,更关系到对顾客所表达的感情能否理解和关心的问题,此种作法进而可推广到顾客所拥有的一切,如家人、居室布置、养的小动物等。

成交机会的把握

多数情况下,顾客不会主动请求购买,店员需要在恰当的时机主动请求顾客购买。那么应在什么时候向顾客提出购买请求呢?简单地说,恰当的成交时机,就是顾客流露出购买意图的时候。这就意味着,为了选择恰当的时机说服顾客采取购买行动,店员要解决两个问题,其一,顾客通常会在何时流露出购买意图?其二,怎样识别顾客的购买意图?

1、提出购买请求的最佳时机

大多数顾客只有在了解商品的性能及购买的好处之后才会产生购买的想法。但是,也有少数顾客只需简单地了解商品即采取购买行动。对于某些顾客来说,店员第一次访问开始后不久,购买的想法即告产生;而对另一些顾客来说,所有的问题都得到满意的答复之后,才会产生购买的想法。当店员确信顾客已经准备购买时,成交的时机就出现了。

【情景卖场】

这是在一个电器销售店里。

顾客:这种空调的外观很漂亮,很洋气,摆在客厅里一定很气派。

店员：先生也是做家电的吧，看空调的眼光很独特，看来您是选定了这款空调。

顾客：哪里，我是外行。这种空调卖价多少？

店员：您看上的这种原价 4500 元，今天是五一节，特价酬宾 4200 元。

顾客：它的制热效果怎么样，听说很多空调制冷可以，制热就不怎么好。

顾客：您真是内行，其实大多数空调制冷效果都差不多，关键就在制热。而我们这种品牌的空调，采用××制热技术和××材料，制热可以达到……效果，此外，这款空调还具备……功能。

顾客：看来的确不错，只是价格有点贵。

店员：您说的没错，相比其他品牌，这种空调价格的确偏高。但是××牌子是国际知名品牌，有着××年的畅销历史，其功效、安全性能相对其它品牌更可靠，而且我们的售后服务……

顾客：那当然，我就是冲着这个牌子来的。

店员：那我就不用多说了，您上前来试试它的送风、制冷效果吧！

……

有人说，每次只有一个最佳的成交时机，错过这个时机，再想成交几乎不可能的。这种说法并不正确。事实上，成交的机会并非只有一个。在整个过程中，店员应该反复尝试，不断试探成交的可能性。通常在下列情况下，店员应该试着要求顾客采取购买行动：

◆当顾客表示对商品非常有兴趣时；

◆当店员对顾客的问题做了解释说明之后；

◆在介绍了商品的主要优点之后；

◆克服顾客异议之后；

◆顾客对某一要点表示赞许之后；

◆顾客仔细研究商品、商品说明书等等后。

2、准确捕捉成交信号

所谓成交信号是指顾客通过语言或行为显示出来的、表明其可能采取购买行动的信息。如果顾客已经产生购买意图，那么这种意图总会有意无意地通过语言、表情、行动流露出来。尽管成交信号并不必然导致成交，但店员可以把成交信号的出现当作促进成交的有利时机。

顾客很少直接表明购买意图，但会有意无意地暗示他们已经或将要做出购买决策。例如，当顾客向店员提出下列问题时，往往表示他们有可能采取购买行动：

◆ "可以更换商品吗？"

◆ "是否可以分期付款？"

◆ "如果我们购买，你们是否能提供售后服务？"

◆ "如果我们购买的多，有折扣吗？"，等等。

但是，任何事情都不是绝对的，有的顾客提出上述问题时已经准备购买商品，而有的顾客虽然也会提出上述问题，却未必表明他们已经做出购买决策。因此，成交信号的发现和确认，需要店员有良好的判断能力。正如一位推销专家所言："没有任何东西能够取代店员良好的判断力和职业敏感。"

成交信号是多种多样的，一般可以分为三类：

(1) 语言信号

当顾客有采取购买行动的意向时，店员可以从顾客的语言中发现。如顾客提出并开始议论有关商品的运输、拆装等有关购买问题；关于商品的使用与保养注意事项等；开始讨价还价，问可否再降点价等；要求试用及观察；对商品的一些小问题，如包装、颜色、规格等提出很具体的意见与要求；用假定的口吻与语句谈及购买等。如果顾客的语言从提出异议、问题等转为谈论以上内容时，可以认为顾客在发出成交的信号。

(2) 动作信号

店员也可以通过观察顾客的动作识别顾客是否有成交的倾向。因为一旦顾客完成了认识与情感过程，拿定主意要购买产品时，他会觉得一个艰苦的心理括动过程结束了。于是他会出现与店员介绍商品时完全不同的动作，例如：由静变动。原先顾客采取静止状态听讲解，这时会由静态转为动态，如动手操作商品，仔细触摸商品，翻动商品等。当然，从原来的动态转向静止也是一个信号。

动作由紧张变为放松。如原来倾听介绍，所以身体前倾，并靠近店员及商品，这时变为放松姿态。或者身体后仰，或者擦脸拢发，或者做其他舒伸动作等。

由单方面动作转为多方面动作。如顾客由远到近，由一个角度到多个角度观察商品,再次翻看说明书等。

(3)表情信号

人的面部表情不是容易捉摸的,人的眼神有时更难猜测。但经过反复观察与认真研究,仍可以从顾客的面部表情中读出成交信号的眼神变化。眼睛转动由慢变快,眼睛发光,神采奕奕,腮部放松。由咬牙沉思或托腮沉思变为脸部表现明朗轻松,活泼与友好。情感由冷漠、怀疑、深沉变为自然、大方、随和、亲切。

下面的一些动作或问话,犹如一个个的信号,展示商谈将要成功,作为店员,必须善于捕捉这些信号。

◆向周围的人问:“你们看如何?”“怎么样,还可以吧?”这是在寻找认同,很明显,他的心中已经认同了。

◆突然开始杀价或对商品挑毛病,这种看似反对,其实他是想做最后的一搏,即使你不给他降价,不对商品的所谓“毛病”作更多的解释,他也会答应你的。

◆褒奖其他公司的商品,甚至列举商品的名称,这无疑是此地无银三百两。既然别家商品如此好,他又为何与你费尽这些周折呢?

◆对方问及市场反映如何,制造厂商是哪一家,商品的普及率及市场占有率,或问及付款方法,商品的折旧率以及保修期限,售后服务或维修状况等。很简单的道理,如果他根本不想达成这项协议,又何必枉费如此多的口舌问这些问题呢?

◆对方直叹“真说不过你”、“实在拿你没有办法”。这已经在比较委婉但心甘情愿的表示服输,你已经胜利了。

◆对方不时翻翻有关资料,凝视商品。这是标准的爱不释手的姿态,此时还不“趁热打铁”,更待何时?

当然,有这些成交信号,还并不等于成交事实。此时,尽管你有“胜利在望”的信心,但仍不能掉以轻心。

成交机会的创造

一个店员,要善于根据顾客表现出的“信号”,把握住成交机会;而一个优秀的店员,还应善于利用技巧,创造成交的机会,让顾客在自己营造的良好氛围中,不知不觉地产生购买行为。

1、做好成交的准备

常言说:机会只垂青于有准备的头脑。作为卖场店员,要创造利于成交的机会,就必须做好充分的准备。这些准备包括调整好自己的服务状态,摆设好商品的展示平台等。有一点十分重要,那就是店员一定要准备好推销工具。比如商品目录、价目表、各公司同类产品比较表、宣传材料、答谢小礼品及介绍产品的照片等。

出色的店员很善于利用上述推销工具。这些推销工具,每个店员可根据实际情况准备,自制或购买。下述几点建议可供你参考。

(1)新颖性:推销工具要突出主题的新颖,力争使买主感兴趣,以唤起他们浓厚的购买欲望。

(2)视觉性:要注重推销工具的色彩、外形、包装等,给人以舒展的感觉。

(3)亲近性:要注意把自己的真诚与温暖传递给买主。

(4)重点突出:要充分利用照片和图表来加深印象,激发购买兴趣。

(5)抓住良机:运用推销工具的最佳时机是:在买主对商品没有了解的时候;在买主不想交谈的时候;在买主拿不定买与不买的时候。

实践证明,只要使用得当,推销工具对成交的效果影响巨大。

2、创造有利的成交环境

在成交阶段,周围环境对成交与否有重要影响。它会影响成交的气氛,并在无形中影响顾客的心情,甚至改变交易的结果。

一般来说,对于成交环境主要有以下几项要求:

(1)成交环境要舒适

舒适的环境可以使人心情舒畅,精神愉快、心平气和,有利于顾客接受店员的劝说和要求。安静的环境可因地制宜,乱中求静。在商谈成交时,应尽量远离电话、门口和其他人员,以免被外界干扰,分散双方的注意。

(2)成交环境要易于洽淡

在协商成交的重大事宜时,最好只有店员和顾客两人参与。应避免第三者介入,以防第三者中途进入而重复已完成的某些环节,打断销售的正常程序;或两人之间意见不一致,导致重新做出决策,改变本来的购买结果。

3、巧妙地吊起顾客的胃口

所有人都有一种越是得不到的东西越想要的心理,而这正可用于推销上。

假定此刻有 A、B 两种商品，A 已卖出，而后来的顾客一定会想买 A 而不考虑 B，因为 A 已卖出，一定是抢手的好货，而 B 还无人问津，想必不是很好。他们会叹息地说："假设现在 A 出售的话，我一定买下，只可惜 A 已经卖出了!"

你还可以这么告诉顾客："敝公司从下星期起将提高售价"或是"从下个月起，将减少商品供应量"。当然，这类说辞不可过于夸张，只要点到为止即可，如果太夸张的话，可能不利于交易，甚至起到相反的作用。

4、从"NO"到"YES"

推销总是从顾客不买开始的，是一个说服顾客从不愿购买到决定购买的过程，所以作为一名合格的店员，面对顾客的拒绝不能因此感到沮丧，而应该积极振作起来，做出努力。

在销售过程中，有时候店员都是主动与顾客沟通"请你购买"，主动权是在顾客一方，所以顾客当然可开口拒绝而说"NO"了，问题的关键并不在于顾客一开始如何说法，而在于店员怎样尽自己的努力说服对方把"NO"变为"YES"。

其实你可以把对方所说的"NO"看作一种打招呼的方式，就像"上午好"一样，这种打招呼当然可以从容应对，他说"上午好"，你也回以"上午好"就可以了。但对方所说的是"NO"，你当然不可以也来一句"NO"的，那么到底应该以什么样的方式去应答对方的对话呢?或者说，面对"NO"的招呼应该从哪些方面想呢?

下面介绍一下对方说"NO"之后的应对思考方法：

◆应该把"NO"当作一种挑战目标，听到这个字眼，就像有了一个明确的目标，而准备好勇往直前、全力以赴，直到攻克、征服这个目标为止。

◆想象这是一种信号，促使你"提起精神"。

◆听到顾客说"NO"，你应该积极去思考："他根据什么说'NO'，呢?"设法尽快找出使他不买的原因。

◆对方开口说"NO"，你应该进一步想："有什么地方不够充分呢？"

◆如果对方说"NO"，或许可以认为这是一种提醒，你必须变换一种方式才能行得通。

◆这一次对方说"NO"，就把这次销售的内容当作资料好好研究，找出商谈中的不足，总结经验，认真为下一次的成功做好充分准备。

这样，通过被拒绝而从中不断学习，就可以不断提高自己的能力、完善自己的说话技巧,从而使更多的"NO"变为"YES",增加自己的销售额。

5、利用逆反心理创造成交机会

逆反心理是人们违背常理的一种心理活动,大部分人有这种心理,即越是难以得到的东西,越希望得到;越是不让知道的事情,就越想知道;越是不可能发生的事情就越希望发生。在销售活动中,有时店员越是拼命推销其产品,顾客越是小心谨慎;店员越是热情、顾客越感到不习惯、不自然。而一些看起来不合章法的方式方法,有时倒能取得意想不到的成功。

(1) 卖瓜者说瓜是苦的

"王婆卖瓜"是尽人皆知的典故。如果有一天,王婆改称其瓜是苦的,其结果又将如何?一般地讲,卖场的推销策略应以满足顾客的正常心理为出发点。但是,由于外部环境的变化,消费者的心理需要也越来越复杂,用固定不变的方式去推销,不一定会十分奏效。像"质量可靠,实行'三包',享誉全球"之类的推销宣传,未必就是一种实际情况的真实反映,而且由于各种推销都用这种方法,使顾客对这种自吹自擂的广告和推销宣传也越来越反感。所以,有时来一些违背常理的招数,即利用逆反心理,招揽顾客,往往有更好的效果。

例如,日本曾有一家钟表店推销一种新牌号的手表,贴出一广告,声称该表走时不太准确,一天慢24秒,请顾客买时考虑。这一着使本来无人问津的手表,生意一下子兴隆起来。

其实,任何商品都不会十全十美,那些百分之百的正面宣传,如出一辙的夸张之词会使顾客产生一种抵触情绪而放弃购买欲望。钟表店这种推销策略,正是适应了顾客的逆反心理:"你越自夸,我越不信;你越谦虚,我越捧你。"以此吸引顾客注意,激发起顾客的购买欲望。

(2) 拜师学艺法的运用

店员经常是费尽九牛二虎之力,仍不能打动顾客,眼见推销要陷入进退两难的地步,此时,可运用顾客的逆反心理,由推销产品改为拜师学艺,就有可能反败为胜,达成交易。

例如:店员在费尽心机以后,仍无进展,则可说:我知道没有办法说服您,那么,请您指出来我在什么地方出了差错,以便我今后能改正过来。"这种表述顾客听了以后,一定会非常受用的。这也是利用满足人类虚荣心的妙招,在顾客内心舒畅之余,常会立即改变拒绝的态度,反过来会一面指导你,一面给你打气,很可能给你个惊喜,买下你的商品。

6、激发顾客的好奇心

"非礼勿视,非礼勿听,非礼勿言,非礼勿动",这是中国自古以来的礼教训示。然而言者谆谆,听者藐藐。毕竟人类是一种满怀好奇心的动物,愈是不该听的,愈想得知一二;愈是不该看的事,反而愈有兴趣一探究竟,恨不得窥知天底下所有的隐私。然而,好奇心也是人的一大弱点,好奇心越重越容易被他人引诱利用。

在商场上,大众的好奇心,常常被狡黠的商人所利用。其实,每天在报纸上都可以看到这样的广告,诸如清仓大拍卖,假日大酬宾之类,不胜枚举。大概这也是为了迎合大众的好奇心理。

日本的百货公司也不能例外,不过他们还另有一套。众所周知,日本的公共浴室是很有意思的,每当大拍卖之前,公司就派遣年轻貌美的小姐,两人一组上澡堂,而且专选淋浴者众多的时刻,并利用对话的形式,来宣传店家的商品,如:"街对面的那家公司又在大拍卖了,就是我今天穿的这件大衣才要两折,真是划算。"听了这段话的女士纷纷动心,没准洗完澡后就冲去看个究竟。

所以,针对顾客这样的心理,如果你能设置一些灵活的广告方式,那么你的门市必然水泄不通,商机无限。

对一个跻身商业界的店主来说也是如此,他必须对顾客的心理充满好奇,更必须对商品的品质感到好奇,如此,他才有能力使商品推陈出新,永远领先,并针对人们喜新厌旧的心理,花样翻新,以激起人们的购买欲。

(二)成交技能

直接请求法

直接请求成交法是店员直接要求顾客购买商品的一种方法,是最基本的成交方法之一,具有十分广泛的用途,它灵活机动,主动进取。

1、直接请求法的优点

(1)可以有效地促成交易

在推销过程中,会经常出现一些成交机会,但不能指望顾客会主动提出成交,只能由店员通过观察,寻找顾客要求成交的信号,由店员主动提出成交要求,向顾客实施一定的成交压力,迫使顾客立即作出购买反应,达成交易。

(2)可以充分利用各种成交机会。

通过各种方式表达出自己的成交意向,店员一旦发现成交信号,主动提出成交要求,及时促成交易,以免错过有利的成交时机。

(3)可以节约推销时间,提高推销工作的效率。

2、直接请求法的缺点

尽管直接请求成交法有以上种种的优越性。但是也存在着一定的局限性:

(1)可能产生比较大的成交压力,破坏销售气氛。

对顾客来说,店员的请求就是一种压力,这种压力可能成为推销进程无形的障碍。如果店员对成交时机把握得不准,盲目要求成交,会使顾客产生有意或无意的自动抵制,影响销售的效果。

(2)可能会使店员失去成交的控制权,造成被动局面。

因为店员主动要求成交,会使顾客自以为是,好像店员有求于顾客,顾客会获得心理上的优势和成交的主动权,而店员却转入被动,进而增加成交的困难,降低成交效率。

(3)如果店员滥用直接请求成交法,可能引起顾客的反感,产生成交障碍,不利于达成交易。

3、直接请求法的适用范围

从以上分析,可以看到直接请求成交法,既有优点,也有不足,在实用过程中要结合实际情况,尽可能地扬长避短,充分发挥这种方法的积极作用,才能顺利地实现成交。在大多数情况下,只要顾客表现出来要求成交的信号,都可以运用直接请求成交法,但是为了求得最佳效果,在下列情况下可优先考虑使用这种方法。

(1)对一些老顾客适用此法。因为店员与顾客比较熟悉,双方无须多费口舌,而且由于双方具有良好的人际关系,顾客大多不会拒绝购买建议。在这种情况下,店员可连打招呼带提出成交,如老主顾走进店门,柜台店员就可以说:"来啦,最近还好吧?要点什么呢?"

(2)当店员明确知道顾客对商品产生好感,已有购买倾向,但一时又犹豫不决,拿不定主意时,也可以用直接请求成交法,来促使顾客实施达成交易的行为。

（3）当需要促使顾客集中思考购买问题时，也常用直接请求成交法。如回答完顾客异议以后，可以直接提出成交。很明显，这种直接请求，并不意味着马上成交，而仅仅是将顾客的思路引导到成交上面来。

（4）当顾客已经提不出新的异议，想买又不便主动开口时，店员可利用直接请求法，以节约时间，结束成交过程。

选择成交法

在创造成交机会中，有一种方法是限制顾客的选择范围，将这一方法运用于成交过程中就形成了选择成交法。选择成交法是由店员向顾客提供一些购买决策的选择方案，并要求顾客从中作出抉择的成交方法。

实际上这种方法是假定成交法的一种变形，为顾客提供选择的前提是假定顾客已同意购买，提供的选择只是关于买哪一个，买多少，怎么买的问题。而无论顾客作什么样的选择，都是要实施交易，从而有效地避开了买与不买这一实质性的问题。

为了有效地应用选择成交法，不妨先看看如下案例：

【情景卖场】

这是一个酒水饮料卖场——

店员：先生，您好，需要什么呢？酒还是饮料？

顾客：酒！

店员：好的，您需要白酒还是红酒？

顾客：白酒！

店员：请问您是送礼还是自己饮用呢？

顾客：送给朋友的！

店员：那好，您看是五粮液还是茅台，或者是剑南春送礼也很不错的，而且有礼盒包装的，很有档次而且很省事。

顾客：你是说剑南春吗？

店员：是的，您要剑南春吗？

顾客：好吧，那就剑南春吧！

选择成交法将成交变成了一种艺术,因而也具有很多优点:

1、可以减轻顾客的成交心理压力,创造良好推销气氛

因为选择成交法似乎将成交的主动权交给了顾客,但事实上,顾客掌握的只是一定范围内的选择权。但他们主动地参与了成交活动,而不是被动地接受,这对于减轻顾客心理压力,形成融洽的成交气氛是有利的。

2、可以有效地促成交易

在运用这种方法时,店员只是向顾客提供几种选择,间接地促成交易。由于避开了买与不买这一实质问题,直接提供选择方案,就使顾客无法直接拒绝成交,从而有利于交易的达成。

3、可以使店员掌握成交的主动权

因为顾客被限定在店员所提供的几种方案中进行选择,无论选择哪一种成交,都能达到推销的目的,即使选择成交失败,也仅仅是对所提供的选择方案的不满意,而不会完全否定成交,这就留出了一定的余地,可以进一步开展促成交易实现的成交活动。

选择成交法对于最终实现成交有很大作用,因为市场上的商品品种繁多、款式各异,即使是一种商品,购买方式也可有多种多样的选择,有时会使顾客无所适从,而无法作出购买决策。店员精通自己推销的产品的性能、特点,如果能细心地观察和分析顾客的实际需要,为顾客提供一个与顾客需要相符合的选择范围,将有助于成交的顺利实现。但也要注意,对顾客不要提供太多的选择,即选择范围不要太大,多了就会使顾客拿不定主意,影响成交的顺利实现。

小点成交法

所谓小点成交法,也叫做次要问题成交法或避重就轻成交法,是指店员利用成交小点来间接促成交易的一种成交技术。一般说来,重大的购买决策问题能够产生较强的成交心理压力,而较小的成交问题则产生较小的成交心理压力。在重大的成交问题面前,顾客往往比较慎重,比较敏感,比较缺乏购买信心,不轻易做出明确的决策,甚至故意拖延成交时间,迟迟不表态。而在较小的问题面前,顾客往往比较具有购买信心,比较果断,比较容易做出明确的决策。

小点成交法正是利用了顾客的这一成交心理活动规律,避免直接提示重大的

成交问题,而直接提示较小的成交问题,直接提示顾客不太敏感的成交问题。先小点成交,后大点成交,先就成交活动的具体条件和具体内容与顾客达成协议,再就成交活动本身与顾客达成协议,最后达成交易。

【情景卖场】

卖场一

某家用电器商场,一顾客欲购买一家用电器,在柜台前徘徊良久。小心地询问了店员诸多问题,又迟迟不能决定成交与否。

"您看,关于电器设备安装和修理问题,我们负责。如果您没有其他问题,我们就这样决定了?"

这位电器销售柜台的店员没有直接提示购买决策本身的问题,而是提示设备安装和修理之类的售后服务问题。店员在这里用的是小点成交法,避免直接提示重大的成交问题,直接提示次要的成交问题,先促成小点成交,后假定大点成交。在这种情况下,只要顾客接受了小点成交条件,店员就可以假定顾客已决定购买推销品,直接假定成交。从推销学理论上讲,小点成交法也是以假定成交法作为理论基础。在使用小点成交法时,店员假定只要小点成交,也就是大点成交。

"您看,这个价钱还是比较公平合理的吧?……既然这样,您看我们现在就给你送过去吗?"

先就价格这类小点成交问题大做文章,一旦达成小点成交协议,便及时假定大点成交,主动促成交易。在这种情况下,店员正是看准成交时机,避免直接提示大点成交问题,不直接向顾客提出成交要求,减轻顾客的成交心理压力,创造良好的成交气氛。同时,店员在使用小点成交时,开展重点推销,把小点成交和重点推销结合起来,把推销重点作为成交小点,这样就可以增强推销说服力,有利于达成小点协议,有利于促成大点成交。

卖场二

某日,一顾客在一大件商品柜台前徘徊,犹豫不决。

"您看,这边是绿色的,还有红色的,蓝色的,您要灰色的吗?"

这位店员看准了成交时机,断定顾客已经决定购买这种商品,但好像在挑选一种什么颜色,于是直接提示成交小点,试图间接促成交易。在这种情况下,店员正是针对顾客的购买动机,把顾客的成交注意力集中于小点成交,减轻顾客的成交心理压力,消除成交心理障碍,造成良好的成交气氛,先小点成交,后大点成交。其实,只要顾客决定购买"灰色的",也就是达成了最后成交。

从上述情景卖场中可以看出,小点成交法具有许多优点。

首先,有利于创造良好的成交气氛,减轻顾客的成交心理压力,店员避免了直接提示重大的成交决策问题,避免了直接提示顾客比较敏感的问题,避免了直接提示成交活动本身的决策问题;直接假定成交,直接提示成交内容和成交条件,直接提示顾客不太敏感的决策问题,这样就可以把顾客的成交注意力集中于成交小点问题,减轻顾客的成交心理压力,造成有利的气氛。

其次,有利于店员主动尝试成交,保留一定的成交余地。小点成交法要求店员直接促成小点成交,间接促成大点成交。在使用小点成交法时,店员可以利用各种成交小点来尝试成交。即使顾客拒绝某一个特定的成交小点,店员也可以继续提示其他成交小点进行尝试成交,从而促成大点成交,以达成最后的交易。

再次,有利于店员合理利用各种成交信号,有效地促成交易。从推销学理论上讲,成交信号可以转化为成交小点,成交小点也可以转化为成交信号。在使用小点成交法时,店员可以充分利用各种成交信号,直接把成交信号转化为成交小点,看准成交信号,提示成交小点,促成小点成交,再把小点成交转化为大点成交的成交信号,假定大点成交,达成最后的交易。

最后,我们也应该指出,小点成交法具有十分广泛的用途。它是假定成交法的应用和发展。与选择成交和假定成交法有密切的联系,又具有一些独特的优点。小点成交法的基本原理可以运用于整个推销过程的每一个阶段。在实际推销工作中,店员应该根据一定的推销对象和推销情况,灵活运用,只要运用得当,小点成交法有助于店员主动成交,提高成交效率。

当然,小点成交法也具有一些不可避免的局限性。首先,可能分散顾客的成交注意力,造成不利的成交气氛。顾客的成交注意力是否集中于成交活动本身,直接关系到成交的成功与失败。成交注意力既是成交的保证,又是成交的障碍;既可以产生一定的成交压力,形成良好的成交气氛,有利于促成交易,又可以产生一定的成交心理障碍,造成不利的成交气氛,不利于促成交易。在使用小点成交法时,店员就是要避免直接提示顾客比较敏感的重大决策问题,以减轻顾客的成交心理压力,把顾客的成交意力集中于小点。但是,如果店员滥用小点成交法,错误地提示成交小点,就会过分分散顾客的成交注意力,造成不利的成交气氛。

其次,可能引起顾客成交误会,产生成交纠纷。运用小点成交法的目的是直接促成小点成交,间接促成假定大点成交。从推销学理论上讲,成交小点与成交大点既有联系又有区别,小点成交可以促成大点成交,但是小点成交并不意味着一定就是大点成交。

其他成交法

除了以上几种主要的成交方法之外,还有如下这些方法可供借鉴:

1、暗示拥有法

暗示拥有法,又称假定成交法,是指店员假设顾接受了推销建议而展开实质性问话的一种成交方法。这种方法的实质是人为提高成交谈判的起点。如果此技巧使用得当,可起到事半功倍的效果。

下列几种情况宜于采用暗示拥有法:

(1)固定顾客、依赖型顾客和性格随和的顾客;

(2)明确发出了各种购买信号的顾客;

(3)对商品显露出兴趣,无异议的顾客;

(4)多次接受商品且重大异议已被排除的顾客。

采取暗示拥有法,可以将成交谈话直接带人实质性阶段,节省成交时间。由于直接将推销提示转化为购买提示,可以适当减轻顾客的购买压力,可以把顾客的成交信号直接转化为成交行为,促成交易。使用暗示拥有法时,应尽量使谈话在融洽的环境下进行,注意语言技巧,避免使用直接关系购买的言语和假设性语言。

暗示拥有法如使用不当,未准确捕捉住成交信号,可能会引起顾客反感,有时还会对顾客造成一定的心理压力,破坏成交气氛。另外,也不利于对顾客异议的进一步处理。

2、激将成交法

该法是店员采用一定的语言技巧刺激顾客的自尊心,使顾客在逆反心理作用下完成交易行为的成交技巧。

合理的激将,不但不会伤害对方的自尊心,还会在购买中满足对方的自尊心。比如,一位女士在挑选商品时,如果对某件商品较中意,但却犹豫不决,售货员可适时说一句:"要不征求一下您先生的意见再决定。"这位女士一般会回答:"这事不用和他商量。"从而做出购买决定。但是,由于激将成交法的特殊性,使得它在使用时,因时机、语言、方式的微小变化,可能导致顾客的不满、愤怒,以致危及整个销售工作的进行,故必须慎用之。

3、从众成交法

从众成交法是指店员利用顾客的从众心理,来促使顾客立即购买商品的一种成交方法。从众心理是人类固有的心理现象。长期的社会规范,有形或无形的团体压力以及人类自身的成长要求都是形成从众心理的主要原因。

例如,女士买化妆品,大多数是看自己周围的朋友买什么牌子,女士总是认为大家对某一品牌情有独钟,那它肯定是好商品。消费者在购买某商品时,若售货员说:"对不起,这种商品现在缺货,明天才能进到货,要不,等进到货时,我先帮您留一件,否则又没货了。"一般来说,顾客听到这种话,都会对该商品产生好印象,缺货就意味着是好货,紧俏品是好商品的观念,肯定是供小于求。

从众成交法就是利用了顾客的这种从众心理通过顾客之间的影响力,给顾客施加无形的社会心理压力,进而促成交易。

使用从众成交法时出示的有关文件、数据必须真实可信,采用的各种方式必须以事实为依据,不能凭空捏造,欺骗顾客,否则,受从众效应的影响,不但不能促成成交工作,反而会影响企业信誉,破坏全部的销售工作。

4、提示成交法

提示成交法是店员通过对推销商品的优点及购买推销品后的利益进行概括汇总,促使顾客做出购买决定的方法。它虽然是对推销建议的重复,但由于已进行了概括汇总,将利益集中到了顾客所关心的要点之上,所以仍然是非常有效的。

在使用提示成交法前,店员必须有意识地做好这一方法使用的准备工作。首先,应熟练掌握商品的各方面情况,并确定推销要点向顾客提出;其次,要仔细收集顾客对推销要点的反应,区分出顾客感兴趣的优点和特殊利益,然后将优点和利益进行汇总概括,就可以作为提示要点了。例如,某化妆品店员对一位中年妇女推销化妆品时，可以说："本公司推出的增白露不仅具备其他同类化妆品的优点，而且特别添加了保养皮肤的功效，增白只是本产品优点的一方面。一个女人，尤其到了中年更应重视皮肤的滋润，有光泽，有弹性，这样才能更长时间的留住青春。"这样，既对推销品的优势进行了强化，又增强了顾客的购买信心。

需要注意的是，提示成交法的内容不易太多太杂，否则会使顾客产生厌烦心理。如无必要，最好不要加入新的补充内容，否则将可能出现新的顾客异议，拖延成交时间。

5、机会成交法

机会成交法是店员通过向顾客提示最后成交机会而促使顾客立即购买推销产品的成交方法。其实质是利用了顾客的机会心理，向顾客施加压力，增强成交的说服力和感染力。

例如，1996年8月份，小天鹅牌洗衣机在北京各大商场打折25%销售，这种推销方法促进了"小天鹅"的销售量，而且到9月1日，这个优惠条件就停止。许多需要更新洗衣机的家庭抓住了这个机会，买到了质好价廉的洗衣机。企业也抓住了这个机会，占领了北京市场，给竞争对手沉重一击。

"物以稀为贵"、"机不可失，时不再来"。一般情况下，顾客对稀有的东西，对即将失掉的有利条件均会情有独钟。虽然每天都有无数的机会与顾客擦肩而过，但因为信息强度不够，并未引起他们的注意，而一旦顾客亲身遇到了这种机会时，他们便会认真考虑是否应该抓住它。

（三）成交异议

顾客异议处理方法

顾客的异议是多种多样的，处理的方法也千差万别，必须因时、因人、因事而采取不同的方法。常见的处理顾客异议的方法有以下几种：

1、转折处理法

这种方法是比较常用方法，即店员根据有关事实和理由来间接否定顾客的意见。应用这种方法是首先承认顾客的看法有一定道理，也就是向顾客作出一定让步，然后再讲出自己的看法。此法一旦使用不当，可能会使顾客提出更多的意见。

在使用过程中要尽量少地使用"但是"一词，而实际交谈中却包含着"但是"的意见，这样效果会更好。只要灵活掌握这种方法，就会保持良好的气氛，为自己的谈话留有余地。比如顾客提出服装颜色过时了，你不妨这样回答："您的记忆力的确很好，这种颜色几年前已经流行过了。我想您是知道的，服装的潮流是轮回的，如今又有了这种颜色回潮的迹象。"这样你就轻松地反驳了顾客的意见。

2、以优补劣法

又叫补偿法。如果顾客的反对意见的确切中了商品的缺陷，千万不可以回避或直接否定。明智的方法是肯定有关缺点，然后淡化处理，利用产品的优点来补偿甚至抵消这些缺点。这样有利于使顾客的心理达到一定程度的平衡，有利于使顾客作出购买决策。比如商品质量有些问题，而顾客恰恰提出："这东西质量不好。"你可以从容地告诉他："这种商品的质量的确有问题，所以我们才削价处理。不但价格优惠很多，而且公司还确保这种产品的质量不会影响您的使用效果。"这样一来，既打消了顾客的疑虑，又以价格优势激励顾客购买。这种方法侧重于心理上对顾客的补偿，以便使顾客获得心理平衡感。

3、委婉处理法

店员在没有考虑好如何答复顾客的反对意见时，不妨先用委婉的语气把对方的反对意见重复一遍，或用自己的话复述一遍，这样可以削弱对方的气势。有时转换一种说法会使问题容易回答得多。但你只能减弱而不能改变顾客的看法，否则顾客会认为你歪曲他的意见而产生不满。你可以在复述之后问一下："你认为这种说法确切吗？"然后再继续下文，以求得顾客的认可。比如顾客抱怨"价格比去年高多了，怎么涨幅这么高"。店员可以这样说："是啊，价格比起前一年确实高了一些。"然后再等顾客的下文。

4、合并意见法

这种方法是将顾客的几种意见汇总成一个意见，要起到削弱反对意见对顾客所产生的影响。但要注意不要在一个反对意见上纠缠不清，因为人们的思维有连带性，往往会由一个意见派生出许多反对意见。摆脱的办法，是在回答了顾客的反对意见后马上把话题转移开。

5、反驳法

指店员根据事实直接否定顾客异议的处理方法。理论上讲，这种方法应该尽量避免。直接反驳对方容易使气氛僵化而不友好，使顾客产生敌对心理，不利于顾客接纳店员的意见。但如果顾客的反对意见是产生于对商品的误解时，你不妨直言不讳。但要注意态度一定要友好而温和，最好是引经据典，这样才有说服力，同时又可以让顾客感受到你的信心，从而增强顾客对产品的信心。比如顾客提出你的售价比别人高，如果商品的价格有统一标准，你就可以拿出价目表，坦白地指出对方的错误之处。反驳法也有不足之处，这种方法容易增加顾客的心理压力，弄不好会伤害顾客的自尊心和自信心，不利于推销成交。

价格异议

在所有的顾客异议中，价格异议是出现频率最大的，所以很多店员把成交的核心任务看作是"讨价还价"。这种认识虽然有失偏颇，但客观反映了"价格异议"在成交过程的特殊影响。因此，我们在此处单独来讨论如何处理价格异议。

先看如下的例子吧——

【情景卖场】

店员："您看，这台复印机是最新的产品，它有最新的设计，而且功能上能满足多方面的需要。现在是新产品推广期间，能享受折扣优惠，这里有一份详细的功能说明书，您看看吧。"

顾客："嗯，您介绍的这款复印机，功能大致上我都很清楚，是多了一两样优点，但大致而言，和别家的产品功能也差不多，为什么别家要比您们便宜那么多？"

店员："一看您就是行家，您说的没错，但是相信您也知道，一分钱一分货，我们这的产品一向都是本着高品质的原则销售的，您放心，您买下一定不会后悔。"

顾客："嗯，我对这种产品已非常了解，我会郑重考虑，不过，价格上怎么说都觉得太贵。"

店员："您相信我，一分钱一分货，在我们这买质量绝对有保证。"

很显然，上述情景卖场中，顾客对产品的品质是满意的，异议出现在价格上，准确的说就是"太贵了"。面对这个异议，店员也非常明白：价格的昂贵或便宜，不在价格本身,而是在顾客觉得他从产品上获得利益的大小。也就是说店员要强调给顾客的就应该是购买这个商品可以从中获得的利益,及购买价值的大小。但是,这位店员给出的答案显然不能说服人:一分钱一分货。他想传达的意思是:这个商品物有所值。可是顾客并不明白它到底哪些地方值。

顾客一比较就知道两个不同品牌的产品价格不一样,但若顾客不知道为什么您的产品较贵,他当然会抱怨您的产品较贵,绝不是凭您一分钱一分货就能接受的,同样地,顾客若不能充分知道您的产品能带给他哪些利益,他会觉得没有这个价值,当然也会感到价格贵。

价格的问题只是一个表象,当您接收到顾客提出的价格异议的信息时,您的反应应该是还有哪些利益是顾客不知道的,我要如何让顾客感到更多的利益,而不是"一分钱一分货"、"保证值得"、"实在不贵"、"用了就知道"、"保证不会让你后悔"、"保证您买了还会再来"等空洞无用的话语,这些话无法化解价格上的异议。

下面再举一个成功的案例——

【情景卖场】

一日,某顾客到家具店购买一张办公椅子,店员带他看了一圈。顾客:"那两张椅子价钱怎么算?"店员:"那个较大的是4 500元,另外一张是6 000元。"顾客再仔细看了一下问道:"这一张为什么这么贵,我们外行看起来觉得这一把应该更便宜才对!"店员:"这一把进货的成本就快要6 000元,只赚您200元。"顾客本来对较大的那把4 500元的有一点兴趣,但想到另外一张居然要卖6 000元,这把椅子的品质一定粗制滥造,因此,就不敢买了。

顾客又走到隔壁的一家,看到了两张同样的椅子,打听了价格,同样的是4 500元及6 000元,顾客:"为什么这把椅子要卖6 000元?"店员:"先生,您请过来在两张椅子都坐一下比较比较。"顾客依着他的话,两张椅子都坐了一下,一张较软、一张稍微硬一些,坐起来还重舒服的。

店员看顾客试坐两张椅子后,接着告诉顾客:"4 500元的这张椅子坐起来较软,觉得很舒服,反而6 000元的椅子您坐起来觉得不是那么软,因为椅子内的弹簧数不一样,6 000元的椅子由于弹簧数较多,绝对不会因变形而影响到坐姿。而不良的坐姿会让人脊椎骨侧弯，很多人腰痛就是因为长期不良坐姿引起的，光是多出的弹簧的成本就要多出将近600元。同时这张椅子旋转的支架是纯钢的，它比一般非纯钢的椅子寿命要长一倍，不会因为过重的体重或长期的旋转而磨损、松脱，因为这一部分坏了，椅子就报销了，因此，这把椅子的平均使用年限要比那把多一倍。另外，这张椅子，看起来不如那张那么豪华，但它完全是依人机工程学设计的，坐起来虽然不是软绵绵的，但却能让您坐很长的时间都不会感到疲倦。这张椅子虽然不是那么显眼，但却是一张精心设计的椅子。老实说，那张4500元的椅子中看不中用，是卖给那些喜欢便宜的顾客的。"

顾客听了这位店员的说明后，心里想到：还好只贵1500元，为了保护我的脊椎，就是贵3000元我也会购买这把较贵的椅子。

所以，处理价格的异议，只有让顾客认同更多的"利益"。

过去的不良印象

店员也会碰到一些以前使用过本卖场所出售的商品的顾客，但很遗憾，卖出的商品已带给顾客非常不好的印象。当顾客抱怨以往的状况时，店员必须谨慎的对待，才能化危机为转机。

当顾客提出抱怨时，千万不要以不清楚、不太可能吧，别的顾客都没有这种情形，我们这里保证不会发生这种事情等消极否认的态度。直面顾客的抱怨，并接受顾客的抱怨，站在顾客的立场，替顾客感到委屈。

能向店员抱怨的顾客，多半有再次成交的期望，否则他根本不需要花时间找您来，听您说明产品的状况，并再次向您抱怨以前的不满，因此只要您能善加处理，再取得成交也非难事。

为了化解顾客的抱怨，除了向顾客致歉外，您最好能了解引起顾客抱怨的真正原因，针对这些原因在推销过程中，要特别地让顾客安心，您也要特别留意不要再给顾客带来同样的困扰。

从另一个观点来看，找出真正的原因能缩小顾客的抱怨范围，对您的推销也有很大的帮助。例如可询问顾客是对产品不满呢？还是对服务不满？顾客告诉您是对服务不满，此时，您可得到一个信息是顾客对您的商品还是很满意的。因此，您能迅速测试出卖场在顾客心中的分量，同时也让顾客从情绪上对整个卖场的不满,理性地缩小至对某个服务不满。

【情景卖场】

店员:"您是否能让我知道,让您对我们那么不满意的原因吗?"

顾客:"你们的服务太差了!"

店员:"是服务太慢呢,还是服务人员态度不好?"

顾客:"服务太慢了,每次都要等大半天!"

店员:"很抱歉!真的很抱歉!那段时间,由于店员人力不足,其他顾客也对我们提出了意见,真是很抱歉!现在,这个问题已经彻底地改善了。"

反对意见

当某个顾客提出价格太高,店员通常的反应是解释为什么这里的费用比别处高一些。他解释完后,顾客仍不明白为什么该产品值这样的价。这样店员就花费了不必要的时间强调了产品的缺点,也可能对顾客的反对意见做出了错误的答复。

你可以说上一个小时解释为什么你的价格比别人高,但结束时,情况并未改变。你的价格仍高出一些,你并没有说明你的商品有此差价的理由。

如下方法可以促使你的顾客讨论你产品的长处。

当一位顾客提出反对意见时,你要放松、停顿一下,对反对意见表示听到,并说些诸如"我能理解它为何使你担心"之类的话。以最温和的声音重复一下反对意见。这个放松、停顿和理解的过程应该一直是你调节有效答复的基础。这是进入顾客的观点并进行思想交融的第一步。

尽量使你的声音平静,并充满信心,保持清晰的思维。要告诉自己:"放松,我能对付此事。"停顿约三秒钟,看看顾客。这会让他感到你在倾听他的担心,并予以考虑。别告诉顾客你同意他的反对意见,只说你理解他的关心或观点。你可能说:"我能理解这对你是何等重要。当我开始评估自己的这一选择时,我也会有同样的担心。"由于顾客常常夸大他们的反对意见,你要把他的反对意见重复一遍。在重复时使其弱化。

下一步,要澄清真正的反对意见,检查一下以保证真正懂得你正应付的东西。

这个检查过程也给顾客一次发泄其感情的机会。你会问:"你到底担心什么呢?"、"为什么我们的价格会显得高呢?"或"你在把我们同谁比较呢?"当顾客说他要考虑决策时,这一澄清步骤显得万分重要。当发生此事时,要先问:"你还有别的担心吗?"这一澄清步骤将向你保证一次公平对公平的比较,并摆脱大部分根据性能、质量、实用性、费用、产品价值的错误信息而提出的反对意见。最重要的是,你能保证对反对意见给予准确的答复。

不要争辩要证明

在商场上,常看到顾客与店员争辩,旁人不管他们在吵什么,为什么吵,都是千篇一律地站在顾客一边。原因很简单,他们也是消费者,总有一次也会遇上类似情况的。店员应该清醒地认识到这一点,遇到顾客有意见时,不论谁是谁非,都不得与之争辩,尽管你有千万条道理,也不得开口说一句话,一旦说了争辩的话,生意做不成是小事,影响声誉,那问题就大了。

【情景卖场】

有一家鞋店的老板应付顾客的手段相当高明。可是他给人的印象并不属于那种伶牙倒齿型。在他的店员须知中,有一条规则是:别和顾客争辩!因顾客说的话有其理由,难以说服。

顾客对他抱怨说:"鞋跟太高了!"

老板拿出一双鞋跟稍低的让顾客试穿,顾客又说:"这个式样不好看!"

老板于是同时拿出几双鞋,都是那个季节最流行的款式。但顾客提出了另一个看似很好笑的要求:"我右脚比左脚稍大,我不到适合的鞋子!"

在此之前,不论顾客说什么,老板只是微笑着点头不语。等顾客提出这个"无理"要求后,他才开口说:"请你稍等。"

不一会儿,他就从货柜里找出一双鞋:"此鞋你一定适合,请试穿。"

顾客半信半疑地穿鞋后高兴地说:"好像是给我定做的。"于是很高兴地把鞋买走了。

看来,店员应对顾客的抱怨,最好的方法是保持沉默,而且应利用顾客的心理,使他没有继续反驳的余地,就可圆满地达到自己的目的。他说"这个不好""那样不对"一类话时,店员不要一一反驳,最重要的是让对方尽量把话说完,再抓住时机反驳。对方说他喜欢什么,等于是推出王牌,可以进一步掌握有利势头。

当然,要完全反驳顾客的异议,还必须出示能让别人相信的证据。店员如何提供证据说服您的顾客呢?不妨参照以下两个步骤:

步骤1:找出满足顾客需求的销售重点

事实上,不管您进行推销的过程长或短,所花的时间多或少,真正促成交易的原因都只有几点,顾客绝对不是因为您商品的所有销售重点而购买,也不会因为您的销售重点比别人少了一、两点而不购买,真正起作用的在于您的销售重点中的一、两样能充分地证实、满足他的需求。

步骤2:准备针对销售重点的证据

由于满足顾客的销售重点不尽相同,因此,您必须针对商品的所有销售重点,找出证明它是事实的最好方法。证明的方法有很多,下面的几种方法可供您参考:

(1)实物展示。这是最好的一种证明方式,商品本身的销售重点,都可通过实物展示得到证明。

(2)专家的证言。您可收集专家发表的言论,证明自己的说词。例如符合人机工程学设计的椅子,可防止不良的坐姿,防止导致脊椎骨的弯曲。

(3)视觉的证明。照片、图片、产品目录等都具有视觉证明的效果。

(4)保证书。保证书可分为两类,一是卖场提供给顾客的保证,如一年免费保养维修;一是品质的保证,如获得×××专业机构的品质认证。

(5)统计及比较资料。一些数学的统计资料及与竞争者的状况比较资料,能有效地证明您的说词。

(6)成功案例。您可提供顾客一些成功的销售案例,证明您的商品受到别人的欢迎,同时也提供了顾客求证的情报。

第八章

优秀店员第8关

——售后服务

　　售后服务是销售之本，离开了售后服务，销售就是无本之木，无源之水。真正的推销开始于售后的服务，它影响着销售业绩，决定着销售的增长。

　　生意的成败，取决于能否使每一次购买的顾客成为固定的常客，这就全看你是否有完善的售后服务。

（一）如何进行售后服务

售后服务的重要性

有一位营销专家说：售后服务才是销售的开始。这一观点明确表明售后服务是销售之本，离开了售后服务，销售就是无本之木，无水之源。售后服务是影响企业销售业绩的关键因素，销售增长的速度取决于售后服务的完善程度。可以这样理解售后服务于商品销售的关系，即售后服务决定着销售的增长。

现在的消费者已经将售后服务作为一个商品的附加价值来衡量，甚至把它作为购买决策的一个重要砝码。如果某个商品不能提供售后服务，顾客一般不会将其作为首要考虑对象；如果两个价格相当的同类商品，顾客会优先考虑购买提供售后服务或者提供更好售后服务的一种；如果顾客无法判断某个产品的品质是否优越，他们会透过售后服务相关承诺来了解。

1、售后服务是高层决策

正因为消费者注重商品的售后服务，厂家或者商家就不得不考虑将其作为一种营销战略来运筹。不管售后服务由厂家或者商家提供，作为终端销售的卖场，也必须将其纳为一个重要的管理内容。

以下提供某知名家电零售企业的售后服务战略，以作参考。

【情景卖场】

这家企业堪称国内最大的家电零售企业，2003年以109亿元的年销售额遥遥领先于同类企业。目前，国内家电市场竞争十分激烈，同时由于厂商众多、发展充分，家电业也是市场化程度较高的产业，竞争压力巨大。要想在这样的行业里站稳脚跟，就必须有一套高超的经营方法。

那么，这家企业迅猛发展的秘诀何在？答案就是：真心服务、诚信经营。特别值得一提的就是该公司的售后服务策略。

有调查显示，在该公司所属卖场购物的消费者中有85%是回头客，其中有47.5%是经朋友介绍来购物的。他们把对消费者讲诚信作为经营的核心内容，替消费者严把质量关,把质量过硬的商品提供给消费者,不欺骗消费者,为消费者提供尽可能周到的服务。同时,他们与厂家在重诺守信、互惠互利的基础上进行合作,共同为消费者提供最先进、最优质的产品,最终达到商家和生产厂家的最大利益。

该公司多年来始终坚持在售前、售中、售后服务方面进行探索创新,80公里免费送货、定期电话回访、家电免费上门维修等服务措施深受顾客欢迎。今年他们还设立了"消费者维权保证金",顾客只要是在该公司购物,出了任何质量或价格上的损失,无论厂家是否赔偿,他们都将"先行赔付"。同时他们还再次强调"差价补偿"的服务,如果同种商品,在其他商家的售价比该公司低,他们将对差价部分以双倍补偿。这些价格和服务上的有力措施,使消费者得到了实惠,该公司的美誉度也越来越高。

2004年3·15国际消费者权益日那天,该公司向广大消费者展示一种新型的服务模式和理念,称之为"彩虹服务"。"彩虹服务"是该公司总结了以往的服务经验,整合家电厂家的服务资源推出的包括售前、售中、售后服务的全系列家电服务品牌。彩虹的七色还代表了该公司服务的7个100%承诺——

◆ 咨询服务落实率100%;

◆ 顾客投诉回复率100%;

◆ 安装调试合格率100%;

◆ 维修合格率100%;

◆ 用户档案完备率100%;

◆ 上门服务到位率100%;

◆ 服务时间准时率100%。

2、店员进行售后服务的要点

虽然售后服务很大程度上是管理高层的战略决策,但作为一名卖场店员,也必须熟悉你所推销的商品的相关售后服务内容与实施细则,才能更好地执行公司的战略决策,同时提升自己的销售业绩。

店员进行售后服务,应该把握以下要点:

(1)熟悉售后服务规则

表面上看来,售后服务也许和营业店员没有关系。因为一般的售后服务内容如退换货、维修、理赔等等,都不是店员能够处理的。一般的商场或公司也都设有专门的售后服务中心以及相关的技术部门。但是,由于售后服务是顾客关心的一项重要内容,他们在购买产品的时候就会询问售后服务的承诺内容。如果店员不知道自己所售产品提供什么样的售后服务,顾客一问三不知,就会失去对产品和商场的信赖。一般来讲,顾客关于售后服务的内容,最关心有以下几点:

◆ 是否提供上门安装、技术咨询?

◆ 是否免费送货上门?

◆ 是否承诺退换货服务?

◆ 是否保修? 保修期限是多长?

◆ 保修的范围有哪些?

◆ 出现技术故障找谁? 怎么联系?

因此,以上内容的答案需要店员熟记于心,而且要根据不同的产品承诺不同的内容,既不要一概回答"找售后服务中心"、"找维修部",更不要轻易说出"不知道"三个字。店员在答复顾客关于售后服务规则的提问时,要尽量避免以下问题:

◆ 虚假承诺——承诺不能提供的服务、隐瞒能够提供的服务;

◆ 夸大承诺——以"大包大揽"的方式答应顾客的一切请求;

◆ 推诿责任——比如 "这是售后服务部门的事"、"售后服务由厂家提供,我们不负责"等等。

◆ 请示主管——动不动就说"这我不太清楚,我要问问上级"等。

◆ 含糊其词——喜欢用模棱两可的说法,如"也许要……"、"应该是……"、"到时候再说"、"你尽可放心……"等等。

◆ 讥笑嘲讽——比如"这么小的东西还需要什么售后服务? "、"这是一次性用品,怎么提供售后服务? "等等。

上述问题,任何店员只要犯了其中的一条,就不是一个合格的店员,轻则会当场失去交易的机会,重则会对企业造成信誉上的负面影响。

(2)做好前期销售工作

在售后服务工作中,除了正常的技术服务外,很大一部分就是一些意外的投诉和理赔了。而在投诉和理赔的动因中,又有绝大部分是因为店员与顾客沟通不足。比如没有按正确的方式为顾客演示产品,致使顾客错误操作造成后果;没有为顾客出具正确的票据,使顾客回家后"对不上号";没有解释清楚售后服务的规则,使顾客误会了相关服务内容等等。

大多数投诉的产生是因为商品提供的利益与顾客的期望不一致,这种情况的发生原因很多,产品质量较差、使用不合理或服务较差,有时也因为顾客的期望值太高。对于第一种原因,服务人员无能为力,因为这是产品生产中质量检测部门的问题。但对于后三种情况,服务人员应尽可能加以监控并防止发生。

确保顾客能正确使用产品是售后服务的一部分,卖出之前应仔细检查商品质量,提前发现问题,并在顾客提出抱怨前先向其说明;另外,顾客期望也常常因为店员夸大产品质量而变得很不现实,导致顾客对此意见很多。如果对商品保持诚实的态度,那么这种情况也可避免。

除此之外,店员为避免顾客的投诉理赔,在销售工作中还应该注意以下细节:

◆对顾客心怀感激——店员在从事销售工作的时候,有必要给顾客"温和"、"诚实"、"可信赖"等好的印象。因此,就必须以温和、亲切的微笑来招呼顾客。如果一个店员经常心怀感激之情对待顾客,就可以很大程度上避免一些"小摩擦"。

◆愉快且有分寸地与顾客交流——与顾客交谈时,应避免自说自话,或没有分寸地开玩笑。正确的做法是:一方面向顾客介绍商品知识,或者是有关的销售知识、商品的维修知识和维修地点、商品退换方法等售后服务内容;另一方面也可亲切愉快地和对方交谈些别的话题,但切忌乱扯,妨碍正常的销售活动。这样做的目的和上一条一样。

◆认真填写票据、保修卡——在进行销售工作的时候,一方面你要与顾客交谈,另一方面你要为顾客出具票据和保修卡等。这是进行售后服务的依据,一旦填写错误,就可能产生纠纷。填写完毕后还要提醒顾客核实一下,这一点尤为重要。

◆提醒注意事项——对产品在使用过程中可能出现的问题,一定要再三提醒顾客注意,并随时提醒顾客按照产品使用说明书操作产品。

(3)积极面对顾客的投诉和抱怨

当顾客投诉或抱怨时,店员应态度诚恳并表示关心,尽可能站在顾客的立场上来寻求解决问题的方法。如果顾客大发牢骚,千万要有耐心,别打断他,尽量让他去讲,如表示出厌烦情绪可能会引起更深的愤恨。你对待顾客的态度将最终决定这一事件是否能圆满解决。在认真倾听完顾客意见之后和善地向顾客做出解释,拿出可行的解决方案,顾客才会心平气和,你们的合作关系才会更加牢靠。

当然,顾客的许多抱怨并非全部合理,可能会有一些顾客无理取闹并强求解决。虽然你希望公平,但如果满足了这些顾客的要求则对你的公司造成不利。但是无论如何,当顾客声称产品有缺陷时还是应该先检查产品,让顾客解释他使用产品的细节。复印机可能因为使用了劣质纸张而卡纸,不合理的使用是造成许多机器损坏的重要原因。通过调查就能发现问题的症结在哪里,最后总能找出双方都能够接受的解决办法。

在听到抱怨后要立即加以解决,时间越短越好,不要找种种借口拖延。尽早实施,就能给顾客带来好印象,或至少能减轻不良印象。

店员的处理宗旨是为了方便顾客,而且也要让顾客认识到这一点,应该向顾客充分说明公司决定用这种方法的理由。

当顾客同意处理方案后要迅速实施,这时售后服务人员有责任监控实施过程,这就好像交易后的售后服务。处理抱怨之后的后续服务对于留住顾客非常重要,如果顾客的不满心情消失,就可以开始下一项交易了。

因此,店员面对顾客的投诉和抱怨,应该按照下面的流程来处理:

◆ 面带微笑接待顾客;

◆ 认真倾听顾客意见;

◆ 弄清抱怨的缘由并作下记录;

◆ 迅速处理抱怨现象;

◆ 向顾客道歉,说明问题出在哪里;

◆ 向顾客说明处理情况,取得谅解;

◆ 抓好后续服务。

售后服务的内容

售后服务旨在解除顾客的后顾之忧,使顾客欣然买下商品,买后感到满意、舒心,使顾客转化为"回头客",并促使他们主动宣传,带来新的客源。成功的售后服务手段可以解除顾客忧虑,成为你的忠实顾客。

不同的厂家和商家,会制定不同的产品售后服务规则。但作为一般零售业,售后服务的基本内容有：

1、送货服务

对于一些体积较大、重量较大、不易搬运的商品而言,由卖场提供送货服务对顾客作出购买决定极富吸引力。不管这一服务是免费还是有偿的。

2、安装调试

对于技术性较强的机械、电子产品而言,为顾客提供安装调试是极有必要的。否则,顾客可能作出不买的决定,或者因为购买后存在着技术障碍而怨言百出,对其产品形成不良印象。

3、零配件供应

零配件供应也是一项十分重要的售后服务工作。倘若缺乏零配件供应,一台设备便可能因一个小小的零件出了毛病而不能正常工作。对那些特种设备而言,由于零配件缺乏互换性,这个问题更加明显。有效、及时地零配件供应有时对经营的成败具有至关重要的影响。

4、顾客教育

卖场与顾客之间不仅是买卖关系,它还应当承担起顾客教育的任务,用教育方法引导顾客做长期买卖。

5、技术咨询

顾客在使用商品的过程中,常常遇到一些技术上的难题,影响产品的使用效果。这个时候,如果能为顾客提供技术咨询,就可以为他们排忧解难,获得顾客对商品的好感。

6、销售保证

销售保证除价格保证外,还有质量保证等。具有销售保证无疑让顾客吃了一颗定心丸。

7、产品说明书

产品说明书是售后服务的一个重要方面,它可以帮助顾客掌握其使用、维护方法,提高使用效果。

8、顾客跟踪

顾客跟踪服务的好处在于随时掌握顾客动态,为新一轮的销售提供建议;同时可以为顾客解决实际问题,减少顾客购买后的抱怨,提高对顾客服务水平。

9、退货处理

顾客购买到不合格或不合适的商品,卖场若允许顾客退货,可以消除顾客不满。退货处理若运用适当,还可获得社会公众的普遍好感。面对纠纷,要善于听取顾客意见,态度要友善。同时,要查清事实,再与顾客充分交流意见,依据纠纷原因妥善处理。

10、善后工作

投诉处理善后工作,促成坏事变好事;问题出在顾客一方,要善于诱导,使顾客认识到自己的问题。

退换货服务

对于店员来说,在售后服务中遇到的最多麻烦应该来自于顾客的退换货。因此,我们在这里重点讲解一下有关退换货的服务。首先来看一个著名百货超市关于退换货的相关规定:

【情景卖场】

《××百货商品退换规定》

本规定依据《中华人民共和国消费者权益保护法》、《中华人民共和国产品质量法》及其它规定制定。凡是在××百货购买商品的顾客,请仔细阅读此规定,如产品无特殊退换货规定的,将按以下条款执行。

一、退换货承诺

1、所退换商品要求具备商品完整的外包装、备件、说明书、保修单、发票、发货单、退换货原因的说明。

2、用户所购商品在正常使用过程中出现质量问题,如在质量保证期内请您根据产品保修卡所标明的方式直接与厂家或维修站联系。如果您的要求没有得到答复请及时联系我们,我们会协助您维护您的权利。

3、出现下列任何一种情况的用户将不能享受××百货退换货承诺:

◆产品曾被非正常使用;

◆非正常条件下存储、暴露在潮湿环境中;

◆暴露在温度过高或过低温度中；

◆未经授权的修理、误用、疏忽、滥用、事故、改动；

◆不正确的安装；

◆不可抗力导致的损坏；

◆食物或液体溅落导致的损坏；

◆产品的正常磨损；

◆顾客在退换货之前未与××百货取得联系；

◆退回产品外包装不完整；

◆退回产品的配件及所附资料不全；

◆退回产品的发票或发货单丢失、涂改或损坏；

◆超出质量保证期；

◆产品并非由××百货提供

4、超过质量保证期的商品，××百货协调，解决您的问题，由此增加的费用将由用户承担。

二、退换货方式

1、请您在退换货之前通过电话或者e-mail方式与××百货取得联系，我们做好迎接您的准备；

2、联系时，请您告知您的商品名称、票据号码及退换货原因、联系方式等，××百货视具体情况妥善为您解决。

3、请在××百货售后服务中心填写投诉表，否则××百货有权拒绝没有任何原因说明的退换货要求。

4、您可以按××百货提供的地址将产品交与厂家或维修专店或电话协商处理，若对处理方式不满的，请直接到本店售后服务中心。

三、分类商品退换货细则

(一)IT产品

1、所售出的IT硬件产品如无质量问题，不能享受我们的退换货规定。

2、如果您的产品在质量保证期内出现非人为损坏的问题，请您与厂家直接联系，我们也会积极协助您解决问题。

(二)手机、小灵通

××百货所售商品均为原厂正品,享有原厂正规售后服务,敬请放心选购。移动电话产品标明的价格均不含入网费。移动电话产品价格变动较快,请您慎重考虑物品配送途中的降价风险后再进行购买。移动电话一经售出,无质量问题恕不退换。

1、自手机购买订单确认之日起1年内出现非人为损坏原因的质量问题时,您可享有移动电话厂家的免费维修服务。

2、当您的手机出现非人为损坏原因的质量问题时,我们建议您首先在当地就近选择厂家维修中心进行质量检测与维修服务。这样既可以节省寄还手机的在途时间,又能够保证您享有同等售后服务。

3、如果您选择将手机寄还给××百货进行维修,我们将进行质量检测和维修服务,如果产品经检测,在保修期内确有非人为原因的质量问题,顾客可享受免费维修服务,××百货将为您承担往返的邮寄费用;如果经商户检测,手机故障属人为原因造成或已过保修期,则由××百货进行成本价维修,由此产生的检测、维修费用和往返的邮寄费用将由用户自行承担。

4、由于各移动电话厂家提供的返厂维修时间以15个工作日为期限,所以××百货能够向您承诺的维修时间是:自接到您的故障手机之日起15个工作日内为您送还维修完毕的手机。

(三)内衣

由于内衣属特殊商品,货品一旦售出后,我们原则上不接受退、换货,除非有以下情况:

1、所收到商品的尺码、颜色、款号与所订货物不同。

2、所收到商品有明显的质量问题。

(四)图书、音像制品、食品等,除非确有质量问题,否则一经拆封将不予退换。

(五)其他受知识产权保护或有时效性的产品:(如各种电脑软件、数字卡、上网卡或充值卡等)除非不能正常使用,否则不予退换。

(六)其他类别产品:退换货的原则将依据《中华人民共和国消费者权益保护法》和《中华人民共和国产品质量法》的细则处理。

四、补充说明

1、此规定的解释权在××百货,如有变更,恕不另行通知。

2、联系方式:电话: email:

由以上案例可以得知,店员在处理顾客退换货事件时,应该注意以下的重点:

◆不论顾客为什么要退换货,一律热情接待;

◆首先要问清退换货的详细原因,并立即判断是否属于正常退换货范围;

◆如果顾客要求超出商场规定,要耐心解释,直到对方满意为止;

◆如果属于自己不能解决的问题,应明确告诉顾客相应部门的联系方式;

◆在接受顾客的退换货时,一定要认真检查商品的包装、零部件是否完整并作详细记载;

◆与顾客交涉时,要巧妙询问对方的使用方式是否合理科学,由此判断商品故障的责任属于谁。

◆如果退换货需要一些附加条件,而顾客此前并没有了解的,要及时向顾客说明,如果顾客因此认为店方有"欺瞒行为",店员既要维护商场的声誉,又要耐心向顾客解释。

◆对于被退换回来的商品,应该按照商场的规定及时入库或作其他处理。

◆退换货结束后,不论顾客是否满意,一定要向顾客致歉并邀请他们继续保持对本店的信赖。

(二)售后顾客关系

顾客关系巩固

在零售业高度发达、竞争日趋激烈的今天,企业的营销策略已经由"以产品为导向"转到"以顾客为导向"。营销不再是一次性交易,而是顾客关系的持续和巩固。这就将"顾客关系"提到了一个战略化的高度。而作为顾客关系的第一接触媒介——店员,对于顾客关系的维护与发展,更具有非常重要的作用。

店员要深入了解顾客的需求、愿望、不满和忧虑,努力在售前以自身的宣传、承诺、口碑影响着顾客对产品价值的认同;在售中为顾客提供更多的个性化选择,满足个体对价值的需求;在售后中长期保持着顾客关系,挖掘顾客生命价值;同时对产品的实际应用产生情况反馈,为企业改进或更新产品提供重要信息,为商品服务价值提升提供帮助。

店员在巩固和发展顾客关系方面,要努力做到以下几个方面:

1、认识顾客的重要性

顾客为什么重要,此处无需赘言。关键是,店员如何认识到顾客的重要性。很多企业在店员培训方面强调了顾客的重要性,也有一些重要方法值得借鉴,下面参考一个大型百货超市的做法。

【情景卖场】

在这家超市的员工更衣室墙上,挂着一块很大的牌匾。所有店员进店的第一件事,就是边换工作服边默读牌匾上的内容。牌匾题为《关注顾客的十条金则》,内容如下:

1、获得一个新顾客比留住一个老顾客花费更大。

2、除非你能很快弥补损失,否则失去的顾客将永远失去。

3、不满的顾客比满意的顾客拥有更多的朋友。

4、顾客不总是对的,但怎样告诉他们错了会产生不同的结果。

5、欢迎投诉——投诉使你有机会进行挽救。

6、不要忘了顾客有选择权力。顾客可以提出任何要求,只要他们为此支付报酬。

7、对待内部顾客就要像你对待外部顾客一样。

8、你必须倾听顾客的意见以了解他们的需求。

9、相信自己的产品,如果你不相信,你怎么能希望你的顾客相信呢?

10、如果你不去照顾你的顾客,那么别的人就会去照顾。

这10条"金言"无一例外都与顾客有关系,而且内容后面有该超市总经理的亲笔签名,可以想见该超市对顾客的重视程度。

2、倾听顾客意见

区别一个企业是"以产品为导向"还是"以顾客为导向",最大的不同在于前者花了很多的时间听取自己的意见,而后者则在听取顾客的意见。营销界有一句名言:"顾客永远是对的"。这句话在很多方面是一种误解,因为顾客并不总是对的,他们往往实际上不知道他们的需要或需求。如果倾听顾客的意见后能帮助他挑选最符合他的需要或需求的一件产品或服务,那么他会更有可能成为一个回头客。但如果顾客们买的并不是符合他们需要或需求的产品,他们又可能不满。这样他们不仅不大可能再次光临购买商品,他们还可能把他们的不满告诉他们的朋友。

倾听顾客的意见是卖场销售服务的一个重要部分。有关专家认为,为了达到有效交流的目的,店员说话应该占 20% 的时间,倾听应该占 80% 的时间。然而许多店员似乎认为他们应该完成所有的说话工作,而顾客们应该倾听。

适当使用倾听技巧和适当地提问应该能确保顾客得到的商品或服务符合他们的需要和需求,而不是店员认为他们应该得到的。

3、和顾客作朋友

有许多店员总是迷惑不解,为什么顾客不接受我的建议,而别的店员却能说服她呢?原因基本在于感情问题。美国推销大王乔·坎多尔福也说:"推销工作98%是感情工作,2%是对产品的了解"。在推销过程中,感情纽带连接着成功的桥梁,许多问题也是在感情的升华中得以解决的。中国也有句俗话说:"感情好,生意俏;感情凉,生意黄。"由此可见,在实际推销过程中感情占据了重要位置。

一个优秀的店员非常清楚,若不与顾客"热乎"一下,聊聊生活,谈谈感情,把心理距离拉近,成功之门必然远离自己。同样,为了巩固和发展顾客关系,争取到更多的回头客,店员应该想方设法和顾客做朋友。

那么,如何与顾客做朋友呢? 不妨试试下面的方法:

◆ 让你的微笑留在顾客的脑海中。
◆ 尽量记住顾客的容貌,在他下次光顾的时候主动打招呼。
◆ 若有可能,记住顾客的生日,在生日那天给顾客打个问候电话。
◆ 若有顾客的联系方式,逢年过节发个问候。
◆ 记住顾客的孩子名字,下一次可询问其近况。
◆ 在特殊的时候给顾客以温情,比如突遇暴雨送上雨伞等。
◆ 留意顾客的特殊时期,交流自己的心得,如与孕妇谈论妇婴保健等。
◆ 主动邀请"回头客"聚会。

一个优秀的店员要努力地与顾客做朋友,不是流于形式,而是从内心深处去关心顾客。如果你这样做了,往往会收到意想不到的效果。且看如下一个案例——

【情景卖场】

　　一天,王小姐突然收到一封寄自某商场的信件,起初以为是商场的促销广告,待打开一看,才发现是一封私人信件。内容让王小姐大吃一惊,竟然是恭喜她怀孕了。信件还有署名,是该商场妇婴用品专柜的一个店员,王小姐有点印象,但印象不深。

　　好笑的是,王小姐并没有怀孕。因此她认为是那个店员在跟自己恶作剧,于是打电话过去,准备质问对方为什么要这样做。可是通完往电话后,王小姐却感动不已。原来,王小姐是该商场的常客,每个月都会到那个妇婴专柜去购买卫生巾,很有规律。但是最近王小姐家附近新开了一家商场,为了方便,王小姐便不再去原来那家商场购物了。

　　那个店员见王小姐有几个月没去买卫生巾了,据此推断王小姐是不是怀孕了,于是写了那封信。这虽然是一个误会,但非常美好。王小姐不但没有责怪那位"多事"的店员,而且还和她成了朋友。

　　当然,王小姐继续回到了那家商场购物。

顾客信息反馈

　　积极地了解顾客反馈信息,提取和收集有关顾客反馈的资料,对解决售后服务的相关问题将会产生极大的推动作用。要取得顾客的反馈会伴随着许多不便,但得不到反馈会给你带来危机。你可以采取某些积极措施使得你收到的反馈在数量和质量上都有所增加。争取顾客的反馈意见,是卖场售后服务必要的工作。

1、反馈信息的作用

　　顾客的反馈信息对于企业和店员个人来说,具有非常重要的作用。比如:

【情景卖场】

　　小李是一家百货超市化妆品专柜的店员,她所经销的化妆品属于中高档产品,曾经享有很高的美誉度和品牌知名度,因此生意特别好。可是近段时间,却少有顾客光顾,而且以前的老顾客基本上全部"消失"了。

这是为什么呢? 细心的小李决定找出原因,并将信息汇报给高层管理者。

一天,终于来了一个老顾客,但这个顾客没有购买产品,只是路过,顺便与小李打个招呼。小李抓住机会,直接向顾客发问了。

小李:×姐,最近很少来买我们的化妆品吧?

顾客:哦,最近我改用×××牌子了。

小李:为什么呢?我们这种牌子呢?用了这么多年,很清楚它的功效啊,特别是这种产品富含××成分,对补充皮肤水分效果特别明显,尤其适合干性皮肤……

顾客:你别骗我了,你知不知道,就是你说的那种××成分,原来含有致癌物质。

小李:什么?

……

小李很快将这一情况反映到公司品管部。相关负责人随即展开调查,发现顾客所言不虚,互联网上的确登载了××成分可以致癌的消息。虽然这只是一个未经证实的消息,但对消费者的影响还是很大,而且在很长一段时间内将无法消除这种负面影响。于是公司决定停止与该化妆品生产商的合作,并及时退掉了一批货。

不久,该化妆品完全在市场绝迹……而小李升任部门经理。

一般来讲,及时捕捉顾客反馈信息,可以起到以下作用:

(1)确认不满意的顾客,进行补救性服务。

(2)监督和追踪服务表现。

(3)发现顾客对服务的要求和期望。

(4)与同业竞争者的绩效进行全面比较。

(5)评估顾客期望和感知之间的差距。

(6)评估改变服务的有效性。

(7)从顾客满意度和服务报酬方面评估占个人或团体的服务绩效。

(8)为新服务确认顾客期望。

(9)在一个领域内监测不断变化的顾客期望。

(10)预测未来顾客的期望。

2、反馈信息的获取方法

(1)通过顾客投诉

虽然你不愿意顾客上门投诉,但它却是最为直接有效的信息反馈方法。因为搜集反馈信息的目的不是获得赞扬,而是找出工作中的不足。而顾客的投诉绝对是冲着"不满"来的。因此,店员要积极收录和登记顾客的投诉,然后使用这些信息确认不满意的顾客和不满意的原因。这种方法需要通过各种渠道严密地记录投诉的数据和类型,然后将最常出现的投诉类型作为一种普遍失误来纠正。

(2)通过问卷调查

问卷调查一般由卖场或公司统一组织进行,但一般店员也是执行者。在问卷调查方法中,首先要确定问卷的核心,如以服务水平为主还是以产品质量为主,当然综合性的问卷也经常使用。核心确定后,就要确定问卷的内容,具体说就是要设置一些关键问题。根据顾客提供的问题答案,总结出问题所在和需要改进的方面。

(3)通过电话、网络

这种方法具有及时性,一般是交易完成后不久,顾客立即被征询一系列关于产品使用情况、店员服务态度等问题。通常情况下,这种方法用电话进行,或者马上请顾客用计算机终端回答4~5个问题。因为这类调查在交易刚刚完成后便立即进行,因此对于确认不满意或满意的因素很有用,而且,这种方式比留在房间中的卡片回复率高,可以带来持续不断的顾客反馈信息。

(4)通过顾客访谈

这种方法一般是临时采用,而执行者多为前线店员。访谈分为正式性和非正式性。正式访谈大多由店员走进顾客家里拜访并作调查或者将顾客请进一个较为正规的场合;非正式访谈多在柜台旁进行,以聊天的方式为主。访谈的内容非常有针对性,不能太宽泛,否则很难获得准确信息。

(5)通过社会舆论

这种方法是侧面方法,主要通过新闻媒体相关报道获得信息。信息不一定是关于本企业的,但与本企业有一定关联。如其他商场出现的顾客投诉、质量问题等等。这些问题值得借鉴并随时可能发生在本店,因此要防微杜渐。

3、反馈信息的执行

搜集反馈信息不是最终目的,最终目的是要通过信息找到问题的所在,并及时准确地纠正销售及服务中的错误和不足,即执行反馈信息。那么,如何有效地做好反馈信息的执行呢? 就流程而言,大致如下:

第一步:整理反馈信息

由于从市场上收集到的反馈信息并不是完全有价值的,要想挖掘出反馈信息的价值,就要去伪存真,去粗取精。进行信息筛选其主要是为了核实反馈信息、杜绝失真信息的误导。而信息的媒体是多样化的,如互联网、电话、传真、报纸杂志等,所以筛选信息的难度也在加大,我们务必擦亮双眼,挑选出对企业当前工作有转机的信息,特别是潜在信息,才有利于更好的取得执行效果。

第二步:为反馈信息分类

在对信息筛选整理之后,下一步工作就是按信息的时效性(轻重缓急)、营销因素的针对性(产品研发、定价、渠道网络、促销方式、售后服务、销售管理、顾客管理等)和信息的归属性(部门需要)对其进行分类、管理。

第三步:传递反馈信息

反馈信息是经整理、分类,其所反映的问题的本质也逐渐明晰,接下来信息进行合理传递成为信息执行中的一个关键环节。在传递信息时,既要保证信息的畅通无阻,又要注意信息的保密性。在具体操作时,很多企业因为信息传递途径过长,而无法将信息执行下去,或者偏离了执行方向,这一点是值得注意的。

第四步:效果评估

效果评估是能够显现出反馈信息执行的经验教训的方法之一,所以,它往往被企业所采用,也成为在整个反馈信息执行过程中必不可少的步骤。进行效果评估的必须是营销方面的专家,这样才能确保做出专业、客观合理、科学的评判,使其具有较高的参考价值,企业也可据此自省、总结,使反馈信息的执行更有效。

第五步:信息再反馈

经过整理、分类、传递、执行以上环节,企业还需要最后一道工序——再反馈。企业进行信息再反馈,除表示对顾客的感谢外,还要征询他们对反馈信息执行过程中的不满之处,以及鼓励他们对企业提出相关建议,完善企业信息执行管理系统。

以上流程虽然主要由企业管理者把握、安排与执行,但作为一线店员,必须明确了解管理层的意图,而且积极参与。企业做好反馈信息的执行,需要全员运作。反馈信息经过上述五个步骤,组成了反馈与再反馈的链条,构成了企业对反馈信息执行的良性循环,为企业在把握市场瞬息万变的形势中提供了无限商机。

顾客满意度调查

什么是满意?顾客满意可以表述为:顾客因欲望和需求产生期望,满足这种期望,顾客就会满意,超出期望,就会带来顾客忠诚。相反,没有满足顾客期望,就会导致不满意。顾客满意度调查是要确定产品和服务在多大程度上满足了顾客的欲望和需求。

商战愈演愈烈,而在竞争中能挺立浪头、技压群雄的是那些以顾客为中心的公司。因为他们已经深刻地认识到人才竞争也罢,品牌竞争也好,归根结底都是顾客的争夺、是顾客队伍建设的竞争。公司要生存、要发展、要持续地进行质量改进就要积极地、主动地收集顾客满意程度的有关信息,了解顾客需求、分析顾客的感受,把顾客满意作为公司的出发点和归宿点。

"顾客是企业之衣食父母",此话甚有道理,毕竟只有顾客满意、高兴了,他们才乐意将钱从口袋里掏出来,否则,企业的一切工作将没有意义,甚至还会产生负面影响。

1、顾客为什么流失?

管理学大师彼得·德鲁克曾说过,任何一个公司的首要任务就是要"创造顾客"。企业创造顾客的过程一般包括两个方面,其一是开发新顾客,其二则是要不断地去维持老顾客。后者更为重要。因为企业创造顾客的过程实际上就是让顾客满意、取悦于顾客的过程。惟有使顾客的亲身购物感受超出了自己的期望价值或与之相匹配,他们才会满意,创造顾客的过程也才有效。

店员在与顾客的沟通过程中必须清醒地认识到:顾客是因满意而付钱的,顾客追求充分的满意,即既要对其所选择购买的商品与服务满意,同时又要对其商品或服务购买选择的行为满意。简言之,只要顾客满意了,就会成为企业忠实的"回头客",而如果他们不满意,我们的客源就会逐渐流失。

相关调查显示:服务不能令顾客满意,会造成90%的顾客离去,顾客问题得不到解决会造成89%的顾客流失;95%的不满意顾客一般不会投诉,他们仅仅是停止购买,剩余 5% 的顾客则常常会将事态闹大,如诉之法律、向媒体披露等。而一个不满意的顾客往往平均会向 9 个人叙述不愉快的购物经历,这些都会对企业顾客队伍的建设造成致命的杀伤力。

2、满意度调查的内容

有关部门调查结果显示:获得一个新顾客的成本是保持一个满意顾客的成本的 5 倍。而对于公共服务部门的组织来说,顾客满意度本身就是成功的尺度。因此,顾客满意度成为许多公司和机构进行市场调查的一个重要方面。

调查的核心是确定产品和服务在多大程度上满足了顾客的欲望和需求。就调查的内容来说,可分为顾客感受调查和市场地位调查两部分。顾客感受调查只针对公司自己的顾客,操作简便。主要测量顾客对产品或服务的满意程度,比较公司表现与顾客预期之间的差距,为基本措施的改善提供依据。市场地位调查涉及所有产品或服务的消费者,对公司形象的考察更有客观性。不仅问及顾客对公司的看法,还问及他们对同行业竞争对手的看法。

比起顾客感受调查,市场地位调查不仅能确定整体经营状况的排名,还能考察顾客满意的每一个因素,确定公司和竞争对手间的优劣,以采取措施提高市场份额。在进行满意度指标确定和分析应用的过程中,始终应紧扣和体现满意度调查的目标和内容要求。

针对普通店员来讲,不可能操作全面、系统的顾客满意度调查,因此,其调查的重点就是顾客感受,即顾客对自己所售产品的认可程度和自己服务素质的认可程度。

3、满意度调查的方法

满意度调查的方法有很多,比如访谈、问卷等等。最常用有简单易行的就是问卷调查。在进行调查工作以前,可先行检视以前是否已有做过类似调查?调查结果如何? 分析方式如何? 执行状况如何? 过程及程序? 成效如何? 结果如何运用? 是否有持续执行? 经由前一次的作法,可作为下一次执行的参考。

问卷调查大致分如下 7 个步骤完成:

(1)选定目标顾客

问卷设计之前对目标顾客的选定是非常重要的。按照顾客类型,可分为:全部顾客、潜在顾客、主要顾客、集团顾客等。决定调查范围后,才能进行下一步的内容设计。

（2）问卷内容设计

根据实施本次调查的目的设计问卷的内容。设置问题时，必须考虑对顾客的重要程度与满意度。凡是顾客认为非常重要的问题，就必须设计为问卷内容。

（3）问卷测试

选定顾客进行问卷测试，依测试结果，检查顾客回复的内容是不是我们所要的，如有必要可与顾客沟通、或听取顾客对问卷相关问题的意见。

（4）问卷修改

依照测试之结果，检讨问卷内容并修改。

（5）问卷发送

订出问卷发送与预期回收的时间。

（6）问卷回收

问卷的回收率非常的重要。调查者在发出问卷之前必须对每一份问卷加以编号。发出问卷后更要对收到问卷之顾客进行追踪，以利问卷的回收。

（7）分析问卷

统计分析回收的问卷，并取得顾客期望值量化的指标。

以下提供某百货公司关于顾客满意度的问卷调查样表，以作参考。

【情景卖场】

《顾客满意度调查表》

编号：　　　　　顾客性别　　　　　年龄　　　　　职业

尊敬的顾客朋友：

为了满足您的需要，也为了我们更好的合作，希望您把您的真实想法填上，谢谢您的合作！

产 品	○您认为我们所售商品的质量： A、很好　B、较好　C、合格　D、不合格　E、良莠不齐 ○您认为我们的商品品种： A、很丰富　B、适中　C、少 ○您有没有在本商场找不到所需商品的经历： A、没有　B、经常有　C、偶而有 ○您最喜欢在本商场购买的商品类型： A、电器　B、日用品　C、服装　D、食品　E、其他 ○您最不喜欢在本商场购买的商品类型： A、电器　B、日用品　C、服装　D、食品　E、其他
价 格	○您认为我们所售商品的价格： A、偏高　B、很高　C、适中　D、偏低 ○您认为在本商场购买哪一类商品最划算： A、电器　B、日用品　C、服装　D、食品　E、其他 ○您认为在本商场购买哪一类商品最不划算： A、电器　B、日用品　C、服装　D、食品　E、其他 ○您有没有在本商场因为价格原因而放弃购买的经历： A、没有　B、经常有　C、偶而有 ○您有没有在本商场因为价格原因而抢购的经历： A、没有　B、经常有　C、偶而有
店 员 服 务	○您认为我们的店员综合素质： A、偏高　B、很高　C、一般　D、偏低 ○您认为我们的工作效率： A、偏高　B、很高　C、一般　D、偏低 ○您有没有在本商场和店员争吵的经历： A、没有　B、经常有　C、偶而有 ○您有没有在本商场受到店员冷遇的经历： A、没有　B、经常有　C、偶而有 ○我们店员的服务态度： A、过于热情　B、热情　C、一般　D、冷淡
售 后 服 务	○您有没有对本商场进行过投诉： A、没有　B、经常有　C、偶而有 ○您投诉的原因是： A、商品质量　B、服务态度　C、送货　D、安装　E、其他 ○您投诉的方法是： A、电话　B、电子邮件　C、信函　D、直接到店里 ○您有没有投诉而不被受理的经历： A、没有　B、经常有　C、偶而有 ○您是否知道本商场售后服务中心的电话： A、知道　B、不知道　C、记不太清楚

（三）顾客投诉的处理

投诉类型

投诉是指顾客对商品或服务的不满或责难,有时又称抱怨。卖场不可能满足所有顾客的需求,抱怨或投诉是必然的。

更进一步地说,不投诉的顾客不是真正的顾客,他们只会选择别的卖场或将自己在购买或消费商品时的不满意告诉给其所认识的人。而进行投诉的顾客,如果投诉得到处理,他们仍然会是忠诚的顾客。卖场管理人员和店员应以积极的态度对待顾客投诉,了解引起投诉的原因与处理的程序,用正确的方式与技巧来处理投诉以维系卖场的顾客。

卖场顾客投诉的类型五花八门,按引起投诉的原因,一般可分为以下三类。

1、对商品的投诉

零售超市主要销售食品和日用品,这些商品购买频率高,消费使用频繁,因此,顾客购买商品时产生抱怨的情况也最为常见。针对卖场商品,顾客主要对以下几点进行投诉:

(1) 价格偏高

超市出售的商品主要以食品和日用品为主,消费者对这类商品的价格比较敏感。并且经营这类商品的零售店多,价格的横向比较较为容易。消费者一般抱怨某超市的价格水平高于商圈内的其他零售店的价格,希望卖场对价格进行一定幅度的下调。

(2) 商品质量差

超市出售的商品有些都是包装过的,其质量好坏只有打开包装后才能发现。因此,这类抱怨属于消费者购买行为完成之后的"信息扭曲",即消费者在使用商品的过程中发现商品不尽人意而迫使自己内心里接收商品的过程。当"信息扭曲"达到一定强度,消费者就会要求退换商品,甚至诉诸法律。

(3) 缺乏应有的信息

顾客在超市购买的商品有时会发现缺乏应有的信息情况,主要有以下情况:

◆进口商品没有中文标示

◆没有生产厂家

◆没有生产日期

◆保质期模糊不清

◆已过保质期

◆生产厂地不一致

◆出厂日期超前

◆价格标签模糊不清

◆说明书的内容与商品上的标示不一致,等等

(4) 商品缺货。

超市中有些热销商品或特价品卖完后,没有及时补货,使顾客空手而归;促销广告中的特价品,在货架上数量有限,或者根本买不到。

因为商品本身引起的顾客抱怨,若进一步归因,可归纳为供应商责任,超市责任及顾客的使用责任三个方面。

供应商对商品的质量负主要责任,例如罐头中出现异物,但出现这种情况时超市并非完全没有责任。因为他们引进质量有问题的商品并公开陈列出售,即使商品不是他们生产的也难以摆脱受到批评的命运,特别是一些定位于高价位、大型的超市更是如此。

超市对商品质量的责任在另一个例子中表现得更加明显。有些食品如牛奶、熟食等经过一段时间就会变得不新鲜甚至变质,有时因存放方法不当,即使在保质期内也会发生变质的事情,这时的责任可以说就是完全在超市了。因为他们有责任严格筛选出过期商品并采取严格的质量管理(在保存商品时)。

商品标识上缺乏相关信息也同样需由供应商和超市共同负责。而商品污损、破裂则主要是由于超市进货时未能详加清点、陈列或存放时管理不当、出售时未细致检查所致,可以说完全是超市的责任。

另外一个可能的责任方就是顾客。顾客由于使用方法不当而出现的商品本身的问题,大部分由顾客来负责,但若商品本身缺乏详细、明确的使用说明,则供应商也要承担一定责任,而且,超市也有责任详细地告诉顾客有关商品的使用方法,并尽可能地使顾客对此有足够的了解。特别是当顾客问及商品的使用时,卖场店员以"不知道"回答或是敷衍了事,则超市一方就更是难逃其咎了。

2、对服务的投诉

由于卖场服务而引起的投诉可分为对服务者和服务方式两方面的投诉。

（1）对卖场服务者的投诉

顾客对超市卖场服务者的投诉大体上可以分为以下几类：

①收银员工作不适当。收银员多收顾客的货款；少找顾客零钱；商品装袋时技术不过关，造成商品损坏；将商品装袋时，遗漏商品；收银员面无表情，冷若冰霜；让顾客等待结算时间过长，这些都会引起顾客的投诉。

②理货员态度不佳。虽然自助式购物是超级市场的本质特征，但面对种类繁多的商品，顾客还是有不少疑问，他们会经常询问卖场中的理货员。有时理货员忙于补货，没有理会顾客的询问，或回答时敷衍、不耐烦、出言不逊等，都会引起顾客的投诉。

③存包处工作人员态度不佳。带包的顾客必然要存取背包、提袋。工作人员没有按照先后顺序接待顾客，使顾客等待时间较长；工作人员不熟悉存包柜的编号，动作迟缓；拿取包袋时动作过大，造成物品的损坏；取包时发生错误等。

（2）对卖场服务方式的投诉

顾客对卖场服务方式产生的投诉有以下几种：

①应对不得体。顾客接触点的服务人员应对顾客的方式，是顾客对卖场服务质量产生评价的主要方面。常见的应对不得体的表现有以下几种：

态度方面：

◆一味地推销不顾顾客反应；

◆化妆浓艳、令人反感；

◆只顾自己聊天，不理顾客；

◆紧跟顾客，像在监视顾客；

◆顾客不买时，马上板起脸。

言语方面：

◆不打招呼，也不回话；

◆说话过于随便；

◆完全没有客套话；

销售方式方面：

◆不耐烦把展示中的商品拿出给要求看的顾客；

◆强制顾客购买；

◆对有关商品的知识一无所知，无法回答顾客质询。

②给顾客付款造成不便。

◆算错了钱，让顾客多支付钱款；

◆没有零钱找给顾客；

◆不收顾客的大额钞票；

◆金额较大时拒收小额钞票。

③运输服务没有到位。

◆送大件商品时送错了地方；

◆送货时污损了商品；

◆送货周期太长，让顾客等得过久。

④未能守约。

◆顾客按约定时间提前订货，却没有到货；

◆答应帮顾客解决的问题，顾客如约赶来时却还没有解决。

⑤商品说明不符合情况。

◆商品的使用说明不详细，用了时间不长就坏了；

◆按商品标示买回去的商品却发现颜色不符或式样不对；

◆成打出售的商品回去打开包装后发现数量少了；

◆成套的商品缺了一件或互相不配套。

⑥包装不当。

◆按顾客要求包装成礼品，却弄错了包装纸或装错了贺卡；

◆作为礼品的商品出售时忘记了撕下写有价格的标签。

大体上顾客的抱怨是由商品及相关的服务而引发，但其他情况仍有不少。例如因顾客对新产品、新材料的不习惯而产生的投诉。由于顾客对这种新产品或新型材料缺乏使用的经验，对需作的改变感到不习惯，因而到企业那里去投诉。它既非产品的问题，也不是服务人员的不礼貌，所以较难于处理。

3. 对购物环境的投诉

超市购物环境直接影响着消费者的购买心情。光线柔和、色彩雅致、整洁宽松的环境常使顾客流连忘返。顾客对超市卖场购物环境的投诉主要有以下原因：

(1) 光线太强或太暗。

卖场中基本照明的亮度不够,使货架和通道地面有阴影,顾客看不清商品的价格标签;亮度过强,使顾客眼睛感到不适,也会引来他们的投诉。

(2) 温度不适宜。

卖场的温度过高或过低,都不利于消费者浏览和选购。我国北方10月下旬就已是寒风阵阵了,而室内暖气11月中旬才来,超级市场里如果不开空调,石材铺就的地面,更加寒气逼人,无疑就会缩短顾客停留的时间;冬去春来,气候变化无常,乍暖还寒,没有及时地调整卖场的温度,都会影响顾客的购买情绪。

(3) 地面过滑。

超市卖场的地面太滑,顾客行走时如履薄冰,老年顾客以及儿童容易跌倒,都会引起顾客的投诉,有时还会引来法律纠纷。

(4) 卫生状况不佳。

例如:卖场不整洁,没有洗手间或洗手间条件太差等。

(5) 噪音太大。

理货员补货时大声喧哗,商品卸货时声音过响,超市卖场的扩音器声音太响等,都会引起顾客的反感和投诉。

(6) 电梯铺设不合理。

超市出入口台阶设计不合理,卖场内的上下电梯过陡等。

(7) 超市卖场外部环境的不合理。

停车位太少;停车区与人行通道划分不合理,造成顾客出入不便等。

投诉处理程序

当发生顾客抱怨或投诉时,店员应该认真对待,并从消费者的角度考虑问题,不能够推诿搪塞,更不能责怪顾客,要本着双方都满意的原则来处理问题。为此,要掌握必要的处理程序。

1、确认问题

正确确认顾客投诉问题的重点如下：

(1)让申诉者说话，处理人员则要仔细地聆听。当顾客对超市产生抱怨或投诉时，其情绪一般都比较激动，处理接待人员要以冷静的心情，认真倾听顾客的不满，不要做任何解释，要让顾客将抱怨完全发泄出来，使顾客心情平静下来，然后再询问一些细节问题，确认问题的所在。

在倾听时，要运用一些肢体语言，表达自己对顾客的关注与同情。例如：目光平视顾客，表情严肃地点头，使顾客充分意识到你在默认他的问题。假如，不能让对方说话，也就不能确认与了解问题的症结所在了。

(2)要明确了解对方所说的话。对于投诉的内容，觉得还不是很清楚时，要请对方进一步说明。但措词要委婉，例如：

◆"我还有一点不十分明白，能否麻烦您再解释一下？"

◆"请您帮我再确认一下问题的所在。"

◆"为了解您的问题重点，我有两三点还想请教一下，不知可否……"

尽量不要让顾客产生被人询问的印象。要仔细地聆听对方说话，并表示同感，这样能帮助顾客说明问题的关键所在。

"但是"，"请您稍等一下"这类使对方说话中断的言词，是不能使用的。足以给顾客留下受人责难或被人瞧不起的印象的话，也是不能说的。不要考虑不周，就冒然作说明。

(3)在倾听了顾客的投诉以后，要站在消费者的立场来回答问题，即支持顾客的观点，使顾客意识到超市非常重视自己，他的问题对超市来说很重要，超市管理层将全力以赴来解决问题。

遵守这些原则，有助于在不引起双方反感的情况下掌握事情的真相，把所理解的问题所在改用处理人员的言词说出来，请对方予以确认。

2、评估、核定问题的严重性

要评估、核定下列各项内容：

(1)问题的严重性，到何种程度(问题的严重性是考虑问题解决的重要因素)；

(2)掌握问题达到怎样的程度(是否还有收集更多信息的必要)；

(3)假如顾客所提的问题没有事实根据和先例，应该如何使顾客承认现实的状况呢；

(4)解决问题时，抱怨者除经济补偿外，还有什么其他要求。

3、互相协商

一般的情况，是由现场的店员，负起与顾客交涉的责任。因此，卖场管理人员的工作，并在不于解决顾客问题，而是在于安排能解决这一问题的比较合适的人选。有时候，对顾客的要求，也不得不说"NO"。但是，这个"NO"并不代表没有会谈协商的余地。对于投诉者，可以暗示，通过从另一个角度接近问题的途经协商时要注意协商的方式方法以及尽可能地提出双方能接受的方案。

（1）协商的阶段

会谈协商，有两个阶段：

①为解决问题，可能采取的补偿对策，要限定其范围。

解决任何投诉，都必须先决定为解决问题可以提供的上限与下限的条件。决定条件时，必须考虑以下问题：

◆卖场与投诉者之间，是否有长期的交易关系？

◆把问题解决之后，顾客有无今后再度购买的希望？

◆争执的结果，可能会造成怎样的善意与非善意的影响？

◆顾客的要求是什么？

◆卖场方面有无过失？

作为顾客意见代理人，要决定给投诉者提供某种补偿时，一定要考虑这些条件。例如，投诉者对超市部分问题有所不满，与超市方面有全面性过失的时候，后者的条件应该更优厚一些。如果判断出顾客方面的要求不合理，而且日后不可能再有往来的顾客，大可明白地向对方说"NO"。

②与投诉者会谈协商时，应注意的问题：

◆要仔细聆听投诉者所说的话。对于双方所要表达的想法及感情，要抓住要点，并摘要记录；

◆不能有防卫对方的姿态与责难对方的态度想法，向对方明白表示；

◆请求投诉者提出他的需求。

（2）协商的程序

在与顾客协商时，卖场的管理层应该尽量提出可行的解决方案。在制定解决

方案时,要考虑以下问题:

①了解并掌握问题的关键所在,分析发生问题的严重性。

通过倾听顾客对抱怨的阐述,来判断问题的严重性,了解消费者对超市的期望。例如:顾客对购买了超市卖场中不新鲜或变质的熟食进行投诉,就必须了解顾客是否已经食用,食用的数量有多大,给顾客造成的损害如何,顾客希望超市给予怎样的赔偿,赔偿多少等。

②确定责任归属。

有时消费者投诉的责任不在卖场,可能是生产厂家造成的,也可能是顾客自己的缘故。例如:顾客没有看包装上的说明而将产品生食,造成肠胃不适,误以为是产品质量有问题;罐装饮料中有异物等。如果责任在生产厂家,要协助解决;如果责任在顾客,就要有使顾客信服的解释;如果责任确实在超市,在合理的范围内,给顾客一个满意的答复。

③按照超市企业既定的规定处理。

零售店铺在出售商品的过程中,发生顾客投诉与抱怨的情况是难以避免的,事先一般都制定了处理办法与规定。事件发生时,对于常规性的抱怨,可以遵照既定的办法处理,如退换商品等;例外事件发生时,要遵照既定的原则进行处理,同时要有一定的弹性,使双方都能满意。因为例外事件影响较大,一经媒体曝光会造成难以估量的损失。

④明确划分处理权限。

超市企业要视顾客投诉或抱怨的影响程度(或危害程度)来划分处理的权限,如商品退换,一线人员就可以办理;对消费者的赔偿问题则必须由管理人员来处理。顾客的抱怨一旦发生,根据其影响程度的大小来确定处理人员,可以使顾客的问题迅速得到解决,为超市赢得主动地位。

⑤与消费者协商处理方案,使他们同意处理方法。

通常情况下,顾客的要求与超级市场的应允会有一定的差距,这就需要对顾客做耐心的说服工作,使顾客从实际出发,抛弃其不切合实际的要求,冷静地坐下来共同协商处理问题。

4、实施处理

协商有了结论,接下来要作适当的处理。处理工作并不因与顾客的会谈协商达成共识而结束,这只是说明已经达到了解决的的阶段罢了。

究竟由什么人,在什么时间之前,做什么事?这些都需要明确确定。同时,要确认是否按照约定的条件,的确在付诸实施?在与顾客约定解决问题的方法之后,再违约不履行,不但使你过去的一切努力都化为泡影,而且会给卖场信誉造成恶劣影响。

在与抱怨者会谈协商同意的条件不如有时也包括约定今后调查有关产品的改善的内容。这些几乎都是委托公司其他部门,甚至是公司外的调查机构来执行。这时由于相关的信息未能传达给适当的人等因素,可能会出现调查的业务未能按照你与顾客所约定的条件完成,或在约定日期前未能完成的事情。这种事情极易加重顾客的不满。因此,委托外部进行的业务,是否按预定的时间表在进行?这一监督和追踪的任务是应由卖场来负责的。

要使抱怨处理在有组织、有计划的条件下进行,首先要做好一定的组织工作。主要包括人员配备与任命,统辖训练及设定指挥系统。

投诉处理方式

顾客投诉的方式一般有电话、书信和上门。与此相对应处理顾客投诉的方式就是电话处理、书信处理和面谈处理,当然也还包括顾客投诉时的现场处理。

1、电话处理

顾客以电话方式提出投诉的情形越来越多见,使电话处理投诉的方式越来越成为主流。

(1)认真应对

正由于电话投诉简单迅捷的特点,使得顾客往往正在气头上时提起投诉。这样的投诉常具强烈的感情色彩。而且处理电话的时候看不见对方的面孔和表情,这些都为电话处理抱怨增添了难度。

因此在电话处理投诉时要特别小心在意。要注意说话的方法、声音、声调等,做到明确有礼。这时必须善于站在对方立场来着想,考虑如果我在对方同样的状态之下,会有怎样的心情。无论对方怎样感情用事,都要重视对方,不要有有失礼貌的举动。

除了自己的声音外,也要注意避免在电话周围的其他声音,如谈话声和笑声传入电话里,使顾客产生不愉快的感觉。从这方面看来,投诉服务电话应设在一个独立的房间,最低限度也要在周围设置隔音装置。

(2)把握顾客心理

无论是投诉处理还是提供令顾客满意的服务,重要的一点就是努力透析顾客心理。在电话处理顾客投诉时,几乎惟一的线索就是顾客的声音,因此必须通过声音信息来把握顾客心态,要点是:

①说话语调一成不变的人,具有正直的性格。

②说话语调没有力气,语尾不明了的,是羞怯胆小者。

③说话的语音有抑扬,好像在唱歌似的人,不是空想家便是浪漫主义者。

④语气稍沉,吞吞吐吐,小心说话的人,心中怀有疑虑或生性多疑。

⑤语气有力,毫不客气的,是勇敢而精力充沛的人。

⑥用尖锐的声音说话的人,具有孩子气的性格,是没有自我认识的人。

⑦说话时虽然有力,却经常喃喃细语者,是享乐性格较强的人。

⑧以粗暴的声音,爱责骂人者,是性格较为粗野的人。

当然,人是多种多样,即使同一个人在不同情势下说话的方式也不一样。所以上述结论要注意灵活应用,不能一概而论。

(3)电话处理投诉的原则

①对于顾客的不满,应能从顾客的角度来考虑,并以声音表示自己的同情。

②以恭敬有礼的态度对待顾客,使对方产生信赖的感觉。

③采取客观的立场,防止主观武断。

④稍微压低自己的声音,给对方以沉着的印象,但要注意不要压得过低使对方觉得疏远。

⑤注意以简捷的词句认真填写顾客投诉处理卡。

⑥在未设免费电话的超市,如果收到打长途提出投诉的情况,可以请对方先挂断,再按留下的号码给对方打回去。这样做,有很多优点:节省对方的电话费用,以"为对方着想"的姿态使对方产生好感;借此确认对方的电话号码,避免不负责任的投诉;遇到感情激愤的顾客,可以借此缓和对方的情绪。但要注意立即就打回去,否则会使对方更加激愤。

⑦在电话听到的对方姓名、地址、电话号码、商品名称等重要事情,必须重复

确认,并以文字记录下来或录入电脑。

同时,要把处理人员的姓名、机构告诉对方,以便于对方下次打电话来时联络的方便。有些人在接听电话的开始就报上了姓名,这是好事,但顾客往往并不一定能够记下这个名字,所以在结尾时再告诉一次比较稳妥。

⑧投诉处理是与顾客的直接沟通,不仅能获取宝贵信息,有利于营销业务的展开,而且可以借此传递企业形象,启发顾客,建立更深的信任与理解。

⑨如果有可能,把顾客的话录下来,这样不仅在将来有确认必要时可以用上,而且也可以运用它来作为提升业务人员应对技巧、进行岗前培训的资料。

2、信函处理

信函处理投诉是一种传统的处理方式,它通常是针对从外地寄来的投诉案件、不易口头解释的投诉事件;书面的证据,成为问题解决上不可缺少的必要条件时;按照法律规定,必须以书面形式解决的。

对超市而言,通过信函处理投诉要花费更多的人力费用、制作和邮寄费用,成本较高。而且由于信函往返需要一定时间,使处理投诉的周期拉长。以下为信函处理投诉的一些要点:

(1)必须不厌其烦地处理

当收到消费者利用信函所提出的投诉时,就要立即用名信片通知收到,这样做不但使顾客安心,还给人以比较亲切的感觉。

为尽可能使顾客方便,处理人员要不惜给自己添麻烦,信函往来中,把印好超市地址、邮编、收信人或机构的不粘胶贴纸附于信函内,便于顾客的回函。如果顾客的地址电话不很清楚,那么不要忘记在给顾客的回函中请顾客详细列明通信地址及电话号码,以确保给顾客的回函能准确送达对方。

(2)清晰、准确地表达

信函一般采用打印的形式,必须有针对性,如果许多投诉相类似,也可把这些问题综合起来,打印成一信函分别寄出。在表达上通常需要以浅显易懂的文字来表达。措词上要亲切、关注,让对方有亲近感。表达方面尽量少用法律术语、专用名词、外来语及圈内人士的行话,尽量使用结构简单的短句,形式上灵活多变,使对方一目了然,容易把握重点。

（3）必须妥善处理

由于书面信函具有确定性、证据性，所以在寄送前，切勿由个人草率决断，应与负责人就其内容充分讨论再作决断。特别是超市分部、营业点的投诉处理人员，在执行此类任务时，必须与总部的负责人进行周密磋商而后行。有时还需要与超市的法律顾问、律师等有关专家沟通意见。

回函为表示慎重的态度，常以超市总经理或部门负责人的名义寄出，并加盖超市公章。

当顾客是通过消费者保护机构书面提出投诉时，就更需谨慎处理了。原因在于超市回函的内容，很可能成为这类机构处理中的一个案例，或作为新闻机构获取消息的来源。

（4）必须存档归类

处理过程中的来往函件，应一一编号并保留副本。把这些文件及时传送给有关部门，使它们明确事件的进程与结果。

把信函送给顾客时，就要把其时间和内容做成备忘录，并把它填写于追踪表。这样，即使该事件的主要负责人更换，也能够对该事件进程一目了然，并可满足公司相关人员的咨询要求。

等到该事件处理完毕时，要在追踪表上注明结束时间，盖上"处理完毕"的印章，并把相关文件资料存档。

3、现场处理

顾客有时不会用信函或电话投诉，而是不惜时间和精力亲自上门提出投诉，他们的不满可能更严重，或对投诉处理的期望值更高。面对这样的直接来访者，超市必须展现出高效率工作的一面，做好现场处理，尽量能迅速解决问题，使顾客离开超市时有所收获。

与顾客现场处理面谈的地点以超市专用的会客室或投诉室为宜，处理的人不要过多，以2~3人比较适合。对于预约面谈的情形，不要忘记在定约时问明对方，是否有新闻界人士同往，根据不同的回答预作准备。

现场处理面谈时，要掌握如下要领：

(1)创造亲切轻松的气氛，以缓解对方内心通常会有的紧张心情。

(2)注意听取顾客的怨言。

(3)态度诚恳,表现出真心为顾客着想的意图。但同时要让对方了解自己独立处理的授权范围,不使对方抱过高的期望。

(4)把顾客投诉中的重要信息详细记录下来。

(5)中途有其他事情时,尽量调整到以后去办,不要随意中止谈话。

(6)在提出问题解决方案时,应让顾客有所选择,别让顾客有"别无选择"之感。

(7)尽量在现场把问题解决。

(8)当不能马上解决问题时,应向顾客说明解决问题的具体方案和时间表。

(9)面谈结束时,确认自己向顾客明确交代了超市方面的重要信息以及顾客需再次联络时的联络方法、部门或个人的地址与姓名。

4、上门面谈处理

不能由电话和信函加以解决,需要处理人登门拜访的顾客投诉,是性质比较严重、卖场方面责任较大的顾客投诉案件。这种情形对处理人员是严峻的考验。

在上门之前,要慎选处理人员,并预作充分准备。最好不要个人前往,以2~3人为宜。预先的调查要收集对方的服务单位、出生地点、毕业学校、家庭构成及兴趣爱好等各方面的信息。这样有利于与对方的有效沟通。

然而,当进入实质性面谈时,必须以轻松的心态,情绪不要过于紧张。要把握如下的要点:

(1)拜访前预先以电话约定时间。如果对顾客的地址不是很清楚,则应问明具体地点,以防止在登门过程中因找不到确切地点而耽误了约定的时间,使对方产生不良的第一印象。

(2)注意仪表。以庄重、朴素而整洁的服装为宜,着装不可过于新奇和轻浮。如果是女性人员去拜访顾客,注意不要化过浓的妆,要显得朴素、大方而不失庄重。

(3)有礼貌。见面时首先要双手送上名片,以示对对方的尊重。通常随身要带些小礼品送给顾客,但注意价值不要太高,以避免使顾客产生"收买"的感觉。

(4)态度诚恳。言辞应慎重,态度要诚恳。无论对方有什么样的过激言辞,都要保持冷静,并以诚心诚意的用词来陈述本公司的歉意。但在许诺时要注意不得超越自己的授权范围,使对方有不切实际的期望值。

(5)不要随意中断拜访。登门拜访顾客的情况下,处理人员应是预先作好充分考虑和准备的,因此拜访要达到何种目的是非常明确和慎重的。所以要争取以一次拜访就取得预定效果,不要轻易中断拜访。要知道,一次不成功的拜访其不良影响要远远超过根本不作拜访。

在拜访中,不要过多地用电话向上司请示。这样给顾客一种感觉:超市派了一位任何事都要向上司请示的低层人士来处理这件事,从而对超市更添不信任感。

(6)带着方案去。登门拜访前,一定要全面考虑问题的各种因素,预先准备一个以上的解决方案向顾客提出,供顾客选择,让顾客看到企业方面慎重、负责的态度,对于问题的解决具有至关重要的作用。无论什么时候,都不要盲目地仓促上门拜访,这样会使顾客因无谓地浪费了时间而更加不满。

投诉化解技巧

1、化解顾客投诉的基本技巧

化解顾客投诉的基本技巧有:真正了解顾客投诉的原因,妥善使用"非常抱歉"等话语,善于把握顾客的真正意图以及记录,归纳顾客投诉的基本信息。

(1)真正了解顾客投诉的原因

化解顾客的投诉,首先需要了解顾客不满的真正原因,然后有针对性地采取解决的办法。然而了解投诉原因并不是一件简单的工作,处理人员除了需要掌握倾听的技巧外,还要善于从顾客的表情和身体的反应中把握顾客的心理,了解顾客的真实意图。

所谓顾客的反应,就是当业务人员与顾客交谈时,对方脸上产生的表情变化或者态度、说话方式的变化。

就表情而言,如果顾客的眼神凌厉,眉头紧锁,额头出汗,嘴唇颤抖,脸部肌肉僵硬,这些表现都说明顾客在提出投诉时情绪已变得很激动。在语言上,他们通常会不由自主地提高音量、语意不清、说话速度加快,而且有时会反复重复他们的不满。这说明顾客处在精神极度兴奋之中。就顾客身体语言而言,如果身体不自觉地晃动,两手紧紧抓住衣角或其他物品,则表明顾客心中不安及精神紧张。有时顾客的两手会做出挥舞等激烈的动作,这是顾客急于发泄情绪,希望引起对方高度重视的不自觉的身体表现。

(2)妥善使用道歉性话语

在处理顾客投诉时,首先要冷静地聆听顾客的委屈,整体把握其不满的真正原因,然后一定要妥善而且诚恳地使用"非常抱歉"等道歉性话语以平息顾客的不满情绪,引导顾客平静地把他们的不满表达出来。

表达歉意时态度要真诚,而且必须是建立在凝神倾听了解的基础上。如果道歉与顾客的投诉根本就不在一回事上,那么这样的道歉不但无助于平息顾客的愤怒情绪,反而会使顾客认为是在敷衍而变得更加不满。

(3)善于把握顾客的真正意图

只有切实了解顾客的真实意图,才可能使解决的方法对症下药,最终化解顾客的投诉。但是,顾客在反映问题的时候,常常不愿意明白地表达自己心中的真实想法。这种表现有时是因为顾客为面子所为,有时是过于激动的情绪而导致的。

因此,处理人员在处理顾客投诉时,要善于抓住顾客表达中的"弦外之音、言外之意"掌握顾客的真实意图。以下两种技巧有助于处理人员做到这一点:

①注意顾客反复重复的话。顾客或许出于某种原因试图掩饰自己的真实想法,但却又常常会在谈话中不自觉地表露出来。这种表露常常表现为反复重复某些话语。值得注意的是,顾客的真实想法有时并非其反复重复话语的表面含义,而是其相关乃至相反的含义。

②注意顾客的建议和反问。留意顾客投诉的一些细节,有助于把握顾客的真实想法。顾客的希望常会在他们建议和反问的语句中不自觉地表现出来。

(4)记录归纳顾客投诉的基本信息

处理顾客投诉,其要点是弄清顾客不满的来龙去脉,并仔细地记录顾客投诉的基本情况,以便找出责任人或总结经验教训。记录、归纳顾客投诉基本信息更是一项基本的工作。因为超市通常是借助这些信息来进行思考、确定处理的方法。如果这些报告不够真实和详细,可能会给超市的判断带来困难,甚至发生误导作用。

记录投诉信息可依据企业的"投诉处理卡",逐项进行填写。在记录中不可忽略以下要点:

◆发生了什么事件?

◆事件是何时发生的?

◆有关的商品是什么?价格多少?设计如何?

◆当时的业务人员是谁?

◆顾客真正不满的原因何在?

◆顾客希望以何种方式解决?

◆顾客是否通情达理?

◆这位顾客是否为超市的老主顾?

2、化解顾客愤怒的技巧

通常愤怒的顾客是超市投诉最难处理的。顾客在愤怒的情况下很难与其进行理性的面谈,同时也可能会做出一些不理智的行为。因此化解顾客的愤怒是需要相当的技巧。超市处理人员以尊敬与理解的态度正确地看待顾客的愤怒,决不能"以暴制暴",并掌握以下化解技巧与戒律,就能圆满地化解顾客的愤怒。

(1)做一个好的听众

静下心来充分倾听顾客愤怒的言辞,做一个好的听众,这样做有助于达到以下效果:

◆将愤怒一吐为快后,顾客愤怒的程度会有所减轻。

◆在字里行间把握顾客所投诉问题的实质和顾客的真实意图。

◆表示出与顾客合作的态度。

(2)表达同情和理解

顾客的愤怒带有强烈的感情因素,因此如果能够首先在感情上对对方表示理解和支持,那将成为最终圆满解决问题的良好开端。

表达理解和同情要充分利用各种方式。与申诉者直接面谈时,以眼神来表示同情,以诚心诚意、认真的表情来表示理解,以适当的身体语言,如点头表示同意等等。另外,在电话处理时,可以以说话的方式(如语调、音量、抑扬等)来表示同感。

但是,在表示理解与同情的时候,态度一定要诚恳,否则会被顾客理解为心不在焉的敷衍,可能反而刺激了顾客的愤怒。

(3)基本达成一致

无论顾客愤怒的表现是怎样的,其关键在于问题的解决。所以店员应学会切实地把握问题的本身,并首先就问题本身,以自己的理解与顾客达成一致。这是非常重要的一项工作,因为在许多企业实例中,因未明确问题而费尽周折最后又回到出发点的情况并不少见。

复述顾客的问题,就问题达成一致,同时还是实现最终妥协与合作的第一步,能使双方的谈话在开始时就步入合作与共识的轨道。

（4）立刻道歉

明确问题后，如果明显看出超市要承担一定的责任，则应马上道歉。

即使在问题的归属上还不是很明确，需要进一步认定责任的承担者时，也要首先向顾客表示歉意，但要注意，决不可让顾客误认为超市已完全承认是自己的错误。例如可以用这样的语言：

◆"让您不方便，对不起。"

◆"给您添了麻烦，非常抱歉。"

这样的道歉既有助于平息顾客的愤怒，又没有承担可能会导致顾客误解的具体责任。

（5）化解愤怒的戒律

在化解顾客愤怒时，处理人员应切记以下戒律，以便顺利地平息顾客的愤怒。

◆立刻与顾客讲道理。

◆急于得出一个结论。

◆盲目地一味道歉。

◆与顾客说："这是常有的事。

◆言行不一致。

◆鸡蛋里挑骨头、无中生有，责难顾客。

◆转移视线，推卸责任。

◆装聋作哑，装傻乞怜。

◆与顾客做无谓争论。

◆中断或转移原来的话题。

◆过多地使用一些专门用语或术语。

3、化解顾客投诉问题的技巧

掌握以上化解顾客投诉的基本技巧及平息顾客愤怒的技巧是不够的。因为顾客投诉的问题是五花八门、千奇百怪的，针对不同问题，处理人员还必须采取不同的处理技巧。一般来讲，超市顾客投诉最多的问题应该是商品质量及服务问题，下面就介绍化解这两类问题的技巧。

（1）商品质量问题的化解技巧

如果顾客买到的商品在质量上存在问题，表明制造企业在质量管理上不够严格规范或超市未能尽到商品管理的责任。遇到这种情况时,基本的处理方法是真诚地向顾客道歉,并换以质量完好的新的商品。

如果顾客因该商品质量不良而承受了额外的损失,如耽误了某事的进程、造成身体伤害等时,超市应主动承担起这方面的责任。对顾客的各种损失给予适当的赔偿与安慰。

在处理结束后,若有可能,应对顾客使用新商品的情况进行跟踪调查,确保顾客对企业的商品感到满意。同时,就该质量存在问题商品如何流入顾客手中的原因向顾客说明,并说明超市的相应对策,给顾客再次购买本企业商品以信心。

就超市方面而言,最根本的处理办法是仔细地调查质量问题商品流入顾客手中的原因,并采取改进措施以防重蹈覆辙。

如果问题出在制造环节上,则应从原料供应、生产装配、产成品包装入库及货运各个方面深查原因,加强管理,特别是出入库检验方面需严格把关。

对于销售企业而言,商品在售出之前一定要经过精密的质量检查,而且要严格地加强店内商品的管理,特别是食品,一定要在温度管理和卫生方面下大功夫,以避免发生中毒事件。

(2)服务问题的化解技巧

顾客的投诉有时是因店员的服务而起。这类投诉不像商品投诉那样事实明确,责任清晰。由于服务是无形的,发生问题只能依靠听取双方的叙述,在取证上较为困难。而且,在责任的判断上缺乏明确的标准。例如对于"店员口气不好,用词不当","以嘲弄的态度对待顾客","强迫顾客购买","一味地与别人谈笑,不理顾客的反应"这类顾客方面的意见,其判断的标准是很难掌握的。原因在于,不同的人对同样的事物也会有不同的感受,顾客心目中认为服务"好"与"不好"的尺度是不同的。

当遇到此类投诉的时候,处理中应切实体现"顾客就是上帝"这一箴言。需首先向顾客致歉的应先道歉,具体方式可以采取:

◆领导仔细听取顾客的不满,向顾客保证今后一定加强员工教育,不让类似情形再度发生。同时把发生的情况记录下来,作为今后在教育员工时基本的教材。

◆领导与有关责任人一起向顾客道歉,以获得顾客谅解。

在采用第二种处理方式时,顾客为发泄心中的不满,很可能会面陈责任人的过失,直斥其错误。所以在与顾客见面前,领导应与店员充分沟通,要求店员忍耐。但要注意在事件处理告一段落后,对责任人给予一定的心理上、物质上的补偿。

然而,最根本的解决方法仍是店员在处理顾客关系方面经验的积累和技巧上的提高。如果店员能够在遣词造句和态度上应对得体,则通常会大大降低这类投诉案件发生的机会。此外,在实施处理时要拟订有关协议,协议一式三份,超市企业与消费者各一份,中间人一份。顾客方面的签字者必须是当事人,或者是当事人委托的代表;超市方面签字者必须是法人代表,或者是法人代表委托的有关人员。协议一旦签定,即具有法律效力,受法律保护。

如果顾客的投诉已被媒体报道过,要将处理结果及时通报给有关媒体,不仅能够澄清视听,而且可以从正面树立超市企业的形象,扩大超市企业的知名度。

第九章

优秀店员第9关

—— 从店员到店长

　　不想当将军的士兵不是好士兵，同样，不想当店长的员工不是好员工。无论你来自哪个行业，一旦走进零售卖场，就面临着许多晋升的机会，关键看你怎样去把握。既然如此，优秀的你在奋战工作之余，了解店长的知识，看看店长是怎样经营管理的都是很有必要的。

　　机会总是垂青于有准备的人，有意识培养自己的管理素质，对于成长中的你非常重要。闯过第九关，那么恭喜你，你已经不只是一名优秀的店员，也完全有能力成为一名出色的店长。

（一）认识店长

店长都干些什么？在你还是店员的时候也许会老想起这样的问题，但你并不一定就真正的知道一个合格的店长都做些什么，除了时不时地给你们训话这件事之外，认识店长是必须的，无论你有没有机会成为一店之长。了解这些可以帮助你和店长更好的沟通，促进你的工作，如果真当了店长，那好处就不言而喻了。

店长的角色定位

当上店长，你就是门店的核心人物，必须服从公司总部的高度集中统一指挥，积极配合公司的各项营销策略，达到门店的经营指标。其实一个店长不仅仅是指一个店面的负责人，他还充当着这几种多重角色：

◆企业代表人

◆情报收集者

◆事故调整者

◆上下传达者

◆业务指导者

◆业务活动者

◆店内管理者

◆安全保障者

首先，店长作为商店的经营管理者代表，负责组织、领导、监督商店的经营管理活动，是商店业务、人事和财务负责人，对内要向商店的所有权人负责，对外代表商店处理与经营活动有关的一切事务，并承担相应的法律责任。这一点都不难理解。

在这同时，店长还要负责管理本商店的商业经营活动，包括：以公司最高经营人的代表人之身份，跟地域关系者、顾客、商业关系者接触，培养双方良好的关系；将公司的方针、计划目标正确快速地传达给店内的员工；监督商品的要货、上货、补货，做好进货验收、商品陈列、商品质量和服务质量管理等有关作业；执行公司下达的商品价格变动、销售计划、促销计划，亲自主持每次促销活动；在地域、顾客等店的营业活动内，收集有用的情报等。

其次，店长也是商店的一名员工，只是职责上有了些差异。他在组织、领导、监督商店的经营管理活动的同时受到商店所有者的约束,其行为不能超越所有权人的委托范围,并必须履行自己的义务,为实现所有权人利益最大化而努力。

在店长的经营管理过程中,还必须保全店内如店铺、设备、商品等资产。必须遵守国家有关的法律法规,遵守社会公德和职业道德,合法经营,诚信服务,避免给商店带来现实利益的损失和潜在利益的流失。如果商店经营管理违法,不但商店要承担法律责任,店长作为商店的负责人也难脱干系。

最后,店长作为商店的管理者,有权按照相关规定获得报酬。一般而言,一个商店店长的待遇均是与其所经营管理的商店的效益挂钩的。

总之,无论商店的规模大小、经营业绩好坏,店长时时刻刻都对商店承担与其权利相当的责任,并享有获得相应报酬的权利。

可以看出,店长对于商店的正常运转起着很重要的作用,所以在选拔店长的时候,肯定会有严格的标准的。那么,店长到底有什么样的任职资格方面的要求呢?

店长的职位一般要求要在零售行业工作3年以上,在卖场担任过主管级以上职务1年以上,具备商品监督员资格。

店长还应具备以下知识:

◆ 熟悉电脑操作,能够使用常用办公软件及商品进销系统;

◆ 了解零售业演变过程及发展趋势;具有关于零售业经营及管理技术知识;

◆ 具有关于零售业的法律知识;具有领导、统御及人力资源管理能力,能独立处理卖场日常事务;

◆ 掌握规章制度,并能依此制定、贯彻、落实方案;

◆ 熟悉商品流转程序;熟悉卖场整体业务运作流程及各职能部室与卖场有关的业务运作情况。

店长的职责

身为一店之长,自然要承担很多的责任,要把卖场管理好,取得好的成绩,这一过程是相当烦琐复杂的,但是必须要面面俱到,方可成为一名优秀的店长。具体而言,店长的职责都是什么呢?

1、执行

前面说过,店长是门面的经营负责人,他就必须要执行投资者的一些方针或者计划,成为一个执行者,同时根据总部的要求,结合日常经营管理的需要进行决策,并组织实施各项决策。如果店长在经营管理过程中发现上述政策、方针、目标、计划和制度脱离市场需求和商店的实际情况,应及时向投资者反映情况,协助投资者拟定新的政策、方针、目标、计划和制度等。

2、组织

管好店员,把员工合理的组织起来,以便更好地完成经营任务。这就必须建立商店的组织机构,即根据商店的规模确定商店的管理层次和幅度、岗位设置、人员构成等。对于规模较小的商店,管理的层次一般为一层,商店的所有活动都由店长一人统一管理。规模较大的店可设二至三层,在店长之下设立各种职能部门和业务部门,通常情况下,店长只能通过各部负责人实施管理,实行层级领导。

3、制定经营计划

店长要能够从实际出发,根据商店的实际情况和所处的市场环境,制定一些具体的长期、中期和短期的经营管理计划。

(1)长期计划

长期计划一般就是投资者的政策、方针、目标、计划的细化,计划期限为5年左右,主要内容是确定要实现的大概目标、实施步骤以及这些步骤的可行性分析。

(2)中期计划

中期计划可按照实现长期计划的步骤,对店铺的经营管理活动进行规划,制定出实现该步骤的具体经营管理措施,计划期限通常为一年。如果此时的市场情况发生了较大变化,能够提前实现长期计划中的该步骤目标,或者无法实现长期计划中的该步骤目标,均应对市场情况进行重新评估,调整长期计划以及实现长期计划的各步骤目标,并按照新的实施步骤拟订中期计划及其实施措施。中期计划的实施措施一般应该包括该步骤的经营目标、营销策略和成本收益分析等。

(3)短期计划

短期计划一般以一个月为期限,根据市场的周期性特征,先将中期计划的任务分解到每一个月,然后按照中期计划确定的每一个月的营销计划、促销措施、创收指标、成本效益分析以及相应的内部管理改革等,并将这些计划、措施、指标、效益及相应的成本分配到每一天。

4、日常经营管理决策

日常小事往往最不好处理,但在这些"小"事中更能体现出店长的能力。作为店长应该根据短期计划中每一天的各种指标和市场行情的变化不断做出关于促销、内部管理、商品采购、培训等方面的决策。日常经营管理中的决策因商店的规模、经营项目的不同而有所差异,但基本的管理决策是相同的,这些决策包括商品采购决策、市场开拓决策、收支决策、授权决策和内部管理决策等。

5、领导

人的能力和精力总是有限的，店长的岗位职责也决定了店长无需事必躬亲。作为商店的领导者，店长对商店事务行使的主要是领导权，店长的领导职能主要体现在以下几个方面：

(1)为商店确定正确的经营方向。

要做到这一点就必须具有眼光。优秀的店长每一次提出目标以后，都应该使全店的员工感到需要做的事情比从前更多了。

(2)善于挑选赞成、支持、坚信他确定的方向而又能发挥作用的员工。

优秀店长应该知道他所能行使的权力只能到这个程度，即除非他想办法促使员工甘愿去做最大限度的贡献，否则便算不上实行领导。有了一批志同道合的员工队伍，在日常经营管理中就会如鱼得水，运筹帷幄。

(3)能够创造那种赋予员工力量、鼓励员工实干的条件。

优秀的店长都应该高度重视员工能力的建设和培养。如果员工认识到店长是根据每个员工的特殊需要来进行培训规划和工作调整的组织，那么员工的责任感就会加强；如果员工看到自己有机会学习和成长，热情就会产生。优秀的店长在把员工的感情和注意力转向商店自身的过程中起着举足轻重的作用。

(4)善于分配资源。

分配资源是店长的一项重要职责，无论是营业高峰中的人员、设备调配，还是采购费用、服务费用的收支把握原则，最终都会影响到所有权人的利益，乃至商店的长远发展和连锁体系的整体形象。

(5)不要"堕入情网"。

优秀的店长要热爱自己的职业生命，这些店长具有恋人那种热情、投入和不顾一切的特点，但是店长在日常的经营管理中，难免会因为员工的表现不同而产生不同的评价。但切忌由于个人关系、亲缘关系等区别对待员工，而应该认为商店的全部员工对商店的发展都是同等重要的。对于商店的顾客，尤其是一些常客，在涉及较大利益时，绝不能因为照顾面子而使商店蒙受损失。

6、控制商店的经营管理

店长的控制职能包括财务控制、人员控制、计划控制、策略控制和业务控制。计划控制、策略控制具有较大的灵活性，具体的控制措施，控制的效果千变万化，商店的店长可根据具体的计划、策略和涉及到的人员、关系采取相应的措施。

需要详细说明的是业务控制,即每天的业务流程控制。商店经营管理最重要、最关键的任务就是业务控制,投资者的效益,政策、方针执行的好坏,以及商店的管理水平都是靠业务控制来实现的。大体来说,其流程如下:

(1)早会。早会针对一些卖场的业务性质和员工特点,在员工管理上必须采取"军事化"与人本主义相结合的策略,实践证明,严格管理对提高商店的员工士气,规范管理大有裨益。早会由店长主持,如果店长因特殊情况不能主持,应授权综合岗位或资历最高的技术岗位的员工主持。早会时,一定要对前一天工作的业绩和失误进行总结,客观公正地指出存在的问题,旗帜鲜明地肯定成绩。然后部署当天的工作,明确每位员工的职责。同时要分析商店面临的形势,对员工进行鼓励,并提出希望。注意,如果有员工迟到,不能在会上严厉批评。

(2)准备营业的工作应由各工种的员工分别进行,检查完毕后向店长汇报,对发现的问题要立即采取措施。

(3)接待第一位顾客是商店日常经营中一个重要环节,连锁总部要求各商店在每天第一位顾客到来时举行迎接仪式。迎接时,由店长携全体员工在店前列队,商店专门负责接待的员工上前问候,然后了解顾客需要的服务,并安排员工负责处理。

(4)在营业高峰中,全部员工都应在自己的岗位上为顾客服务,店长如果发现有员工擅离岗位,应问清情况,并作适当处理。如果业务较少,没有负责处理业务的员工应协助其它员工为顾客提供服务。

(5)在营业中,店长应随时查看各种设备的运行状况,如有异常,应及时处理。

(6)在营业中,店长应随时通过查看库存账簿了解各种物品的库存情况,如库存量下降到再订货点,就应该及时订货。

(7)如果顾客在等待中,只要店长在店,店长应负责接待顾客,了解顾客的需求,介绍连锁体系和商店的情况。在营业高峰期,店长至少应与每位在等待中的顾客问候一次,并解释不能接待顾客的原因,索要名片,方便时再与其联系。此时,如果员工有空,店长也可以在与顾客问候之后安排员工负责接待工作。

(8)在营业高峰期,店长应尽可能为先进来的顾客提供服务,对等候服务的顾客,店长首先应向其表示歉意,然后请顾客稍作等候,也可以向顾客承诺一定的折扣服务。

(9)当顾客对商店的服务提出疑义时,店长首先应向其表示歉意,然后提出解决问题的方案,如果双方争执涉及的问题比较严重,一定不要急于作出很大的让步,以免给商店造成不必要的损失。无论顾客的态度如何,商店的员工均要保持冷静,礼貌地与顾客交涉。对于商店内部出现的问题,如果涉及顾客,首先应向其表示歉意,然后立即采取补救措施。

(10)在营业间歇期间,综合岗位的员工应整理各种记录,查阅各种物品的库存状况,检查精品间的物品摆放,及时向店长汇报。技术岗位的员工应检查相关设备是否正常,如有异常应及时告知店长。这些工作完成后,如果还没有顾客,店长应组织培训、技术讨论和工作研究等,其间,任何员工不得擅自行动。

(11)店容店貌是商店的外在形象,也是顾客接触商店的第一印象,因此,在营业中店长应随时检查店容店貌,如有异常,应及时恢复。

(12)在业务较少或歇业期间,店长可以授权综合岗位或资历最高的技术岗位的员工代行店长职责。此处的授权是指营业中的临时授权,除非有非常重要的事情,在营业高峰中店长应坚守岗位。

(13)午餐时间如果仍有业务,店长应合理安排员工分批就餐。

(14)每天营业收入的现金必须在下班前存入开户银行,在存款前,综合岗位的员工应核对现金实有数与账面记录是否相符,如有较大出入,应告知店长。

(15)应该在送走全部顾客后方可结束当天的营业,每天结束营业时,应查看店内设备、物品有无异常。

(二)自我提升

从店员走向店长的的过程其实就是一个自我提升的过程,没有自我提升,店员就不会有进步,永远停留在一个水平。不思进取的员工,就不是一个好员工,更不可能走上店长的职位。如果你想出人头地,那就赶快自我提升吧!

自我培训

每一个团队都有自己的团队培训,但是对于一个有志成为店长的员工来说,这样的培训还远远不够。要更全面地提升自己,店员还要进行自发激励、自我发现与自我测试,经过自我培训,店员的个人成绩就能脱颖而出。要成为一名优秀店员,合格的店长,没有不靠自己努力的。那么,应该怎样进行自我培训呢?

1、自我考试法

◆看商品目录时要养成以对顾客解说时的语气去阅读的习惯,直到对任何人都能简单操作。

◆对目录中的不解之处应请教对此事最清楚的人,包括技术人员、制作该目录的人、上司、同事等。

◆模拟制作与顾客之间的问答场面,其中一个问题将要准备数个回答,以口语方式自我练习。

◆向实际使用商品者请教使用情形,并记录要点。

◆将顾客提出的问题向制造者的技术人员请教其详,并将不了解的事情当场问清并作记录。

◆对没有自信回答的顾客问题应当确认清楚,当时就要解决;若想着明天再说,这件事常常就因此被遗忘了。

◆请求制造者的技术人员一同拜访顾客,自己在旁边听他们说明。要注意听他们的谈话重点,不可有所遗漏。

◆积极参加技术讲习会,不理解的地方当场问清楚。

◆听听其他卖场的商品使用者对自己销售的商品了解多少,同时积极请教自己卖场的商品缺点所在。

◆当产品机能变化时,应彻底重新确认该商品的销售重点,因为现在销售重点会随着机能的变化而改变。

2、自我磨炼法

◆试着以顾客的立场,重新仔细阅读一次商品目录等资料,并思考自己若处于顾客的立场会如何想。

◆自己买进商品,并向使用该商品的人请教其使用效果。在工作时要利用使用时的实际例子进行确认。

◆听听商品的开发者、技术人员对商品机能所做的说明,或参加说明会或拜访顾客时请求其一同前往。

◆重新将其他公司的目录与自己公司的商品做一比较与检讨,从而判断其它公司产品的角度是否会因自己知识水准的高低而产生差异。

◆教导新人、后辈商品知识。要知道教导别人同时也是一种学习。

◆与商品知识高于自己的上司或店员讨论商品。这种方法可以吸收到更多的商品知识。

◆与做不同工作的上司、店员讨论商品。这种方法可吸收其他方面的经验。

◆将没有自信回答的问题试着进行回答并完善它,并养成即日处理有信心之事的习惯。

◆利用工具作为说明的手段,如利用口头说明、实物、说明书等解决问题。

◆用录音带重新听一次自己为顾客所做的商品解说。反复进行可较客观地判断自己的知识。

3、自我预测法

店员要从如下七项问题确认去掌握顾客关心的内容并找到答案:

◆顾客是否会告诉我们他关心哪些事;

◆顾客是否会借着洽谈的空闲告诉我们他们的想法;

◆顾客是否会以资料中的特定部分(使用方法、售后服务、效果等)为中心,具体提出问题;

◆顾客是否会突然提出与正在谈论之内容无关的问题;

◆顾客是否就不同观点重复发问相同的问题;

◆顾客是否有之前不很关心、突然开始表示关心的态度;

◆顾客是否在洽谈、交谈中无意间会透露重要的讯息。

做个有心人,做个勤奋的人,也就走上了一条让自身更完善的路。通过不断的自我培训,为成为一名出色的店长打下基础。

自我完善

对于每一位店员而言,在不断进行自我培训的同时,还要不断地学习提高,进一步完善自我,因为我们不在学习思考中进步,就永远也不会取得成绩。要想成为一店之长,必须爱学习,会学习,并以此来我完善自我。

1、读书

俗话说"读书可以明智",完善自我,提升自我,首先要好好读书。若能如此,不但可以学到店员的大概知识,更可以知道有哪些事情是非学会不可的。

要去找和从业目标相关的书籍来阅读,像经营的方法,开业的指引等都很好。对于讨论店员的具体书籍更应该详加阅读。相关的杂志或报纸,也应该浏览,此外像商业界的动向、面临的问题、解决的方法、销售诀窍等,都应该加以广泛地搜集。

2、适时地向模范店学习

选择数家条件和自己就职商店情况相似的商店,有机会时即至其店中观察,最好以顾客的身份前往。这样可学到必要的知识和经验。

3、向经营者或老店员请教

"不耻下问",作为一个店员,你可以向现身边的老店员直接请教,抱着可能碰钉子的心态直接求教,倘若能被接受,可以获得直接的未经琢饰的知识和经验。

4、尝试

任何职业在初尝试时都有其困难之处,除了运用以上的方法以外,也可以尝试性地去工作,就尝试的结果加以检讨。

5、在进入角色同时,努力了解下列问题

◆谁负责销售?卖场的劳动力或是雇用他人?

◆卖给谁?男性、女性或无性别差异?和年龄层及所得阶层的关系如何?以什么样的顾客为中心?商圈的范围有多广?

◆卖些什么? 了解销售商品的目录与服务项目。

◆以什么方法销售?仅以店面销售,还是合并使用其他方法?合并使用时,可以用什么方法?店面销售时,是以自助还是以面对面服务式为主?

◆以什么方式销售?例如:现金销售或赊销或两者并用;并用时两者价格的差异为何?相对于进货价格,加上多少利润卖出?定价销售或折扣销售? 折扣销售时在什么时机给予多大的折扣?接受信用卡吗?若接受,必须有什么准备手续?

◆如何销售?例如:销售必备的技术为何?应当学习或接受何种的教育训练?

◆营业时间是怎样的?例如:营业时间每日由几点开始到几点结束?固定假日休假,还是其它?

◆销售的特色是什么?例如:哪些是战胜竞争店的优势?商品以什么样的风格出现会比较好些?

掌握这些你可以"知己知彼,百战不殆",有充分准备的去开展你的工作,就可以取得更大的成功,为你成为店长做好准备。勇敢的去柜台前展示自己的才能吧。

走向成功

如果你真做到了不断自我提升,自我培训的话,那么恭喜你,总有一天,你会取得成功的。能力的提高是一个积累的过程,在这一个过程中,自我努力,目标的实现就只是早晚的事情了。

1、成功的因素

在从店员到店长的成长过程中有很多因素起着决定性的作用。但作为店员取得的成绩总是和顾客相联系的,能够抓住顾客的购物计划,你就成功了一半。具体

来说如何去抓住顾客的购物计划呢?

(1)理解顾客

作为店员你必须了解自己的行业,知道顾客为什么要惠顾你的小店;其次,必须了解顾客的一些资料、信息等等。

(2)发现顾客的真实需要

其实这个很简单,可以通过询问来获知,可以是面谈、电话交谈、去函询问,以及调查问卷或其它任何能够使你获知顾客想要何种类型产品或者想要何种类服务的有效方法。

作为店员,如果你想把最主要的商品包装修改成其它色,如从原来的绿色变成蓝色,最好事先做个调查。如果你想公司每日作息时间从早晨8点营业改为早上10点营业,那么最好由顾客来决定这件事。要考虑一下怎样做更为适合,是让顾客按自己公司的作息时间来安排他们的计划,还是根据顾客安排自己公司的作息时间。

(3)提供顾客需要的产品服务

有许多商场,包括一些大商场,之所以经营失败,就在于不知道顾客的真实需要,没有随时更新商品,而作为店员,你不但要了解市场的需要,更要及时地满足这部分顾客的要求。

你可能还听说过其他关于产品失败的事例。可口可乐曾经改变其百年不变的配方,这几乎给可口可乐带来灾难。顾客痛恨新口味,强烈要求重新回到原来的口味上去。好在聪明的可口可乐公司及时意识到了顾客的反应,并维持了原处方,这些愤怒的顾客让可口可乐尝尽失败的滋味。

(4)尽可能多地为顾客提供满意的服务

作为店员,为顾客提供满意的服务,是一个重要的经营宗旨,同时,这可能带来许多意外的好处:新的服务项目、新的相关商品或新的合作计划等。

完成这一经营宗旨的最佳做法是,有创造性地考虑自己的商品和服务。要自问这样的问题:"我们除了出售这种商品,还可以提供什么附加的商品和服务呢?"

(5)使顾客成为商场的"回头客"

哈佛商学院认为拥有一批固定顾客,是成功的奥秘。只有顾客特意一次又一次地来惠顾你的商场,商场的经营才可能成功。有许多店员并不明白这个道理,他们往往花费很多的时间和精力来吸引新顾客,却不知道想些策略来培养一批固定的顾客。

事实上,培养一批固定顾客远比吸引新顾客要容易得多,店员们为什么不把精力放在吸引"回头客"上呢?

(6)让顾客"一传十,十传百"

传言的力量是非常巨大的,而且还是非常有效又很便宜的市场营销手段之一。作为店员让顾客来为你所在的商场做广告,是一个既十分有效又可信度很高的营销策略,可以向顾客提供赠券、抽奖免费购物、打折扣、给红利、签订条件更优惠的服务合同、赠送礼品等待遇,鼓励他们向他人宣传你的商场。

当然,不要只靠自己向亲人、家人和同事宣传,店员还应该鼓励顾客把自己的亲朋好友带来,也给他们提供同样的奖励待遇。

2、走向成功的步骤

(1)接受培训阶段

◆企业内训。紧密结合企业的市场、人员(培训对象)、产品、行为以及营销现状,针对性地开发培训课题并设计培训课程,由有丰富实战背景的讲师为学员们提供实战技能训练。

◆公共课程。提供专业、系统的营销管理知识、技能和经典案例分析,达到传播知识、交流经验和启发思路的目的。

(2)学习培训课程

培训课程主要包括以下内容:

◆导购与导购管理技巧(针对零售导购以及导购主管);

◆销售管理技巧(针对销售管理人员);

◆市场推广技巧(针对市场推广人员);

◆专业销售技巧(针对普通销售代表);

◆全面顾客服务管理(针对高级管理层、顾客服务主管和营销主管);

◆市场营销管理(针对营销管理层)。

(3)设定自己的目标

将单纯的梦想或愿望旋转于自己决定的"挑战目标"中,由此开始人生的规划。例如规定本年本月的销售额等。

(4)建立自信

达成目标——在于持续保有这样的正面想法。没有自信,就不会认真。

(5)决定行动计划

细分大的目标,拟定每月、每周、每日的服务实施时间表。

（6）实行日课

每日的营业服务的实行就是胜负关键。每天拟定时间表,集中精神积极实践,即能事半而功倍。

（7）持续进行

只要持续必定成功。如果停止的话,就会变成挫折。为了持之以恒,可拟定防停止策略和奖励措施。

（8）累积小成功

先达到小的成功,获得自信和满足感,再循序渐进地朝大的目标挑战。这是成功的关键。

（三）当好店长

当你成为一店之长的时候,管理就成了你的工作核心,如何与店员相处,带领好这个团队就成了你必须掌握的东西。在本书的最后我们就此做个简单的讲解,就当是我们为刚刚成为店长的你准备的一份小小的礼物。更多的东西还需要你在成为店长之后在实战中去积累。

店长必备

店长作为门店的最高层管理者,身负多项重任,不仅是整个店铺、营运的负责人,还是经营者的代理人。可以说,店长是一个门店的灵魂。店长工作效率高低,直接关系到门店的效益。

作为店长,有责任制定本店的经营目标与方针,主要是商品促销计划、商品定位和商品组合、费用目标和利润目标,依据经营方针和目标来制定本门店各个时间段的计划,如日计划,周计划,月计划,协调店和公司总部的关系;对门店员工进行业绩评估和岗位教育与培训,并向公司总部直属主管提供晋升建议;监督检查各部门服务人员的日常工作情况;负责门店的人员、商品、设备、现金、财务、安全等管理工作,使店铺业务能够正常运行;处理顾客的投诉与抱怨;迅速处理门店发生的各种紧急突发事件,如火灾、水灾、停电、抢劫、盗窃等;其他非固定模式的工作等。

如此繁杂的店务,可能会令刚上任的店长有种老虎吃天——无处下嘴的感觉。其实以上的店务工作可以简单的归纳为商品的流动、资金的流动、信息的流动和人员的流动。店长只要具备妥善处理这四点的能力,一切便可迎刃而解。

1、商品的流动

商品的流动是门店的主要商业行为,没有商品的流动,就不会有门店其它们方面的流动,所以商品流动是门店的立足之本。与物流一样,现在的商品流动与配送中心是不可分的,主要是由配送中心来完成此项工作,包括商品订购、配送、上架销售等前几个环节。

2、资金的流动

资金的流动是门店营业性资本的变化,主要是指门店整个财务体系。资金流动需要配合总部的统一安排,但也要根据自己店内的实际情况具体实施。

3、信息的流动

信息的流动是现代连锁超市与传统商业不同的主要区别,它是指门店的中枢计算机系统的运作情况和关于商品市场及商圈消费情况的信息采集和反馈,是商品流动向资金流动过渡的桥梁。

4、人员的流动

人员的流动即门店的员工的情况。资金的流动和人员流动之间的关系只是门店与员工之间报酬的往来,它是通过信息的流动——门店的考勤系统来统计和完成的。其反向关系是:门店的资金流动不畅,就会发生门店的人员变化。人员流动和商品流动的关系表现为:商品的销售情况决定着门店人员的安排和考核,门店人员的变动则反过来影响门店的商品流动的变化,门店的商品会因为理货人员的变化而发生陈列和介绍的不同。故门店经营情况的好坏必然会影响资金和商品的流动,人员发生变化也就成为必然。从另一个角度看,因为门店的信息流动(包括顾客投诉)会影响到部分人员的流动,而人员流动也会带来整个门店的信息流动。

仅就商品流动、资金流动和信息流动三者之间的关系来看,可以表达为:商品的流动必须通过信息系统才能够完成其整个流动过程,资金流动也是依据信息系统来控制商品的库存和销售。

何不这样比喻这四者的关系:商品就是士兵打仗的炸药,资金就是其上战场准备的粮食,信息就是作战的地图,人员就是每一个士兵。超市店长的日常工作围绕的就是这四个要素,掌握其中的关系,紧密观察门店的信息系统,协调好其它的几个方面,只要具备了这几个方面的能力,就会令你轻轻松松做店长。

赏识他们

也许现在你已经是店长了,你不得不面对如何处理好与店员关系的难题。在他们中间或许有你以前的同事甚至你曾经请教学习过的前辈。那么刚当上店长的你,如何解决这个问题呢?

现代管理学认为,人的进取意识和创新精神需要不断强化。强化的手段有两种:一种是消极强化,即惩罚;另一种是积极强化,即赏识。两者不可偏废,后者更为重要。如果店长能注意对每位店员赋予积极的期望,使其能充分感受到被尊重的满足和成功的愉悦,就能最大限度地调动店员的积极性和创造性。而要做到这些,店长必须学会赏识你的店员。

1、尊重是赏识的前提

每位店员都有强烈的自我意识和独立意识,自尊心和自主要求都很强,希望别人尤其是店长能尊重自己的劳动和人格。按照马斯洛的需求层次学说,人的需求是由低层次需求向较高层次需求跃迁,并渴望得到满足。而在工作和思想情感上的需求一旦得到满足,店员的内部动力就会得到最大限度的外释,从而上升到更高层次的追求,促进各项工作的开展。相反,店员的自尊心一旦受到伤害,即使是无意的,也会留下心理创伤。由此造成情绪低落,甚至产生逆反心理,其表现方式是隐性或半隐性的,这势必影响整个超市的人际关系和工作氛围,压抑店员的进取意识和创新精神。因此,店长一定要充分认识店员渴望被尊重这一心态的内在积极因素,并努力使自己认同、赏识这一心态。如果店长把这一心理特征看成自命不凡和虚荣心的表现,稍有差错便不分场合乱加训斥,以显示自己的权威,甚至靠揭短、冷嘲热讽迫使店员屈从,其结果只能造成情感上的疏远。对立时间一长,四面树敌,店长逐渐成为孤家寡人,开展工作也就自然会障碍重重。

2、求同是赏识的基础

心理学认为,人在满足生理需要和安全需要之后,都希望寻求一个自己所归属的群体,在这一群体中获得他人的尊重、关心、爱护和帮助。店员之间的交往和情感联系绝不可能是完全等同的。由于性格、气质、兴趣爱好等诸因素,他们必然会自发形成若干个或大或小的交往群体。一般说来,这些群体之间既有积极的正面的共同点,也难免会有消极的负面的共同点。店长应用正确的态度看待这些小团体,尤其要能赏识其积极的、正面的共同点,使其不断得到巩固与发展,并着意引导他们与其他群体的积极方面融和同化,逐步缩小、淡化和消除自身的消极因素,最终使这些群体求同存异,统一在超市大集体中,让每位店员从中获得安全感和依恋感,增强凝聚力和向心力。相反,如果店长挑剔求全,把次要的消极负面因素看作主流,一叶障目,扣上"小团体"的帽子;或者偏听偏信、主观武断、以偏概全,抹杀店员的优点长处;或感情用事,以"我"划线,搞"顺我者昌,逆我者亡",其结果只能使整个人际关系紧张,人心涣散。店长与店员对立严重,又如何能谈得上提高卖场管理水平呢?

3、了解是赏识的必要环节

店员的性格各不相同,真正做到全面客观地了解每个店员,这对店长来讲是至关重要的。如果店长不能深入到店员中,情感和信息交流渠道就不通畅。因为,除少数店员个性特点较明显外,一般人的优点和长处都比较内隐,而缺点和短处又往往比较外显,就会让店员的外在缺点掩盖内在优点,加之店长主观心理因素,对店员产生不公正、不客观的评价。而人的心理又普遍存在着一种维持自我一致的倾向,当这种不公正、不客观的评价形成之后,会形成一种思维定势,造成对店员的偏见和成见。这种不公正、不客观的评价会使店员产生"挫折感",此时最容易激化矛盾。

4、角度是赏识的动因

和世间事物一样,店员是一个多层次、多侧面、复杂的统一体,这些层次和侧面具有各不相同甚至相互矛盾的特征。店长对店员的印象如何,还取决于从哪个角度、以什么眼光去看待。如果店长能用赏识的目光去审视店员的各个层次和各个侧面,便会发现,每位店员都有许多独特的长处,自然会在思想上产生共鸣,感情上得到沟通,工作上配合默契。有些个性突出的店员,他的某些方面在常人看来或许并不可取,但在有的店长看来却是不可多得的长处,这便是所谓"独具慧眼"。

初为店长就要做到赏识店员,绝非一件轻而易举的事。赏识与表扬不同。表扬是一种行为,是在一定场合对店员某一成绩的肯定和颂扬,它并不完全取决于情感;赏识是一种心态,是从内心深处对店员某些个性特征的情感体验和倾斜。因此,店长要能赏识店员,必须具备良好的自身修养。

首先,要求店长有较高的思想境界。店长只有从整体利益出发,才能从善如流,挖掘和珍惜每位店员的点滴之长;相反,如果心胸狭窄,自然会横挑鼻子竖挑眼,搞得店员人人自危。

其次,要求店长博学多识。店长只有做到博中有专,专博相济,具有广泛的兴趣爱好和广阔的知识领域,才能更多地从店员身上找到更多与自己的共同点,从而形成赏识心态。

再次,要求店长具有思维的广阔性和深刻性。要善于变换思维角度,进行换位思考。店长只有善于换位思考,多从店员的角度去体验、去揣摩,才能发现店员许多潜在的优势和特长。

还有,要求店长具有良好的心态。在各种场合,面对各种情况,都有较强的自我控制和自我调节能力,注意把握分寸和态度的克制。如果顺时乐不可支,逆时怨天尤人、到处迁怒,则很容易失去理智,致使言行出格,有意无意伤害店员。有时即使未造成伤害,也会因喜怒无常、形象欠佳,难以在店员心目中产生有效的、非权力性影响。这种情况下,纵然店长赏识店员,店员也会怀疑你的诚意。久而久之,店长就会失去店员的信任和支持。

这样看来,不仅成为店长要付出很多努力,就是成为店长之后,还是需要不断的学习,来提高自己。

客观考核

考核问题是你成为店长之后面临的又一难题,怎样做到客观,公正的考核影响到整个团队气氛,一个有公平竞争氛围的团队,是一个有凝聚力的团队。

店长对销售人员进行考核,不能凭主观印象来考核,而是要为销售人员制定科学的、切实可行的考核标准,以标准来考核员工的工作情况。

在这些标准中,有些是只能用来考核销售人员个人工作的,另一些则是既可以考核销售人员个人工作情况,又可以对销售人员集团的工作状况进行考核。常用的考核标准主要有:

1、转变率

转变率是以购买了商品的顾客的全部人数,除以进入商店的全部顾客人数来计算的。计算公式如下:

转变率 = 购买商品的顾客总人数 ÷ 进入商店的顾客总数 × 100%

转变率指标反映了看物购货的人转变成顾客的百分比,以及全部销售人员的工作效果。转变率差是多种因素造成的,部分原因就是顾客需要销售人员帮助选购时,售货现场没有足够的销售人员。由于无人帮助,自行选购的顾客过多,顾客等待购买的时间过长,以致许多顾客没有购买即离开商店。或者销售人员的人数并不少,但是,销售人员没有做好销售工作。销售工作差也可以是由其它因素造成的,如销售人员的工作熟练程度比较差,给顾客提供的商品信息不充分,在与顾客的交谈中表示的不同看法过于强烈。商品宣传比较差,销售人员态度不友好,或者商店关门过早等等。再者,销售人员无法控制的一些因素,也会造成转变率比较低,如准备的商品不充分,花色品种不齐全等。在考核下属时应充分注意这些导致转变率差的外部因素。

2、每小时销售额

衡量销售人员工作效率的最常见的标准是每小时平均销售额。这是以一定时间内的全部销售额除以整个的销售人员的时间来计算的。应用一种设计得很好的记录系统,零售企业可以为各个销售人员、任何销售集体,或全部销售人员计算这种简单的衡量标准。

应用这种衡量手段时,要记住一定要为店员个人或集体规定专门的衡量标准。比如,百货商店的每小时销售额,是不能指望玩具部的每小时的销售额与珠宝首饰部每小时的销售额与其相同的。也不能指望7月份的每小时的销售额与12月份的每小时的销售额相同,因为在2月份春节以前,人们对玩具和珠宝首饰是有比较大的购买需要的。

这两种考核方法是较为公平合理的,可以在店员中形成一种公平竞争的氛围和意识,这种氛围一旦形成,那么作为店长的你应该感到幸运,你所带领的团队已经拥有了无穷的战斗力。

当然,并不是靠这些就能当好店长,店长的工作更多的要在实践中去摸索。

当你一口气闯到第九关的时候,不一定就可以是说自己已经是一个好店长,但是至少你已经具备了成为一个店长的资格。

走过这九关,作为店员,你也是最优秀的。